MEMORY HOUSE
记忆坊文化

危险恋爱关系

Keep
My
Heart

钱薇珈

著

江苏凤凰文艺出版社
JIANGSU PHOENIX LITERATURE AND ART PUBLISHING LTD.

CONTENTS

目录

第一章

　　金黄的桂花已经开满枝头，点缀在浓绿的枝叶间，细碎且精致。八月金秋时节代理的离婚案，突然就浮现在苗郁的脑海里。

　　那时不热不冷，温度正好，法庭的窗户被向外推开，桂花香也优哉游哉地飘进法庭，把庭审的紧张气氛冲淡了不少。

　　"请大家看第五项证据。这是去年12月24日深夜十一点，发生在某酒店19楼的一起打架斗殴事件，整个视频是被酒店的监控摄像头拍下的。"苗郁坐在原告席上，双目紧盯着自己眼前的小屏幕，金灿灿的"委托代理人"的名牌放在苗郁面前。法庭上方的屏幕，正在播放两个年轻男人打架的画面。苗郁的语速不疾不徐，声音也很悦耳，并不咄咄逼人。仔细看，她唇边甚至还带着淡淡的笑意，可爱可亲。视频的进度到了第16秒，她按下暂停键，画面上打架的两人手臂交缠，满脸的狰狞凝固在一个可笑的状态。

　　苗郁看向被告席："在画面左上角，从1917房间出来两个人，一男一女。男人就是本案的被告，也是我的委托人的丈夫。与他一同出房间的女人是谁，不是本案关注的重点。本项证据表明，被告在与我的委托人婚姻关系存续期间，与其他异性保持不正当关系，是过错方。因此，对于夫妻共同财产，我方有权要求多分，被告方理应少分。"

此时，庭审已经进入了法庭辩论阶段，双方正在针对证据陈述各自的观点。在法官的询问下，被告律师反驳："这项证据来源不明，不能作为合法证据出示。"

苗郁亮出公证证明，并且调出了另一份证据："我方向法庭申请了调查令，并且在调取监控的同时做了公证。同时，请看第六项证据。在此半个小时前，被告与该名女子前后出现在酒店大堂，乘坐电梯上了19楼进入1917房间，时间相差不过两分钟。请被告律师告诉我，被告人和该女子几乎同时进入房间，又一同出来，请问是有什么重要的事，必须要在酒店开房，但又能在半个小时内聊完？"

被告是四十开外的中年男人，金链子在衣袖处若隐若现。他眼圈发青，身材发福，面对苗郁的质问，正要大声反驳，被律师拉住了。劝了两句后，被告律师才作答："那位女士是我的委托人的秘书曾莉。当时在1917房间里的，还有委托人的另外两个秘书，我的委托人和三位秘书在酒店房间里，讨论第二天要提交给董事会的报告，是在谈工作！"他加重语气，"我方申请两名证人出庭。"

苗郁的委托人是本案的原告，也就是遭遇背叛、即将被扫地出门的妻子。听到律师的话，她冲动地站起："不……"

苗郁及时扫去一个淡淡的眼神，委托人意识到什么，动动唇，不甘心地坐下。果然，被告方的两名证人提供的证词大同小异，声称："我们一整天都在房间里整理资料，方总和曾秘书是晚上十一点的时候来的，谈了公事就走了。"

第一位证人说得尤为详细，几点开的房，几点进入房间，做了什么事，说得清清楚楚。坐在被告席的男人抛来得意的笑，眼神里是满满的油腻。原告有些心慌，拉着苗郁慌张地问："苗律师，他们都在说谎，你相信我……"

苗郁轻拍她的手，眼神平静。她不言不语的样子，反倒让委托人的心安定下来。安抚了委托人后，苗郁看着法官："我方要讯问第二名证人。"

在法官的允许下，证人坐上证人席。苗郁开始发提问："请问证人，去年的12月24日，你真的在酒店加班吗？"

"是。因为我们要整理资料，提交给董事会。"

"一整天吗？"

证人答得毫不犹豫："对。"

"晚上十点半到十一点之间，也在酒店里？"

证人停顿了两秒："对。"

苗郁停止了发问，静静地看他，法庭里浓郁的桂花香味兀自飘荡着。证人强作镇定，补充了一句："我就是在准备资料，我没撒谎。"

"那请问，这条微博是谁发的？"苗郁点开早就提交给法庭的证据，鼠标滑动到第十三项，几张微博截图出现在屏幕上，"微博的博主叫'辰阿七'，认证是凤湖金融投资公司总经理秘书。这条微博发布于2017年12月24日晚十点五十六分，发布地点是距离酒店十公里外的市中心旋转餐厅。照片上是两个人的手比成一颗爱心的形状。秘书先生，请问能不能比对一下你的手，看看和照片上的手是不是一样的？"

证人下意识想藏起自己的左手，但已经晚了。法庭上每个人都看得很清楚，证人无名指上带着的铂金钻戒，与截图上男人的戒指一模一样。

法庭上一片诡异的安静，书记员敲打键盘的声音清脆入耳。被告的圆脸涨成猪肝红，恶狠狠地盯着秘书，恨不得一刀宰了他。秘书的脸色也好不到哪里去，狼狈地低下头。苗郁有些快意地想，让你做伪证，让你违法，在法庭上被戳穿，这位秘书再能干，此刻盘算的事，大概也是怎么提出辞职吧。

眼前的景色一阵模糊，又清晰起来。苗郁回过神，再次打量身处的这间法庭，还真是有缘分。两年前，她在同一间法庭帮助委托人打赢了离婚官司，还帮她分得了大部分夫妻共同财产。她还记得委托人咬牙切齿说的话："苗律师，男人都不是好东西，你千万别被男人骗了。"而两年后，还是那个法庭，还是同样一位法官，她坐在原告席上，没有委托人，只有她自己。

窗外依旧是那棵桂花树，初春时节，没有金黄的桂花，树叶还带着冬日的浓绿。刚经历了一番唇枪舌剑，苗郁有些心累，无意中走了神。她的目光自窗外收回，正好听见法官向双方发问："根据《婚姻法》的规定，离婚案件必须进行调解，本院现询问双方当事人，是否接受调解，有无和好的可能？"

开什么玩笑，出轨只有零次和无数次。苗郁脸上挂了面具，淡淡地说："不接受。"全然没有方才激烈辩论的模样。

坐在被告席上的沈冲在看她，眼神里不知是冷静还是冷漠。他缓缓开口："能不能不离婚？"

不离婚？她忍受愤怒和悲伤收集证据一个月，在法庭上唇枪舌剑半小时，然后选择平静地接受沈冲出轨的事，为了所谓的家庭稳定，不再为居高不下的离婚率做贡献？

见苗郁态度冰冷，法官转头看被告席。

法庭很小，坐在被告席上的沈冲——从法律意义上说，他现在还是苗郁的丈夫——如同陌生人一般，面无表情。两个人的空间距离很近，精神上已经很远。

原告要离婚的态度很坚决，被告又不像一些当事人，哭着闹着不肯离婚，两个人本就是律师，冷静得就像机器人，就算再有人类的感情，此刻也隐藏得很好。法官想了想，合上卷宗："本案将于十天后上午十点在本院宣判，现在休庭。"

法槌清脆敲响，沈冲同时站了起来，几乎是用抢的方式接过庭审笔录，根本不看，径直在每页上喇喇地签下名字，提着公文包往法庭外走。法庭大门砰的一声被关上，把书记员都吓了一跳。

书记员是新手，像是没见过这样奇怪的被告人，有些紧张。苗郁冲她笑笑，意在安抚，随即翻开庭审笔录，一页页地细看。

"这里，是四栋，不是十四栋。"苗郁指出笔录上的一处错误，"我们名下共有两套房产，我要的是这套，楼栋单元数写错了。"

书记员脸红了，立刻改过来，苗郁也在改错的地方签了字，表示确认。反复核对后，她才在每页底部仔细签上名字。她的笔迹很娟秀，与沈冲龙飞凤舞的字体并排在一起，说不出地刺眼。

拉开法庭的门，寒风冲上脸庞，肆虐好一阵才得意地离开。苗郁呼出了一团白气，看它由浓变淡，化作无形。天空飘着淡淡的阴云，苗郁的心情一直在水平线以下，浮浮沉沉。她有些茫然，一时间不知道该去哪里。回律所？她才从工作两年的学校辞职，重新开始做执业律师，手头根本没有案子，去律所也只是发愣。回家？自从沈冲与自己摊牌后，他主动搬家，往昔熟悉的地方，现如今空荡荡的，一草一木无不刺激着她的眼。

正在踟蹰，手机意外地叫了起来，让苗郁沉郁的心情松快了不少。有电话就是有事，有事就能暂时忘记失落、伤痛、沮丧等。她刚按下接听键，惊慌失措的女声冲进耳膜："不好了，不好了，小老师救命啊！"电话连接的那头还有辨不清男女的叫骂声，顺着信号喷涌出手机，听着就令人头大。

"博雅，出什么事了，你慢慢说。"苗郁纵然再冷静，也被这话吓了一跳。难道唐博雅被当事人打了，或者和法官发生争执了？

"齐老师的案子输了，委托人要打他，说他没水平没本事。"唐博雅总算没慌乱得太彻底，两句话就把困境描述得明明白白。

苗郁抬手，按住突突直跳的太阳穴："你们人有没有事？受伤没有？"

"没有受伤，最帅的法警小哥哥抓住了委托人。"

如此混乱，关注点还是"最帅的法警小哥哥"，有助理如此，苗郁的头痛愈加剧烈："你们在哪个法院？"

唐博雅报了地址，真是打着灯笼都找不到的巧。苗郁的离婚官司在这家法院审判大楼的四楼，齐思贤和唐博雅就在一楼，她想找借口不去都没办法。

"我马上来。"

紧闭的电梯门轰隆隆打开的一瞬间，乱七八糟的声音涌进电梯间，推搡着苗郁往外走。不用刻意寻找，愤怒的女声已经给苗郁指引了方向。

"什么牛津大学高才生，都是骗人的！法官都已经告诉他，改变要求、改变要求，他不听啊！我也说当时我是借给公司的，不是借给经理的，他非说经理借的钱，公司是什么担保人，结果害我们输了官司！十几万啊，都是我辛辛苦苦存的积蓄！你要赔偿我，赔偿我，赔偿我！"

女委托人最后三个"赔偿我"一声比一声高八度，音高比得上金色大厅里尽情讴歌的花腔女高音。女委托人的丈夫也在骂，只是气势不如老婆那般引人注目。苗郁下意识偏转了头，勉强抵挡了一拨魔音灌耳。此刻的9号法庭外，传说中的英国法学博士齐思贤正被委托人扯着，满脸尴尬和委屈。他比两位委托人高出一个头，手脚修长，宽大的律师袍在他身上，不见臃肿，反而衬出精英气质。只是，原本平整的律师袍已经被揉出了肉眼可见的褶子，颇有些狼狈。好在法警和保安非常给力，挡开了两位委托人，看热闹的围观群众要么指指点点，要么不痛不痒地劝上两句。苗郁倒想假装不认识他，扭头走人，缩在齐思贤身边的男生宋乾却突然叫起来："苗老师，快来救我！"一边喊一边激动地招手。

别人家的助理乖巧懂事又听话，自己的助理不是花痴就是二货，律所主任更是书呆子一枚。苗郁纵有一肚子的郁闷，也只有快步走到在崩溃边缘徘徊的当事人面前，微微点头致意，职业化地开口："您好，我是衡明律师事务所的律师，也是齐律师的同事，请问有什么可以帮您的？"

"你们律所都不是好人哪！"女当事人反反复复就这么一句话，跪在大理石地面上号啕大哭。男当事人扯着齐思贤的律师袍，额头上青筋暴出："你是不是收了被告的钱？是不是收了钱？是不是收了钱！"

质问声在法庭走廊上回荡，苗郁用得体的笑容，掩盖郁闷的心，递去纸巾，柔声说："二位能说一说到底出了什么问题吗？说不定我还能帮上忙。"

她的态度的确是诚恳万分，声音不高不低，有股奇妙的感染力。两位委托人情绪稍微平静了些，恨恨地看着齐思贤，正要说什么，齐思贤突然小声地开了口："我的辩护方向真的没有问题，是法官没理解到我的意思……"

"你还敢说？"女委托人原本按捺下的脾气骤然扩张了十倍，"你输了官司还怪法官？当初是你告诉我绝对能打赢官司，我才相信你的，你现在……你现在……"

逃避是来不及的，一辈子都不可能逃避的。苗郁还想抢救一下律所可怜的信用，七八页的判决书已经砸到她的脸上，伴随女委托人的怒骂："你自己看！"

小助理唐博雅及时抓住了飘飘欲落的判决书，双手捧给苗郁。苗郁顾不得揉脸，匆匆翻了一遍，就想一巴掌敲开齐思贤的头，看看里面装的是豆腐渣还是稻草。这个案子其实是很简单的借贷纠纷，某公司向委托人借了一笔钱，并且约定了利息和还款时间。在借条的末尾，有公司法定代表人的签名，盖着公司的公章。很明显，债务人就是某公司。但是，齐思贤认为，借钱的是公司法定代表人，公司盖章只是一个担保责任，所以他在法庭上提出，应当由法定代表人偿还借款，如果他拒绝偿还或者无力偿还，应当由公司担负起担保责任！这完全是错误的辩护方向，法官是有多傻才会采信？

苗郁的脸色由红变青，由青变白，突然转头瞪着齐思贤。他一脸无辜地回看，仿佛根本不知道自己犯了多大的错，振振有词地说："苗律师，你不要看判决书上是怎么写的，你要看证据是怎么体现的。如果是公司的债务，只需要公司公章就行了，但是法定代表人签字，性质就不一样……"

"你给我闭嘴！"苗郁阴沉地挤出几个字，唐博雅和宋乾同时缩了缩肩膀，不敢开口。一旁的两位委托人已经开始了新一轮哭诉。女委托人抓着法警不放，一个劲地说自己如何可怜，被无良公司骗了钱，又被无能律师骗了钱，哭得梨花带雨。法警也是一脸无奈，一个劲地用目光催促苗郁，让她快点把当事人领走。

听到"无能律师"四个字，苗郁、唐博雅、宋乾三个人脸上红一块白一块，用这种特殊的方式证明了他们仨属于同一家律所。齐思贤试图抢救一下可怜的名誉："陈先生、陈太太，你们相信我。我马上就草拟上诉状，案子还没生效……"

"滚！"男委托人难得地吼了一声，"我要换律师！你们的代理费，我也不会给！走着瞧！"说着，拉起还在哭诉的妻子，"走，我们换个律师！去司法局投诉他！"

两位委托人愤怒地离去，看热闹的围观群众也散了大半。现场只剩下衡明律师事务所的四人，面面相觑。见三双眼都盯着自己，齐思贤尴尬地笑，想要为自己辩解两句："我……我真的没想到法官不能接受我的想法……我在英国接触过类似的案例，法院判决原告方胜诉。所以我认为……"

"齐主任，有话回去说。"

苗郁只觉得脸上发热，唐博雅和宋乾的目光就像在关爱智力有缺陷人士。教条主义害死人，在中国大地上能照搬英国的法律和法规吗？苗郁太阳穴突突直跳，她看见刚刚围观的人群里，不仅有当事人，还有律师同行。虽然没见着几张熟面孔，但是这种坏事向来自带飞毛腿，不出一个星期，就要传遍C城的律师界了。

衡明律师事务所这块暗淡无光的招牌，叮当，又掉落了一颗螺丝钉。

回家休息成了妄想，一行四人垂头丧气地回了律所。半脏的玻璃门上，贴着物业催缴通知："尊敬的业主，您已经欠了两个月的物管费，请尽快缴纳，以免产生滞纳金。"

语气是礼貌的，态度是居高临下的。天底下能有这么惨的律所吗，还欠物管费？一个律师事务所，必须有三个合伙人。现在，衡明律所另外两个合伙人律师，一个已经出国，要在美国哥伦比亚大学当两年的访问学者；一个功成身退四处云游，朋友圈失踪十天半个月是常态。仅剩的那个合伙人，就是齐思贤。

苗郁真的怀疑，她当时之所以会同意王主任的请求，回衡明律所当律师，一定是被沈冲气得脑抽，一不小心点头的。当时，在法式餐厅悠扬的小提琴声中，王主任的劝说听着真有几分无奈："从名义上说，思贤是律所主任，但小苗你清楚，他的职业经验不足，所以我的不情之请，就是你多带带他。"

"王主任您太客气了，我担心会辜负您的期望。"苗郁其实不太想回衡明律师事务所，但是王主任是她的授业恩师，大学毕业后，也是他力邀自己加入衡明律所，一路传道授业解惑，她实在没有理由生硬地拒绝王主任。齐思贤的父亲齐伦，对她的职业生涯也多有提携，如果她就这么一走了之，良心这关实在有些过不去。

王主任叹了口气："多谢你，小苗。你不看别的，也看在思贤父亲的分上，至少让他在这行内立足。"

说到齐思贤的父亲，连烛光都沉重地摇动了几下。苗郁勉强笑了笑，说："可是，我已经两年多没有办案，可能在经验上还差点。"

"你的实力，比沈冲强。"汪主任说，"你当年放弃做律师，去学院当行政人员，我真的觉得大材小用。"

也许是提到了沈冲，烛光飘摇，阴影极快地拂过苗郁的脸。王主任察言观色，连忙举起酒杯："来，干了这杯，预祝你在衡明律所一切顺利！"

虽然王主任这话说得极掏心窝子，但苗郁还是听出了几分狼狈。她和沈冲在大学时就是一对情侣，毕业后，又一起到了衡明律师事务所当律师。最开始的日子，两人苦不堪言没有案源，没有经验，能代理的案件都是些小案。不过回想起来，贫贱夫妻虽是百事哀，但年轻时必要的浪漫总是生活的主旋律。齐思贤的父亲，也就是律所主任齐伦，对沈冲十分看重，亲自带他。沈冲成长极快，渐渐开始开拓案源，好案子也一个接一个地来。

可惜，三年前，齐伦晚上回家遭遇车祸，不治身亡。齐伦是律所的主任，业务水平极高，他的死亡让衡明律所遭受了重大打击，沈冲也在那之后选择去另外的律所。恰逢那时，两人结婚也有几年，苗郁一直在备孕，而律师的工作，一旦忙碌起来是没日没夜。苗郁思量之下，选择去了高校做行政人员，图的就是工作轻松，对身体好。没想到，离开了律师这行，她连自己的老公都看不住。

苗郁再次回到律所的第一件事，就是翻看齐思贤代理的所有案件的卷宗。合上卷宗，她只觉得脑仁一抽一抽的，疼得厉害。苗郁这才明白，什么叫"能让他在这行内立足"。

她需要奶茶，如果一杯不能解决，那就两杯、三杯！

苗郁靠坐在宽大的皮质办公椅上，脑中一片空白。办公椅老旧，皮质扶手已经磨得起了细小的裂纹，她掌心传来细微的粗粝感。这时，唐博雅从门后探出脑袋，小心地禀告："小老师，齐老师请你去会议室，说商量一下今天这个案子怎么上诉。"

"当事人委托他了吗？他怎么上诉？"苗郁不知哪儿来的力气，快步走出办公室，迎头问齐思贤，"齐主任，当事人的委托书在哪里？没有委托书，你能代理他们上诉？"

咄咄逼人的质问声在会议室回响，齐思贤也是愣了一下。他比苗郁高出半个头，五官不是时下流行的小鲜肉款，他眉眼深邃，全身上下透着干净的书卷气。普通的西装在他身上被穿出了英伦范儿，他举手投足间也透着一种叫绅士风度的东西。

苗郁态度非常不友善，齐思贤没露出半点被冒犯的不悦，反而认真地解释："苗律师，你相信我，这个案子我已经分析得很透彻了，上诉后，二审一定会改判或者发回重审。"

"当事人的委托书呢？"苗郁觉着自己这辈子都没这么好脾气过，"没有委托书，你为谁代理？"

齐思贤转头问宋乾："小宋，刚刚要你联系陈先生，他怎么说？"

宋乾已经很努力地藏匿身形，被点到名时一脸的生无可恋，他支吾了几句，小心地看了看齐思贤："齐老师，他说不用了，他要换律师。"

"怎么会？合同约定了，这个案子一直由我们代理。"齐思贤翻找出合同，递给苗郁，"你看，他们另找代理人，就是违约。"

苗郁冷冷地看他："他们违约，然后呢？起诉他们，要他们继续履行合同？"

齐思贤一脸的惊诧，仿佛听到了不得了的事："难道不应该吗？对了，一审已经结束，他们代理费还没有付，小宋你再打个电话催一下。"

"我们所的格式合同不是都约定在签合同时要预付30%的代理费吗？"苗郁听到了什么不对劲的东西，抓起合同飞快地翻了两页，赫然发现，关于代理费的那项条款，不知什么时候用笔画去一句，变成手写的"案件胜诉后全额付清"。

冷静，冷静，身体是自己的，气病了没人照顾自己。苗郁正想抄个什么东西丢过去，唐博雅眼明手快地抱走水杯："小老师冷静，这可是小哥哥送给我的唯一的念想了，别扔。"

"齐主任。"苗郁咬牙切齿地说，"麻烦你签合同前看看我们律所，欠了两个月的物管费，就差喝西北风了。执业律师除了你我，还剩了谁？宋乾和博雅是律师助理，他们不能接案子，租房吃饭都要花钱，你让他们用爱给你打工吗？"

正为今晚吃什么发愁的唐博雅顿时热泪盈眶，宋乾小声地说："可以不爱，请不要伤害。"

齐思贤放下手中的资料，默默地看着苗郁。苗郁皱眉："齐主任，有意见吗？"

"苗律师，我作为律所主任，这些问题我当然考虑过。我希望你能尊重我的专业水平，我认为现在，在C城，暂时还没有人能理解我的法学理论。我希望你能给我一点时间，我会证明我是正确的。这个案子，就算二审不是我来代理，我也会写出一篇论文，发表在核心期刊上，证明我没有错。"

这番话说得掷地有声，齐思贤目光坚定，但应者寥寥。苗郁双手抱在胸前，眼神冰冷又无奈。唐博雅和宋乾大气也不敢出，闷着头偷偷看手机。过了片刻，苗郁撑在大圆桌上，直视齐思贤的眼，说："齐主任，尊重是赢来的，不是说出来的。请数数你代理的案子，有赢过的吗？"

这话问得实在是太过冒犯，几乎是指着齐思贤的鼻子大骂他百战百败。换个人被这么说要么一拳头招呼上去，要么面露难堪心怀怨恨，当场翻脸是小事，极有可能往后老死不相往来。但是齐思贤并非普通人，听着这番话，他脸上一红，顿了顿，用手扶了扶眼镜腿："从约定俗成的规矩来看，我的确没有赢过一个官司。"

得，您还得意上了。唐博雅忍不住翻个白眼，摸出手机，点开招聘APP开始找工作。见宋乾正盯着手机出神，比钻研案卷还专注，唐博雅踢他一脚，问："在干什么呀你？"还不麻溜地找下家。

宋乾没理会她，两只眼睛几乎要钻进手机里。唐博雅心生好奇，凑过去一起看，只消得一眼，就被屏幕上的内容吸引了去。

椭圆长桌的另一头，苗郁与齐思贤已经剑拔弩张。纵然有长桌隔着，两人也已有数道目光交锋了。苗郁站得挺拔，修长的脖颈带着白天鹅的高傲，发髻绾在脑后，没用发胶，每一根头发都服帖地紧贴头皮，不敢忤逆主人的旨意。听着齐思贤的宣言，苗郁先前的怒气消了大半，取而代之的是满脸的讥诮。

"约定俗成？麻烦齐主任解释解释，非约定俗成的赢是什么意思？"苗郁唇角上挑，好似尖锐的讽刺，"你还能在法庭上说，只有你的理解是对的，其他人约定俗成的理解，包括法官本人的理解，都是错的？"如果他真敢点头，她苗郁就敢代表法律惩罚他。

齐思贤一脸的奇怪："苗律师你又误解了，我并不是说我的理解就是绝对正确的。从哲学上说，世界上没有绝对的真理，对错是非不是绝对的，法律条文只是一种表象，我们需要在诉讼中辨明法律的本源，共同推动法律的进步。"

这都什么乱七八糟的，说他是书呆子简直是贬低了书呆子这个词，苗郁气得差点笑出声来："请齐主任搞清楚，你是律师，不是法学家，更不是哲学家！你的本分是为当事人争取更大的利益，而不是把法庭当成自己的试验田！"

齐思贤的学者自尊心被打击成了碎片，露出受伤的小表情。思忖良久，他试图解释："苗律师，我不是不接受你的批评。我只是希望你能记住，我们作为律师，有责任推动社会法治进步……"

他一脸认真，仿佛他所坚持的就是不被苗郁所理解的法治真理。苗郁气结，真不知道该说他这样是理想主义还是教条主义。她深吸一口气："齐主任，如果你真的负责任，麻烦你看看律所现在都成什么样了！要案子，案子没有，要名声……"她还能说什么？今天这事一传出去，律所的名气肯定会暴涨，却不是良好的口碑，而是业界同行的笑话。苗郁抬起手，制止齐思贤即将说出口的话："我很感谢王主任和齐老师当年对我的悉心栽培，但是，如果齐主任下次接案子的时候擅自决定，或者随意就决定下了诉讼策略，别怪我第二天就转律所。"

她音量不大，微微抬起下巴才能平视齐思贤，黑白分明的眸子里藏着星辰大海。齐思贤怔了一下，正在思索苗郁的话，圆桌另一头传来唐博雅的惊呼："啊，这是在我们楼上啊！"

齐主任和苗律师发现，两位助理已经齐齐趴在窗户边，伸着头向上看，像两只来自非洲大草原的猫鼬。齐思贤诧异地走去："发生什么事了？"

"我们楼顶上有人要自杀！"

唐博雅夸张地指向头顶，一边说一边拼命地往上方瞅。衡明律所所在的这座商厦有些年头了，与动辄二三十层的大厦相比，十二层的高度实在算不了什么。雨淋日晒，商厦原本明黄的外墙瓷砖呈现出一种垂头丧气的土黄，在这个黄金地段中，视线最不好，门庭最冷落，租金最便宜。

窗外大街上喇叭声不断，议论声、嬉笑声如潮水般涌进办公室里。苗郁学着唐博雅的样子，探出身往头顶看。刚把头伸出窗外，冷风从四面八方肆虐而来，嗖嗖地灌进她的耳洞、衣领。她忍着寒凉扭转脖子，只一秒，足够她看清在窗户的斜上方，有一双脚悬搭在天台外。那是属于少女的脚，宽大的深蓝色牛仔裤腿下，细白的脚腕瘦得惊人，脚踝上突出的骨头像是累赘物。没穿鞋，没穿袜子，雪白的足裸着，衬在土黄色的瓷砖上，触目惊心。

大街上已经拉起了警戒线，消防员正在给明黄色的气垫床充气，只是还没充好，软塌塌的，像烤制失败的面包。不时有人在起哄："快跳，快跳呀！"拿别人的伤心事充作自己下酒的小菜。

人群在哄闹，不少人还拿出手机拍摄视频。苗郁对这种看客向来充满厌恶，宋乾已经抄起一瓶矿泉水想要扔下去，被唐博雅拉住了："高空抛物，你想赔死啊！"

齐思贤扭头对两人做了个噤声的手势，示意不要惊动了跳楼的少女。唐博雅缩了缩脖子，忙用双手捂住嘴。苗郁侧着耳朵，捕捉到呼呼的风声中，裹挟来另外一个声音，那声音正在劝解女孩子。

"你……年轻……自杀不能……帮助你……"

四个人半趴在窗边，大气不敢出，全身心地留意天台的动静。窗台的位置很巧，在少女所坐位置的斜下方，齐思贤个子最高，他正努力探出窗外，查看头顶的动静。苗郁抬手肘碰他，轻声提醒："你小心点，别把自己掉下去了。"

齐思贤摆手表示没事，继续倾听。女孩子不发一声，腿也没挪动，不知道是在纠结跳楼，还是在欣赏闹市风景，那些哄闹的声音都仿佛与她无关。宋乾放低了声音问："我们能不能把她拽进来？"

"不行。"齐思贤否定，"距离太远，够不到，除非……"他找了个矮凳，放在窗边，命令宋乾扶稳，再小心翼翼地踩上去。矮凳摇晃，他一边摇摇欲坠，一边伸出手，想去抓住少女的腿。

苗郁看得心惊胆战，低声叫他："你快下来！"千万别发生跳楼的没救下，救人的也挂了的事情，然后第二天的热搜头条是《海归律师与陌生少女同时坠楼疑殉情》，那就真的没救了。

齐思贤像是没听到苗郁说话，踮起脚，再次尝试抓住少女。苗郁心跳开始加速，手心又湿又冷。这时，她发现，一直坐着没动的少女，忽然挪动了一下，动作很轻微，就像风掀起了裤脚，或者蝴蝶扇动翅膀，眼睛一眨就会忽略掉。

她要跳了！

这个念头刚刚生出，少女双脚已经离开了天台，轰然坠落。苗郁下意识地喊出三个字："抓住她！"

惊叫声同时响起，天上地下都有，凝固在弹指一瞬。她飞得很慢，苗郁看见她修长的腿，飞扬的长发。她穿的是白色薄毛衣，和她的脚一样白。她的双臂高高扬起，仿佛要拥抱自由。

下一秒，齐思贤扑出了窗外。

苗郁真的呆了，脑中一片白茫茫的。他不要命了？能抓住吗？抓不住怎么办？苗郁几乎不敢想，不敢动，整个世界也突然间陷入了黑暗。

不知道时间过了多久，唐博雅带哭腔的声音响在耳边："小老师，你……你可千万别松手啊，我这就去叫人！救命啊！救人啊！"

唐博雅一溜烟地跑出办公室，叫嚷着救命的声音也一路远去。苗郁这才发觉自己双臂沉重，正死死地抱着什么东西。宋乾的声音像是从牙缝里挤出来的，十二万分地费力："苗老师，别撒手，千万挺住。"

睁开双眼，她赫然发现，自己正抱着齐思贤的一条腿，他的另外一条腿被抱在宋乾怀里。齐思贤从膝盖以上全数悬在窗外，她几乎看不见他的身体。

"怎……怎么……回事？"苗郁每开口说一个字，力气就泄一分，齐思贤的腿就从她手臂里滑落一分。她不敢再问，只有咬紧牙关拼命拉着。

宋乾到底是男生，抓着齐思贤的腿，还有力气问："齐老师抓着没有？"

齐思贤的声音遥遥地飘过来："还行。抓紧了，别松手！"前一句听着气若游丝，似乎下一秒就快挺不住了，后一句声音大了不少，像是鼓劲一般。

苗郁全部的精力专注在手臂上，死死地抱着齐思贤的腿。她不能开口，甚至不敢回忆，在刚才石破天惊的瞬间到底发生了什么。她有个隐约的念头，此刻无法验证，只能祈祷唐博雅能快点、早点找到救兵。

齐思贤一直在絮絮叨叨着什么，听不清楚，身体还不住地扭动。苗郁和宋乾又怕又累，真想撒手算了，但人命关天，再辛苦也要忍着。这时，凌乱的脚步声咚咚咚地自门外传来，苗郁心里一喜，想着再咬牙坚持一下就好。齐思贤的声音忽然大了起来："你别乱来！办法总会有的！你相信我，我是律师，我会帮你打官司的……"

办公室的门猛地被推开，唐博雅尖得变了形的声音回荡在办公室内："快去快去，在那里，在那里！"几个保安模样的人冲到苗郁身边，没有任何吩咐，抓脚的抓脚，抱身体的抱身体，很快就替代了苗郁和宋乾。

宋乾当场瘫倒在墙角，直喘气。苗郁忍着手酸脚软和过快的心跳，爬到窗边。果然就如她想的那样，在千钧一发之际，齐思贤冒险一扑，抓住了少女的手。在同一瞬间，她和宋乾也扑了上去，抱住了齐思贤。他们同时负担两个人的重量，其中一个还求死心切，怪不得那么痛苦吃力。

少女正扬起下巴，对齐思贤激动地说着什么，还试图掰开齐思贤的手。她有一张清秀的脸庞，长发被扯成黑色丝带，在风中乱舞。两人悬在窗外已是危险，她还要剧烈地挣扎，连带着齐思贤也开始向外滑落，拉人的保安根本拉不动。苗郁冲少女大喊："你要是死了，有什么委屈就再没人知道！逼你走上绝路的人，不仅会没你脏水，还会祸害更多的人！你不值得！"

这话被风送入少女耳朵里。少女忘记挣扎，怔怔地看着苗郁，一双眼空洞洞的，照映着没有太阳的天空。苗郁又喊："我们是律师，我们会帮你的！"

少女的嘴唇动了动，像是在重复苗郁的话。保安们趁机把齐思贤连同少女扯回去，一点点地，把齐思贤大半个身子拉回到室内。见少女已经离得很近，窗边的保安正要伸手去拉少女，意外发生了。

看见一只手向自己伸过来，少女像是被蛇咬了一般，惊恐地尖叫："不要碰我，不要碰我！"同时，身体开始剧烈挣扎，像是恐惧到了极点。

齐思贤本就累出了一身汗，手心滑溜溜的，全靠一口气撑住。此刻他刚脱离危险，正是最松懈的时候，少女突然挣扎，齐思贤没拉住，少女的手腕骤然从他掌心滑脱。

四面八方的惊叫声再次响起。

少女终像一只失了翅膀的蝴蝶，坠向大地。砰，气垫瞬间被砸出了深深的人形烙印。

苗郁不喜欢去医院，不仅因为难闻的消毒水味、匆忙往来的脚步、时高时低的哭泣叫骂，还有粗看雪白细看却沾着斑斑脏痕的墙壁，更因为医院和律所一样，都是见惯人心的地方。为了利益，人们撕破脸，突破人性底线，乃至一脚踏进万劫不复的深渊，这样的事，在律所太常见了。

急救室的红灯一直亮着，一个穿灰色夹克衫的中年男人正蹲在走廊角落里抽烟，背佝偻，头发花白。苗郁停住脚，看向齐思贤。齐思贤会意，提着水果走去："请问，是闻婷婷的父亲吗？"

男人抬起头，缓缓起身："你是谁？"

"您别紧张，我不是记者，我们是律师。"齐思贤连忙摸出名片递去。

男人没有接名片，眼中的警觉越来越浓："我不请律师，你们要做什么？不要骚扰我女儿！"

男人的情绪激烈得不正常，感觉会立刻抓住齐思贤挥去一拳。苗郁立即挡在齐思贤面前："闻先生你好，我们是在楼上拉住婷婷的律师。对不起。如果我们能及时拉住婷婷，婷婷就不会受伤。我们非常抱歉。"

男人一怔，缓缓松开拳头："你们……是……警察说的救了婷婷的人？"

趁男人情绪稍微松缓，苗郁丢去眼色，却发现齐思贤似乎若有所思。苗郁正要安慰两句，男人突然扑通一下，跪在齐思贤和苗郁面前："谢谢你们救了婷婷。"他声音激动得发抖，引得附近的护士、病人纷纷侧目。

齐思贤慌忙拉起男人："闻先生，闻先生，您不要这么客气，我们也没做什么……"

你的确没做什么，就是没抓紧人家的女儿。苗郁懒得说他，请男人在一旁的铁凳上坐下，递上一篮水果："闻先生，这是我们的一点心意，希望婷婷能早日恢复健康。"

水果聊胜于无，总好过空手上门。男人有些意外，言语中流露出少许感激："谢谢。"

齐思贤抓住机会问："闻先生，请问怎么称呼？家里还有其他人吗？"

"我叫闻鹏，婷婷妈几年前走了。"

在听到他自报名字时，齐思贤的神情突然变了变，屏住呼吸，问："您说，您的名字是，闻鹏？"

这般小心慎重的口吻，苗郁从未听过。她奇怪地盯了他一眼，齐思贤什么意思？别人的名字与他有什么关系？

齐思贤继续追问："您以前从事的是什么工作？药品销售吗？"

闻鹏投来奇怪的目光，皱眉问："你怎么知道？"

"我……"齐思贤刚说了一个字，便被不耐烦的苗郁打断了："闻先生，婷婷现在怎么样？抢救情况如何？"

闻鹏烦躁地摸出一支烟点燃，吸了两口，盯着急救室门前亮着的黄灯。苗郁不喜欢烟味，下意识地微微偏转了头，避开扑面而来的白烟。齐思贤忙说："闻先生，医院不能抽烟。"

"医生还没出来，护士只跟我说情况危险，正在全力抢救。"闻鹏熄灭了烟，起身走来走去，"要是婷婷再有个三长两短，我真的就没办法了。"

"再"？苗郁追问："婷婷以前也有过自杀行为？是为什么？"

闻鹏犹豫了半天，才点头承认："是，有过两次。前段时间我一直在家照顾她，这个星期我以为她已经好了，才回了趟公司。没想到，她自己跑出来……"

苗郁越听越觉得奇怪。一个花季少女，莫名其妙想不开要去跳楼，而且还不止一次，做父亲的却闪烁其词。想起保安伸手想要抓住闻婷婷时她满脸的恐惧，律师的职业敏感，催促苗郁问出更多的问题："闻先生……"

急救室的门忽然打开了，医生走了出来："闻婷婷的家属在不在？"

闻鹏快步冲上去："我、我就是。我女儿怎么样？她有没有事？会不会……会不会……"

"患者现在还没脱离危险，但是保住命是没问题的。"医生拉下口罩，叹气，"不过你也不能太乐观，患者是坠落伤，造成的气胸症状经过我们抢救已经缓解，但是引流瓶内引流出大量血液，我们考虑是连枷胸引起了进行性气胸。我们需要马上开胸探查出血点，同时进行肋骨固定手术，否则可能引发患者呼吸衰竭。"

一连串医学名词砸下来，闻鹏显然是没有听懂，他唯一能理解的是，如果不尽快动手术，等待闻婷婷的就是一条死路。闻鹏抖着唇问："钱，钱是多少？我……我回去拿……"

"治疗费用现在也不确定，如果要动手术，请尽快签字。"医生冷冰冰地说，"我现在就去联系胸外科和骨科医生，马上做手术。"说完就往急救室里走。

闻鹏追问："医生，我女儿危不危险？能不能治好？你给我说个准数，我心里有底。我还得跟家里人说一声……医生……"

医生见惯了家属的心急如焚，已经习以为常。他说："手术中有很多种可能，现在我也不知道结果是什么。你有这个时间问我，不如赶紧筹钱交钱，我们护士也要做准备。"

闻鹏的手一松，眼睁睁地看着急救室的门再次关上。齐思贤有些不满："这个医生也太没人情味了，多说两句话也耽误不了多少时间。"

苗郁没时间送齐思贤一个白眼，她试探着提议："闻先生，要不要我开车送你取钱？我可以让我助理过来，多一个人多个帮手。"

闻鹏靠着墙，双腿发软，却强撑着不肯滑下："不，我有钱，我先去交钱。先救婷婷，她不能有事……"他扶着墙想往外走。护士长已经赶过来，把一大沓情况说明书、知情意见书交到男人面前，嘴里解释个不停。男人看都没看，一句话也不问，护士指哪儿就签在哪儿，笔尖抖着，连字迹都看不太清晰。

看着男人备受打击的模样，齐思贤不停地追问："闻先生，婷婷为什么要跳楼？她好像很害怕什么人？她是不是被什么事刺激过？如果是他人造成的，你要不要考虑打官司起诉……"

苗郁忍无可忍地把齐思贤拉到一旁，说："你长点眼力行不行？人家现在在忙，再紧要的事也等忙完再说。"

见齐思贤还想追问下去，苗郁拉了他一把，暗示他别添乱。齐思贤摇摇头，低声说："我有事要问他，你别打岔。"

莫名其妙地碰个软钉子，苗郁不明白齐思贤为什么执着地纠缠闻鹏，真想找护士要块胶布封住，或者直接借缝合线缝上齐思贤的嘴。正在怒火蹿上头之际，及时响起的手机铃声挽救了齐思贤的命。

对话框里弹出一大堆网址，还有几个视频的链接，唐博雅还发来了一大段话，配上三个感叹号，以示她内心的愤怒。

"小老师，我找到了这些资料。闻婷婷今年十七岁，今天是她第三次跳楼。在她第二次跳楼的时候，有自媒体了解了一些情况，发到了网上。我根据这些线索翻到去年的几条新闻，就是刚刚发给你的链接。当事人被隐去姓名，但是我觉得很有可能就是她。小老师，如果报道是真的，那闻婷婷真的太可怜了！！！"

网页链接的内容大同小异，苗郁越看越心惊。少女小婷是C市某中学的学生，去年10月里的一天，因为感冒，她没有上课，而是请假后在寝室休息。这时，班主任武某借故来探望，不仅用手抚摸小婷的额头和胸口，还用嘴在小婷脸上"测试"体温。小婷很害怕，不敢动弹，也不敢跟人说。事发两三天后，小婷才鼓起勇气报了警。之后，小婷因为情绪不稳定，学习成绩一落千丈，被迫办理了休学手续。

报道到这里就结束了，没提武某有没有受到惩处，更没提小婷之后的情况。齐思贤匆匆看完这些报道后，脱口而出："荒唐！这就是猥亵！"声音在不长的走廊里阵阵回荡，引来路过的护士奇怪的目光。

苗郁没有作声，收起手机，坐在走廊的长椅上沉思起来。齐思贤在一旁喋喋不休："这个案子，我们一定要代理，胜算很大。大学时，我选修过心理学，婷婷在面对保安的救援时，反应很奇怪，特别恐惧，说明她是经历过异性带来的伤害的。她多次自杀的行为，也符合创伤性应激障碍特征。所以，她那个老师是侵权方，可以对他提起民事诉讼的。"

齐思贤兴奋地说完，迎头对上了苗郁无波无澜的目光，像有一盆冷水扑面浇来。他有些不服气，挑衅地瞪回去："我哪里说得不对？"

苗郁弯了弯唇角："从理论上说，没什么错，你想得挺对。"声调可疑地上扬，带着居高临下的蔑视。说着，她挎上手包，往挂号缴费处走。

长了耳朵的都能听出苗郁话里的讥讽，齐思贤的自尊心以肉眼可见的速度出现裂缝："苗律师，你把话说清楚，我哪里说得不对？"

苗郁停住步子，转头看他："证据。"

"证……证据？就诊记录、报警记录，都可以证明。还有因果关系！如果能证明婷婷的创伤性应激障碍和老师的行为有因果关系，绝对可以打赢这个官司。"齐思贤全然沉浸在自己的世界中，没察觉到苗郁轻轻地摇头。

年轻人有热情是好事，但是不能靠热情解决所有的问题。苗郁忽然有些怀念刚刚毕业的自己，热情有冲劲，和沈冲一起，哪怕三餐啃的是冷馒头，哪怕不睡觉，也要把案子琢磨透。她第一次独立代理的案件是一起相邻权纠纷，案子看着简单，楼上卫生间漏水，渗到楼下的卧室，把楼下那家收藏的字画毁了。楼下称画是齐白石真迹，价值二环内两套房，楼上说就是地摊货，拿来糊弄人的。两家人为一幅无法鉴定真假的画吵得不可开交，从文斗发展成了武斗。苗郁代理的是楼上那家，老两口愿意重新装修防水，但是拒绝赔偿"名画"。楼下那家请的是本市有名的律师，证据准备得十分充分。第一次开庭时，苗郁感受到了前辈律师全方位的碾压，从智商到口才，她根本不是他的对手，就连沈冲都劝她，让当事人接受对方的条件。苗郁憋着一口气，从对方准备得扎实严密的证据入手，发现了楼下造假的证据，逼得对方撤诉。现在回想起来，苗郁自己都想不起哪里借来的勇气和激情，或者还有少许一点运气，竟然打赢了官司。

而现今，这种热情，齐思贤身上还有。但是，这案件的困难程度，远超当年她打的那个官司。

手术已经就绪，闻鹏预交了手术费，坐在长凳上愁眉不展，鲜艳夺目的水果篮摆在他身边。男人手里夹着劣质烟，冒出一缕缕刺激鼻腔的烟味。此刻，他的世界只剩下手术室门前亮起的灯。

苗郁不便打扰，悄悄退到电梯前，按下下行按键的同时，招呼齐思贤："还不走？"

齐思贤眼中的犹豫一闪而过，走到苗郁面前时，他已经换了另一种神色，再次坚定地强调："苗律师，我想，这个案子可以试试代理。"

苗郁想试着抢救一下："我不赞同。闻先生没有打官司的意思，我们不能强迫他，更不能给他灌输官司必胜的想法，这很危险。"

"我……"齐思贤顿了顿，说，"这个案子我一定要接，他很重要。"

苗郁不明白"他很重要"是什么意思，更不明白齐思贤哪里来的决心，就算排除万难也要鼓动闻鹏打官司。但看齐思贤这般坚定，一阵无力感涌上她心头。她的声音没有起伏："随便你，你决定了就好。"说着她就要迈进电梯里。

齐思贤伸手拦下要关闭的电梯门："苗律师，你这是同意了？"

"不好意思，我个人并不赞同。"苗郁的声音恢复冷淡，"接不接案子，全凭你自己，你不要后悔就行。"

电梯发出警告声，刺耳极了，苗郁没有任何要走出电梯商量的意思。齐思贤忽然一松手，电梯门轰隆隆地关上，隔开了他和苗郁。电梯楼层依次下降，在走廊窗边的齐思贤看着苗郁走出大楼，招手拦下出租车绝尘而去，眉头微微皱了起来。

齐思贤终究是收拾起忐忑的心情，坐回到闻鹏身边，问出酝酿许久的话："闻先生，你有没有考虑帮你女儿打官司？"

苗郁都不知道自己是怎么回到律所的，办公室的门狠狠地与门框亲密接触，整个走廊都在发抖。唐博雅和宋乾两人对望一眼，从对方眼里看到了一丝无奈。两个人出去，只回来一个人，而且还是火冒三丈的样子，显然齐主任又惹苗律师生气了。这怎么办？苗律师会不会就此离开律所？他们要不要跟着换家律所？

唉，他们怎么如此命苦！

宋乾推了推唐博雅："你还不快找下家？"

唐博雅没理会，忙着修改毕业论文："我不急，小老师答应带我的。她就是要走，也会带上我的。"

"你这么相信苗律师？"

唐博雅冲他做个鬼脸："小老师说话算话，我不相信她，难道相信你？"

宋乾不禁悲从中来。当初王主任出国前，他就考虑要换律所，后来听说苗郁律师要来，他还一阵兴奋，想着能从鼎鼎有名的苗律师身上学点好东西，也够回本了，才打消了换律所的念头。没想到齐主任本事更大，把苗律师气走了。唐博雅有苗律师罩着，他怎么办？

苗郁在办公室收拾私人用品。她回到律所还没几天，一直忙着与沈冲的离婚官司，私人的东西很少，很快收完后，苗郁也没想好可以换到哪家律所。不仅是她一个人，她还得考虑唐博雅，大律所只要有经验的律师和律师助理，唐博雅还没有毕业，能收她的大所几乎没有。或者说，又换到一家小律所？

正在思考跳槽到哪家律所，唐博雅敲门进来了："小老师，今天晚上有个论坛，你和齐老师确定要参加的，别忘了。"

苗郁抬手按眉心。事情太多，年龄大了容易忘事。近些年，本市律师协会时常与其他行业联合举办一些论坛，邀请知名学者或者律师举办讲座，或者交流一些法律问题。今天这场，本来应该是律所主任去参加的，王主任出国后，这种事就落在齐思贤头上。苗郁拿起包："你给齐思贤打个电话，提醒他按时到。王主任好不容易给他争取的机会，他要上台介绍他的研究成果。"说到最后四个字，苗郁有些咬牙切齿。

唐博雅点头，说："宋乾已经联系了齐主任。齐主任说他六点钟之前一定到。"

苗郁抬手腕看表："你先去会场，记得把他要上台宣读的论文打印出来带上。让宋乾问清楚他在哪里，赶过去，必须把他及时带到会场去。如果……"她疲惫地闭上眼，"如果他没按时到，你就帮他上台说。"

"我？"唐博雅诧异，连连摆手，"我不行吧，齐主任的论文我看过，真看不懂。"

"没有可是，如果他没赶到会场，你就上台。"

"我……我不敢啊……"

苗郁不客气地戳穿她："学生会主席，校际辩论比赛最佳辩手，上天台跳个楼也要痛骂渣男的女侠，你看不懂也得看懂，明白？"

唐博雅小脸一红。好汉臬提当年勇，史何况这也不算什么光彩的事。她忙不迭地应下："我马上打印了好好学习，我一定好好讲，不丢律所的脸。"

唐博雅正要逃走，苗郁叫住她："等下你去就行了，我就不去会场了。"

"啊？"唐博雅惊讶，"小老师别这样，你不去我会没胆子的。"

苗郁舒了一口气，说："我只是不想……"不想什么呢？她有些说不下去了。

这种场合，沈冲肯定会去的。联络旧友，认识新朋友，几乎是他与生俱来的本能。他常说，朋友多了路好走，所以一年365天，他有300多天在各种会场流连。而今，婚姻就差最后一张证明，她不想见到他。

唐博雅快要哭出声来，垮着脸说："小老师，求求你救苦救难，就算我要上台，没个熟人在下面，我一定会晕过去的。"

苗郁坐回办公椅上，简单地吩咐："你迟早要独当一面，就当提前演练好了。我记得齐思贤已经做好了PPT，你找出来拿给主办方。早点去，现在就出发，也好熟悉一下。"

没有给唐博雅一点犹豫的空间，苗郁已经抄起厚厚的一本《司法解释》，低头翻看起来。唐博雅想说什么，但也知道抗议无用，伤心地接受了自己的命运，低着头退了出去。

门小心翼翼地被关上，苗郁这才放下手里的书。这小丫头有能力，有胆量，多得到点机会，早点成长起来，未尝不是好事。在职场上，早一点成熟，就是领先同龄人好几步。

但愿她能懂。

律所没人，苗郁待着也没什么意思，再次清点办公室里的私人用品，纸箱也只有空落落的半箱。好在不重，她一个人就能把纸箱抱回到楼下，打个出租车回家就能好好睡个觉。她刚到街边，背包里的手机叫了起来。

"苗郁你不把我当朋友是不是？"对方劈头盖脸就是一番质问，咄咄逼人的语气像是机枪扫射。

苗郁淡笑："哪能呢，万大主持有什么吩咐？"

"吩咐不敢当，我就求求你赶快到迪菲亚酒店来。你们所今天就派个小姑娘来，镇不住场子。我可告诉你，今天来的都是本市有名的律师，可都是冲着你们什么留学归来的经济法学高才生的名头。"本场论坛的主持人，也是苗郁的好友万佳靠在墙角打电话，噼里啪啦像芝加哥打字机在高速运转。唐博雅在一旁，低着头，打印的论文在她手里，已经被揉成皱巴巴的咸菜。

"我们所的齐主任没来吗？"

"塞车，堵在路上了。"万佳的声音听着有些着急，"你那小助手太紧张，根本没办法上台。我劝你赶快过来，救的可是你们自己的场。"

"好……好吧，我过来。"

听着听筒里传来清脆的挂断声，苗郁有些郁闷。唐博雅会紧张到话都说不出吗？她不太相信，但万佳又没必要骗自己。齐思贤堵在路上，如果不能及时赶到，论坛主讲泡汤，铁定会得罪律师协会，齐思贤也别想在本市混了。苗郁叹口气，做人得有职业道德，就算要跳槽，也不能留个烂摊子给齐思贤。

赶到迪菲亚酒店，苗郁先把纸箱寄存在前台，再匆匆奔进九楼的会场。不少律师同仁都已到场，熟悉的人三三两两地聚在一处，谈论得热火朝天。苗郁正在寻找唐博雅，忽然有人拍了她的肩膀一巴掌，拉着她往后台走："现在才来，快跟我进来。"

苗郁看清了来人的模样，松了一口气："万大主持人，你又玩什么花样？"

万佳一袭浅绿色拖地长裙，身材窈窕，妆容精致。她和苗郁是同届校友，毕业后，苗郁当律师，她考公务员，进了本市司法局律管科。万佳形象极好，从小学的是播音主持，每次这种论坛或者半官方的聚会，她都当主持人，挑大梁。在读书的时候，苗郁和万佳不过是点头之交，毕业后因为工作时常见面，关系反而亲密了不少。可见女人的友谊，没有规律可循。见万佳拉着自己步伐匆匆的样子，苗郁有些诧异："你怎么了？是我助理出什么事了吗？"

"没有没有，我只是要提前告诉你一声。"万佳把苗郁拉到后台一个角落，一脸神秘地说，"沈冲也来了，刚刚我看到他在和律管科的领导说话。"

真是怕什么偏来什么。苗郁摆出无所谓的笑容："没事，难道你怕我打他？"

"他还带了个女孩子，看着才毕业没多久，两个人很亲密，不会就是那个小三吧？"万佳一脸严肃地问。

苗郁不想多说这个话题，左右看了看："唐博雅在哪儿？论坛是不是要开始了？我要去看看PPT准备好了没有。"

"你别急，"万佳非常懊恼地一拍脑袋，指了指不远处的小房间，"我忘了跟你说，齐主任刚刚到了，已经调试好了PPT。你的助理也在那边，所以你不用担心她。"

苗郁一时间不知道该说什么好。这算是命运开的玩笑吗？慌慌忙忙赶到酒店，结果正主已经到了，而她，即将与出轨的前夫打照面。

万佳知道苗郁离婚的全过程，见她落寞的样子，忍不住劝道："男人嘛，和你离婚是他的损失，别想了。我看啊，你们所那个齐主任，长得不错，又是海归硕士，沈冲和他比起来差一大截，你不如考虑考虑他？"

这都哪儿跟哪儿。苗郁没好气地白了她一眼："难道我离了婚就应该一心一意再找男人？我不能一心扑在工作上吗？"

"你可以一边工作一边找男人，不耽误。"万佳理直气壮，"你可别告诉我，你被沈冲伤了心就再也不想有新的人生。"

苗郁拨开万佳的手："谢谢你啊。不过我现在唯一想做的，就是回家睡个觉。"她笑着往出口走，"万主持，赶紧去准备吧。"

万佳知道苗郁看着柔和，其实是个倔脾气，九头牛都拉不回。万佳想要把闺密喊回来，但论坛已经要开始，也只有叹口气，提着裙子往舞台上走。

苗郁当然知道万佳的好意。遇着堵心的事，越是把自己锁起来，越有可能钻牛角尖。但她只是想睡个觉而已，所以，并没有什么好担心的。

今天注定是要让苗郁计划落空的一天。伴随着激昂的开场音乐，万佳甜美的声音响彻大厅。苗郁本想着贴着大厅侧面，走到大门处，哪知没走两步，有人已经认出她了。

"苗律师，你也来了？怎么不进去呢？"

这句问话里的恶意和幸灾乐祸铺天盖地地打来。苗郁心想，这好好的地毯上怎么会有一摊狗屎？她转身，笑着说："是啊，女人嘛，总得要有事业。再不学习，在法庭上屡战屡败的，说出去可真不好意思。"

问话的女律师，与沈冲在同一家律所，和苗郁也打过几次照面。算不上大奸大恶，但那点笑人无、憎人有的小心思，已经无人不知无人不晓。她认定听到"输"官司就要输，最忌讳别人在她面前说"输"字。女律师被戳中心病，脸色顿时变得不太好看："你……"

"不好意思，我得去我的座位了。"苗郁轻轻一笑，款款往前排走去，似乎根本没发现沈冲。

唐博雅正在专心玩手机，苗郁在她身边坐下，吓了她一大跳，她连忙藏起手机："小老师，你来了。"

"嗯，来看看。"苗郁假装没看到唐博雅手机上的游戏，只抬头看着台上正在演讲的齐思贤。

这次论坛的题目很应景——P2P相关法律实务问题研究。P2P借贷这种新东西，近两年兴起，旋即又引爆诉讼狂潮。有的律师拿到这类案子，不知道如何着手，借鉴国外的经验是一条不错的路子。这主题不错，但苗郁听得皱起了眉头，并不是齐思贤讲得不够好，或者是PPT设计得不漂亮，而是他讲的内容太脱节了，几乎是大段大段地引述国外法律法规，这个法学家如何分析，那个法学家如何看待，罗马法里有什么思想可以借鉴，时不时蹦出几个英文单词。他讲得非常卖力，只是太过深奥，好些律师已经听得不耐烦，或是交头接耳，或是低头看手机，聊天的嗡嗡声已经掩盖不住。

"下面是我要讲的第七点……"齐思贤讲得十分兴起，根本没察觉主办方给的时间快要到了。趁着他喝水的间隙，万佳几乎是冲到台上，强行抢过话筒："感谢齐律师的精彩发言，下次有机会再邀请齐律师与我们分享域外经验……"

齐思贤不明所以："可是我还没说完，我还有两点没和大家分享……"声音借助麦克风传到大厅的各个角落。

这种场面实在太尴尬，唐博雅快要把头埋进地毯里，苗郁立刻命令宋乾："小宋，上去把他给我拉下来。"

幸好衡明律所被安排坐在最前排，宋乾几乎是跑着冲上台去，半拉半劝地把齐思贤带到台下。万佳暗地松了一口气，给苗郁送去感激的眼神。齐思贤不明就里，低声埋怨苗郁："我就要说到最重要的部分了，对大家都是很好的经验，你们怎么就打断我？"

苗郁压抑在胸口的闷气，被他全然不知错在哪里的语气点成一把火。她懒得多说，冷冷地甩去一个眼神："你太啰唆了。"

"好像是有一点。"齐思贤神色有些懊恼，默默地坐到苗郁身旁，悄声说，"下次我一定注意。"

知错能改，还算是好孩子。苗郁敷衍地笑笑，开始听下一位律师的演讲。这位律师的理论水平没齐思贤高，但是案例准备得很扎实，法律关系和案由的选择，非常有实践意义，连苗郁都听进去了。齐思贤见状，凑到苗郁耳边低声说："我觉得这位律师讲得不够深刻，再引用一些理论就好了。"

苗郁不想太打搅别人聆听，便靠近齐思贤耳侧，压低了声音说："深刻不深刻不重要，重要的是，实用不实用。"就算你学了屠龙术，连头牛都宰不了，屠夫的工作也是干不下去的。

齐思贤似乎还有进一步沟通的意思，苗郁抬手制止他："过会儿我有个重要的事，想单独跟齐主任汇报。"

苗郁想正式告知他，自己准备转律所的事。毕竟道不同不相为谋，她也不想把关系搞得太僵，免得日后不好相见。

论坛交流阶段结束后，还有一个餐会。按照惯例，这种餐会并不是单纯的吃喝，而是各律所之间交流消息的机会。齐思贤虽然是个书呆子，但是在人际交往这块还算没愣得彻底，好些递名片的律师过来互相介绍认识，齐思贤一时间忙得分身乏术。苗郁原本想把正事说了就离开，没承想好些认识的律师纷纷过来打招呼叙旧，其中不乏好些好事之徒"好心"询问她的近况。

唐博雅在一旁听得明白，为苗郁愤愤不平："这些人有病！有这时间，不如好好提升业务水平！"她的目光落在不远处的沈冲和他身边穿深红旗袍的年轻女子身上，此刻，两人的状态算不上亲密，但女子眼神中偶尔流露出的娇嗔依恋，骗不了人。唐博雅知道，那女的就是破坏苗郁婚姻的人。她愤愤地丢去不屑的目光，除了年轻，这姑娘根本比不上小老师的一根头发。

苗郁看她一眼："嘴长在人家身上，不用管。"她当然知道沈冲和他的小女友在什么地方，在做什么，她懒得看，也不关心。

唐博雅对苗郁的佛系心态已经失望了，决定先吃点东西。苗郁婉拒了唐博雅要帮忙拿点甜品的提议，默默站着。宴会厅里人头攒动，热闹的交谈声，清脆的觥筹交错声，响彻各个角落，苗郁忽然想到，唐博雅是因为她的缘故，才愿意挂靠在衡明律所，在律所挂靠时间才两个多月。按照规定，律师在律所挂靠时间不满一年，是不能转到其他律所的。

一时间她有些踌躇起来，自己这么一走了之，这小姑娘怎么办？这时，围在齐思贤身旁的人们渐渐散去，苗郁这才客气地把他请到大厅外最近的小包厢里。有些事，还是要当面谈比较好。

"齐主任，明天我会正式提出申请，离开衡明律师事务所，希望您能同意。"苗郁不想浪费时间，开门见山地提出要求。

齐思贤一怔，显然没想到苗郁会真的提出转所的要求。再是惊讶，他也有礼地问："可以了解一下为什么吗？"

"并不是什么私人恩怨。工作上的事，我自认水平不够，没办法跟上齐主任您的思路。"所以，麻烦放我一条生路。

齐思贤眼中浮现踌躇，苗郁以为他会拒绝的时候，他说："对不起，苗律师，首先我得为我的工作态度抱歉。如果在工作中我说了什么冒犯的话，请不要介意。"

虽不是意料之中的回复，但苗郁听着很舒服，积压了一天的不舒服渐渐消散："没有，和你共事……嗯，没什么，我觉得学到了很多。"

齐思贤诚恳地挽留："但是，苗律师，你能不能再考虑考虑？"

"恐怕不行。"苗郁说，"我觉得，我们的观点存在冲突，恐怕会影响以后的共事。"

齐思贤踌躇片刻，认真地点点头："是啊，我认为我们的法律理想不尽相同，共事起来真有些困难。"见他说得一本正经，苗郁甚至怀疑自己耳朵出了毛病。法律理想？很遗憾？照这个意思，只有他齐思贤才有理想，而她苗郁就是个混吃等死的律师？

"好。"苗郁压下心头的一口气，"我明天就会办理转所手续。对了，唐博雅是因为我的关系才挂靠在衡明律所的。如果律所需要的话，我会随时回来帮忙。"

苗郁正要拉开包厢的门，齐思贤忽然问她："苗律师，如果我说闻鹏已经答应考虑我的想法，让我做代理律师，为闻婷婷代理诉讼，你会怎么想？"

是他说服了闻鹏，还是闻鹏本身就想打官司？后者不太可能，所以只能是前者。他为什么一定要让闻鹏打官司？一时间苗郁想不出答案。门锁又圆又滑，苗郁一时没握紧，手滑了。她回头看齐思贤，小包厢的天花板上，明黄色的灯光柔柔地洒下，齐思贤的金丝眼镜镜片折射出细微的彩虹。苗郁冷静地说："我没什么想法，只是不主张在证据都没看到的前提下，贸然代理案件。"

"但是，搜集证据不正是律师的职责吗？正是因为我们的介入，当事人才会知道什么是证据，并且运用到诉讼中去。如果律师不去指导当事人，他们永远也不会懂。"齐思贤有些激动。

苗郁露出头痛的表情："停，下班了，别说那么多法律用语，行吗？"

"对不起，我失态了，我只是有些着急，不好意思。"齐思贤微微叹息后道歉。

苗郁忍不住问："我可不可以问一下，你为什么一定要让闻婷婷起诉？"这个案子，她都没有把握说一定会胜诉，齐思贤哪里来的勇气，一定能帮闻婷婷讨回公道？

一瞬间，齐思贤眼中闪过一丝警惕，仿佛有很多话滚到了嘴边。在苗郁不解的目光下，他摇摇头："对不起，这是我的私事。"

小包厢冷了下来。苗郁深吸一口气，一股子淡淡的烟味呛进鼻腔，想来应当是上一批客人使用过包厢的证明。她忍着咳嗽，说："好，既然齐主任已经决定了，那么言尽于此。再见。"

宴客大厅依旧那么多人，苗郁背着包往电梯方向走去，齐思贤快步追上来："这么晚了，你一个人回去太危险，不如我送你。"

"不用了，我打个出租车就行。"苗郁一口回绝。跳槽就像分手，越是纠缠不清越是麻烦，不如一开始就断个干净。

齐思贤很固执地与她走在一起："最近打车软件出了那么多事，安全第一，我送你。"

看来英国的法律教育还是有价值的，不远万里教出了法律硕士，还培养了他的绅士风度。想着半箱子的用品，苗郁没再拒绝，刚刚拐过走廊，前面一间包厢的门忽然拉开，走出一个男人。

是沈冲。

苗郁顿住步子，诧异地看着他。走廊顶灯明亮得近乎刺眼，照见沈冲近乎冰冷的脸。沈冲也发现了并肩走来的两人，眼神中闪过一丝慌乱，旋即换上狼狈与尴尬。

苗郁的脸贴上一层热辣辣的烫，像是隐秘的事被人撞破了。在这一瞬间，她转过好几个念头，不知道沈冲有什么想法，更不知道他会怎么看待自己。

齐思贤还认得沈冲，客气地冲他笑了笑，催苗郁："走吧，我送你回去。"孤单又明亮的灯光下，无人经过的走廊，这话听着有股子说不出的暧昧。

此刻，苗郁唯一能做的，就是加快脚步往电梯走去。她强作镇定，但内心慌乱得像逃难，逃开宴会厅的吵闹，逃开沈冲的注视，逃开无法掌控的一切。

苗郁的私人物品放在了后备厢，猛地合上时，仿佛有什么东西破碎。这一路上，两个人都没说话，任凭街灯在车窗上有规律地划过。苗郁是不想说，齐思贤是说了一阵单口相声后，发觉实在太无趣。一直到了苗郁所住的小区门口，她对齐思贤客气地笑笑："多谢了，齐律师。"

齐思贤看着苗郁，很诚恳地说："苗律师，你真的不考虑留下来？我多代理几件案子，一定会有改观的。"

看来他还是不知道矛盾在哪里，苗郁抱着纸箱，一天下来手累心更累。正要回绝他，两个人的手机忽然同时响起来。

"小唐，什么事？"

"小宋，什么事？"

唐博雅和宋乾的声音带着惊慌，划破黑夜的寂静："小老师/齐老师，你在哪儿？酒店出事了。"

第二章

苗郁的职业生涯算得上中规中矩。她代理的大多是民事案件，在工作中与警察打交道的机会少，代理的刑事案件不多，所以手机里也没留下几个熟识的警察的联系方式。在港剧中，由律师陪同嫌疑人问话的情况，在内地根本不可能发生。只是没想到，苗郁律师也有被警察询问的一天。

返回酒店已经是二十分钟以后，苗郁看见有好几辆警车停着，车顶上闪着蓝光的救护车格外刺眼。苗郁和齐思贤刚踏进大厅，就有警察迎上来："是苗郁律师吗？"

苗郁很镇定："我就是。"

警察向她出示证件，言语也很客气，直接把她带到9楼，进了离宴会最近的包厢里："苗律师，我们想了解一些情况。"

直到此刻，苗郁还一头雾水，头也一圈一圈地晕。唐博雅只告诉她，酒店里出了事，警察正在到处找她。苗郁直觉不妙，立刻让唐博雅转告警察，自己很快就到。但无论苗郁怎么追问，唐博雅也说不清楚酒店到底发生了什么事。

包厢里已经有两名警察，神情严肃。苗郁强压下心头的疑虑，问："能不能告诉我，发生了什么事？为什么一定要让我回酒店？为什么要问我的话？"

"苗律师，就在一个小时前，在这条走廊上的某个包厢里发现了一具尸体。"

苗郁愣住了，下意识重复："尸体？是谁？"她开始慌乱，第一个想到的就是沈冲。从法律上说，她与沈冲并未离婚，还是夫妻关系，只有沈冲出了事，警察才会急着找自己。

年长的警察姓徐，约莫四十岁，他一直在观察苗郁的神情，没有回答苗郁的问题："苗律师，你认识冯佳梦吗？"

这个名字很刺耳，苗郁的眼神冷了冷："听过这个名字，知道这个人，但是认识说不上。"

"你跟她是什么关系？"

苗郁皱眉，虽然很不愿回答这个问题，但还是开口道："没有直接的关系。她插足了我的婚姻，还把她和我丈夫……嗯，我和他正在离婚，法律上来讲他还是我的丈夫……她把她和我丈夫的亲密照发给我了。"

说这话的时候，苗郁神情很平静，眼神没有多少波动。刘警官点头："这样啊。她破坏你的家庭，你应该很恨她吧？"

"恨？"苗郁冷冷地说，"恨一个人是要花力气的。我的精力有限，花在她身上不值得。"

她的回答显然在刘警官的意料之外。两三秒后，他才说："你今天见到冯佳梦没有？"

见？当然见到了。在聒噪的女律师恶意打招呼的时候，在等待齐思贤的时候，她都"见"了冯佳梦。她站在沈冲身边，扮演完美的秘书角色。一个年轻的女孩，容貌秀美，身材苗条，深红旗袍就像是她的第二层皮肤。她大学毕业没多久，处在天真和世故之间，笑容都带着不经意的骄傲和得意。

刘警官连续问到冯佳梦，苗郁不是傻的，立刻追问："是冯佳梦出事了？"她面上镇静，呼吸却开始急促。

刘警官做个手势，示意她不要太激动："是，冯佳梦死了。"

平稳的声音落在苗郁耳里，仿佛是今年第一声春雷的轰鸣。她愣怔片刻，低下了头，理顺了呼吸，才看着刘警官："你们以为是我杀了她？"真可笑。

今晚的论坛，苗郁从来没跟她说过一句话，就连眼神和她都没有一丝交汇。

苗郁用最简短的话讲述了到会场的经过，刘警官在小笔记本上记下关键词，做笔录的年轻人奋笔疾书。苗郁看了窗外一眼，沉沉夜色下，多彩的霓虹灯闪亮，车灯星星点点，穿梭在城市的大街小巷。刘警官问："今天你与冯佳梦，还有沈冲，说过话没有？"

"我刚刚就说了，没有。"苗郁笃定地说，"一句话也没说，只是远远地看了她几眼。"

刘警官又问："没有？你确定？"

"我非常确定。"苗郁顿了顿，忽然想起在走廊上和沈冲打的照面。一刹那，她就决定隐瞒下这件事，径直道，"我一到会场，和谁说过话，和谁站得最近，都是有证人的。万佳、唐博雅、齐思贤都能给我做证。"

"那冯佳梦临死前，为什么一直喊你的名字？"

春雷又闪过一个，还伴着撕裂夜空的闪电。苗郁耳边静了片刻，才听见自己的声音，带着巨大的惊讶："她在喊我的名字？为什么？"

"对，很多人都听见了，她一直在喊你的名字。"刘警官没有回答她的问题，只说，"至于为什么，这也是我想知道的。"

苗郁没说话，听刘警官继续说："当然，这并不代表你就是凶手。我知道你是很优秀的律师，不会知法犯法。更何况……"

刘警官没继续往下说，问苗郁另外一个问题："今天，你有没有留意到，冯佳梦和其他人发生冲突？"

苗郁的眼睛眨了眨，她想起沈冲从小包厢里走出的模样。他一向讲究穿着，但那时，他的样子并不如平日那么精致，衣领有点乱，头发丝也散乱了一点。但在一瞬间，她决定了。

"没有。"苗郁说，"没有看见。"

刘警官似乎对她方才一瞬间的迟疑起了疑心，看了苗郁一阵，说："苗律师，你刚刚说的情况，我们会一一核实。现在请你在酒店稍微等一下，情况核实清楚，你就可以回去了。"

苗郁站起来，抿抿唇："刘警官，你还没有回答我，冯佳梦的死因是什么？"

"不好意思啊，苗律师，目前这个还不能透露给你。"刘警官客气地打开了包厢的门，回绝之意十分明显。

公民有配合警方办案的义务，他这个要求无可厚非。坐在大厅里的苗郁心情极其糟糕，背包、手机等东西交给了警察，一时间她连个可以依靠的东西都没有，烦躁不安。唐博雅和宋乾还在酒店里，只是苗郁不知他们在什么地方。

不知过了多久，唐博雅从另外一间包厢走出来，苗郁急匆匆走去："小唐，你没事吧？"

唐博雅匆忙在笔录上签了名字："我没事，我没事，他们就是问我一些问题。"她偷偷看了身边的警察一眼，把苗郁拉到一边，低声说，"他们就问我，你和那个死者冯佳梦认不认识，这几天有没有发生什么冲突。我都说不知道，没有。"

苗郁不由得握紧了手："到底发生了什么事，你给我说一下。"

唐博雅第一次遇着这种事，有些激动，喋喋不休："我什么都不知道，只知道有个人死了，死在靠近电梯的包厢里。警察不说，我还不知道死者叫冯佳梦。他们一直在问我，冯佳梦跟你的关系。可是，我也不知道啊。"她见苗郁的脸色很不好看，立刻闭上嘴。这时，另外一间小包厢的门打开了，沈冲在警察的陪同下走了出来。苗郁和他的眼神，立刻对上了。

苗郁不由自主地挺直了腰背，眼神压住了沈冲，淡淡地说："我和她的关系是，她就是沈冲的外遇。"

唐博雅惊讶地张大嘴，看看苗郁，又扭头看沈冲，小心地挪到苗郁身后。沈冲看着苗郁，眼神闪动，似乎有很多话要说。苗郁发现，沈冲眼下有淡淡的阴影，不知道是这件事，还是这段时间的麻烦造成的。

沈冲终究没跟苗郁说上一句话，在笔录上签了字，扭头就走，带着匆忙和厌恶。苗郁想起两个小时前碰面时沈冲的神情，他到底在想什么。

宋乾刚出了包厢，也急急跑来问苗郁和唐博雅。他和唐博雅差不多，都是在餐厅吃得正开心时，才知道小包厢里发现有人死了。就在这个时候，某个包厢的门打开了，齐思贤的大嗓门立即冲到走廊上。

"陈警官，我觉得你们这样问话真的不科学。我在英国的时候，稍微了解了下英国警方的讯问程序……"

陪同他的警官一脸不耐烦："好了好了，我知道了，你反映的情况我会汇报给领导的。好了，没事快回去吧，我们还有事要回局里。"说着，逃跑一般快步离开。

唐博雅已经笑出声来，苗郁也忍不住弯了弯唇角。看来，齐思贤并非一无是处，至少在惹人厌烦这一点上，他称第二，没人敢称第一。

第二次踏上回家的路时，苗郁是真的没力气说话了。在宴会厅补充了能量的唐博雅和宋乾一直在后座上讨论今天这事，叽叽喳喳的，倒是增添了不少生气。

唐博雅问："这女的干吗呀，临死还喊小老师的名字，不知道的还以为小老师对她做了什么！"

宋乾说："她是不是有话要对苗老师说？比如对不起什么的。毕竟人之将死，其言也善。"

"哪里善了？有个保安为了救她，从窗台爬进去，结果差点掉下楼去。"唐博雅嗤之以鼻，"姓冯的女人到处连累人！我看她就是想栽赃。幸好今天跟她吵架的没有小老师，我们这些都是证人。"

齐思贤插嘴："我觉得，重点并不在苗律师身上，而在她丈夫……"宋乾听着不妙，一脚踢到驾驶座后背，暗示他赶紧闭嘴，齐思贤半偏过头，直愣愣地问，"哎，小宋你踢我干什么？"

唐博雅对宋乾无声地比个口形。宋乾看懂了，他们的齐老师，注定要孤独一生。

苗郁开口了："你们今天累了，好好休息一下吧。"声音里有说不出的疲惫。

虽然她看不见，但唐博雅和宋乾还是同时乖乖地点头，只有齐思贤很"善解人意"地说："没事，我不累，我可以陪你聊会儿天。"

唐博雅幽幽道："老实人是怎么死的，知道吗？"

都知道答案是"笨死的"，但苗郁已经没有力气扯出一个笑脸。到了小区，唐博雅帮她把纸箱搬到了家，苗郁冲她微笑："谢谢，早点休息。"

"小老师，你也是。"

守在阳台上，看唐博雅上了齐思贤的车，小车闪着红灯驶离小区，苗郁这才坐到沙发上，长叹一口气。酸痛感渐渐浮上来，似乎要抽离积蓄在身体里所有的力气。

今天，可真是波折。

睡觉是最大的奢侈，苗郁洗漱完毕，躺在床上，数了水饺又数羊，睡意才像夜晚的潮水爬上沙滩一样，慢吞吞地涌来。在将睡未睡之时，被她刻意忽略的那个问题，明明白白地浮现出来。像有人在沙滩上写了字，却永远不能被潮水带走一样，清晰可见。

冯佳梦为什么要喊她的名字？

这一晚，苗郁睡得极其不踏实，冯佳梦的脸就在睡梦中浮浮沉沉，时而微笑，时而冷酷，一句话也不说，就那么静静地看她。苗郁猛地从梦中坐起，喘息了好一阵，才摸索着开了灯，发现自己满头是汗。

难道冯佳梦认为，是自己杀了她？

这简直滑天下之大稽。就算她有动机，在众目睽睽下，怎么杀死冯佳梦？更何况，冯佳梦应该与沈冲时刻不离，她哪里有机会？

苗郁忽然打个寒战。沈冲！昨天冯佳梦死的时候，沈冲在哪里？他在做什么？

睡意已经挥发在空气中，苗郁裹着被子坐在床头，全身冰冷。早上六点的天边，晨光熹微，凉凉的风钻进铝合金窗框。房间里很冷，刺激得她的头脑格外清晰——她想知道，冯佳梦为什么会指认她？

不过，首先她得知道，冯佳梦是怎么死的。

按时上班的唐博雅有些恹恹。苗郁可以转律所，但是她不能。一想到昨天齐老师在法庭上的表现，唐博雅就觉得前途未卜，打开某APP，开始可怜兮兮地提问："我是新入职的律师，如果律所倒闭了，在律所挂靠时间没满一年，可以转律所吗？"

在一旁整理资料的宋乾忽然伸过脑袋，偷窥两秒，冷不丁开口："你放心，要是没工作了，我可以借你钱。"

唐博雅脸一红，猛地把手机倒扣在桌上："不用了，我可以啃老。"借钱是不可能的，这辈子都不会借钱，除非不用还。

"啃老是不对的，靠自己的双手拼一个未来，才是我们光明的前途！"宋乾大概是想鼓励鼓励，一不小心热血过了头。

还在犹豫的唐博雅霎时间决定，下一个工作一定不能是律师，找家公司做法务才是光明的前途，至少同事应该不这么神经质。

就在这时，座机响了。唐博雅连忙示意宋乾闭嘴，等电话铃响过第三声，她才接起来："您好，这里是衡明律师事务所，请问有什么能帮您的？"

"博雅，是我。"苗郁干脆利落地说，"齐主任来了没有？"

唐博雅的肩膀瞬间放松，整个人趴在桌上："哦哦，小老师啊，齐主任还没来。他昨天说要先去和那个闻什么，闻先生签合同。闻先生昨天晚上打电话给他，请他今天去一趟。"

"签合同？代理合同吗？确定可以签吗？"苗郁问。

唐博雅先点头，后又摇头："我不知道。齐老师好像说了一句要签合同，但是……"

但是闻鹏不一定是这个意思。苗郁道了谢，很快挂了电话。她看得出来，齐思贤对这个案子有超乎寻常的热情，就算闻鹏不愿意，他也会努力说服闻鹏，让他作为闻婷婷的代理人，起诉对闻婷婷造成伤害的人。眼下，要找到齐思贤，找到闻鹏就行。而闻鹏现在最有可能出现的地方，就是医院。

苗郁在住院部的走廊上，一间间查看，恰好与几个衣着时髦的年轻男女擦肩而过。其中有个扎着长头发的男人的说话声落在苗郁耳朵里，和消毒水的味道一样令人不舒服："我已经打听到了，跳楼那个女孩就住在这家医院。"

"护士说了在哪个病房吗？"

"说是还没脱离危险。"

长发男人一边嚼着口香糖，一边瞟了匆匆经过的苗郁一眼，忽然说："没脱离危险，那就应该在ICU，走，去看看。"

当他们赶到电梯前，苗郁已经按下了关门键，毫不留情地把他们关在门外。电梯直下到一楼，苗郁几乎是一路小跑着，跑到ICU病房前。谢天谢地，闻鹏和齐思贤都在，但气氛并不和平。

闻鹏脸上满是怒色："滚！我跟你说了，我不打官司！"

齐思贤努力说服他："闻先生，昨天你已经答应考虑一下……你想想，婷婷被伤害得这么深，现在还生死未卜，不让坏人受到惩罚，还会有更多的受害者出现。"

"我管不了那么多，我只要我的女儿好好的。"闻鹏不顾护士的侧目，暴怒地挥舞拳头，"你跟你爸一个货色，都是骗子！"

苗郁愣了下，难道闻鹏认识齐思贤的父亲齐伦？时间紧迫，她没空想那么多,打断两个人无用的争执:"闻先生,有媒体人士找到这里来了。我猜测,他们可能会问你一些问题,甚至会打扰婷婷。"那几个人只带着手机,没有摄像机,极有可能是什么新媒体从业者。

她的出现,让齐思贤又惊又喜。闻鹏闻言更是大怒,手指几乎要戳到苗郁的脸:"好哇,是不是你干的?你们想从我这里敲诈钱,敲诈不到就找记者!"

"不是,不是,我们没有找记者。"齐思贤连忙否认。如果苗郁的出现是惊喜的话,媒体人的闻风而动,就真的是惊吓了。

苗郁很冷静:"闻先生你误会了,我们只是想帮你。"

说话声骤然涌来,苗郁转头,刚才那几个媒体男女像是嗅到血腥味的苍蝇,举着手机蜂拥奔来,七嘴八舌地问:"你就是闻婷婷的爸爸?说说你女儿为什么要跳楼呀,她是因为感情问题吗?"

"听说你女儿在学校里有很多男朋友,是因为感情纠纷跳楼的,是这样吗?"

"看这里,看这里,不要不说话啊,我们好不容易打听到医院的,你倒是说两句呀。"

长头发男人就站在七嘴八舌的人群后面,嚼着口香糖。他的目光在苗郁脸上打个转,见苗郁转过脸,轻轻点头,权作问好。

另外一边,闻鹏惊诧的模样落进他们的手机里,通过流量传递到互联网的各个角落。方才冲齐思贤叫嚷的愤怒换作茫然无措。手机、自拍杆不客气地捅向他,不停地催促"快说快说"。

"我不接受采访,你们快走!"闻鹏突然爆发,满是皱纹的脸涨得通红,挥动双臂想要赶走这群人。殊不知他的举动在这群人眼中,就是绝佳的吸粉利器。已经有人发现ICU关着门,兴奋地想要冲进去,被齐思贤挡下:"你们不能去!"

"你是谁?少管闲事!"女人不满地叫嚣。

苗郁把手机紧紧握在手中,挺身挡在ICU病房前:"请问,你们是哪家媒体?"声音恰到好处地低沉冷漠。

苗郁穿着优雅得体,说话不卑不亢,一股子气势迎面扑去,顿时镇住了场面。这群人才想起自报家门,七嘴八舌一通,苗郁一个都没听清。她一抬手:

"停！你们有记者证吗？"

"我们新媒体没有记者证啊。"一头短发的女人举着手机不满地说，"你是谁呀？"

苗郁职业化地一笑："我们是闻先生聘请的律师。既然你们没有记者证，你们就没有资格采访，请回。"

"你这是妨害新闻自由！"

新闻？自由？这群人怕是新闻三要素、记者的基本素质都不知道。苗郁气势如此沉着，闻鹏不由自主地挪到苗郁身后。齐思贤伸手挡住众人的手机："请你们不要拍了，你们这样是侵犯个人隐私。"

苗郁根本没理会这群所谓"记者"的发难，直接警告："根据国家法律规定，没有记者证，任何人不能从事新闻采编工作。齐主任，立刻打110报案，就说医院有假记者，泄露病人隐私。"

自称记者的媒体人们顿时叫嚷起来："你凭什么阻拦我们？"

"你说我们是假记者，我还说你们是骗子呢。你们没有权利阻拦我们！"

有个小男生试图闯到闻鹏面前，手机高高地举起："闻先生，你有表达的权利，你不要听他们的，有什么话跟我说。"

闻鹏狠狠地一推那人："走开，走开，不要打扰我的女儿！"

咔嗒一声，手机落在地上，屏幕顿时出现裂纹。闻鹏愣在原处，忘记把手缩回去。男生大叫："喂，你扔我手机做什么？我才买的新手机！"

闻鹏的脸红一阵白一阵，嘴唇哆嗦，齐思贤立刻把他挡在身后。苗郁拦在叫嚷的男生身前，厉声问道："你要做什么？"

走廊前后堆满了看热闹的病人，医院的护士、保安都跑来维持秩序，长头发男人忽然拨开人群，走到苗郁面前，冲她和齐思贤笑了笑，递来两张名片："请问二位怎么称呼？鄙姓钟，钟远声。"

男人穿着简单的T恤、牛仔裤，看似随意，风格轻奢。苗郁当即判断，长头发男人应该就是这群人的核心，他一开口，所有人都闭上了嘴。名片上印着长头发男人的名字和职务，苗郁草草扫了一眼，没看太清楚。

"喵视频创意总监？"齐思贤双手接过名片，出于礼貌交换了一张名片，"钟先生，你好。你们的行为已经严重干扰了正常的医院秩序，请自重。否则，我会打电话报警。"

苗郁不怎么关注网络上的信息，倒是听唐博雅说起很多。这家视频公司善于炒作，捧红了许多网络名人。难道，眼前这位钟远声就是传说中的幕后推手？

　　钟远声笑说："二位是闻先生的律师？有证据吗？"

　　这人有敏锐的新闻嗅觉，是个厉害角色。苗郁瞥了齐思贤一眼，见他一阵语塞，立刻明白过来，闻鹏还没同意起诉，齐思贤现在的身份，不是闻鹏的代理律师。

　　这拦不住苗郁。她淡淡地说："对，我们的职业是律师，但是，我们和闻先生之间有没有代理关系，与其他人无关。当然，如果你是本起伤害事件的直接侵权者，我就会给你出具授权委托书。请问你是吗？"

　　钟远声眉头一挑，似乎没料到苗郁这般伶牙俐齿。他回头，对几个直播达人笑了笑："把东西收起来，我们回去吧。"

　　"总监？"几个人很惊诧，这个选题多好，发到网络上绝对吸流量，总监为什么要放弃？手机被摔坏的男生不满地说："我的手机被他摔坏了，这事还没完。"

　　闻鹏嗫嚅着说："手机多少钱，我……我赔……"

　　男生正要开价，钟远声开口了："公司会补偿你一个手机，这事就这样了，回去。"说完，钟远声没理会他们，转身往走廊外走去，几个人连忙跟上。忽然，苗郁快步赶了上去，拦住他们："请把刚才拍摄的视频删除。"

　　短发女孩下意识把手机藏在身后："你凭什么？"

　　"闻先生没有授权你们在网络上散布任何与他、他家人有关的视频。如果网络上出现了这些，我们会代表闻先生出具律师函。有什么法律后果，将由你们平台和个人承担！"苗郁双手抱在胸前说，目光迎上钟远声，毫不退缩。

　　齐思贤也赶了过来："钟先生，请你约束你的员工。"

　　钟远声扭头看了众人一眼，众人互相看了看，才不甘不愿地删除了视频。苗郁看着所有人泄气地离开，只有钟远声忽然回头看她，目光颇为玩味。苗郁挺直了腰，回敬了一个淡然冷冽的眼神。

　　这人是个隐藏在丛林里的豹子，不可小觑。

　　这种风波来得急，去得也快，闻鹏看苗郁和齐思贤的眼神都变了不少。他还没说上两句感谢的话，医生送来了更好的消息。

"你女儿已经脱离了危险期，现在虽然还在昏迷，但是总体情况是好的。"主治医生说，"就是合并血胸的问题需要留意。"又开了一大堆药，叮嘱注意事项。看着闻鹏费力地听、记，齐思贤忽然开口："我小时候生病，我爸也是这样的。"

齐思贤的父亲齐伦就是衡明律师事务所的创始人，三年前的一个深夜，他因车祸死亡。想起齐伦兢兢业业的样子，苗郁心底一声叹息，想要离开律所的决心似乎并不那么坚定了。

苗郁和齐思贤陪着闻鹏，护送还处在昏迷的闻婷婷转入特殊护理病房。忙乱之后，闻鹏才对齐思贤道歉："对不起，齐律师，我以为你是想用婷婷，那个什么，炒作。"

苗郁坐到他身边，轻声说："闻先生，说实话，我们还是希望能帮到你和婷婷。你真的不考虑起诉？"

闻鹏连声叹气，从破旧的手提包里摸出一张纸，递给他们："我起诉有什么用？他们说什么轻微不起诉，我还能起诉吗？"

苗郁接过，和齐思贤一起看。这是一张检察院出具的不起诉决定书，上面载明了检察院查明的事实经过和证据证明等，认为武源实施的猥亵行为轻微，并没有造成多大的社会危害性，不构成犯罪，决定不起诉。

"他们都说了不起诉，我还能怎么办？"闻鹏愤愤然，"检察院一定是收了贿赂！"

齐思贤连忙阻止他："闻先生，不能这么说，检察院这么做……"

他的话还没说完就被苗郁打断了："这个问题，不是我们讨论的重点。闻先生，昨天我们大致了解了事情经过，就算检察院不提起公诉，你也可以有其他方法给婷婷讨回公道。"

"什么公诉母诉，我们这些小老百姓哪里懂。"闻鹏又在叹气，"自那之后，婷婷就情绪不稳定了。我跟她说，就是一点小事，你就当被狗咬了，不要整天想。她就是胡思乱想才得了抑郁症。"

苗郁听不下去了。闻婷婷是受害人，她出现了创伤性应激障碍，连她的亲人也责怪她不坚强，难道她还有勇气面对痛苦？齐思贤问："闻先生，你愿意聘请我们为婷婷打官司吗？"

闻鹏皱眉："不是不起诉吗？我还能做什么？"

苗郁把不起诉决定书还给他："这是刑法层面上的，检察院的意思是，武源的行为并没有触犯到刑法。但是……"她强调，"但是这并不代表不能提起民事诉讼。从婷婷现在的状况来看，武源的行为对她的精神造成了实质损害，婷婷是可以起诉，要求获得赔偿的。"苗郁尽量详细地给他解释。

闻鹏的眼神骤然亮了："可以吗？你们，能不能帮我打官司？"听到好消息，他的声音都开始发颤。

苗郁还没开口，齐思贤就抢过话头，信心满满地说："当然可以，我们是专业的律师，务必打赢每一个官司。"

"一定能打赢吗？"闻鹏有些激动地站起来，问。

苗郁忍了又忍，忍住想要一巴掌糊到齐思贤脸上的冲动，才缓缓对闻鹏解释："闻先生，我要提醒你一点，不是每一个案件都有必胜的把握。我们是代理人，可以代表你处理诉讼事务，为你争取最大的利益，但是并不代表最后的结果，是你一定会赢。"

闻鹏的眼神顿时变得非常疑惑，喃喃地说："不会赢吗？不会赢……就不要这么麻烦了吧……"

见闻鹏开始了纠结，齐思贤忽然把苗郁拉到走廊另一边："苗律师，请你过来一下。"

不知怎么，齐思贤的力气使得有些大，苗郁轻拧下眉头，站定了："有什么事，在这里说就好。"

"苗律师，我不知道你今天为什么来医院……"齐思贤思忖许久，踌躇地开口，"不过我还是要感谢你，帮我解了围。"

苗郁客气地笑："齐主任，有什么话请明说。"

"这个案子，我一定要代理。"话的重音落在"一定"两个字上，"当然，我知道苗律师肯定会不赞同，所以这件事请你不要插手。"

苗郁轻轻拧起了眉。齐思贤好说话，为人处世有礼貌，举手投足有英伦古典绅士范儿。这个案子，就是普通的侵权纠纷，除了证据方面有些麻烦。但是，为什么他这么关心？

"我不是来表明我的反对意见的。"苗郁静静地开口，目光滑过齐思贤清俊的眉眼，眼角余光瞥过坐在走廊另一头的孤单的父亲，"我来是想告诉你，如果你想接这个案子，我可以参与进来。"

她笃定，齐思贤无法拒绝她的好意，毕竟她的经验和能力远超过他。闻婷婷这个案子，困难是有，而且还挺多，但是苗郁不急。再严密的防守，也有薄弱之处，再麻烦的案件，总有漏洞。

齐思贤只是笑着摇头："不好意思，这个案子我并不希望别人来插手。让我一个人做就行了。"言下之意，他并不希望苗郁参与进来。

这大大地出乎苗郁的意料。她镇定的眼神中出现细小的裂纹，尽管肉眼看不见。她蹙眉："为什么？"

齐思贤显然不想过多的交流，只是向她伸出手："苗律师，你愿意帮我，我很感激，只是有些事注定要我一个人去做。谢谢。"

苗郁微微垂眸，看他修长白皙的手指，骨节分明，一双言情小说男主角标配的手。她犹豫了下，没有回握，抬头说："齐主任，我并不是……"

话没说完，突如其来的手机铃声打断了她。苗郁本不想接电话，但一看似曾相识的来电号码，她果断地按下接听键。

"苗女士你好，我是你和沈冲的离婚案的书记员。"

苗郁看了齐思贤一眼，走到一旁："你好，我是苗郁。"

书记员似乎轻轻咳了一声："沈冲刚刚向法院提交了一份离婚协议，不知道你现在有没有时间到法院来一趟。"

走廊上来来回回的脚步声在耳边回荡，噼里啪啦的，她以为是自己听错了。许久，苗郁才找回自己的声音："离婚协议？"昨天之前，沈冲一直坚称没有出轨，不同意离婚，提出的夫妻共同财产方案与苗郁的方案截然相反。

书记员的声音里也带着一丝疑惑："是啊，他刚刚主动到了法院，明确表示同意离婚，连夫妻共同财产的分割协议都做好了。"

苗郁越听越不对劲，这不是沈冲的风格。她马上说："这样，我尽快赶到法院来，请帮我拖住沈冲。"

挂上电话她才想起，协议上没有双方的签字是无效的，沈冲肯定会等着她。此时此刻，再多的矜持也无用，苗郁奔到齐思贤面前，定定地看他："齐主任，我有件很重要的事，能不能帮个忙？"

见齐思贤目露疑惑、犹疑不决的样子，苗郁说："我不想欠人情。如果你帮我这个忙，闻婷婷这个官司，我一定帮你打赢。"

齐思贤却摇头："不，你有什么困难，我可以帮你。但是，我不会与你做交换。"

苗郁的心微微一沉，他这就是拒绝了？也是，她昨天才表示要转律所，今天就想借用齐思贤帮忙，天底下哪有这样的好事。事已至此，她再懊丧也不会表露在脸上，便淡淡点头："不，这是我的事，是我冒昧了。"转身便离开了医院。

步出医院大门，阳光倾洒在苗郁身上，暖洋洋的，她却挥不去医院内带来的阴冷和不快。沈冲还在法院，苗郁有种冲动，想要问清楚，他为什么突然决定要离婚？为什么连夜做了离婚财产分配协议？冯佳梦的死，与他有没有关系？

心事重重之下，苗郁走得太急，下台阶的时候根本没留意到最后一阶略高，一脚踩空。打横伸过来一只手，稳稳地抓住了她。

苗郁一颗心狂跳不止，定了定神，迎向来人平静道谢："钟先生，多谢。"

钟远声笑："举手之劳。"

网络有传，防火防盗防律师，也有说法是防火防盗防记者。在苗郁看来，钟远声虽然不是记者，但他的危险程度比记者更甚。她疏离地笑笑，不欲多言，想快些摆脱这个麻烦。

果不其然，钟远声一步跨到她正面，笑说："苗小姐，我只占用你两分钟的时间，可不可以听我说完？"

苗郁低头看表："请讲。"干脆利落，根本不按套路出牌。

钟远声脸上的笑意收住，1秒后，方才的轻浮之色全然不见，仿佛换了一个人："我们并不是用小姑娘的性命来炒作，我们的目的是引发关注。"

先声夺人，很好。苗郁点头，示意他继续往下说。钟远声见惯了风浪，对苗郁的冷淡毫不在意，说了三点。他们公司的计划是吸引大家关注闻婷婷跳楼一事，再发掘跳楼的原因，让这个事件成为社会焦点。当然，他们的原计划是同步推进司法救助，既然齐思贤和苗郁已经伸出援手，法律这块可以由他们二人来操作。不过，钟远声希望衡明律师事务所能与文化公司合作，把这个案子打造出来，成为社会事件的爆款。

"……苗律师，你看，敝公司这个计划如何？不仅对小姑娘的案子有帮助，还能提高律所的知名度。你意下如何？"

话刚说完,秒针不紧不慢地迈过表盘上的数字12。苗郁点头:"这个计划非常不错,如果我是代理律师,一定会心动。"在医院时,她没有递名片,但钟远声能在这么短的时间里,根据齐思贤的名片打听出她的名字,又在医院外等着,可见其人心思灵活。

钟远声笑而不语,直到这时他才重新评估眼前这位漂亮的女律师。她眼睛不大,瞳仁深邃明亮。头发盘起,用一支祥云乌木簪子绾上。妆容不浓,细看才发现,她根本就是没有化妆,只打了一层干净的粉底,肤色润泽靓丽,比起他们公司每天需要戴化妆面具的女主播,素雅得多。

"那苗律师的意思是?"

"不好意思,律师只能作为当事人在诉讼事务中的代理,其他的不在我们工作范围之内,可能要让钟先生失望了。"苗郁淡淡一笑,"我还有事,下次有机会再见。"

合着他说了这两分钟,她根本不是能做主的人,优哉地摆了他一道。钟远声非但没生气,反而笑得很欢:"苗律师,留个联系方式,也好下次一起吃个饭。"他故意把"下次"两个字咬得很重。

"我建议你放弃。"苗郁平静地迎上钟远声的眼,"我对人血馒头不感兴趣。"

随手拦下一辆出租车,苗郁从后视镜看见,钟远声靠在大理石柱上,冲着自己遥遥点头,丝毫看不出任何一点不快的神色。她这才看清,他身上的淡蓝色牛仔夹克并非街边随处可见的品牌,剪裁修身,穿在他身上,衬得整个人精力充沛。米色长裤亦是名牌,一双长腿足以助他登上T台。

苗郁闭眼靠在后座上养神。钟远声并不是苗郁要考虑的麻烦,她现在只想赶到法院,她有一肚子的话当面问沈冲。

沈冲坐在法庭外的长凳上,腿上放着轻薄的笔记本,双手飞快地打字,来往的人对他而言只是尘埃。苗郁慢慢走到他身旁坐下,默默地,不开口。

"协议你都看了。"过了很久,沈冲才平静地开口,说话时,他的双眼一直盯着屏幕,"如果没有意见,签字吧。"

苗郁深吸一口气:"为什么?"

沈冲侧头看她,反问:"什么为什么?"

"昨天你还不同意离婚,不同意分割财产,今天怎么就变了?"苗郁看他，"是因为昨天晚上的事？"

沈冲停下忙碌的手，轻轻合上笔记本，抬眼看她："酒店的事，跟你没关系。这个婚，你还想不想离？"

看着沈冲平淡得近乎冷漠的脸，苗郁没说话。她想起，他们好久都没这样坐下来，平和地交谈。自从收到冯佳梦发来的照片，她根本没认真地问过沈冲，更没想过，他们怎么会走到今天这一步。

"那你告诉我，你真的出轨了吗？"

沈冲冷淡地说："这件事很重要吗？对你来说，这应该是最不重要的吧。"

苗郁听出了他话中淡淡的嘲讽。她没说话，只是掉转目光，看向走廊上三三两两的人。许久，她轻轻喟叹一声："你不觉得现在说重要不重要是件很讽刺的事吗？"

两个人坐在法庭外的走廊上，默然不语。夫妻多年，一朝缘断，竟然连句送别的话也说不出。想起刚刚毕业那段时间，他们两个接不到案子，只能当资深律师的助理，忙起来连饭也顾不上吃，闲下来心里止不住地发慌，怕一辈子就这样，当个小律师，有了上顿没下顿，被客户刁难、责骂，看不到好脸色。那时，她和沈冲住在城乡接合部的一座老旧小区里，他们两个是小区里衣着最光鲜最时尚的，因为作为律师，兜里再没钱，也要给当事人最好的印象。苗郁曾经无数次想，什么时候能拥有自己的房子，安全、漂亮、高档。沈冲说："会有的，我们一定会有的。"

是的，房子是有了，但是，说好要过一辈子的人，放手了。

沈冲的声音响在耳边，不带任何感情，像是在谈业务："你签了协议，我们马上去办理房产过户。离婚的事，你知道怎么做最快。"

那是自然，作为律师，对这套程序熟悉得很。只是，苗郁心底还是有那么几分不甘心，问："为什么出轨？"

沈冲转过头来看她："你相信吗？都是逢场作戏而已，没有她，也会有其他人。只是她的手段，出乎我的意料。"

苗郁慢慢咀嚼他的话："都是？也就是说，除了冯佳梦，还有其他人，只是我都不知道而已。"

沈冲露出苦笑。他怎么忘了，苗郁最擅长的就是抓对方话语中的漏洞。他点头："是，不止一个。"

你倒是诚实。不过都到了这个阶段，计较细枝末节已经没有必要了。沈冲转过身去，似乎被苗郁眼中的难过刺痛了心："签协议吧。"

苗郁低头看着手中的几页纸。页数不多，内容很丰富。沈冲把夫妻共同拥有的较大房产、一辆车以及股票、基金等给了她，存款给了她三分之二，只给自己留了剩下的存款和另一辆车、一套较小的房子。苗郁看得出，存款并不是他们两个人这些年所有的积蓄，而是他个人的积蓄。他似乎忘记把苗郁的收入算在夫妻共同财产之内。

这是他对这段婚姻最后的慈悲吗？

苗郁摸出签字笔，签下自己的名字。不同于平日的龙飞凤舞，她一笔一画写得很认真，仿佛小学生临习字帖。她只是想写慢一点，就像给这段婚姻打点续命的灵药。但她也知道，这一切不过是妄念，最后一竖落下，这段婚姻也走到尽头。

沈冲提议先去民政局，再去房管局，可以节约点时间。专业律师就是这样，时间和效率就是生命。

坐在副驾驶座上，苗郁有种恍如隔世的感觉。自从摊牌后，她再也没坐过沈冲的车，现在想来，不过才一个多月，回忆骤然涌现，让她有些难受。

车静悄悄地行驶在路上，倒车镜上那串保佑平安的五帝钱叮叮当当地乱晃。苗郁舒口气，问："昨天在酒店，到底怎么回事？冯佳梦怎么会死？"

她终究还是问出口。

沈冲双手紧握方向盘，目不转睛地看着前方："我也不知道。她说宴会厅闷得慌，要找个地方休息。后来，所里同事接到电话，说她被关在包厢里。把门打开的时候，她的哮喘已经非常严重。救护车还没到，她就已经……"

如果说代理案件是看透别人的悲欢离合，那这次是苗郁第一次感受到切入肌肤的凉意，不仅因为这件事近在咫尺，还因为冯佳梦的遗言，她从旁观者已经变成了万众瞩目的中心。

"她为什么要说我的名字？"苗郁问。她实在想不出，冯佳梦会出于什么样的缘由，在临死前叫着她的名字。已经有同行以关怀的名义，来打探消息。苗郁心烦不已，恨不得把这些不怀好意的同行拖进黑名单。

沈冲说："我不知道。"想了想，又说，"我真的不清楚。但是，警察应该查清楚了，你根本没有动手的机会。"

我连动机都没有好吗！苗郁忍着气，问："她是因为哮喘发作而去世的？"

"大概是吧，我也不知道。当时我在宴会厅里，和几个朋友谈业务。"沈冲还是那种淡淡的口吻，听得苗郁的心沉甸甸的。沈冲并不是精神出轨，冯佳梦好歹算是他曾经的枕边人。即便是露水夫妻，时至如今，他的声音仍然冷清无比，半点情分也无，听着令人心寒。

现实果然如她所料，沈冲一个字都不会透露。

苗郁本来想通过齐思贤，找几位他父亲生前在公安局的朋友，打听一下冯佳梦的死因。当然，如果能知道一些内情，再好不过。他帮自己一次，苗郁也帮他打赢官司作为报答，哪知齐思贤直接就拒绝了她"交换"的想法。苗郁不是喜欢欠人情的人，干脆拒绝了他，另寻帮助。

沈冲说："放心，这事跟你没关系，不会有人对你说三道四。对了，你要是觉得衡明律所不行，就换个所，我可以介绍。"

苗郁看向窗外，看来往不断的车辆和人群，看熟悉的街景飞快地往后退。她不想继续这个话题，沈冲也没再多说，沉默就是这段婚姻结束的最好注解。

从房管局出来，在法律意义上拿到了房子，苗郁的心情反而更加沉重。两人在房管局门口，想说的话全数堵在心中。在匆忙办事的人群中，他们两人就像是沉默的两棵树，相望却不相近。沈冲终究忍不住，深深地抱住了苗郁，在她耳边轻声说。

"保重。"

沈冲的背影远去，那句话始终没有说出口——你也多珍重。

3月的天变得极快，一阵风起后，几线雨丝黏在苗郁脸上。她叹口气，认命地找了家文艺书吧坐着，看书喝奶茶，至少等雨停后再回去。

回？能回哪里去？书屋很暖，陈列的书也挺有品位，苗郁先是把目前要做的事列了清单，哪知越写越烦，随手拿了一本法理学的书浏览，不自觉地读进去了。奶茶味浓郁，入口香滑，空气中流淌的音乐也是慵懒的调调。苗郁想，干脆什么都别想，放空一天，什么换律所，什么代理案子，什么冯佳梦之死，通通都抛之脑后。有积蓄，有房子，至少这段时间不会饿肚子。

苗郁这般想，不过是自我安慰。放在玻璃茶几上的手机响个不停，有来打听昨天的事的，有来问生活近况的，更有的直接放鸡汤"安慰"失婚妇女。刚开始的几个电话，苗郁还有耐心接起来，到了后来直接关了铃声，不听不看不想，留得半分清闲。

窗外的春雨一直下，时而噼啪如豆，时而细微如牛毛，阵阵拍打着窗，十分悦耳。她的身体陷在沙发里，弯成极舒服的弧度，手机微信忽然跳了出来。

万佳："你在忙什么，快接电话。"

苗郁这才发现手机里全是万佳的未接来电，连忙回拨："不好意思，手机关静音了。什么事？"

"你要我打听的事，我已经问了熟人。"万佳的声音压得极低，"你记着别说出去。"

苗郁立刻坐直了身子，从包里摸出笔和记事本："你说。"她心里有些感激。她请万佳找朋友打听一下冯佳梦的死因，没想到万佳在这么短的时间内就问出来了。

"尸检还没出结果，但是初步断定是酒精过敏引发的哮喘。"万佳急匆匆地说，"听说，昨天在会场的嫌疑人还不少，不过你算不上嫌疑最大的。昨天你走了以后，冯佳梦还和人吵起来了，差点动了手。"

吵架？动手？昨天唐博雅也说了同样的事。苗郁问："她跟谁吵架？"

"记不清了，应该就是他们律所的吧，闹起来的动静还不小，整个宴会都在看他们的笑话，他们余主任脸都绿了。"万佳说，"我还去劝了两句，沈冲走来就把冯佳梦拉走了。那几个小年轻还不服气地嘀咕，说冯佳梦不就是靠上了沈冲，得意什么劲。"

苗郁忍不住问："大概是什么时间，你记得吗？"

"七点半之后的事，你当时是不是已经离开酒店了？"

"嗯，对。"苗郁继续问，"那冯佳梦后来又发生了什么事？"

"你打听这个干什么？小三死了，难道你要和沈冲重归于好？"万佳内心的八卦之魂顿时熊熊燃烧。

苗郁强迫自己挤出笑，让声音听上去更轻快："我们正式办了手续，已经离婚了。"

电话那头静默几秒："女侠，受小的一拜。"

"少贫，快点说，冯佳梦是在哪里被发现的？"苗郁本想问"冯佳梦死在哪里"，转念一想，冯佳梦被发现时肯定还有生命迹象，否则不会说她的名字。

"是在一个小包厢里，离宴会厅最远的包厢。当时有人从洗手间出来，听到包厢里传出喊救命的声音，这才发现冯佳梦被关在包厢里出不来。我找来服务员，发现包厢的锁已经被破坏了，没办法打开。酒店派了两个保安从外墙翻进去才开的门。冯佳梦一个人在包厢里面，躺在地上，上气不接下气地喘气。当时啊，她整个脸都起了红疹子，特别可怕。我长这么大，第一次见到这样的事。"万佳一口气说完，可见昨晚的事，给她的震撼还是挺大的。

苗郁顿了顿，终于问出来最重要的问题："她是不是一直在叫我的名字？"

万佳非常惊讶："你……你怎么知道……"

"昨天警察都讯问我了，你说我知不知道。"苗郁说，"我也是稀里糊涂的，警察问我的时候，我也只能说不知道。"

"唉，你也是倒霉，遇到她。"万佳颇有些愤愤不平，"她破坏你的婚姻不说，死之前还给你挖个大坑。不过你放心，听到冯佳梦叫你名字的人不多，都是我认识的。我今天给他们打电话，让他们别乱传这事。"

苗郁一阵感动，危难时刻见真情："那谢谢你了。其实，我也不是怕什么，身正不怕影子斜，我只是想不通，她当时应该知道自己的情况，不叫沈冲，叫我做什么？"

"谁知道呢。"万佳耸耸肩，"说不定她喜欢的其实是你，拆散你和沈冲不过是为了追求你。呸呸呸，我乱说的。"

苗郁还想细问几句，万佳又被领导叫走了。临挂断前，她急急地说："你放心吧，你不是嫌疑人。"

听筒里传来急促的嘟嘟声，一点点地扰乱苗郁已经很乱的心。"现在"没有被当作嫌疑人，并不是什么好消息，还有不可预知的未来。苗郁有些头痛，怎么才能证明自己是清白的？

想来想去，她根本没有别的选项，生活该怎么继续就怎么继续。苗郁颓然地靠上椅背，胸口压着沉沉的茫然。

苗郁不喜欢这种脱离掌控的感觉，所以她唯一能做的，就是让自己充实起来。接下来的半个月，她奔波在城市里大大小小的律所，或者是联络认识的朋友，了解现下的律师职业现状。有的大律所要交的挂靠费比较高，但是案源不愁；有的律所不需要缴纳挂靠费，但是案件的来源渠道不够广，还时常与当事人发生新的纠纷；也有合适的律所对苗郁表示欢迎，但对沈冲的兴趣大于对她的兴趣，苗郁直接把这家律所拖入黑名单。

苗郁自觉时间充裕，于是精挑细选，务必挑出最适合她的律所。正巧在这个周五，她又去了本市一家声誉还算不错的律师事务所，要与律所主任详谈一下。不巧的是，她刚到律所，主任正在谈业务，听着业务还不小，前台接待员只有笑容可掬地请她在会客间坐一下。

时间一分一秒地流逝，苗郁坐在安静的会客间里品着咖啡，从半开的门外悄悄打量这家律师事务所。律师和律师助理来来往往，脚步匆忙，已是周五下午，天花板上的灯盏盏明亮，忙碌氛围不减半分。她有些忐忑地想，如果转到这家律所，工作节奏骤然加快，可能要花上一段时间去适应。

会客室外有一张大办公桌，高高堆起的材料和塑料文件盒凌乱放着。两个小女生正在比对证据目录，一一整理。两人刚刚毕业的模样，青春洋溢，一边整理资料，一边叽里呱啦地聊天，欢乐得就像窗外的麻雀，隔着会客室的门飘进苗郁耳里。苗郁莞尔，这不正是她当年刚毕业的样子？

苗郁正在低头看书，忽然听见叽叽喳喳的少女们的招呼声："你回来了？开庭怎么样？"

"简单！我都没想到这么简单！"说话的应该是才出庭回来的律师助理，言语中带着雀跃，"要是这场官司我能赢，方老师说不定就同意我单独办案了。"苗郁几乎能想象出女孩脸上满满的自得。

"听说对方律师是留学归来的硕士，水平应该很高吧？"

苗郁心念一动，放下手里的书，仔细倾听。

"哎呀，一点都不高，我也不敢相信。他提的证据都在方老师的预计内，咱们都是早就有准备。"一门之隔，女孩子们聊得起劲，"而且，我觉得原告律师提的证据虽然多，但是方向完全错了，完全没有证明我们当事人的行为与他的当事人现在的状况有因果关系。"

"他们提了什么证据？"女孩们好奇地打听。

"就是检察院出具的不予立案通知书。我就抓住这个证据强调，国家公诉机关都认定犯罪行为显著轻微，说明原告现在的情况不一定就是被告行为造成的。当然，这个观点原告律师也反驳了，但是他没提证据，反而啰啰唆唆地说了一大堆什么理论，我看法官都听腻了。"

"哎，原告真可怜，找了这样一个律师。"

"听说是律师鼓动原告起诉的，原告都不是很愿意，毕竟是猥亵。原告现在还在医院养伤，出庭的是她的父亲。"

"这种律师最可恶，到处怂恿人打官司，收代理费。咱们律师的名声都是被这些乌合之众弄差的。"

三个女孩子聊得起劲，直到前台接待员打断她们："会客间的客人呢？你们看到没有？"

"没有啊，"三个人面面相觑，"会客间有人吗？"

接待员张望着："奇怪，去哪里了？"

她们寻找的人已经离开了这栋大厦，拦下出租车往市中心的方向绝尘而去。周五下午的城市道路，骤然拥堵了不少，出租车如蜗牛一般缓缓行驶，连骑自行车的路人都能在车窗边领先一步。苗郁心焦，却无可奈何，她也不太明白为什么如此冲动，不过，既然想不明白，索性不再想，做好想做的事才是根本。

推开衡明律师事务所大门，办公区空荡荡的，见不到一个人，苗郁正在奇怪，忽然听到齐思贤办公室方向传来争吵声。办公室门口，两个老大不小的人趴在门缝上，偷窥偷听，姿势十分不雅。

苗郁轻咳一声，唐博雅和宋乾应是太专注，没理会她。苗郁无法，只得上前，拍了拍宋乾的肩："小宋。"

"啊？啊？"第一声低，第二声高。

唐博雅应声回头，一脸惊讶："小老师你你你……你回来了？"

本是极其平常的问候，苗郁听在耳里，心头的不自在嗖嗖往头上冒。她故作镇定，点头："听说了一些事，回来看能不能帮上忙。"

两个年轻孩子愣怔地看苗郁径直推门进办公室，咔嗒关上门，一条缝也没给他们留。

办公室里，闻鹏还在骂，指着齐思贤鼻子的手发抖："你就是骗子！骗了我！你爸也是骗子！骗了我的资料，害得我拿不到赔偿！你和你爸爸都不是好东西！"

原本齐思贤一副垂头丧气的样子，正低头挨骂，听到这话忽然抬头："我的问题，您可以随意责骂，但请不要侮辱我的父亲。"

"难道我说错了？啊？"闻鹏一声比一声高，大有不把天花板震垮不罢休的趋势，苍老的中年男人眼中涌现悲愤："你个黑透了心的，非要让我起诉，让婷婷那些事被记者知道，他们还要写报道……你知不知道这样会害死她的！我女儿要是有三长两短，我一定死在你面前！"说着就要扬手打人。

"闻先生！"苗郁及时喊出口，清冷的女声从天花板荡进两个人的耳朵里。齐思贤一怔，下意识问："苗律师你你……你是来办手续的吗？不好意思麻烦稍等一下，我这边处理好了就来。"

"我……"苗郁抿抿唇，看向闻鹏，"闻先生，今天开庭了吗？进入辩论阶段了？下次开庭是什么时候？"

她声音不高，莫名有种令人镇定的力量，连想要打人的闻鹏也不由自主地放下手。齐思贤眼中浮现出疑惑之色，旋即拒绝："不好意思，苗律师，这是我的案子，我想我没有必要向你汇报。"

"律师的职责是帮助当事人争取最大的利益，不是吗？"苗郁说，"如果你认为你可以自行解决，那就当我今天来的目的是办理转所手续。"

齐思贤脸色有些红。他本就是一身的学者气质，眉眼温柔，皮肤在男人中算是白皙，斯文儒雅，脸皮上沾着少许的红就格外明显。即便被苗郁戳中诉讼策略的败笔，他还是坚决摇头："不，根据律师职业操守……"似乎不太对，律师职业操守中并没有不能与其他律师商量案件这一点。

苗郁直接看向闻鹏："闻先生，不知道你愿不愿意增加一位代理律师，放心，我不会收你的代理费用。另外，我不能保证一定能打赢这场官司，但是我会保证尽我的所能，保护婷婷，为婷婷争取最大的权益。"

"我……我凭什么相信你们？"过了好久，闻鹏又开始了咆哮，"官司我不打了！我要换律师！"一边说着，一边就要愤然离开。

齐思贤拦住他："闻先生，能不能再试一次？下周还要开一次庭，这几天我们再多做准备，这个诉讼赢面很大。"

闻鹏看着齐思贤的目光就像看一个仇人，手的骨节捏得咔咔作响。苗郁也挡住闻鹏的去路，耐着性子劝说："闻先生，案件已经开庭，没到出判决那一刻，谁也不知道判决结果。不如，我们再试一下？"

苗郁自觉从来没这么耐心过，从来只有别人劝她，哪有她劝别人的，还不是因为王主任的嘱托。如果她能早些提点齐思贤一些关键点，这个案子就不会如此麻烦。

闻鹏看了齐思贤一眼，又看了看苗郁，抓了好半天头皮，说："好吧，我信得过苗律师，我听你的。如果官司打输了，你们要赔我的误工费！"

律所大门砰地关上，回声犹在，齐思贤看向苗郁，微微叹口气，不知怎么开口。苗郁清了清嗓子，提高声音，说："小唐，小宋，进来开会。"容不得外面偷听许久的两个人拒绝。

唐博雅和宋乾抱着笔记本，默默进来，自觉地找到座位坐下。苗郁亦是如此，扯了一张信笺纸当笔记本，一点也不见外。倒是齐思贤，微微蹙着眉头："苗律师，这个案子我觉得没有讨论的必要，我会调整……"

苗郁淡淡地扫他一眼，打断他的话："你确定？"

"呃，这个……我的意思是，"齐思贤眼中涌上一阵犹豫，许久还是决定抢救一下，"我才是案件的代理人，就算要讨论案件策略也应该是我主导。"

苗郁没说话，只是冲他做了一个请坐的手势，给足了面子。齐思贤的脸色恢复了少许白皙，当即坐到主位上，正襟危坐地理了理领带："我们从哪里开始？"

唐博雅正想着下班后去哪里吃饭，忽然间收到苗郁飞来的一瞥，一个激灵，当即坐直了身体："我来讲一下今天庭审的情况。"

唐博雅的口才一向很好，将举证质证、法庭辩论的重点讲得很清楚，特别是对方提的几个反驳意见，全数说了出来。宋乾在一旁补充，基本还原了整个庭审的交锋过程。

"我们提的证据都在对方的意料之中，而且，被告一口否认没有实施猥亵行为，理由就是公诉机关都做出不予起诉认定，说明他是被冤枉的。齐老师予以反驳，而对方律师就针对这个观点一直在辩论，花了很长的时间。"

苗郁听得很认真，一言不发。唐博雅很了解苗郁，她这样不说话，一定是发现了什么漏洞。等宋乾补充完，苗郁掉转目光看着齐思贤，问："因果关系，你提了没有？"

"因果关系？侵权？"齐思贤点头，"我提了的，在法庭辩论阶段，我一开始就提了侵权……"

"停！"苗郁打断他，"法庭辩论？举证质证的时候，没提吗？"

三个人难得一致地看向她："这也需要？"

苗郁的眼神淡了下来。"小唐，"她的声音很严肃，就像在法学院的课堂上，"你背一下侵权的构成要件。" ·

唐博雅顿时头皮发麻，下意识地站起来，摆出用力回忆的表情："具有违法性，有损害事实的客观存在，实施行为的人有过错，或者没有过错依然要承担民事责任。已经有三个，还有一个构成要件是，因果关系。啊！因果关系！"

齐思贤的眼皮一跳，眼神中闪过顿悟的神色。苗郁看在眼里，心说这人还不算太笨。宋乾傻傻地问："我们不是提了猥亵行为与闻婷婷抑郁症之间的因果关系吗？"

"你笨不笨！"唐博雅打了他一巴掌，"证据呢？证据呢？"

苗郁接过唐博雅的话："是的，证据在哪里？你们都忘了提交吗？"

"我们向法庭提交了不予起诉认定书。我一直强调，没有起诉并不是说明原告没有实施猥亵行为，而是显著轻微够不上罪。我以为法庭能理解我的意思。"

苗郁的手掌重重拍在办公桌上："有行为不能证明因果关系。你得找出证据，提交给法庭，证明就是被告武源的行为给闻婷婷造成了精神损害，这就是侵权事实！"

宋乾小声嘀咕："可是对方也没提，反而和我们辩论猥亵行为造成的后果，辩论得还挺激烈，说明他们也不知道。"

"这就是诉讼策略，或者说被告律师非常有经验，发现你们忽略了关键证据，立刻把重点转移到一个无关紧要的地方，让你们无暇顾及真正的问题。一旦庭审结束，你们就无可挽回。"苗郁冷静地说，"齐老师说还会开庭，你们有没有向法庭申请收集证据？"

齐思贤点头："有，小唐提议的，我还没想好要调取哪方面的证据。"

苗郁说："最好向法庭提议申请专家证人出庭。我们必须证明闻婷婷的创伤性应激障碍，就是武源的行为直接造成的。"她指示宋乾，"小宋，周一就去办这事。对了，要同时提交鉴定申请，要求法庭对闻婷婷的精神状态进行鉴定。这是损害赔偿的关键。"

"小唐负责向法庭申请搜集证据，最好是找公安、检察院查看到当年猥亵案的卷宗。如果法庭认为律师不宜调取这种证据，就申请法庭依职权调取，到时候我们阅卷。"

她说话的语速偏快，吐出的每个字却又十分清晰，带着不容拒绝的威严。唐博雅、宋乾埋着头记笔记，生怕漏听了一个字。目光一转，齐思贤文质彬彬的脸落进苗郁闪亮的双眸里，她皱眉："有问题？"

齐思贤忽然回过神，忙摇头："没有没有，我就在想，还有什么需要补充的。"

"暂时应该没有了。"苗郁本想撕掉写满字的纸，想了想，又细细地叠好，"周末两天，大家都想想，如何打赢这场官司。小唐、小宋把申请书准备好，周日中午十二点前通过邮箱发给我看。"

唐博雅丧丧地"哦"了一声，哀叹自己的周末又泡了汤。齐思贤轻咳，想要提醒什么："苗律师，我才是这个案子的代理律师。"

苗郁看他："是，我知道。所以这两天，我们一起讨论法庭辩论的策略。"

齐思贤沉默片刻，终是向苗郁伸出了手："谢谢，谢谢你能回来帮我。我……"

苗郁静静地看他一会儿，回握了回去："如果有什么问题，请随时找我，我随时恭候。"

气氛开始缓和，如果再多些粉红泡泡就好了。唐博雅轻轻踩上宋乾的脚，宋乾秒懂，连忙叫出声："啊，都这么晚了，不如齐老师、苗老师，我们一起吃个饭吧？"

唐博雅也笑靥如花，盛情邀请："是啊是啊，我到律所这么久，还没有和大家吃过饭。"

苗郁这才惊觉，天色已黑，路灯排排点亮。她本就不是喜欢交际的性子，想摇头婉拒："算了，我还是回家，你们好好吃……"

推辞的话还没说完，唐博雅已经笑着挽住她的手臂："小老师，一起吧。我知道这附近的夜市一条街上有家海鲜烧烤特别好吃，一起吃热闹些。"

苗郁刚看向齐思贤，儒雅温和的男人已经开口挽留："苗律师，不如吃个便饭？我请客，也谢谢你特意回来帮我。"

这么多人相劝，再推辞似乎也不太好，苗郁点头："那就恭敬不如从命了。"

唐博雅欢快地跑在夜市小巷里，号称要抢最新鲜的生蚝。宋乾则是奉命抢座位，那家海鲜烧烤店向来人满为患，抢座位这种体力活一定要男生去。苗郁和齐思贤落在后面，不紧不慢地走着。齐思贤西装笔挺，精英范儿遮也遮不住，苗郁则是一身职业女性的西装套裙，高跟鞋，LV包，在人间烟火缭绕的美食一条街上，在满大街的休闲装扮中，他们两个简直堪称醒目。

耳畔吵吵嚷嚷的声音悄然而过，齐思贤思忖许久，觉得这样沉默着总是不太好，便道："苗律师，谢谢你回来帮我。"

"没事，怎么说我现在还是衡明律所的律师，分内之事。"苗郁客气而疏离。

齐思贤自嘲地一笑："我知道我的经验不够，王伯伯出国前一定也拜托过你，不能让我砸了衡明的牌子。"

苗郁想，这时候她应装傻呢，还是装傻呢，还是装傻呢？她有些狼狈，心中的秘密似乎被窥破了一些，齐思贤并不是两耳不闻窗外事的书呆子，他知道旁人对他的评价。

"谁不是从新人走过来的。"苗郁淡笑，掩下些许的尴尬，"多办点案子就好了。"

这种回答太过中规中矩，齐思贤也只能回以礼貌的微笑。倒是苗郁先开了话题："闻先生在律所里发脾气，说什么齐老师骗他的资料，让他拿不到赔偿，是怎么回事？他认识齐老师吗？"

她口中的齐老师就是齐思贤的父亲齐伦，即便齐思贤是现任的律所主任，苗郁也改不了口。哪知齐思贤忽然顿住了步子，看了苗郁一眼。苗郁忽地有种感觉，齐思贤眼中透出刺破黑夜的光，令人心惊肉跳。

那道光飞逝而过，倏地又回归平静，仿佛那抹锐利只是苗郁的错觉。齐思贤转头看着前方热闹闪烁的霓虹招牌，淡淡地说："他是误会了我爸，没什么。"

"误会？那他以前是不是来过律所打官司？"

齐思贤摇头："没有的事，他胡乱说的，苗律师不要放在心上。"

这话能相信吗？当时，闻鹏已经愤怒到了极点，齐思贤也拼命维护父亲的声誉。那一瞬间，苗郁甚至怀疑，齐思贤执意要为闻婷婷打官司，并不完全是为了那名可怜的少女，而是另有目的。至于这目的是什么，她现在还不知道。

第
三
章

　　唐博雅兴奋的招呼声打破了苗郁和齐思贤之间流转的诡异气氛。苗郁被唐博雅拉着坐在矮桌旁，刚刚烤好的生蚝正嗞嗞地冒着热气，混着金黄的蒜泥，美妙的香味瞬间驱散初春的寒冷。唐博雅热情地招呼："小老师快吃，刚烤好的生蚝最好吃。别客气，齐老师请客。"一点没把自己当外人。宋乾积极地把扇贝、生蚝摆在唐博雅面前，唐博雅一边叫着"热量太高，不能吃不能吃"，一边大快朵颐。

　　眼前的景色似曾相识。那是几年前，沈冲第一次独立成功代理案子，拿到佣金后，拉着苗郁就到了这条街上，找了一家门面小小的海鲜烧烤店，说要大吃一顿庆祝成功。同样的春寒，同样的夜晚，点菜时，苗郁小心翼翼中带着欢喜，每种海鲜只敢点两个，价格比对了又比对。那几年龙虾还是稀罕物，苗郁假装没看见菜单上令人垂涎欲滴的红色虾壳，闷着头翻过这一页。上菜的时候，鲜嫩的龙虾肉混合着黄油香端了上来，模糊了苗郁的视线，也模糊了沈冲宠溺的笑。

苗郁静静地坐在一旁，看初入社会的新人为了热量、口味这些小事，简单地烦恼着，她的眼眶忽然一阵酸痛。街上人潮汹涌，她的心口有种被剜的痛，她以为从来不会发生的痛楚，在此刻，化作一柄冰凉的利刃割开心脏。温暖随喷涌的鲜血点点离她远去，一点点的痛遍布全身。直到这个时候，她才深切地感受到，她和沈冲，真的分开了，真的再也回不去了。

齐思贤推来一杯奶茶："喝点热的。"

苗郁眼中的雾气顿时消散，明亮的灯光下，齐思贤的微笑淡而温和，送来的奶茶不烫不冷，握在手中，刚好驱散掌心到心口的寒冷。

"谢谢。"

朋友，是春天了。驱散忧愁，揩去泪水，向着太阳微笑。

她在心底默念这首小诗。

是的，春天已经到了。

通常来说，如果周末是忙碌的，周一的工作量将是平时的两倍。苗郁和宋乾坐在狭小的会客室里，正在等待要面谈的人。会客室不大，墙面洁白，透着冰冷。琅琅读书声偶尔传来，稚嫩的童声整整齐齐，柔软着人心。

宋乾有些紧张，低声问："苗老师，我们会不会被赶出去？"

"会。"苗郁低着头，再次清点携带的证明文件和材料，淡淡地说，"做好最坏的准备，才能拿下最好的成果。"

听着是很励志的，但是宋乾还是很紧张。一大早，唐博雅就到了法院，顺利地拿到了法院开具的调取证据的函件。现在他们兵分两路，齐思贤和唐博雅去闻婷婷就读的学校，调取学校心理咨询教室的记录，苗郁和宋乾则到了另一所学校，去寻找当时目击了猥亵过程的老师，最好是能拿到她的证言。这是宋乾第一次找证人，紧张得有些心律失衡。

会客室的门不轻不重地被敲响，门边一位三十来岁的女子探进头来，迟疑地看着苗郁："请问，是你们找我吗？"她穿着整洁，手里拿着两本书，最上面那本封面写着"历史"两个字。

就是她了。苗郁微微一笑，主动上前握手，带着公式化的问候："你好，你是凌芷泉老师吧？请坐。"

凌芷泉手心微凉，神色犹豫，似乎下一刻就要拔腿离开。苗郁却容不得她拒绝，直接把她"请"进了会客室。宋乾刚打开笔记本，习惯性地想要做记录，被苗郁冷冽的眼神一扫，忽然回过神，立刻站到会客室门边上。

凌芷泉一脸的警惕，也不坐下，只问："你们是谁？找我什么事？"

苗郁翻开律师证，连同其他的文件，一并递去："张老师，我是衡明律师事务所的执业律师苗郁，这位是我的助手宋乾。"

凌芷泉并没有伸手去接，只是草草扫了一眼律师证，立刻往后退了半步："我没什么好说的，我还有课，你们问别人去吧。"没想到撞到了守在门口的宋乾身上。

此刻，宋乾真想发条微博，庆祝卡位成功。苗郁追问："张老师，我还没说是什么事，你就知道了？"

凌芷泉一个劲地摇头："我不知道你是什么意思。我不想跟律师打交道，你们走吧，我马上就要上课……"

"凌老师，我们已经问过了，今天下午你都没有课，所以我们才等到现在。"苗郁打断她的话，探询似的追问，"凌老师，你在怕什么？"

质问声飘摇在会客室里，宋乾悄悄地按下录音笔。凌芷泉一阵哑然，许久才开口："这事不是已经完了吗？为什么你们还要来问我？你们不是检察院的，你们是骗子，对不对？"

她有些激动，声音越来越大。宋乾想要解释，却见苗郁根本没有辩白的意思，只是静静地看着凌芷泉，一言不发。凌芷泉还在叫嚷："你们这种骗子我见多了，还敢骗到学校里来。我马上叫保安把你们赶出去！我还要打电话报警，让警察来抓你们！"

没想到，苗郁轻轻点头，摸出手机，按下几个数字后，举给凌芷泉看："可以的，报警是每个公民的权利。凌老师，我就问一句，你确定要报警吗？"

凌芷泉倏地愣住了，张了张口，似乎想要发出"好"或者"是"的声音，但空气没有感受到任何细微波动。她看着苗郁，那个自称是律师的女人有一双琥珀色的眼，仿佛能看到她的心底，看穿她所有的秘密。

"你，你问吧。"凌芷泉缓缓坐下，教材和教学参考书落在布艺沙发上。这沙发自买回来就没洗过，又脏又破，几乎看不出原本的翠绿色。她一阵心烦，真不知道这事还要纠缠她多久。

苗郁开口了："好的，凌老师，我先介绍一下，我们律所承接了闻婷婷起诉武源侵权纠纷一案，我们现在是代表闻婷婷向你询问一些事，整个对话过程将会被录音。请问你是否同意？"

"闻婷婷？"凌芷泉抬头看苗郁，眼中惊诧之色明显，"她起诉武老师？"

苗郁点头："是的。"

"那她，她，"凌芷泉小心翼翼地问，"她还好吗？"

"说实话，不好。"苗郁说，"自杀了三次，现在还在医院躺着。她这样的状态，凌老师应该知道是怎么造成的吧？"

凌芷泉偏过头，不敢看苗郁的眼睛，两只手也无意识地握在一起，久久不曾开口。苗郁说："凌老师，我们这次来，希望你能告诉我，2017年9月19号的十五点至十五点四十分，在闻婷婷的宿舍里发生了什么事。"

"我不知道，我真的不知道，你们问其他人吧！"凌芷泉哀求道。

苗郁冷静地说："我们已经查阅过检察院的案件卷宗，公安和检察院都向你调查过事件经过。我们这次来，目的是确定当天发生的事。"

凌芷泉说："你们不是看了卷宗吗？我该说的都已经说得差不多了，你们就不要来烦我了，好不好？"

烦？苗郁皱着眉问："凌老师，你为什么这么说呢？"

凌芷泉露出痛苦的神色："警察问了，检察院的也来问。我说了一遍还不够吗？三遍四遍地说，好像我才是犯错的那个人。我本来干得好好的，现在所有人看我的眼神都是怪里怪气的，逼得我没办法，才选择换到这个学校教书。苗律师，你们能不能考虑下我的处境？"

宋乾忍不住了："闻婷婷是你的学生，她出了那么大的事，命都快没了，你就考虑你自己？"

"我还有老公、孩子，我总得考虑对我的影响吧？"她越说越气，"你们就这么直接到学校了，影响我的工作，我会找你们上级反映的。"

她话中的威胁意味颇浓，但对律师而言不过是浮尘。宋乾忍不住翻了个白眼，低下头不说话。苗郁淡淡一笑，以前代理案件时，比这难听千百倍的话都听过，教师还是温柔。苗郁说："凌老师，你是闻婷婷所在班级的副班主任，武源是班主任。那天下午，闻婷婷说身体不舒服，请假没有去上课。你去宿舍看她，路上遇到武源，他说要同你一起去。然后呢？"一番话平静如水，丝毫没理会凌芷泉的威胁。

凌芷泉愣住了，方才的气势消散了不少。她愣怔着许久没张口，半低着头，手指用力地绞动着，显然正在天人交战。会客室内宁静得令人窒息，偶尔有口哨声、跑步声、欢笑声自操场方向传来。

过了很久，凌芷泉摸着拿起两本书，别开眼，艰难地站起身："对不起，这么久了，我实在记不住那天发生的事。你们找其他人吧。"说着，就要往会客室外走。

宋乾忙着拦下她："凌老师，你不能这样。我们又不是挖掘隐私的小报记者，我们是为了闻婷婷，是为了帮助她的，你这样……"

"小宋！"苗郁出声制止了宋乾，"别说了，凌老师不想说就算了。"

"但是她……"

"让凌老师回去吧。"苗郁也站起来，看着凌芷泉耸动的肩背，说，"凌老师，请你听一听外面的声音，你的学生正在操场上，上课或者玩耍。请你想一想，如果，我是说如果，闻婷婷没有遭遇那件事，她现在在做什么？是在教室里做卷子备考，还是在操场上散心？她有没有跟你说过想考哪所大学，想读什么专业？她有没有说过以后要从事什么工作？她有没有和你分享过对未来的梦想？"

凌芷泉低下头，双肩在轻微地颤抖。苗郁说："但她现在躺在医院里，虽然脱离了危险，但是能不能好转都不知道。我看了她的资料，她的成绩虽然不是最好的，但是她很努力，也是个孝顺孩子，在班上人缘也不错。是不是因为她太心软，所以才会遭遇这样的不幸？作为她的老师，凌老师，你有没有想过要怎么帮……"

"你别说了！"凌芷泉愤怒地大叫出声，转身看苗郁，"我不想说，我也不想去想这件事。你们走吧，别来找我，我什么都不知道。"她的双眼燃起两团火，严正警告，"我马上会去叫保安，你们最好马上就走。"

宋乾也来了气："喂，你还是老师吗？你的学生还未成年，就遇到这样的事。你就为了一个猥亵犯昧了良心？他给你多少好处？"

凌芷泉脸色一白，苗郁立即喝住他："小宋，别说了，出去开车！"

宋乾愤愤然收拾笔记本："你以为你不说，我们就没办法提交证据吗？我们还有办法，你别以为能当一辈子的帮凶。"

苗郁说："小宋，你去把车开到校门口，我跟凌老师说两句就出去。"

宋乾本还想说什么，见苗郁态度坚决，也只好提着公文包出了门。他刚把车开到学校门口，苗郁已经等在街边了。

"苗老师，你和她说了什么？"等苗郁上车，宋乾忍不住问。

苗郁说："我留了名片，告诉她下次开庭的时间。如果她想通了，希望她能以证人身份出庭。"

"你看她今天那么抗拒，肯定不会去的。"宋乾没好气地摁喇叭，催促前面的车快点起步，"可是苗老师，我们有检察院的卷宗就可以证明猥亵事件的存在了，为什么一定要找凌芷泉出庭做证人呢？"

苗郁想了想，说："我想，凌芷泉是亲眼看见了武源猥亵行为的人。如果她能出庭，对武源一定是个很大的心理打击，对于我们提的赔偿请求，他就不会有太多的讨价还价的心思。"

宋乾顿时恍然大悟："这招不错！打蛇打到七寸，厉害厉害。"

苗郁看了他一眼："小宋，今天你的表现不错，不过有些话说得过火了些，下次注意。"

她的声音不高，却足够威严。宋乾一阵心慌，连连点头："一定一定！"

苗郁的手机响了，刚接通，唐博雅欢快的声音传了出来："小老师，齐老师厉害，我们拿到了闻婷婷学校心理咨询室的记录了。"

不错，苗郁露出一丝笑意，听这意思，齐思贤出了很大的力气才有这么好的进展。她说："我们马上就回律所，抓紧时间开个会。"

回到律所，正好遇到送纯净水的大厦保安。保安举着一封蓝色的快递邮件，问："哪位是苗郁？"

"我就是。"苗郁问，"我的信？"

保安说："才来的，你签收一下。"

苗郁有些疑惑。这段时间她并没有接案子，最多就是和沈冲的离婚官司，但这已经结案了，这封邮件一看就是邮寄的文件，邮寄单上没有写发件人的姓名，只有一串潦草的电话号码。

是谁寄的？苗郁疑惑地拆开，里面只有一张照片和一把钥匙。钥匙样式老旧，单面，防盗能力很低，新建的小区都不会采用这样的锁。照片就更普通了，拍的是一栋看着很老旧的楼房，画面正中是楼房中部某一层的阳台，阳台被铝合金窗扇封住，透过模糊的蓝色玻璃，明显能看见一个巨大的熊娃娃，搁在阳台一角。

什么意思？苗郁嘀咕，顺手翻过照片，她不由得睁大了眼。照片背后，有一行手写的字，颇为触目惊心——

"如果有一天我死于非命，只有你才能帮我报仇。"

落款人是，冯佳梦。

字迹很清晰，一笔一画写就，甚至有些力透纸背的坚决。苗郁抓起信封，急急往走廊奔去，正在换水的宋乾莫名其妙地看着她的背影，吞下一句话——苗老师快帮我扶下水桶。

苗郁叫住保安，举着信封，气息不稳地问："不好意思，请问这封信是什么时候来的？"

保安有些莫名其妙："就是今天来的。经理说你们律师事务所收的信很重要，一定要当天到，当天送，要不超过了什么期限，你们会有麻烦，也会投诉我们。"

苗郁知道以前曾有物业送信不及时，耽误了案件上诉期限的事情，齐主任和王主任为此警告过物业公司。但是，冯佳梦在半个月前已经死了啊，她怎么会给自己寄这么奇怪的一封信？

闻婷婷案有进展的好消息带来的好心情，被这莫名其妙的信打消了大半。苗郁心不在焉地听齐思贤的安排，大体上没出错的话，她也懒得出声。他们已经提交了鉴定申请、证人出庭申请，再把新增的证据交给法庭，等待对方阅卷后，就可以等待第二次开庭了。

苗郁还在思考冯佳梦的信，一只手忽然出现在她眼前，晃了晃："苗律师，你还有没有要补充的？"

男人的手非常漂亮，长手指，白手心，名贵腕表的边缘恰到好处地从白色袖子下露出来。苗郁猛地回神，才发现唐博雅和宋乾都在看着自己，两人都是一脸的好奇与探究，齐思贤的眼里盛满疑惑。苗郁叹口气："不好意思，这段时间没休息好，走神了。说到哪里了？"

"没关系。关于下一次开庭前的准备，我已经分派好了。"齐思贤说，"小宋、小唐可以去办了。"

小年轻走了出去，苗郁正准备询问计划是什么，一听齐思贤已经做了安排，脸上的神情冷了不少。似乎察觉到了这股突如其来的冷空气，齐思贤疑惑地看她。

许久，苗郁呼出一口气："我以为，我们已经足够坦诚，有什么事都能商量着来，但是今天，齐老师这样擅专，我不是很理解。"

齐思贤眼中闪过了悟的神色："苗律师，我想你误会了。我并没有独断专行的意思。开会时，我问过你好几次，你都没提任何意见，所以我才做了决定。"

他的直言不讳让苗郁心底生出几许狼狈。她是走神了，因为冯佳梦的一封信，但是齐思贤这般直白，让她脸上更加挂不住。

"好，是我的错。"苗郁赌气地说，"说来我也应该办手续了，毕竟和齐主任已经谈妥，我希望能去别的律所。"

齐思贤愣住。苗郁主动回所里帮助自己，他以为她放弃了转所的打算，今天怎么突然又提出这事了。他忙说："苗律师，我这人习惯了直来直去，如果让你觉得哪里不舒服，还请提出。"

"没意见，你也没有冒犯。"苗郁脸上让人看不出半点不悦的意思，"我只是觉得，既然不是我代理的案子，我也不该参与讨论。"她笑了笑，收拾笔记本，"不好意思，我有点事，想先回家一趟。"

见苗郁已经拉开了门，齐思贤忽然快步走到门边，伸手关上了门，转身看向苗郁。苗郁也奇怪地看他："齐主任，有事吗？"

"我们能不能坐下来好好谈谈？"齐思贤问，将两张办公椅拉到一起，"耽误不了多久，就几分钟。"

苗郁满心想拒绝，但看见齐思贤神色诚恳，索性放下手里的东西，坐回到办公椅上，摆出公事公办的模样："请讲。"

"苗律师，我知道，我没有经验，所以我很尊重你。王伯伯出国前，专门叮嘱我，要向你多请教。"齐思贤说。

苗郁点头，不说话。

齐思贤又道："今天的讨论，我并没有看轻你的意思，请不要对我有什么误会。"

苗郁定定地看他，依旧三缄其口。齐思贤继续说："如果因为我的态度，你产生了什么想法，我希望我们都能开诚布公地谈。你是我尊敬的前辈，我也很希望衡明这块招牌，不要砸在我的手里，否则，我真的对不起我的父亲。"

话说到这个份儿上，苗郁再怎么端架子也端不下去了。更何况，今天这事，苗郁自己也有错，只是有些小情绪突然不合时宜地发作。她抬手按眉心，让口吻平淡下来："抱歉，我今天有些冲动了。"

齐思贤心里一块石头落了地。王伯伯告诉过他，苗郁这个人，口硬心软，吃软不吃硬，凡事不要跟她对着干，退一步，柔一点，就没事了。他笑了笑，向苗郁伸出手："苗律师，以后希望我们能开诚布公，有什么话明明白白地谈，可以吗？"

那自然是好的，苗郁轻点头，回握一下，心想，这算是和解的开始吗？

"那下次开庭，你会去吗？"齐思贤问她，言语中隐隐带着期待。

苗郁想了想，不太确定地说："我可能不会去。我曾经去过被告代理律师所在的事务所，被人发现了，难免会惹上麻烦。"

齐思贤有些失望，但是苗郁说得在理。他勉强笑道："那天我想我也能应付，你不用担心。"

但愿如此。苗郁点点头，推开桌子站起来："下午我有点事要办，先走了。"她还不习惯和齐思贤的关系忽然这般缓和，下意识地想远一点。更何况，律师工作时间弹性很大，她这样也不算旷工。

"哦，好吧。"齐思贤看着苗郁就要离开，忽然一句话冲上唇边，可惜太小声，苗郁没有听见，径直开门走了。

那句话是"谢谢"。

苗郁没停下步子，她扫了一眼假装在电脑前忙碌的唐博雅和宋乾："小唐、小宋，你们记得重新提交证据，申请鉴定和专家证人出庭。"

唐博雅猛点头，脸上还带着心虚。她一直趴在会议室门缝上偷听，可惜半句实质性的话都没听到，还差点被苗郁抓个现行。

八卦少女，名不虚传。

苗郁已经匆匆离开了律所，那封从天而降的邮件塞在包里，满满地占据了她的心神。不知道哪位先哲说过，世界上最牵挂你的不是爱人，而是你的敌人。冯佳梦为什么要把这样一张照片和一把钥匙给她？她筹划这件事多久了？她的目的是什么？

难道她已经预料到她的死亡？

一股冷气升上苗郁后背，连电梯轿厢似乎都剧烈晃动了一下。等等，她有麻烦，而且是可能危及性命的麻烦，怎么不去找沈冲，而是找上她？

包里的那封信顿时万钧重，又像一块火炭，苗郁扔不得也不想扔。冯佳梦临死前叫着她的名字，是不是想让自己帮她？

那她为什么不说得明白一些，却用这样迂回的方式暗示、提醒？冯佳梦到底想要做什么？想起照片背后那一行字的口吻，漫不经心，又故作严肃，苗郁真想揪出已经是一抹灵魂的冯佳梦，大声地问："你想做什么？"

投递单上没有留下寄件人的地址，这难不倒苗郁。快递单上有单号，网络已经发达如斯，在网页里输入单号，这封快递从什么地方，经由了谁人的手，最后如何到了苗郁手上，踪迹一览无余。半个小时后，苗郁已经来到了投递点，不大的平房里，堆满了大大小小的货箱，工作人员不多，扫描、登记，各司其职，忙碌得插不进一句话。苗郁看了一圈，直接问负责扫描的姑娘："你好，请问这封邮件是从你们这里寄出去的吗？"

姑娘正忙着扫描，没好气地瞪了苗郁一眼："你自己不会上网查吗？"

"我已经查出来了，就是从你们这个快递点寄出来的。我想问你们知不知道这封信是谁寄的？什么时候寄出去的？"

姑娘更火大，停下手里的扫描仪，大声说："这不是有寄件人和寄出的时间吗？不会看吗？"

年轻人火气太大，连带苗郁也受了影响。她的声音顿时也冷了不少："我当然知道寄件人是谁，我要问的是，为什么今天才寄出来？寄件人在十多天前已经死了。"

话刚说出口，小平房顿时一阵安静，四面八方的目光同时聚到苗郁身上。姑娘吓了一跳，微张的嘴愣怔着，好半天才吐出两个字："死了？"

"是，去世了。"苗郁冲她晃了晃信封，"你对寄件人有印象吗？是个二十多岁的姑娘，长得挺漂亮。"

几个快递员围了上来，纵然快递堆得如山高，听听八卦也是好的。看了又看，传了又传，一个个摇头："不是我经手的。"

负责扫描的姑娘用力推开他们："去去，快去送快递，送晚了小心被投诉。"一把从快递员手里抢回快递，冲着苗郁风风火火地问，"给他们看没用，这是我经手的件！你问这个做什么？你是警察？"

苗郁摸出她的证件，放在桌上："我是律师。"

"律师？"姑娘怀疑地看她，翻来覆去地看已经发皱的信封，"我记得寄件的妹子也说她是律师。"

苗郁点头，顺口扯谎："对，我们是同事。她已经去世了，这封信才寄到我这里。我就很奇怪，所以想来问问。"

姑娘捧着苗郁的证件，目光渐渐变得明亮："你真的是律师啊。你们律师是不是工作很轻松？收入很高？是不是代理一个案子就能好几个月不工作？"

哪里听来的谣言，苗郁有些想笑。律师工作一点都不轻松，找证据、找证人、提交申请，还要算着期限。有的当事人要拖，必须在期满前的最后一天提交上诉状，少一天都不行；有的当事人急着等结果，起诉书刚提交，还在立案审查阶段，一天十个电话打来问什么时候能出结果；有的当事人不配合，藏着掖着，到了法庭等对方拿出证据，你才知道这个案子输定了；有的案子打赢了，还要等到执行阶段，当事人拿到了执行款，律师才能拿到风险代理金；如果没有代理到案子，这个月、下个月不仅要喝西北风，还要给律所上缴管理费，成了比月光族还要可怜的负债族。不是代理一个案子就能好几个月不工作，而是案件只要没完结，你就拿不到应有的代理费，喝风去吧。

春阳热烈，衬出姑娘眸子里的期待，在纸屑飞扬的小平房里，她的笑容格外灿烂。苗郁看见，破旧的电脑旁，摊开一本卷了边的法律自考教材，上面写满了标注和笔记，笔是可爱的加菲猫造型。想来这姑娘平时只要一有空，就在努力准备法律自学考试。苗郁心头忽然柔软了一下，笑容也温柔了好几分："律师……虽然没你说得那么轻松，但是只要你努力，一定会达到你想要的目标。"

这碗鸡汤有点过时，好在姑娘爱喝。她干脆拉着苗郁出了小房子，在阳光下长长地透了一口气："我就觉得她很奇怪。"

"是怎么回事，你可以给我讲讲吗？"苗郁摸出笔记本和笔。

姑娘回想了下："她是差不多一个月前到快递站来的，说要邮寄东西。但是快递单填好后，她又说不寄了。我还郁闷呢，这个单跑了，没想到过两天她又来了，说她这个件先保管在我这里，还加了我的微信。她让我每天早上十点给她发消息，如果连续三天她没回复我，就让我把这封邮件寄出去。你就是收件人吧？"

哪有这么奇怪的要求。苗郁点头："对，是寄给我的。"

"不好意思啊，这么晚才寄出来。上周有个电商平台搞活动，我们的快递多了很多，我一下子就忘了这事。周末才想起，就给她发微信，可是她都没回我。"姑娘有些沮丧，低头踢着地上的小石子，"我还在想她出了什么事，又犹豫了几天，今天才寄出这封邮件。"

"没关系，"苗郁于心不忍，轻轻拍了拍她的肩膀，安慰她，"你能按照约定把信寄出来，就是完成她的心愿了。我就是想了解下，她寄邮件时说过什么话吗？"

姑娘回忆道："其实，从来没有一个顾客让我保管邮件，所以她提出这个要求时，我就觉得蛮奇怪的，所以我记得她。她真的死了吗？是怎么死的？"

苗郁本不欲多说，但转念一想，不妨暂时满足她的好奇心，说不定还能打听到更多的消息，便说："是啊。可惜当时我不在现场，听说是酒精过敏，没抢救过来。"

姑娘露出同情又带着点疑惑的神色："好可怜，不是说律师都是精英，工作上不会遇到应酬了吗？"

苗郁觉得这个问题很难解释，工作和喝酒没有必然关系，但并不代表律师不应酬。她只有含混地说："具体情况我也不太清楚，所以就想了解一下寄件的情况，谢谢你。对了，她有没有告诉你，为什么要让你保管邮件？"

姑娘说："我也问过她。她说什么以防万一，还说说不定过几天就把信拿回来，只是请我代为保管。"

"除了寄邮件，你以前见过她吗？"

姑娘还是摇头，声音越来越小："没印象了。我还以为她跟我开玩笑，但是她给了我三百元让我保管，我又觉得这事很重要，所以也没多问。"

冯佳梦到底在做什么，神神秘秘的，苗郁不解。但如今，她也找不出更多的线索，只好向姑娘道了谢。见姑娘欲言又止，苗郁给了她一张名片："如果你复习的时候遇到什么问题，可以问我。"

姑娘受宠若惊，小心地收下名片，自我介绍说姓白，高中毕业后就出来打工，现在正在准备自学考试。小白两眼发亮："我要是拿到文凭，再考司法考试，就能当律师了，再也不用在这种地方打工了。"

"好，好好准备。"对这种自强的姑娘，苗郁自然不吝惜赞美。临要离开时，苗郁抽出那张照片，问小白："这附近有这样的小区吗？"

小白仔细看了看，摇头说："这附近都是近几年才修的小区，没这么老旧的。"

线索断了。苗郁道过谢，拿着照片离开快递点。小白说得没错，这附近的楼盘大多才建成，照片上那种普通的平房，根本不会出现在这里。

冯佳梦，你到底想要告诉我什么？

苗郁本想给沈冲打个电话，有什么事都让沈冲烦恼去，但在按出拨号键的一刹那，她又警觉起来，连忙挂断了。难道，冯佳梦就是不想让沈冲知道？这不可能，冯佳梦算是攀上了沈冲，她没理由不依靠、不相信沈冲，反而大费周章地给苗郁留口信，又安排寄邮件，这到底是为什么？

这件事一直沉沉地挂在心里。苗郁想，如果不把这件事弄清楚，她可能真的要一直纠缠下去。

转眼又是开庭的日子。唐博雅很紧张，坐在原告席上，"代理人"的铜牌搁在面前，她深呼吸一次，两次，三次，心跳还是控制不住。这时候她后悔平日不多积蓄脂肪，胸腔薄得像一张纸，心跳稍一过速，就能察觉到，平添紧张。

"苗律师不来吗？"齐思贤偏过头，低声问她。

唐博雅的声音压得更低："她说一会儿就来。"小老师你到底去哪里了，你现在是我们的主心骨。

齐思贤下意识往法庭门口望去，厚重的两扇门挡住走廊上的脚步声、说话声。他回国后，以代理人的身份上法庭的次数一只手都能数过来，这次苗郁特地指点了庭审策略和技巧，他相信苗郁的判断经验。只是，如果她能来，哪怕坐在旁听席上，他也安心。

门突然被推开了，隔得太远，看不清是男是女，只知道是黑色西装。齐思贤的心跳加快，是苗郁吗？

让他失望了。来的人是被告代理人和被告武源。两人神色轻松，被告的代理人还对齐思贤微微笑了笑，显然是胜券在握。武源是个年近五十的老男人，戴一副厚厚的近视眼镜，面相忠厚老实，穿着灰扑扑的夹克，看向齐思贤与唐博雅的眼神，有些畏缩，也有些愤恨。

齐思贤听见唐博雅在低低地叹气。这次开庭，连闻鹏都没来，大概是对他失望了吧。

开庭时间到，书记员宣读法庭纪律，之后是法官入庭。这些程序，齐思贤了如指掌，苗郁让他这几天抓紧时间观摩主审法官的庭审视频，原话是："多看几遍就当认识了，出庭就当见老朋友，不怕。"

这是第二次开庭，齐思贤代表原告要求证人出庭，因此法庭首先恢复了法庭调查。法官问："原告代理人，你们申请证人出庭，证人来了吗？"

齐思贤与唐博雅面面相觑。那个目睹了武源猥亵过程的凌老师，一直没有答应出庭。这是非常重要的证人证言，她的缺席可能导致诉讼失利。

唐博雅硬着头皮，说："来……来了，在庭外候审。"

"请证人出庭。"

话已出口，绝无转圜的余地，否则就是说谎。齐思贤与唐博雅对视一眼，皆从对方眼中看到无奈。踌躇片刻，败下阵来的唐博雅只好离开原告席，慢吞吞地往外走。法庭很安静，只有唐博雅的高跟鞋与地板接触的清脆的声响。每走一步，她都在心里祈祷，将玉皇大帝、如来、耶稣，甚至路过的日游神、夜游神都求了个遍，奇迹一定、一定要出现。

手刚握上门柄，那扇门突然开了。唐博雅的心脏不争气地剧烈跳动起来，门缝越来越大，越来越大，映入她视线的，是法警小哥哥帅气的脸庞。

不要这样。唐博雅正要呐喊上天不公，忽然发现，法警是帮着推开门，在他身后，闻鹏正推着一个轮椅，坐在轮椅上的少女，身体瘦弱，脸色苍白，双腿打着石膏，全身透着一股无力与虚弱，只有那双眼睛，亮得像两团火。

闻婷婷！

唐博雅差点叫出声。闻婷婷怎么来了！她急忙拉住门，看向法庭："齐老师，原告来了。"

齐思贤立刻大步奔来，帮着推门，闻鹏低声说："谢谢。"他慢慢地推着闻婷婷往法庭内走。闻婷婷依旧惨白着小脸，一言不发，愤怒的目光直接落在被告席上。

武源像是被灼热的阳光烫了一下，缩了缩身子，脸都转了过去，不敢看闻婷婷一眼。被告代理人见状，立刻轻声嘀咕："证人怎么不出庭？"

对啊，证人在哪儿？原告来了没有用，得证人出庭，证明猥亵事实的存在。唐博雅深吸一口气，假装下一刻就要上刑场，刚抬步子，整个人愣住了。

苗郁就在法庭外站着，她身边还有一个陌生的女人，局促地低着头。虽然唐博雅没见过这女人，但是直觉告诉她，这就是关键证人凌芷泉。

唐博雅死死地抓住门柄，生怕一个不小心就要晕过去，或者兴奋得笑出声。今天的奇迹太多，是值得铭记的日子。

凌芷泉坐在证人席上，始终不敢抬头。她的声音很小，却完整地描述出当时的情景：

"那天，我和武老师查寝室，看有没有学生旷课。到了三楼，我先去了一趟洗手间，然后……然后再去找武老师……他说他先去看……我刚走到307门口就看见，就看见……武老师……抱着闻婷婷，嘴在闻婷婷脸上……磨蹭……"说到最后两个字，凌芷泉的神色像是吃了一只苍蝇。

法官问："原告当时是什么表现？"

"闻婷婷……一直在挣扎，但是……但是……她没力气……"

"被告是什么表现？"

"他……他……抱着闻婷婷，一直抱……"

"他什么时候停止的？"

"我喊了他，他才放开……放开闻婷婷……闻婷婷拿被子裹着自己，还拿毛巾擦手臂，擦脸……我……她还在哭……"凌芷泉的声音在颤抖，"我不知道……该怎么办，就把寝室门关上了。"

整个证人陈述的过程，闻婷婷一直冷冷地看向被告席，看坐在被告席上的武源。武源埋着头，偶尔抬头瞄一眼，就是不敢看闻婷婷。

证人之后，是专家证人出庭。专家认为，武源猥亵闻婷婷后，闻婷婷出现的状况，符合创伤后应激性障碍的特征。齐思贤向法庭提交了从闻婷婷就读的学校提取的就医证明，以及闻婷婷到其他医院就诊的记录，在该事件发生前，闻婷婷没有去过学校心理咨询室。猥亵发生后，她多次前往心理咨询室，足以证明猥亵给闻婷婷带来了心理障碍，最终导致她跳楼。武源侵犯了闻婷婷的身体权、生命权、健康权，应当承担闻婷婷所有的治疗费用。

齐思贤强调："这个治疗费用，包括闻婷婷的心理问题的治疗和身体的治疗这两项费用。目前已经产生的，以及未来可能产生的费用，都应当由被告武源承担。"

一直沉默的武源忽然大叫起来："凭什么啊！凭什么要我给钱！检察院都没抓我，你们凭什么告我？"

法官当即警告："被告，安静！"

被告代理人反应极快，一边道歉，一边拦下他："老武，别冲动。""凭什么，凭什么？不就是这点破事，我工作丢了，老婆也跟我离婚了！我儿子考上北大，都不认我这个爹！我已经这么惨了，你们还要告我！"武源突然指着凌芷泉，"还有你，你不是答应我不举报我的吗？你忘了刚进学校时是谁照顾你？是谁带你当老师？你、你、你忘恩负义……"

愤怒上头的武源扑向凌芷泉，而女老师已经吓得不知道闪躲。离她最近的苗郁冲过去，挡在凌芷泉面前，正好被武源撞到墙上。苗郁只觉得后脑一痛，像是被铁棍敲了头，说不出地难受，连带眼前的景象也模糊起来。

法警及时冲进法庭，按住了武源。可武源像发疯的狮子一般，拼命挣扎，法庭乱作一团。齐思贤连忙跑去扶起苗郁："你没事吧？疼不疼？"

苗郁用手按着后脑，疼倒是不疼，就感觉头脑一片空白，说不出话，轻微的恶心感让她想吐。齐思贤、唐博雅，还有其他叫不上名字的人，围住她，每张脸上的焦急不分轻重，在她眼前晃动。她动了动唇，半个字都说不出，只有缓缓地扭动脖子，暂时还算没事。

"会不会是脑震荡？"齐思贤的声音变得很怪异，嗡嗡的，像蜜蜂。他伸手扶住苗郁，让苗郁靠在他肩头。苗郁本想拒绝，但一股淡淡的古龙水香味飘进鼻子，像是有魔力一般，融化了倔强的心。

"别动，你需要休息。"

苗郁闭上眼，缓了口气。那就靠一下，在没人看见的角落，允许自己软弱片刻。

因这突如其来的混乱，法官当即宣布休庭。武源被法警带走，唐博雅在打急救电话，书记员在帮忙，闻婷婷父女和凌芷泉脸上涌上惊慌，这些场景齐齐在苗郁面前晃动。苗郁撑起身子，有气无力地招呼唐博雅。

"小老师你没事吧？"唐博雅快要哭了。

苗郁虚弱地摇头，说："你，照顾好凌老师，还有婷婷，把她们送回去。"

唐博雅愣愣的，心中百万分焦急，只知道点头说好，然后看着苗郁靠在齐思贤肩上，一步步地往外挪，直到坐上停在审判大楼外的救护车。

这时，审判大楼前突然传来了一阵骚动，声音越来越大。唐博雅正想出法庭看个究竟，书记员突然跑来，连声招呼唐博雅和闻婷婷父女："走走，跟我走这边。"连拉带拽地把他们带到法院办公区。

"怎么回事？"唐博雅好奇地问。

书记员气得不行："不知道哪里来的视频媒体，守在外面想要抢新闻。幸好你们律师先出去了，他们以为是当事人出来，一窝蜂冲上来要拍视频，这就暴露了。万一原告的模样被放到网上，后果太可怕了。这群人怎么想的，想吃人血馒头吗！"

这简直是用生命在抢新闻。唐博雅脱口而出："胆这么肥，不怕被起诉吗？"

一直没说话的闻婷婷忽然开口："我不怕。"

唐博雅转身，看着少女眼中浮出的倔强。闻婷婷重复一遍："我不怕！我不怕他们，我也不怕那些坏人！"

少女的脸苍白无血色，带着对世间的愤恨。唐博雅蹲下来，沉默良久，摸摸她的头，说："伤害这种东西，你已经遭受得够多了，不需要了。"

闻婷婷没说话，眼里的冰山渐渐消融。

"你的路还很长，我们希望你遭遇的痛苦和磨难，以法律之名，在今天就结束。"

闻婷婷没听懂这番话，唐博雅也没想让她现在就能听懂。她接替了闻鹏，慢慢地推着轮椅，走在审判大楼后面的小路上。凉风吹来，一点点拂去肩头的沉重与压抑："你知道吗，我也想过跳楼。就在前几个月，我男朋友抛弃我了，我当时非常愤怒，把他和其他女生的微信聊天记录发到网上。没想到网上很多人围观，还挖出了他的和学校的信息，网上一片骂声。学校追查下来，说我给学校抹黑，不给我发毕业证、学位证。当时我很害怕，就跑去教学楼顶上想自杀。"

闻婷婷听得手心发汗，声如细丝地问："你跳了吗？"

唐博雅笑着摇头。

"是谁救了你？"

"当然是法律啊。"唐博雅笑，脸庞映出淡淡的光，"我当时就坐在天台边，正在犹豫跳还是不跳。小老师来了，扔给我一本《民法》，让我好好看看，还问我，你的司法考试是不是蒙混过关的，学校这样做到底是合法还是不合法的，这么简单的道理都没想通，还想跳楼。"

她笑了起来，不知道是因为当时自己的傻和冲动，还是苗郁的毒舌。

闻婷婷沉默了："我当时很害怕，警察叔叔也不抓他，我以为他们都不相信我。"

唐博雅皱眉。这就麻烦了，解释民事和刑事，那得开课。她说："法律会保护你的，只要你勇敢地起诉他。相信我，这次我们证据准备得那么充分，他一定输。"

"他输了会坐牢吗？"

唐博雅沉默良久，她不知道应不应该告诉小姑娘，诉讼不等于坐牢，而且就算一审结果有利于闻婷婷，武源还是可以上诉，让诉讼陷入漫长的拉锯战。但如果说出实情，闻婷婷已经脆弱至此，会不会再次受到打击？

当唐博雅还在说实话和说假话中艰难抉择时，闻鹏突然开口了："婷婷，跟阿姨说再见，你该去医院看医生了。"

阿姨？唐博雅震惊地看着闻婷婷冲自己告别，看着闻氏父女与凌芷泉作别。临上车前，闻鹏忽然走到她面前，犹豫一下，鞠了个躬："谢谢。"

唐博雅吓了一跳，连忙摆手："不不，不用谢我，代理案子是要收费的。"再一想不对，齐老师是以司法救助的方式给闻婷婷代理的，本来就不收费。

"谢谢你们帮我打官司，还帮了我们这么多。"闻鹏沙哑着嗓子说，"我以为齐律师是坏人，和他爸爸一样要骗我。我错怪了齐律师，请替我说声谢谢。"

唐博雅愣怔地说："他……应该不会生气的。"心里却在飞一般地八卦，齐老师的爸爸做了什么骗他的事？齐老师不收代理费是要为其赎罪？

闻鹏从包里摸出一封信，递给唐博雅："这是齐老师需要的东西。时间太久，我记得不是特别清楚，请你转交给他。"

唐博雅接过薄薄的信封，忍住打开看的冲动，目送闻婷婷父女打的离去，归入车流中。她忽然笑了起来，在路人像看神经病的眼神中，她肆意地扭动了好几下，笑着跳上了出租车。这是她参与的第一个诉讼案件，没想到赢面这么大，而且真的帮到了人。春天来了，春天来了，春天真的来了！以后，这家律所应该越来越有希望吧。

阳光真强烈，生活真美好，可苗郁遭了无妄之灾不开心。苗郁和衣靠在医院的病床上，单手拿手机，反复看着某家短视频网站的火爆视频。点击量和播放量就像今天的温度计，噌噌地上升，评论也是五花八门什么都有。

坐在一旁小沙发上的齐思贤终于开口了："我已经让小宋准备了律师函，让网站删了这段视频。"

苗郁刚到医院的时候，医生怀疑她有轻微脑震荡，要求她留院观察几个小时，在没确诊前不方便办理入院手续。狭小的急诊室，除了苗郁和齐思贤，还有其他输液的病人，很热，也很闹。

苗郁摇摇头："不用，反正又没什么大不了的。"

视频里，她靠在齐思贤肩头，脸色苍白，一副虚弱的模样。齐思贤则是伸手挡开凑上来的手机，法警也来帮忙，好一阵纷乱后，苗郁才坐上救护车。她脑海里莫名浮现了一句"漂洋过海上救护车"。

齐思贤的声音隐隐有些愤怒："他们这样是侵犯隐私！"

苗郁想说什么，忽然有阵恶心，撑着床沿想吐。齐思贤忙来帮着拍背，不小心拍得重了些，苗郁一边要忍耐呕吐感，一边忍着后背的微痛，脱口而出："你轻点。"

"小伙子轻点，你这样拍，你媳妇身体受不住。"旁边照看输液的老伴的大妈嗓门洪亮，成功地吸引了急诊室所有的目光。

苗郁无奈地瞪了齐思贤一眼，齐思贤一副不知道手脚如何放的窘迫神色，脸皮泛红。在旁人眼里，这便是小两口在打情骂俏。病人纷纷远离了这个角落，生怕恋爱的酸臭味在病房蔓延开来。

"怎么办，他们好像误会了。"齐思贤讷讷的，手放在哪里都不舒服。

误会了你就这么放任下去？苗郁长叹一声。齐老师英明一世，儿子怎么这样迟钝。她咬牙："扶我起来，我要回家休息。"

她实在受不了病房明里暗里看热闹的眼神，唰唰地化作利刺，让她如芒在背。齐思贤更是觉得浑身上下都不舒服，原本笔挺合身的西装忽而变作一身枷锁。两人极有默契地站起身，"逃出"急诊室，奔向主治医生办公室。一番据理力争兼签字保证后，苗郁这才被允许离开了医院。

医生一番耐心叮嘱，回家可以，必须立即卧床休息，一旦不舒服马上回医院看，饮食要注意，不能剧烈运动。面对大夫一脸的慈祥，苗郁唯一能做的就是点头。没想到医生转头，开始嘱咐齐思贤："回去好好照顾媳妇，别让她累着。"

在医院不过短短半小时，苗郁觉着就像过了半年。好不容易摆脱刺鼻的消毒水，温暖的阳光照在身上，浑身的冰凉和伤痛瞬间便融化成了水，继而化作风。苗郁的心情莫名其妙好了不少，指着附近的小公园，说："坐一会儿。"

"医生说，你要休息。"齐思贤坚持。

苗郁没理会他，随意坐上一条干净漂亮的原木长椅，微微闭上眼，享受难得的宁静。今天的策略很好，她及时把凌芷泉带到了法庭，又请到了专家证人出庭，证据方面已经足够完善，法院可能还要再开一次庭，剩下的就等法院判决。唯一的插曲就是视频拍摄者闯入法院，拍到了自己受伤的一幕。

到底要不要发律师函，让网站删掉视频？

睁开眼，见齐思贤还愣在不远处，苗郁出声招呼他："坐啊，就当偷得浮生半日闲。"

她的声音很柔和，全然不似法庭上那位思维敏捷的女律师。齐思贤犹豫了一阵，终于坐到了长椅的另一头，偏头看苗郁惬意休息的模样，过了一阵才试探着开口："苗律师，我认为还是发个律师函给网站所在的公司，让他们删掉视频。这案子涉及未成年人，不能扩散。"

"钟远声会说，视频里只有原告的律师，没有拍到未成年人。"苗郁仍旧闭着眼，背靠在长椅上，淡淡地说，"所以他会打太极，坚持不删。"

齐思贤皱眉："钟远声是谁？"

"就是上次在医院拦下闻先生的主播所在的公司的负责人。"苗郁睁开眼，漫不经心地旁观他人的世界，"他上次就直接跟我提出，要跟踪拍摄这个案子，我没同意。当然，我没告诉他，是我没资格决定。没想到，那群主播今天还是来了，真是会打听。"

齐思贤一阵沉默。苗郁忽然想起什么，转头看向他："他不会联系你了吧？"

她的声音忽然又变回了法庭上犀利女律师应有的声线。齐思贤的眼神开始飘忽不定，金边眼镜在阳光下忽闪，他佯装镇定地咳嗽一声。苗郁隐约的猜测在一瞬间变成确定："真的是你告诉他的？"

"是……是我。他说他只是关心这个案子，了解进度。"齐思贤有些垂头丧气，"当时他问我开庭时间，我就说了个日期，没说具体时间。我没想到……"

方才的岁月静好骤然碎成玻璃片，稀里哗啦落满地。苗郁就像看到了一个智力有缺陷的成年人，眼神里既有无奈又有生气。齐思贤怀疑，如果此刻苗郁手中有一根棍子，她会毫不犹豫地敲到自己脑袋上。

"我真的不是故意的，我没想到他会派人在法院守着。"

"这不会对案子有影响吧？"

"我要不要给法官打电话，承认是我泄露了开庭时间？"

齐思贤紧张地絮叨着，又手足无措，像极了刚上学不小心做错事的小学生。苗郁叹了一口气，抬手道："安静。让我想想。"

一片嫩叶自枝头柔柔落下，除了偶尔路过的汽车的轰鸣声，齐思贤没敢再发出一个声音。苗郁冷静的样子，成功地让齐思贤冷静下来。

虽然这个后果是齐思贤没能料到的，但是此刻最重要的不是指责。苗郁皱着眉，慢慢地梳理思路："第一，开庭时间并不是保密的，所以你不用自责。

"第二，那些自媒体主播，并没有进入法庭，也没有拍到闻婷婷的模样，所以，他们对当事人的影响也可以忽略不计。"

齐思贤松了一口气。苗郁瞥他一眼，声音忽然拖长了些："还有，最重要的第三点……"

见苗郁神色这般凝重，齐思贤登时坐直了身子，想听清楚她有什么高见。苗郁又好气又好笑，想要苛责他的心思就这么淡了下来。她抓起手包，说："第三点还没想到。先回所吧，看看有没有新的案子找上门。"

齐思贤看着苗郁已经走了老远，金色的阳光从她正面打来，长影子拖在身后。道旁的白桦树像卫兵一样，排列护卫在她身旁，有一种清爽的美丽，他不由得愣了一下。苗郁停下步子，转身，微笑看他："还不走？"

那一瞬间，齐思贤仿佛看清了她的睫毛，一根根翘着，她的眼睛明亮如琥珀。他忽然想到一句诗，莫名应景——春水碧如天。

走路已经成为本能。齐思贤听见自己的声音，带着小心翼翼："苗律师，你的意思我不太懂，能不能讲清楚一点？"

"回所再说。"

"苗律师，你愿意留在律所吗？"齐思贤屏住呼吸，盘桓在心头的问题脱口而出。

苗郁招手拦下出租车，打开门才看他，微微一笑："我愿意帮你打官司，你说呢？"

齐思贤笑了。狭小、带着烟味的出租车，也不再那么难挨。有阳光从满是划痕、灰尘的窗子落进，春日的温暖蔓延到身体每一处肌肤。

律所里，唐博雅和宋乾正趴在一个纸箱旁探头看。宋乾说："这么小，好难养活。"

唐博雅皱着眉；"是啊，太小了，吃东西困难。"

纸箱里，趴着一只小小的狸花猫，体量极小，只有成年人巴掌那么大，正抬着头看两人。这是唐博雅在回律所的路上捡的小猫。宋乾说："你租的房子可以养猫吗？"

唐博雅租住的是单人间，小区比较老旧，所以租金很便宜。

"好像不行啊，房东好像不太喜欢小动物。"唐博雅泄了气，手指轻点小猫的头，"好可怜的小家伙，我养不了你。"

小猫冲着唐博雅喵喵叫了两声，尾音又软又柔，眼神懵懂天真。唐博雅瞬间萌化："算了，我养在屋子里，打理干净就行了。"

苗郁一回来，看到唐博雅抱着纸箱，问："这是什么？"

"我捡了一只猫，下班带回去养。"唐博雅像捧着宝，递给苗郁看，"小老师你看，狸花猫。我给它取名叫小乖。"

苗郁笑了笑，看了小猫一眼。小猫正歪着头拨弄矿泉水瓶盖，大概是唐博雅给它的小玩意，它正玩得不亦乐乎。苗郁心头有一块地方忽地柔软了。

以前，她也捡过一只猫，很想养。沈冲不太喜欢，劝了她好久，说备孕、怀孕期间不适合养宠物，生了孩子也要当心被动物抓伤咬伤，不如送人了。沈冲把猫送给了他现在所在的律所的同事，没过两天，猫就跑了。

苗郁微笑："好好养，猫咪很可爱。"

唐博雅用力点头："我已经在网上买了好多东西，过两天就到。今天先去宠物店买点急用的猫砂，还有小猫喂食器。"

齐思贤也走了来，伸手摸了摸小猫："好好养。我在英国的时候，房东太太养了很多猫。前两天房东太太给我发邮件，给我发了好多猫的照片。"

唐博雅忽然想起一件事，忙放下纸箱："齐老师，闻鹏让我给你一封信。"

齐思贤眼中的笑意立刻收了不少，拆开唐博雅递来的牛皮信封："谢谢，我马上看。"

苗郁随口一问："是什么？授权书？"

"不，不是。"齐思贤看了苗郁一眼，顿了顿才说，"我帮闻婷婷联系了一个心理医生，在上海。他们可能近期要去治疗，诉讼的事就都委托给我们所。"

苗郁狐疑地看了看他，没再追问。齐思贤看向她的那一眼，目光在闪烁，他也没有正面回答她的问题，他在回避什么？苗郁确信，信封里肯定不是委托书。

闻鹏的怒吼回荡在苗郁耳边："你和你爸爸一样都是骗子！"

苗郁尚未想通这两者的联系，敲门声响起，伴随着小心询问的女声："请问，齐律师在吗？"

四个人的目光同时投过来，一个穿着朴素的女人怯怯地站在门口，面容苍老，很是惶恐不安的模样。齐思贤顺手把信放进公事包里，问："我就是，请问你找我……"

女人突然扑通跪倒在地上："齐律师，求求你帮帮我儿子。他要死了，都是医院害的。求求你帮帮我。"

就算苗郁见多了各种各样的当事人，这种还没代理就下跪的还是第一次见。齐思贤也是第一次见，愣了片刻忙上前拉起女人："有话好好说，别跪着。"

唐博雅、宋乾赶上来帮忙。女人十分固执，跪在地上不肯站起来："齐律师，你一定要帮我代理。我知道你帮跳楼的女孩代理了案子，你是好人，对不对？你一定会帮我的，对不对？"

这是什么神逻辑，好人就不可以拒绝了吗？苗郁压下想要反驳的冲动，也加入了劝说的队伍："阿姨，有话好好说。你跪在地上，要是身体坏了，谁来照顾你儿子？"

四个人好说歹说，女人才坐到会客室的沙发上，捧着纸杯泪眼婆娑："你们都是好人，都会帮我的，对不对？"

苗郁坐在她对面，温和地问："请问怎么称呼呢？这次来我们所，是要寻求哪方面的法律帮助呢？"

女人看了看她，又低下头，摇了摇头说："我要找齐律师说，我只相信他。"

苗郁眯眼，追问："您以前到过我们所吗？是以前有案子在我们所代理过吗？其实，我们所还有其他律师也可以代理，不一定非要找齐老师。"

女人坚持："不，我就要他当我的代理律师。"

苗郁越来越觉得可疑。没来过律所，没有案子在律所，指名道姓要齐思贤代理。她正要详问，齐思贤已经走了来："我来吧，苗律师。"

女人的眼一下子放了光，身子也坐直了不少："齐律师，齐律师，你能为我代理吗？我知道你是英国的律师，一定能帮我的。代理费我有，我拿得出来，请你一定要帮我。"

她的眼神骤然点燃了火，因为激动，有些语无伦次。苗郁本想再问两句，齐思贤拉住了她："苗律师，你先忙你的，这里有我就行。"

可以吗？苗郁怀疑地看他，齐思贤则是回以微笑，胸有成竹的样子。既然如此，苗郁也没必要多作纠缠，径直开门出去。

这个女人很怪，案子可能有些麻烦。苗郁握着手柄，回头看了一眼，见女人激动的样子，在心里打了个问号。

趁着这时候有空当，苗郁把唐博雅叫进来，交代一些公事："你注册一个微博，申请认证为律所的官方微博。微博平时就由你来负责，普通案子可以直接发上去，涉及未成年人和隐私的不发。有疑问的问齐老师。"

这是在回来的路上齐思贤提议的，律所应该申请一个微博、微信。苗郁平时也偶尔刷微博，今天这种事，以后还有可能面对，预防总是好事。

唐博雅记得很快，苗郁又开口了："你去所里档案找找，找……"她突然停住了，看向唐博雅，"算了，没事了。你先去把微博的事情弄好，听说手续有些麻烦。"

唐博雅答应一声就出去了。苗郁轻轻叹口气，这种事还是不要让更多的人知道。毕竟，与齐思贤有关，也与他的父亲齐伦有关。

苗郁思考了片刻，走出了办公间。她看了会客室一眼，女人的说话声隐约飘出来，带着哭腔。听不到齐思贤的声音，不知道谈论的具体内容。她转身，趁着唐博雅和宋乾忙着手头的事，走进了律所存放资料的档案室。

苗郁淡出律师行业的时间大约在三年前，那时候，沈冲已经可以独立代理案件，偶尔担任齐伦的助手。齐伦去世后，沈冲才换了律所。苗郁想起，齐思贤看向自己的那一眼，让她生出不好的感觉——齐思贤暗中在查一些事，而且这事与她有关系。

档案室不大，昏黄的灯光下，高大的铁制档案架接近天花板。律所律师代理的案件资料放在厚牛皮纸盒里，按照代理人区分放置区域，按照年份依次排开。牛皮纸盒上写着案件代理人和当事人的姓名、案由、审理法院、审级。苗郁顺着时间找到齐伦代理的最后一个案子。

这是很普通的借贷纠纷，齐伦代理的是原告某银行一方，起诉的是贷款不还的几个当事人。这种没有多少法律问题的案件，齐伦大多是挂个名，处理具体程序的是他的新助理。还有一个案子，是未成年人的生命权、身体权、健康权纠纷，苗郁随意翻了翻，案情不难不易，孩子注射疫苗后出现不良反应，导致终身残疾。但是，现有的鉴定技术无法断定是因为孩子的体质，还是被告生产的疫苗的问题，所以医药公司并没有赔偿多少钱。苗郁放回卷宗，又在架子上反复找了好几遍，也没在档案中找到与闻鹏相关的案件。她又找了之前的几个档案盒，依旧一无所获。

苗郁摇摇头，甩了甩发胀的头。小半个下午一无所获，难道是自己过于敏感了？苗郁整理好牛皮纸盒，已经走到了档案室门口，忽然转过头，快步回到原处。

档案架上，苗郁翻阅的那几个牛皮纸盒已经放还在原处，齐伦承办的最后一个案子，原本是单独放在最下面的空架上，其余文件盒满满地排在其上的空架。而最后那个借贷纠纷的牛皮纸盒并不是紧靠在架子边上，而是留有一个较宽的缝隙。

苗郁用手指比了一下，这条缝隙恰恰就是一个牛皮纸盒的宽度。

这里曾有一个牛皮纸盒，但是现在没有了。律所不会有人把一个空盒子放在铁架上，更不会空一条缝隙出来。在放置齐伦代理案件的铁架上，有个牛皮纸盒不见了，这说明什么？

说明有人拿走了齐伦代理的案件卷宗。

苗郁的心跳开始加剧，她蹲着，望向那条不宽不窄的缝隙发怔。昏黄的灯光下，书架上黑漆漆一条缝，仿佛咧开的嘴，正在嘲笑她。

谁干的？

苗郁凑近了看，缝隙里还没积落多少灰尘，显然是最近才拿走的。她又仔细搜了一遍，也没看到齐伦代理的案子当事人中有闻鹏。那么，失踪的这本卷宗就是闻鹏的案子吗？

如果正如苗郁所预料的那样，失踪的卷宗是齐伦办理的闻鹏的案子，那么，最有可能拿走卷宗的就是齐思贤。

新的问题又来了。齐思贤拿走卷宗的目的什么？他想知道什么事情，为什么不直接问闻鹏？或者说，他问了闻鹏，连闻鹏也没办法给他回答？

一连串的问号在苗郁脑海中盘旋不去。她从档案室出来时，唐博雅和宋乾已经离开了律所，齐思贤还在会客室里，女人的哭泣声隐约传来。苗郁顿了顿步子，疯狂的念头猛然蹿上脑门。几乎没有犹豫，她转身，轻轻推开了齐思贤办公室的门。

这个办公室以前是齐伦的，齐思贤没做多少改变，直接继承了父亲的办公室。办公室很大，起码有苗郁的办公室两倍大，装潢普通，没有花里胡哨的装饰，墙壁上没有挂常见的什么书法字画，大办公桌放在办公室正中，电脑、卷宗等整齐有序。两个高至天花板的书架立在对向的两面墙边，苗郁粗粗扫去一眼，古今中外知名的法律书籍都能找到，一部分还是纯英文的法律书籍，想必是齐思贤从国外带回的书。

第一次做搜查这种事，苗郁像只没头苍蝇，想到哪儿搜到哪儿，还得留意不能把办公桌和书柜弄乱了。书柜里没有，抽屉里没有，书桌上一摞卷宗也看了，不是。苗郁一阵泄气，那个失踪的卷宗，齐思贤有没有放在办公室？

她正靠在书柜旁思考卷宗的下落，办公室外传来的一男一女的说话声惊到了她。

"谢谢齐律师，你要不帮忙的话，我真的不知道怎么办才好。"

是下午上门找齐思贤的女人，言语里透出满满的感激。齐思贤谦虚地说："没什么，律师分内之事。"

两人已经到了办公室门口，苗郁有些慌乱，一开门她岂不是露馅了？齐思贤问起她来自己办公室做什么，她难道说要找一本卷宗？她飞快地看了一周，向西的窗子透进夕阳的余晖，整个办公室一览无余，根本没有可以藏身的地方。

一瞬间，或者一两秒后，苗郁已经藏在了办公桌下面的小空间里。这里虽然不算太大，但她身材苗条，蜷着身子勉强藏进去，还有少许空隙，只是腿缩着有些难受。

门已经打开了，女人的声音飘了进来："这就是齐律师的办公室啊，我还是第一次进律师的办公室，真大。齐律师年轻有为，年纪轻轻就开了这么大的律所。"女人的声音颇为洪亮，带着好奇与打探，没有悲泣。苗郁仿佛看到她一双眼溜溜打转的样子。

齐思贤客气地说："没有没有，律所是父亲和几个叔叔开的，我也只是刚接手。"他走到办公桌前，敲打着键盘，打印机很快响起。

"齐律师的父亲不当律师了吗？"

"我父亲去世了。"

女人夸张地"啊"了一声："那真是太可惜了。那平时谁来照顾齐律师呢？"

这话越说越不中听。苗郁在心里嘀咕，齐思贤这么大个人，还不会照顾自己？更何况，他平时由谁照顾，需要你一个当事人来关心吗？

这个问题实在太涉及隐私，齐思贤没回答，拿着打印机吐出的几张纸，递给女人："王女士，这是我们律所的合同，麻烦你看一下。如果没有意见的话，请在合同的最后签字，并且写上你的身份证号。"

女人说："齐律师，你叫我姗茸就好，不要那么见外。"

"王女士，刚才提到的关于苍灵制药的一些事，你能不能整理一些详细的资料，在下次见面的时候给我？"

"当然可以，只要能打赢官司，我当然愿意。"女人发出巨大的笑声，"后天，后天就给你，我要回去找找。"

苗郁真后悔，不该藏在办公桌下，听到这么肉麻的话。她甚至开始怀疑，姓王的女人不是成心来找代理律师，而是来找男朋友的吧。这个位置应该是唐博雅的，她对八卦简直是狂热喜爱。

齐思贤笑笑："王女士，我们现在是代理和被代理的关系。请放心，关于你儿子章小齐的医疗损害赔偿纠纷，我会尽全力代理的，帮你争取到最大的利益。"

　　"谢谢、谢谢，我知道找你是对的，你一定能帮我们打赢官司的。"王姗茸声音里满是感激，好话不要钱似的蹦了一箩筐。苗郁有些承受不住，不是因为听到这些肉麻话，而是太久保持蜷缩的姿势，腰背开始酸胀。

　　齐思贤也有点受不了王姗茸的吹捧，引着她往办公室外走。听玻璃门外没有了两个人的说话声，苗郁这才轻手轻脚地爬出来，扶着办公椅站起来。一阵头晕猛然袭来，她抓着椅背，好半天才看清楚四周的情景。

　　是的，她在齐思贤的办公室里，得赶快离开。苗郁一面扶着昏沉的头，一边往门口走去。脚一软，她一把扶到办公桌上，刚想甩甩头保持清醒，就在此时，她看到了一张纸，有些皱巴巴地摊在桌面上。

　　苗郁清楚地记得，刚刚她翻看桌上的卷宗时还没有看到，有可能是刚才齐思贤碰到的。纸面上没有多少信息，只凌乱地写了几个字，最明显的是四个字：闻、爸、沈、冯。有个箭头从"闻"字指向"爸"字，"爸"字与"沈"字之间有个问号，"沈"字到"冯"字之间也有个单向箭头。"冯"字旁边还打了好几个问号，有几个潦草的字，苗郁勉强认出"因""秘"等。

　　如果"闻"指的是闻鹏，"爸"应该是齐伦，"沈""冯"两个字，苗郁不愿联想，但是唯一能把它们联系起来的，就是沈冲和冯佳梦！

　　苗郁一阵恍惚，脑中一堆问题盘旋。齐思贤到底在做什么？为什么把沈冲和冯佳梦扯进来？闻鹏又有什么事，让他这么关心，甚至拿走了他爸代理案件的卷宗盒？她心乱如麻，盯着那张皱巴巴的白纸发愣，甚至忘记了要离开齐思贤办公室。

　　脚步声再次传来，苗郁猛然发觉，齐思贤已经在门外，想要再次躲进桌子下已经来不及。电光石光间，她灵机一动快步奔到书架边，刚把手贴在玻璃上，门打开了。

　　"咦？苗律师？"齐思贤很惊讶于自己的办公室里多了一个人。

　　苗郁转过身，神情自若："啊，齐老师，不好意思有个法律问题急着要解决，想到你这里借两本书，可以吗？"

　　齐思贤怔了一下，看着苗郁手指的方向："你、你要看罗马法？"

苗郁这才发现她所在的位置，橱窗里放置的全是关于罗马法的书籍，大部分都是原文。离她最近的那本书，只隔着薄薄的玻璃，书封精美，书脊上漂亮的花体字The Institutes of Justinian，仿佛在嘲笑她的不学无术。

"呃，是的。"苗郁强迫自己镇定下来，说，"同学问我一个关于租赁的问题，我想不到解决的办法，突然想起《法学阶梯》里应该提到了，所以想来查证一下。就是你的书大多是原文，我可能看起来有点费劲，正在找翻译本。"

苗郁一口气说了很多字，仿佛这样，就可以骗过内心的紧张。她看着齐思贤，想挤出一个笑，表明自己真的只是来"借书"，只是脸上的肌肉不听使唤，她想，她此刻的笑容一定比哭还难看，如果她是齐思贤，一定会起疑心的。

"你要看《法学阶梯》啊。"齐思贤恍然大悟，笑着走来，手指在书脊上轻轻一滑，抽出一本书，"这本评注本你看一下，我觉得可能对你有帮助。"

苗郁哪里管得了这么多，找个借口开溜才是最好的。书在手里重逾千斤，她客套地笑："谢谢，那我回去了。"

齐思贤在看着她，不能走太快。苗郁不敢放松，低着头，仿佛齐思贤一直盯着她，他的目光在她后背上灼热地燃烧。回到办公室时，她全身无力，几乎瘫倒在门后。

休息了一阵，苗郁勉强撑着坐到办公桌前，来不及歇口气，她摊开笔记本，凭着记忆画下在齐思贤桌上看到的那张纸上的内容。几个字，箭头指的方向，一一写出。笔记本上，简单的涂画，她越是盯着，越觉得这些笔画方向变成了不认识的天书。她叹了一口气，单手支颐，陷入了不可说的宁静。

门忽然被敲响，苗郁一惊，下意识合上笔记本，正对上开门进来的齐思贤。

"太晚了，要不要送你回家？"

苗郁愣愣地看他，片刻后才收回心神，摇头婉拒："谢谢，我还有事。那个租赁的问题，我想再看看。"心头涌上一阵庆幸，还好法制史的知识没全还给老师。

"这样也好。"齐思贤看着苗郁，神色平静，看不出异常，他笑着说，"那你慢慢看，我先回家了。"

苗郁总疑心这笑容里暗藏玄机，莫名担心齐思贤是不是知道了什么。但齐思贤说完就关上门，没再追问，似乎她这点担心不过是邻人疑斧，给自己徒增烦恼。

事情开始麻烦起来，苗郁确定，齐思贤应该正在做或者说调查一件事。只是她猜不出，到底是个什么事，让齐思贤如此费心。这里有个巨大的缺口，空白的，像张大着嘴的怪兽，一直困扰着她的心神。

夜色渐渐爬上天空，路灯投出的明亮的光被窗框分割成橙色的平行四边形，投在办公桌上。把笔记本放进包里，苗郁检查好门窗，轻轻地锁上律所的门。

大厦很安静，门口的保安对苗郁敬礼。苗郁正在思考是去解决吃饭的问题，还是直接回家，让身心都好好放松一下，意外地听到街边传来一声喇叭响。

她转身，既意外也不意外地看到齐思贤开着车，停在她身边。

"我送你回家。"

路灯下的齐思贤，笑得温柔平静。苗郁居高临下地看他，坦然地用行动表明了态度——她坐到副驾驶的位置上。

"问题解决了吗？"齐思贤问。后视镜上悬挂的五帝钱有节奏地晃动着，苗郁认得这东西，是齐思贤父亲专门在五台山求的护身符。可是，他最终死在车上，心脏病突发。齐思贤把五帝钱放在自己车上，不怕吗？

苗郁不知他问的是解决了那个租赁问题，还是解决了其他什么问题，只轻轻摇头："没有。"

"如果你有需要的话，我可以帮你。"

这话说得云淡风轻，苗郁眼中闪过一丝怀疑。路灯化作条条橙色的光带，一阵一阵划在挡风玻璃上，齐思贤的脸交替地陷入光明与黑暗中。苗郁婉言谢绝："不，不了，我想我自己能解决。"

声音很轻，融入从车窗缝飘进的轻风里，他安静地开车，苗郁安静地坐着，小小的空间里飘着淡淡的香水味，两人却陷入诡异的寂静。苗郁无意中一抬眼，后视镜中映出齐思贤急急转开的眼神，他本人脸颊上也似乎有一抹淡淡的红。

苗郁坐直了身体，缓缓地吐出一口气，开始读秒。她发誓，在事情没有清楚之前，她再也不会与齐思贤单独在一个空间里，这种滋味太难熬了。

终于到了目的地，苗郁礼貌生疏地道过谢，下车正要离开，齐思贤突然叫住了她："苗律师。"

"还有事吗？"苗郁转身，平和地看他。

齐思贤打开车门站出来，面向苗郁，月色和灯光的融合下，他神色平静："苗律师，你有没有什么话想对我说？"声音还是一贯的斯文，没有半点起伏。眼神明亮干净，在阴影中跳动着小火苗。

这样的齐思贤是温润的，没有一点攻击性。苗郁忽略掉心底微微的一颤，笑了笑："当然有。"

"是什么？"齐思贤很期待地问。

苗郁偏着头想，说："王姗茸的案子，不要代理。"

齐思贤的眼神淡了下来，像退去潮水的沙滩，恢复了沉沉的暗。他双手揣在裤兜里，随意地问："为什么？"

"不为什么，经验而已。"苗郁字斟句酌，"我不知道她通过什么途径打听到你，但是，今天她能对你下跪，明天就会因为其他的事，闹得不可开交。这样的当事人，我见过很多，所以，也希望你不要……"

齐思贤一口拒绝："我是不会拒绝的。"

他脸上又出现那种苗郁看不懂的坚定的神色。在执意代理闻婷婷案时，他也是同样的眼神，就算有天大的硬骨头他也要去啃。苗郁很想问个"为什么"，又忍住了。她不明白，明明前面就是个大坑，齐思贤为什么还要坚决地往里跳。

"因为所里的案源少，你需要多代理案子？"苗郁质问，"但你总不能来者不拒。这对你不好，对律所更不好，你不能……"

"她的事情对我很重要。"齐思贤没等苗郁说完，抢先说，"也许你不理解，但是，我有我的坚持。"

苗郁听不太懂他的哑谜，也没太多的心思琢磨这些。她盯着齐思贤，他的眼镜镜片上映出自己故作轻松的样子。她缓缓说："既然齐老师已经决定了，我也不方便多说，希望一切顺利吧。"

她以为经过闻婷婷一案，自己与齐思贤的关系会融洽许多。没料到，时钟还未走过十二点，两个人之间不仅拉长了距离，还被一扇看不见的玻璃隔开。

一连好几天，苗郁见不到齐思贤，齐思贤也找不到她。齐思贤偶尔问起，唐博雅一拍脑袋："小老师在外面跑案子，好像很忙的样子。"

　　正说着，律所的门被推开，苗郁像一阵风匆匆走进办公室："小唐，给我那两份律所的合同，记得盖公章，要快。"

　　唐博雅连忙答应着跑去拿合同，还仔细看了看，鲜红的公章躺在合同最后。苗郁接过合同，匆匆扫了两眼，拉开玻璃门离开律所。整个过程不到一分钟，齐思贤只望着苗郁如风一般消失的背影，手里端着咖啡杯，有些回不过神。

第四章

　　唐博雅与宋乾面面相觑，好半天宋乾才问："苗律师这是接到大案子了？"

　　"可……可能吧？"唐博雅不确定地说。

　　苗郁全然不知律所里发生的对话，她正以最快的速度奔到大厦外，把合同塞给一对等在马路边的中年夫妇："曾师傅，您看看，这就是律所的合同。"

　　曾氏夫妇穿着很普通，灰色夹克衫洗得很干净，只是袖口、领口已泛起毛边。他接过合同的手粗糙如树皮，妻子也是一脸愁容，伸过头来一起看。夫妇俩把合同翻来覆去看了好几遍，嘴里嘀咕："这玩意啥意思……代理是什么意思……什么代理费……苗律师，你能帮我要到钱不？万一我这药费没要到，还要给你代理费不成？"

　　苗郁解释："是。如果你签了合同，我负责帮你代理你的劳动争议案件，索要各种费用和赔偿。代理费是你要付给我的，这是我的报酬。"

　　"一定能要到医药费吗？"男人眼中充满希冀。

每当碰上这种眼神，苗郁只有一个选择，硬下心肠说："不一定。如果你的证据不充分，也有可能输掉官司，要不到一分钱。"

"不是，"女人咧着嘴，愁眉苦脸的样子，"我男人要是有钱，就不会找他们要医药费了。苗律师，你这个收费也太高了吧，能不能便宜点？"

见男人犹豫着不说话，苗郁没有直接说不能，而是放缓声音，慢慢地说："每个律师收费不一样，可能比我少，也有可能比我多。如果二位不放心的话，可以多去几家律所问问。"

女人不死心地追问："那你能保证官司打赢吗？"

"不能。"苗郁很明确地说，"我只能保证，我会尽我最大的努力，为曾先生争取他应得的赔偿。"

女人很不满意苗郁的说辞。但是，面对挑剔，苗郁没有拍着胸脯保证官司一定能打赢，还劝他们另找律师，女人一时间不知道怎么决定，只好把丈夫拉到一边，低声商量："咱们再去找个律师？便宜点的。"

便宜？律师是商品吗？苗郁想笑。男人想了想，终于下了决心："就她了。再拖下去，钱也拖不来。"他转身对苗郁，一咬牙，"苗律师，这合同我签！"

苗郁递上签字笔："多谢二位的信任，我一定会好好代理你的案件。"

话说得委婉又平和，曾有福"哎"了一声，闷着头把字签上。木已成舟，女人小心地叠好合同，放进陈旧的背包里。苗郁这才邀请两人上了电梯，将他们带进了律所。

唐博雅见苗郁去而复返，还带了两个人进会客室，很是惊讶。宋乾悄悄地问："这就是苗律师谈的大案子？不太像啊。"两人衣着寒酸，像极了外来务工人员。男人走路一瘸一拐的，像是大病未愈。苗律师怎么会代理这样的案子？

"你管是不是，苍蝇再小也是肉！"唐博雅顶回一句，急匆匆倒了两杯茶，送进会客间，"二位，请用茶。"

离开时，唐博雅耳朵敏锐地捕捉到苗郁问出的话："曾先生，请你把那天发生在酒店的事，原原本本地说一遍。"

酒店？什么酒店？唐博雅无意再听，关紧了门。苗郁看了一眼，眼中浮现一片赞许之色。曾有福皱着眉，摸出一根烟点上，半晌没说话。

妻子在一旁推他："你快说啊。说了那么多遍，忘了不成？"

"没事，让曾师傅好好想想，最好是每个细节都想到。"苗郁说，"这样我才能对整个事件有更清楚的了解，更有打赢官司的把握。"

半支烟化作灰烬，曾有福才开口："那天晚上八点多，我接到保安部领班的通知，让几个保安上9楼，说有个客人被关在包厢里。我们上去后，门口已经有很多人，门打不开，钥匙也找不到。有个男客人一直催我们把门砸开，说里面的人是他女朋友，情况很危险，必须马上把人抢救出来。酒店才重新装修，不可能砸门的。他扯着我不放，一定要我从卫生间的窗户爬到那个包厢里。我没办法，只好脱了衣服去爬。我都已经抓到窗台了，没站稳，滑下去了。"

妻子抹着眼泪："他命好，没摔死，落在7楼的雨棚上，但是腰椎受伤了，不能干重活，也不能长时间站着。我们打听到有医院可以做手术，但是手术费还差了不少。酒店说不是保安部经理叫他去爬窗子的，是他自己的原因，一直不肯给赔偿。"

苗郁试探地问："让你去爬窗子的男客人，姓沈？"

"好像是的。他很着急，一直说他女朋友在里面很危险，需要急救。"曾有福竭力回忆当时的情景，"我也没别的办法，他就一个劲地催我。我也是没办法才去爬的窗户。"

听到"女朋友"三个字，苗郁心里像被蚂蚁咬了一口，微微地酸，微微地刺痛。她压下不舒服的感觉，一字一顿地问："他当时的确说过，他的女朋友在包厢里面，很危险，要急救，对吗？"

曾有福连连点头："要不是他催我，我才不会爬窗，那么危险，又没有绳子，我差点就没命了。唉，酒店就说我没有听从安排，擅自做主，所以不给我报销医药费。"说完，他又开始唉声叹气。整个会客间满是劣质烟的味道，苗郁呛得连声咳嗽。

曾妻抢下男人手里的烟，扔在垃圾桶里，责怪道："少抽点烟，你还要不要命了！"

苗郁忍着嗓子的干痒，安慰他们二人："曾师傅，你这个情况，很明显就是工伤问题。酒店不给你报销医药费，很明显违反了法律规定，我们是可以起诉的。"

"那能给多少钱？"

苗郁想了想，合上笔记本："曾师傅，秦姐，不如这样，我想去看一下现场，你们带我去。"

曾有福面露难色，与妻子对望一眼。苗郁问："怎么，他们不让你进去？"

"我……我和老曾去闹过几次，被赶了出来。"曾妻期期艾艾地说，"要不是老曾那些同事念旧情，说不定我们还要被打。"

苗郁皱眉。她见过很多这样的当事人，他们想解决问题，但找不到好的办法。明明有法律，却偏用闹的方式施压，想要获取更大的利益。有在现实中闹的，也有在网络上闹的。从曾妻的表情看，那些经历并不愉快，她不愿意再去酒店受辱。曾有福也是一样的神情，逃避苗郁的眼神。

"那这样吧，我一个人去酒店。"苗郁提出一个折中的方案，"曾师傅你画个图给我，我大概了解下酒店9楼的布局，要详细。"

曾有福连连点头，在A4纸上开始画平面图。他握笔的姿势很难看，画的平面图也是凌乱潦草。妻子在旁边一边看一边唠叨："这里应该有个包厢……这里是安全出口……不对不对，这明明是男厕所。"

曾有福不高兴地说："你来你来，你画得比我还难看。"

吵嘴归吵嘴，两人商量着画出凌乱的平面图。见状，苗郁弯了弯唇角。曾有福和妻子结婚怕是有个二十来年了，不知道他们的日子是不是一直都这样，大部分的日子平淡乏味，还带着磕磕绊绊。但是，日子总是那么过来了，两人携着手，从年轻走到老，从青丝走到黑发。

沈冲……她想起这个名字的时候，心头已经不再有抽搐的痛感。她想，这段婚姻的结束，她应该也有责任的。如果她能够留意到沈冲回家越来越晚，留意到沈冲的疲惫和闪烁，留意到沈冲眼中偶尔闪过的愧疚……也许……

也许还会装聋作哑一阵？

曾氏夫妇小心翼翼地收好苗郁给的一张纸，上面写的是他们需要准备的各项证据、证明，千恩万谢地走了。看着手里誊抄过两三遍的平面图，苗郁心头涌上轻微的罪恶感。她故意降低代理费，并不是为了帮助曾有福，而是想找机会进入酒店。她想知道冯佳梦死的那晚，到底发生了什么事，所以主动找到当晚受伤的保安曾有福，劝说他起诉酒店。

哪怕只有零碎的线索，她也不愿放弃。

苗郁回忆酒店9楼走廊的布局，又反复看了平面图，在曾有福攀爬的洗手间和反锁了冯佳梦的包厢之间，画了一个箭头。曾有福说他是从厕所的窗户爬进去的，而不断催促曾有福的，正是沈冲。

　　如果沈冲对冯佳梦有很深的感情，他催促保安爬窗户救人，无可厚非，但是，沈冲对冯佳梦的感情，真有那么深厚吗？

　　苗郁就是在这一点上产生了怀疑。开始，她想说服自己，沈冲没有可疑之处，冯佳梦的死只是意外。但是，冯佳梦给她寄的那封信，照片后的那句话，又时刻提醒她，这件事没那么简单。

　　回到原点。苗郁想起齐伦曾经教她的，当事情陷入僵局，看不清方向的时候，就回到原点。对苗郁而言，她必须回到酒店，回到冯佳梦失去生命的那个夜晚，所有的谜题才有机会解开。

　　她背上包，刚走到律所门口，迎头碰上了齐思贤。

　　两个人都有些尴尬。这几天，他们都刻意地避开对方，仿佛有只看不见的手挡在彼此面前。没承想，此刻却撞个正着。齐思贤不自觉地清了清嗓子，偏开眼神。苗郁的眼神也有些飘忽。好半天，齐思贤才打破僵局：“刚刚那两位是新案子的当事人啊？”

　　“嗯，是。”苗郁淡淡地回应了下，又礼尚往来地问，“你代理的那个医疗纠纷案，还顺利吧？”

　　她不过是客套一下，却发现齐思贤面露难色，虽然可能只有十四分之一秒，但苗郁清晰地捕捉到了。

　　“有麻烦吗？”苗郁追问一句。

　　齐思贤连忙摇头：“不麻烦不麻烦，就不麻烦苗律师了。这个案子我还做得下去。”说着，竟是有些狼狈地往他办公室的方向走去。

　　苗郁倒是被勾起了几分好奇心，盯着齐思贤不放。苗郁从王姗茸那里听到了只言片语，一直认为案件并不难，难在当事人的态度。莫非是她提了什么过分的要求，或者要求赔偿过高，不采纳齐思贤提出的诉讼策略？

　　在律师的工作中，当事人不配合律师的情况时有发生，苗郁也不例外。难缠的当事人带来的杀伤力，比对手大多了。苗郁代理过一起机动车责任事故案件，她是特别授权律师，在征得远在外地的当事人同意后，代表当事人与保险公司和受害方签订了赔偿协议。哪知，当事人回来后的第一件事就是撕毁协议，指责苗郁"故意让自己赔太多"。不仅如此，当事人还向司法局投诉，说苗郁没有尽到代理责任，还与保险公司联合起来骗取保险。苗郁那时候已经是有经验的律师，做过的事都有记录，保险公司和受害方也提供了证明，这才没惹上更大的麻烦。从那以后，苗郁挑案子很谨慎，如果当事人看起来不太好沟通，宁可不接这个案子。那时候，她与沈冲计划要孩子，干脆就淡出律师这一行，去了大学做行政人员。

苗郁拉回思绪，却发现齐思贤已经关上办公室的门，显然拒绝与她讨论。苗郁叹气，甩掉难以忘却的烦闷，用最快的速度到达迪菲亚大酒店。

这家酒店在C城开业多年，虽不是最顶尖的豪华酒店，但早就稳住了脚跟，有稳定的客源。作为曾有福的代理人，她大可不必亲自前往现场。这是一起很明显的工伤事故，虽然爬窗户是客人的要求，但作为酒店的保安，曾有福是在履行工作职责。所以，酒店没有任何理由拒绝赔偿。

苗郁思考着诉讼策略，顺着电梯来到了9楼。踏进走廊，踩到暗红色的地毯上，脚底传来的触感绵软，与事件发生当日一模一样。两旁的包厢都紧闭着门，偶尔不知从哪个包厢传来一阵哗啦啦搅拌麻将的声音。她打了个寒战，往卫生间方向走去。

整个酒店的平面布局是一个倒T形，那一横右短左长，卫生间在短走廊上，出事的包厢就在横竖走廊的交汇处的右边。此刻看来，这间包厢没什么特殊的，一张麻将桌，四张椅子，两个小桌。灯未开，厚厚的窗帘垂下，包厢内所有的一切都笼罩在朦胧的黑暗里。平静，安静，没有半点不和谐的杂乱，让人根本想不到，就在一个多月前，有个正值青春妙龄的女子，在这里艰难地等待死亡。

询问的声音迟疑地响起："女士，请问你有什么事吗？"

苗郁回头，看见一位穿服务员制服的女子，年纪约有三十岁，她正用询问的眼神看着苗郁。她身边的保安比较年轻，不到三十岁的年纪，个子挺高的，无形中给苗郁不少压迫感。他手里握着对讲机，神色警惕地看苗郁。

"你们好，请问负责9楼的主管是哪位，我有些事想了解一下。"苗郁转过身，顺手关上了包厢的门，坦然地迎上两人的目光。

女服务员上下打量苗郁，不为所动："请问你是哪位？"

"我是律师。我代表我的当事人前来你们酒店调查。"苗郁说，瞄了一眼服务员别在胸前的胸卡——她姓黄，职务是客服部经理。

原来她就是苗郁要找的人。黄经理没说话，皱着眉不知在思考什么。这时，保安已经走上前，拦住苗郁："我们不接受采访。"

苗郁本来准备了一大段开场白，却没想到因为保安的"胡言乱语"破了功。她强忍笑意，往天花板上看了一阵。许是黄经理也觉得尴尬，便叫住保安："小李，这里的事由我处理，你先回保安部。"

"哦，好。"被叫住的保安瞪了苗郁一眼，"黄经理你小心，张董说了防火防盗防记者，你别被她骗了。"

苗郁很想辩解一下，律师不是记者，记者不是律师，但是保安根本不给她这个机会，大步离开了。走廊只剩下两个女人对视，黄经理生硬地开口："你是律师？你有什么事？你要和我们酒店打官司吗？"

"黄经理，我们能找个地方坐下说吗？"苗郁平静地看她，"站在这里，被别的客人看到了，可能不太方便。"

虽然心不甘情不愿，但黄经理还是把苗郁带到了她的办公室。办公室不大，靠窗的墙边是办公桌，对面墙边放着三个大柜子，里面全是厚厚的文件盒。办公桌上凌乱地堆满文件，垒成两座小山。老旧的空调不知道是在工作还是偷懒，今天温度骤降，嗡嗡声不绝于耳，但是办公室内的温度比外面还要低。苗郁刚一坐下，黄经理就迫不及待地问："你真的是律师？"

"是，这是我的名片。还有，这是我的授权委托书。"苗郁将身份证明材料一一递去，"我是曾有福先生的代理人，将代理他的工伤纠纷案件，权限是一般代理。"

黄经理不耐烦地把名片丢在一边："什么一般不一般的，我不懂。你要打听什么？我们该说的都跟警察说了，你有什么要问的，去问警察。我这里无可奉告。"

"我想了解曾有福先生当天摔下去的情形，黄经理能不能简单地说说？"苗郁问。

黄经理满脸的怒气，硬邦邦地重复："我不知道。你问警察去！"

她的抗拒就像一面盾牌，挡在苗郁面前。苗郁没作声，把她随身携带的包放在办公桌上，坦然拉开："黄经理，我今天来，是为了了解曾有福受伤事情的经过。我猜那件事发生后，可能有记者来过，对酒店、对你的工作造成了困扰，但我不会。我是有职业道德的律师，你可以看看我的包，没有录音笔，也没有其他偷录偷拍的设备。"

黄经理怔了片刻，下意识地扫了包一眼。发觉此举的不妥，她很快别开了眼睛。陈旧的空调发出嗡嗡声，苗郁耐心等待，等待黄经理开口。

冰山渐渐融化，黄经理态度在缓和。她还是摇头："不行，我不能说。"

她在矛盾。苗郁看着她，放低了声音，说："黄经理，同为女性，我能体谅你工作的不容易。我也是出于自己的职责，不会拿着你说的话直接作为证据提交给法庭。这一点上，请你相信我。"

黄经理盯着苗郁，缓缓地舒了一口气。差不多半分钟后，她开口了："曾有福他摔下去是他的责任，没拴安全绳，没有防护措施，就直接爬窗户。我们都劝他再等等，他偏要去。"

"为什么他一定要去？不多等一会儿？"苗郁问。

"还不是为了那几百块钱！"

苗郁敏锐地追问："什么几百块？"

黄经理没好气地瞪她："你是他的律师还不知道？那个客人出两百块，让保安马上翻窗子进包厢里。保安主任一直在劝，说等安全绳到了做好防护措施再翻窗。曾有福倒好，插嘴说什么给四百就去。那个客人当即就说五百元，给爬进包厢的人。我们劝了他，保安队长也一直劝说，曾有福根本不理会我们，马上脱了制服就爬窗，结果没站稳掉了下去，幸好只是落在7楼。要是死在酒店，酒店可就倒大霉了。"

这是一个新情况，曾有福没有告诉自己。对于律师而言，与当事人的角力也是必然的过程。有的当事人会故意隐瞒对自己不利的消息，如果律师不了解清楚，一旦出庭，对方抛出相关的证据，极有可能输掉官司。苗郁见怪不怪，很平静地在笔记本上记上这一笔，问："那位客人，是怎么发现他的女朋友被关在包厢里的？"

"他说接到女朋友的电话，去开门的时候发现门被锁了。"

苗郁又问："听曾有福说，那间包厢打不开，请问是什么原因？"

"门锁坏了。"黄经理说，"这个情况，我们也很奇怪。因为那天晚上要举行活动，所以我当天下午还带领服务员去每个包厢检查了一遍，门锁当天下午还是好的，没想到晚上就出了事。门打不开，客人又催，说什么女朋友在里面过敏了，很危险，我们不采取行动就要告我们。我打了110、120，他还在催。"

黄经理一肚子怨气，唠唠叨叨地说个没完："你知道吗，因为这事，我们部门所有人都被扣了奖金，我的升职也泡了汤。我怎么就那么倒霉。"她恨恨地一拍桌子，想要发泄所有的怒气。

"后来，包厢是怎么打开的呢？包厢里面的情形是怎样的？"

"警察来了，把门踹开的。"黄经理又忍不住抱怨，"赔偿的钱还是我们部门自己出的。我记得当时人很多，女孩子被抬出来的时候，我就在人群中看了一眼。她长得挺漂亮的，一张脸通红，一个劲地喘气，呼吸特别费劲。她男朋友一直在喊她的名字，让她呼吸。女孩子一直在叫什么人的名字，不知道是不是她男朋友。"

这是苗郁第一次近距离听到当天包厢里的事。她几乎能想象当时的情形，重重包围中，冯佳梦濒临死亡，沈冲在一旁，声嘶力竭，宛如面对情深意长的挚爱。很戏剧的场景，对不对？她以为自己能平静地接受沈冲出轨这件事，当真听到沈冲对自己以外的女人表现出深情，她的心口还是蔓延过一阵烦闷。

"能带我去看看卫生间和包厢吗？"苗郁问，"我想实地看一下，就一会儿，不会给你添麻烦。"

黄经理站了起来："走吧。就算我不带你去，你也会想办法去看的。"

幸亏此刻没有客人，最靠近包厢的是男卫生间，里面没人。推开窗，呼呼的冷风毫不客气地往领口挤。眼前陡然开阔，一股子凉意和无力感顿时攀上苗郁的双腿，她闪过一阵心虚，立刻收回身子。

"你看到了吧，卫生间到包厢窗户的距离不远，要爬进窗户也不是不可能。"黄经理说。苗郁目测了下，卫生间窗户朝右边开，左边正好可以看见包厢半开的窗。卫生间与包厢恰成90度直角，成年人要爬过去，稍微用点力跳过去，抓住窗户的滑槽或者其他什么可以借力的地方，理论上是可行的。只是在夜间，灯光不明的情况下，很容易误判，不小心抓错地方或者踩错借力点，这都是致命的错误。

她又往包厢以下的地方看了一眼，正下方有个出挑的雨棚，裂了一大块，想必就是曾有福摔落的地方。苗郁用手机拍了几张照片，对黄经理道谢："谢谢黄经理。关于这起案件，我会和曾有福商量一下。"

黄经理犹豫一会儿，恳求着说："你可不可以劝一下曾有福，不要告酒店，这对酒店名声很不好。谁愿意住上过法院的酒店哪。"

在很多人心中，去法院是个很丢脸的事，当被告就等于坐牢。打官司对他们而言，是一件难以启齿的事。苗郁见多了这样的人，要搁以前，她只会置之不理。但今天，她突然想多说几句。

"黄经理，你可能对我的工作不太了解。我们律师是帮助当事人进行诉讼流程的，我们依照法律规定的程序，了解事件情况，向法庭提交证据，帮助当事人辩护等。去法院打官司是我们工作的一部分。就拿曾有福受伤这个事情来说吧，他认为他在工作时间受伤，酒店就应该给予补偿。而酒店则认为，他受伤是他个人行为导致的，酒店不应该负责。遇到这种公说公有理、婆说婆有理的事，法院就是帮助解决矛盾的。你们双方有什么主张，提交什么证据，法院就要查清楚事实，再根据法律的规定，做出判决。"

苗郁从未这样有耐心过。她说："不是所有的纠纷都必须经过法院。如果你们能接受曾有福的条件，采取调解的方式，也是不错的。"

"但是，当了被告不就是因为理亏吗？"黄经理争辩，"你不是说曾有福要告我们吗？我们是被告，岂不就是告诉所有人我们理亏？"

苗郁笑："黄经理，你觉得酒店理亏吗？"

"当然不是。我觉得酒店没错。"

"双方都有道理的情况下，法院就是给你们双方提供的一个讲道理的地方。有什么话，在法庭上告诉法官，把证据提交给法官。"苗郁仿佛回到了大学课堂上，对法学院新生循循善诱，"法官看了双方的证据，听了双方的意见，才能做出正确的判断。如果你只是在心里告诉自己，我对，他错，法律是听不见的。"

黄经理皱着眉，没太听懂的模样。苗郁有些挫败感，说齐思贤的讲座晦涩难懂，她自己也好不到哪里去。

"算了，你讲的我也听不懂。我们加个微信吧。"黄经理拿出手机，"你是律师，可以给我推荐几本书吗？我也学学法律，免得被坑了还帮别人数钱。"

苗郁自然是愿意的。多一个朋友，也许就多个案源，对工作总是有帮助。

苗郁也不便多留，提出告辞。在回律所的公交车上，她翻开曾有福画的平面图，在卫生间和反锁了冯佳梦的包厢上做了标记。合上笔记本，苗郁靠在冰凉的车窗上，问题渐渐浮上心头。

黄经理透露出的信息量很大。第一，包厢的门锁当天下午还是好好的，晚上就坏掉，偏偏还锁住了冯佳梦，导致她不能及时就医。第二，包厢里有酒味。冯佳梦死于酒精过敏，作为一个成年人，她应该知道自己身体的问题，不可能拿自己的命开玩笑。

苗郁回忆了下，在酒会上，她看见冯佳梦手里端着的是果汁，橙色的，不是酒精类饮料。也就是说，至少在苗郁看到的时段里，冯佳梦并没有喝酒。

谁要她喝酒？甚至严重点，谁逼她喝酒了？这是犯罪！

苗郁一惊，连忙翻看平面图。她记得就在差不多的时间段，齐思贤执意送她回家，正碰见沈冲从一间包厢里走出来。那不是冯佳梦被反锁的包厢，沈冲所在的包厢与冯佳梦所在的包厢，中间还隔了一间包厢。

苗郁松了一口气。她不想怀疑沈冲。但是，齐思贤办公桌上那张纸，把沈冲和冯佳梦联系起来的那个箭头，不时在她眼前晃动。难道齐思贤怀疑，冯佳梦的死与沈冲有关吗？

苗郁只觉得脑袋里被硬塞了一团乱麻，找不到线头，她无法像恺撒大帝那样拿剪刀断个干脆利落。她只是一位普通的律师，不是警察，更不是侦探，她为什么要蹚这浑水？

不知不觉中，她来到一个陌生的地方，似乎是在山林间跋涉。雾气氤氲，树木影影绰绰。有点冷，寒气从头顶蔓延到脚心。苗郁拉紧了衣服，一脚深一脚浅地走着，风冷雾寒，她有些迷惑，这里是什么地方？她为什么会在这里？

前面有个人影，身材苗条姣好，是个女人，苗郁下意识跟过去。树影晃荡，人影突然消失了。苗郁着急，向人影跑去，一不小心肩膀撞在一棵树上。

"醒醒，醒醒。"

苗郁一惊，周身的雾气骤然散开，视野却依旧一片模糊。朦胧中，仿佛有人正在推她的肩："姑娘，到终点站了，下车吧。"

一阵恍然，苗郁努力地眨眼，环顾四周。原来她在公交车上睡着了，做了一个梦。苗郁道过谢，晃晃悠悠地下了车。头越发地沉，身上的寒意一层重过一层。她暗暗后悔，不该在公交车上睡觉，着凉是件麻烦事。她虽然不是铁打的身体，但是很少生病，没想到一个恍神就染上了风寒。她讨厌生病，更不喜欢虚弱的样子被人看见。

此刻已经下班，苗郁以为律所没人，她能去办公室吃点药暂时缓解下难受的感觉，没想到一推开门，一阵隐约的哭闹声传了出来。

登时，苗郁被吓了一跳，感冒的不适暂时被抛到九霄云外。她听不出这是谁的声音，只知道是个女人在哭，而且哭得还很伤心。她上一次听到这般撕心裂肺的哭声，还是在医院ICU急救病房，每一声抽泣都是生离死别，听得人胆战心惊。

齐思贤闯什么祸了？当事人还追到律所来闹？苗郁小跑着到了齐思贤办公室，不假思索地推开门，女人的哭闹声排山倒海一般涌了出来。定睛一看，齐思贤、宋乾、唐博雅都在，看着坐在沙发上捂脸痛哭的女人，每个人的脸上都呈现百般无奈的神情。

"怎么回事？"苗郁问。

没人回答。倒是唐博雅像看到救星一样，跑过来拉住苗郁的手："小老师你可回来了。"

这种看到亲人红军恨不得哭诉地主万恶的眼神是怎么回事？齐思贤也在看她，目光甚是复杂，苗郁原本就有些迷糊，现在更加糊涂，完全不懂他想说什么。女人还在哭，声音已经低了不少，仿佛夏天的苍蝇大军提前到来，扰得人心烦意乱。

"发生了什么事？"苗郁又问了一句。

齐思贤闭上眼，似乎纠结了一阵才说："王女士拒绝重新进行医疗事故鉴定。"

王女士？王姗茸？苗郁终于认出那哭泣的女人就是前不久直接找上门的当事人，发生了什么事她不清楚，便追问一句："为什么要拒绝？有什么正当理由？"

"我就是不要他们鉴定。那些鉴定人都跟医院有关系，他们收了钱，不会说医院的坏话。"王姗茸抹着眼泪，一副楚楚可怜的样子，"齐律师，你答应过我，要给我打赢官司。我儿子被他们治坏了，他们就是不想赔偿我，你也不帮我吗？"

齐思贤叹气，取下眼镜按头。宋乾露出头痛的表情。唐博雅根本不看王姗茸，低声告诉苗郁："这话她说了一下午，翻来覆去的，我都能背了。"

　　看他们三人的模样，苗郁大概也猜出这一下午他们经历了什么。她拉过办公椅坐到王姗茸对面，忍着身上的恶寒和各处关节的酸痛，问："王女士，请问你的诉求是什么？"

　　"要医院赔钱！他们害我的儿子，必须负责他的一辈子！"王姗茸说着，眼里露出一阵凶光，大概觉得说得有点过火，她连忙补充，"你别以为我是在狮子大开口，这是医院应该赔偿的。孩子这一辈子毁了，不多给点钱，他可怎么办？"

　　苗郁深吸一口气，把那句"您没事吧"活生生吞下去，扫了一圈，与齐思贤的目光对上了。有一瞬间，苗郁似乎看懂了他眼中复杂的情绪，说不出是心烦意乱还是歉意。苗郁本可说一声"这不是我的案子，我不方便插手"就全身而退，但她忍住了。

　　"案子的资料我看下。"

　　宋乾及时送上王姗茸的案件资料，苗郁一看诉讼请求，差点没被呛住。王姗茸不仅要求提起再审，还要求医院赔偿约八百万元。

　　再审？

　　办公室里，只有王姗茸喋喋不休的声音回荡。苗郁低低地咳嗽两声，勉强打起精神听王姗茸凌乱无比的唠叨。听了半天，苗郁才连猜带蒙地明白，三年前她的孩子遭遇车祸，送往医院就医后出现术后并发症。她认为是医院没做好手术，再加上打了医生要求的流感疫苗，孩子才会出现这样严重的后果。所以，她将医院告上法院，提出如此高的赔偿金额。但是法院经过审理后，驳回她的诉讼请求。她提起上诉也没有得到支持。这次她想申请再审，找了几家律所，人家都不肯接，最后找到了齐思贤。

　　苗郁的太阳穴突突直跳，原来齐思贤是备胎中的备胎，那她一来就下跪是个什么意思？再说，不是说再审案件不代理，而是一旦决定了代理这类案件，总要仔细一些，一审、二审的情况如何，都是需要提前知晓的。王姗茸提那么多赔偿金额，诉讼费也不是个小数目，那她哪里来的信心，坚信申请重审一定会通过，而且达到她满意的结果？她决定先闭嘴，看完手里的资料再作决定。

　　王姗茸提供的资料不多，大多是医院治疗费用的清单和病例，对案件有实质性帮助的不多。她抬头问齐思贤："提出再审申请需要新证据，有新证据吗？"

齐思贤沉默片刻："目前还没有。"见苗郁目光不善，他又加了一句，"所以我建议先走鉴定途径，如果有鉴定结论与上一次不一样，我们就可以申请再审。"

王姗茸尖叫："我不同意鉴定！"

"王女士，我可以问一下你为什么不同意鉴定吗？"苗郁问。

王姗茸顿时坐直了身体："他们跟医院是一伙的当然向着医院说话了。我问过好多人，他们都说鉴定机构里的鉴定人都是学医的，跟医院的医生是同学。他们要暗箱操作还不是打个招呼的事，我们小老百姓哪里争得过他们？"

唐博雅翻了个白眼，诚实地表明内心的烦躁，幸好王姗茸看不见。齐思贤则是按了按眉心，一脸苦恼的模样。苗郁原本想解释一下，听了她这般振振有词的言论，半个多余的字都不想说，把资料放回桌上，问："王女士，你能否提供一下原审的判决？包括一审和二审，我需要多了解案情。"

"我已经签了合同，你们就应该帮我起诉医院，问这么多做什么？"王姗茸急了，指着苗郁说，"我的律师是齐律师，你插什么手啊？"

见她一副要把苗郁拆皮拆骨的凶狠模样，齐思贤连忙挡在王姗茸面前："王女士，这是本所的苗律师，她的诉讼经验很丰富。她愿意提供建议，对诉讼会有很大的帮助。"

王姗茸不善的目光在苗郁脸上打转，那模样，活像看到了情敌，又防备又想咬上两口。苗郁身体的不舒服越来越明显，她不想过多纠缠，便对齐思贤说："我可以帮你做诉讼策略，但是我要先看到一审二审判决书。"

齐思贤还没说话，王姗茸尖锐的声音插在两个人中间："不行，判决书我没有，就算有，我也不会给你的。"

齐思贤疑惑地看苗郁，发觉她的声音明显带着鼻音，脸颊多了一抹淡淡的红。他轻皱眉："你……"

苗郁没理会齐思贤的疑惑，而是看了王姗茸一眼。她这般遮掩回避的态度，恶狠狠的目光，倒让苗郁生出个模糊的猜想。她转向王姗茸，淡淡地说："王女士，你大概不知道吧，生效的裁判文书都能在网络上查到。你不提供也行，我们也能看到。"

王姗茸语塞，脸涨得通红。忽然伸手狠狠一推苗郁："你又不是我的律师，干吗来干涉我的事？喂，齐律师，你还不管一下你的员工？"

苗郁被推得跟跄一下，幸好唐博雅眼疾手快扶住了她。宋乾连忙拉住王姗茸："王女士，别动手啊！"

王姗茸不依不饶地叫着："别以为你是律师，就能指手画脚，我告诉你，我要做的事还没有做不了的。你们最好快点去法院起诉，我可等不及……"

"王女士！"齐思贤突然打断她，"请你安静。"

"你是我的律师，你要为我的利益负责！"王姗茸的声音尖细如铁丝，把苗郁的耳朵划出一道道细微的伤痕。苗郁越来越不舒服，鼻腔里塞满了水，此刻的她像是溺水的人无望地在水面扑腾。她想干脆走了算了，把这些乱七八糟的事扔到脑后。齐思贤开口了："王女士，你的案子我们会用心处理，但是，也请你遵守基本的约定，把诉讼需要的资料准备好，不然我无法保证诉讼事宜顺利进行。"

苗郁诧异地看了齐思贤一眼。她与齐思贤心结未解，真没想到他会为了自己与当事人杠上。王姗茸怒气冲冲地尖叫："你敢！我签了合同的！你别想中途走人。你不把我的官司打赢了，我就要到司法局去告你！"

就算输了官司，司法局也不会受理投诉的啊。苗郁很想说一句，只是眼前的景物化作一片模糊，办公桌、文件柜、沙发、窗帘越来越模糊，甚至开始了旋转。苗郁仅存的意识是，齐思贤突然抓住自己，急匆匆地说了句什么话，可惜她没听清，一头栽到一个温暖的地方。

苗郁知道自己是晕倒了，这是从未在她身上发生过的事，很棘手。她睁开眼睛，正好看见齐思贤逃避似的偏转过去的头，她心头生出茫然，以及一丝空虚的不确定。

真切唤回苗郁神志的是唐博雅的声音，她的声音带着不加掩饰的欢快。苗郁睁开眼，唐博雅的脸出现在面前，眼睛明亮："小老师，小老师，你醒了，喝点热水吗？"

苗郁轻轻点头。此刻她也只有这点力气，来自身体的热气集聚在脸颊，盘旋不去，脑袋里像是塞了石头，扭动脖子都是颇费力气的事。唐博雅扶着她坐起，递去温热的水。苗郁正想喝下，从旁伸出一只手，手心躺着白色的药片，挡住长长的掌纹。

"吃点感冒药，你生病了。"

苗郁用虚弱的微笑作感谢，齐思贤回以同样的笑。吃药喝水一气呵成，她靠在沙发上，力气恢复了一阵才问："王女士走了？"

"她当然……"唐博雅兴致勃勃地想要说苗郁晕倒后发生的事，齐思贤忽然开口了："小唐，你先回家，这些事我来说。"

齐思贤神情严肃，唐博雅想要八卦一番的愿望生生被打断，未说完的话卡在喉咙里十分痛苦。她不敢忤逆主任，只好叮嘱"小老师你好好休息，有什么事交代给我"，然后三步并作两步地离开办公室。

又到了四目相对无话可说的境地。苗郁低头，发现自己身上搭了一件大衣，蓝灰色，长款，很明显是男装样式，还有淡淡的古龙水香味，想来是齐思贤的外套。苗郁双手抱着杯子，等待身上、掌心不再冰凉，才问："主任，那后来怎样了？王姗茸走了？"

"对，可能她……不好意思，把你牵扯进来，这事原本跟你没关系。"齐思贤低声说。

苗郁伸手按眉心，顺便将了将头发，躺了这么一会儿，发髻也散乱了不少，索性拆了发髻披在肩上。她微微笑："都是所里的事，无所谓牵扯不牵扯的。你说说情况，我看有没有可以帮你的。"

齐思贤的目光落在苗郁脸庞上，她半长的头发柔顺地披着，脸色苍白，与她平日干练的模样大相径庭，只有眼神一如既往地熠熠生辉。他心头涌上一种异样的情绪，忙偏开脸，拿起办公桌上的几张纸，犹豫了片刻，没有递给苗郁："小宋已经查到了一二审的判决结果。你的判断是对的，这案子的确有点麻烦。但是今天太晚了，先不讨论。"

苗郁坐直了身体："为什么？我现在已经好多了。"

齐思贤摇头："不行，我送你去医院。"

"可是我现在……"苗郁话没说完，一阵晕眩又突袭了她。她忙靠在沙发上，抬手想摸额头，想看看体温是不是在上升。

齐思贤说："我来吧。"手已经放在她额头上。

他的手很温暖，掌心似乎很柔软，贴在苗郁的额头，两种不同的温度开始了无声的交流。苗郁觉着脸更加烫，想要偏过头，齐思贤的手掌似有股无形的力量，让她停在当下，不敢动，不想动。

"去医院吧，我送你去。"齐思贤说。

苗郁抗拒："我回家吃饭睡觉就行，不用去医院。"她不喜欢医院的消毒水味道，不喜欢满眼的白大褂，她将大衣放在沙发一旁，咬着牙站起来："齐老师，我没事……"

晕眩又不合时宜地冲上额头，苗郁整个身子往前栽倒，齐思贤抓住了她，帮她勉强稳住身形。苗郁有些羞恼，仿佛被打了一个耳光，不疼，但是难堪。

"不去医院也行，但你得吃饭。"齐思贤叹息的声音从她头顶上飘落，像被秋风带到大地上的落叶。苗郁想抗拒这种莫名的亲近感，这样不合适，身体却不由自主地做出回应。

齐思贤带苗郁去的是一家粥底火锅店。每个小桌上放着一口小锅，白色的大米绽开出菊花样，熬得细软柔和，咕嘟嘟地冒着泡。蒸气升腾，把大米的清香带到店里的每个角落。各色菜的鲜味，杂糅成一种特殊的香气，馋虫瞬间全数爬了出来。碗勺碰撞，食客们轻言缓语，被这样的暖气包裹、浸润着，苗郁身体里的寒气都化为乌有。看着菜单上各有特色的粥底，苗郁递回菜单："客随主便，你点吧。"

头顶上有一盏圆圆的灯，在齐思贤的眼里点燃了两点火苗。苗郁没说话，看他熟练地点了粥底和菜品，温和斯文的模样，也是很耐看的美景。

交还了菜单，齐思贤见苗郁正看着自己，笑问："点的菜不满意？"

"不，不是，"苗郁忙摇头，"就是走神了。"

齐思贤想起什么事，说："忘了告诉你，今天收到判决书了。"

苗郁还在回想是个什么案子，齐思贤已经自顾自地说了下去："闻婷婷的案子，法院把判决书寄到所里了。"

"结果是……"虽然从齐思贤的态度已经猜出结果，但苗郁还是问了一句。

"我们赢了。"齐思贤复述一遍，"我们赢了。法院支持原告大部分诉讼请求，并且要求武源持续支付所有的后续治疗费用。"

一块大石骤然落地，苗郁绽放出美丽的笑。她举起茶杯，清浅的茶水荡漾出细小的波纹："以茶代酒，祝贺你。"

"谢谢。"齐思贤也举起茶杯，眼中蓄满了微笑，"谢谢你愿意帮我。"

杯子叮当轻响，有些冰封的东西在瞬间被温暖融化。她和他，此刻在温柔的灯光下，仿佛是第一次平视对方。有过争吵，有过抗拒，却会为了同样的目标，放下成见。

苗郁不自在地偏开眼神，她还不习惯和齐思贤这么亲密。好在这里是餐厅，两个人中间隔了桌子，还有冒着热气的粥底火锅，没什么话说的时候，还能聊下吃的。

"你经常来这里？"苗郁问。

齐思贤熟练地把新鲜的牛肉、虾、鱼肉放进锅里："我爸带我来过，我觉得很好吃，有家的味道。这几年有机会回国，都会来这里吃一次。"

苗郁连忙道歉："不好意思，这个话题让你想起不愉快的事。"

"没有。"齐思贤淡淡地说，夹了一块雪白的鱼片，放进苗郁面前的碟子里，"爸妈也不会允许我天天怀念他们。"

他的声音很慢，没有太多的情绪。明亮的灯光下，他的眼睛明朗清澈，鼻梁高挺，银灰色西装贴身，真是画里走出的贵公子一般的模样。苗郁叹了口气，问："说到齐老师，肇事司机还没找到吗？"

三年前的一个雨夜，齐伦在家中接到一个电话后匆匆离开，只说有当事人找他。两个小时后，齐伦的妻子接到警方电话，被告知齐伦遭遇了车祸，不治身亡，肇事司机已经逃走。发生事故的路段没有监控，找不到肇事车辆。雨水又冲走了现场大部分痕迹，给警方侦破工作带来很大的困难。

在这件事发生前，苗郁已经淡出了律所的工作，而沈冲也在那之后转去了其他律所，所以她也不是很清楚警察侦破的过程。王主任出国前，跟她提了一下，苗郁才知道案子还没破。而齐伦的妻子、齐思贤的母亲，也在一年多前去世了。这一切，都要拜肇事司机所赐。

齐思贤摇头："没有，快成悬案了。"

一时间，苗郁也想不出什么话安慰他。齐思贤说这家粥底火锅店有家的味道，想来也是一种怀念。苗郁心口流过丝丝的疼，又有一点点哀伤。律师整天与法律打交道，真当事情落在自己身上时，理智上要约束自己。办案有规律，办案有流程，即便再催促，警方一时间也没办法抓住凶手。

"算了，不说这个。"齐思贤说，"最近，你有没有联系沈冲？"

苗郁一怔，停下手里的筷子："我没事联系他做什么？"

"哦，我有点事想要问他，其实问你也行……"齐思贤望着苗郁，推了推眼镜，"就是我爸出事那段时间代理了哪些案子。沈冲一直是我爸的助手，我想他可能知道一些。你知道吗？"

她会知情吗？齐思贤看着苗郁纯净的眼，不知道她会有什么回答。是毫不在意，还是说出明显思量过的答案？所以，今天，此刻，在最不会有心防的时刻，他问出这个盘旋已久的问题。

苗郁不疑他，偏头着回忆："让我想想。好像有一个劳动争议，有一个交通肇事，有几个是民间借贷、公告送达的。这些都是沈冲回家后提到过的，可能还有其他的案子，我暂时想不起来了。"

她抬头看齐思贤，似乎很迷惑，他为什么突然问起这个问题。可惜，他的眼镜片瞬间反出茫茫的光，遮住心灵的窗户。

齐思贤笑了，若无其事地放下手中的汤勺："我只是最近才想到，除了交通肇事，还有没有其他的可能。会不会是我爸在工作上结了什么仇家，得罪了什么人，或者其他原因。我想从这方面入手找找，如果有新的线索证据，好提交给警方。"

他分析得很在理的样子，让苗郁有几分相信。齐伦作风很正派，代理案件时总是为着一个"公平"。虽然律所开了多年，但钱赚得不多，相互能帮衬的同行也不多。大概是他太过正直，君子端方。

但齐思贤真是这样想的吗？此刻，他的神情平静无波，甚至说得上是真诚，让人根本看不出他有没有撒谎。只是太过平静，反而有些虚伪。苗郁的心情忽然有些不太平静，勉强笑了下，埋头在白粥的清香里。餐厅里气氛祥和安静，不知哪里来的凉意忽地窜到皮肤上，不知道是感冒未愈，还是有什么不确定的东西在她心底隐约冒头。

齐思贤也在看她，白粥散发出清香的味道，苗郁的脸朦胧在热气里。

苗郁回到家，天色也不算晚。吃了冲剂，洗了澡，温暖重新回到身体里。她自觉好了不少，窝在沙发上看综艺，手里捧着马克杯，里面是热腾腾的蜂蜜柠檬水，电视里播放的是个主打推理的综艺节目。演员们费劲地表演着，要找到真凶，要看清彼此的真面目，他们在问，在寻找证据，在套话，玩得不亦乐乎。苗郁看其中一个女演员指着另一个演员说："他说，刚刚他在柜子里找到了一些卷宗，里面记录了……"

苗郁的耳朵忽然停止了工作，巨大的嗡鸣声遮盖了所有的声音，电视里的人嘴巴一张一合，似乎在激烈争吵，但她一个字都听不见，满心只有一个词——

卷宗，卷宗，卷宗！

苗郁想起来了，储物架上失踪的那个卷宗，是齐伦办理的一个竞业禁止的案件，沈冲担任助手。原告是本市一家很有名的医药制品厂，被告是离职的医药代表，她有印象是因为，四年前，她在办理一个案子时被一条小狗咬过，当时去打了狂犬疫苗。在代理医药代表的案子的那段时间，沈冲有天回家特意问她打的狂犬疫苗是哪个批次。查了批次后，沈冲明显松了一口气的样子，后来就没再提了。她对这事也没记得太清楚，所以吃饭的时候跟齐思贤说的是"劳动争议"。

一个普通的竞业禁止案件的卷宗，怎么会不见了？谁拿走的？苗郁全然忘记正在打闹的节目，陷入沉思。一个个问号连成串，在闪烁，在跳跃，她仰望着问号，就像在阴霾夜空里仰望微不可察的星光，竭力想要寻找答案。

卷宗找不到——有人拿走了。

谁拿走的——齐思贤。只有他才有这个动机，拿走卷宗。

那个案子是个什么案情？

苗郁忽然跳起来，冲到书房打开电脑，在收藏夹里翻出每个同行都会保存的那个网站。在搜索框里，凭着仅存的记忆，她输入医药制品厂的名字。代表搜索的小圈转了很久，久得苗郁往水杯里添了两次热水，都不足以平抑烦躁的心情。就在苗郁要放弃的时候，页面突然跳出了与医药厂相关的判决书、裁定书，每页十条，足有两三页。

她一个个点开链接，查看这些法律文书中的参与方、代理方。这个医药制品厂的案件大多是劳动争议、股权纠纷。没过多久，她就找到一份判决书，案由是竞业禁止，原告是这家医药厂，被告则是——闻鹏。

看到这个熟悉的名字，苗郁简直不敢相信自己的眼睛。再往下看，闻鹏的代理人是齐伦。苗郁手一抖，手边的水杯砰一声被碰翻在桌上，柠檬茶洒得到处都是，连她的睡袍上都被浸湿一片。苗郁顾不得收拾干净，只忙着拖动鼠标细看。

根据案情介绍，闻鹏是苍灵医药公司的医药代表，入职时，他与苍灵医药公司签订了劳动合同以及竞业禁止协议。三年前，他提出辞职，并且要求解除竞业禁止协议，聘请了衡明律师事务所的齐伦主任作为他的代理人。苗郁看看判决书上显示的时间节点，齐伦的车祸就发生在案件进行当中。

原来，闻鹏真的与律所打过交道。

难道这就是齐思贤说的工作中结仇？看判决结果，苍灵医药最后是输了官司，法院判决解除了竞业禁止协议，但是闻鹏在诉讼请求里要求的赔偿并没有得到全部支持。莫非，这就是闻鹏说的"齐伦骗了他"？

再看判决书中列出的三次开庭时间，苗郁算了算，第一、二次开庭时间都在齐伦去世前，第三次开庭是在齐伦去世后，代替他出庭的，应该是——沈冲。

她一阵苦笑。这就是联系吗？因为三年前的这个案子，失踪的卷宗、沈冲、齐伦被联系起来。齐思贤办公桌上那个含义不明的图，再次浮现在眼前。到底是什么意思？沈冲和齐伦，难道除了师徒关系，还有另一层不为人知的关系吗？

书房没开灯，黑暗中，电脑荧光屏发出莹莹白光，屏幕上的每个字她都认识，组合成她不理解的法律条文、法律事实、原告诉称、被告辩称、本院认为……不知道坐了多久，苗郁渐觉手脚冰凉，脑中纷乱。她按了按发酸发胀的眼皮，慢慢起身，慢慢地关电脑，慢慢地擦桌子，收拾一桌的狼狈，收拾自己茫然不知所措的心境。

今夜注定失眠。

躺在床上，苗郁睁着眼，看着黑乎乎的天花板上飘着的四个字：苍灵医药。她一直觉着这名字很熟悉，并非是在本地新闻报道中出现，或者她直接接触过的相关的人。回想许久，没有结果，睡意反倒沉沉地涌上头。睁开眼时，窗缝透出明亮的天光，粗重的鼻息却给了她不小的麻烦。

更大的麻烦还在后面。吃早餐的时候，远在另一个城市的妈妈打来电话。

"你和沈冲离婚了怎么不告诉我们？"

一开口便是责骂，虽然早有心理准备，但牛奶还是差点呛在苗郁喉咙里。她咳嗽了好久，总算没成为死于通话的第一人。

"给你们说了也没用嘛，你们又帮不上忙。"苗郁轻描淡写地回应，放下叉子，盯着盘子里的煎蛋发怔。虽然感冒不能吃太油腻的东西，可她就是想吃。

妈妈敏锐地捕捉到她略显浓重的鼻音："你又感冒了？"

"没有。"苗郁撒谎。

妈妈的声音噼里啪啦传入她耳朵里，大意是那么大的人出那么大的事，还不让家里知道。她想起了过年时的鞭炮，温暖热闹又让人不敢亲近。她的老家在不远的县城，春节还能放鞭炮。今年她回了家，沈冲陪着。在一家人其乐融融的时刻，她收到冯佳梦发来的视频，视频里，沈冲搂着冯佳梦，女孩青春的脸上还有骄傲得意。苗郁放下手机，看身边的沈冲露出与视频里一模一样的笑，胃里一股恶心冲上来。

从那一刻开始，她下定决心，离婚。

唠叨还在继续，苗郁已经没了耐心，生硬地打断妈妈："妈，我要上班去了。这两天接的案子有点多，我要去法院开庭，迟到了要赔钱的。晚上给你打电话。"

挂上电话，世界瞬间安静。这招也只能哄不了解法律的老妈，代理律师要是迟到了，岂止是赔钱，甚至有可能丢吃饭的家伙的。

解决了冷掉的早餐，苗郁匆匆出了家门。今天的工作安排得有些满，今天要见几个预约咨询的客人，如果谈得好，就能拿下代理。律师这一行，只要不愁案源，多做多得，少做少得，看自己的心情。但对于苗郁这种离开了律师行业现在又折返回来的，她还没有能力挑选案子，只有来者不拒，收入才够得上生活。

上午的客人约在律所，效果非常好。有唐博雅帮忙，三个案子谈下了两个，目测工作量不算太大。中午苗郁正在吃外卖，曾有福给她打了电话："苗律师，你下午在不在单位？你要的材料我都搜集齐了，马上给你送过来。"

"我在律所，你送过来吧，我还有些事情要跟你核实一下。"

曾有福进律所时，一如既往地忐忑。他妻子没有跟着来，曾有福解释："她上班去了，这些都是她整理好的。"

苗郁匆匆吃完饭，赶过来把所有的资料翻看一遍，基本没有遗漏。曾有福局促地搓着手："苗律师，我这个案子，什么时候去告？"

"你这个属于劳动争议，先要去仲裁委申请劳动仲裁。这是法律规定的必经程序。"苗郁给他解释。唐博雅坐在长桌的另一头，正在一项项填写证据接收登记表，重要的证据要复印多份，以防遗失。

曾有福除了点头还是点头。苗郁心下稍安，这样的当事人合作起来最放心，什么都听律师的，不会因为翻了几本法条，就自认为可以当法官，对律师的工作指手画脚。她坐直身体，双手交叉放在桌上，目不转睛地盯着中年老男人："曾先生，我有几个问题要问问你。"

她的声音太过严肃，曾有福不由自主地竖起耳朵，心跳也开始不听使唤地加速。苗郁却没开口，只是神情冷漠地看他。曾有福越发忐忑慌张，不知道她要问什么。

他听见苗郁开口："曾先生，据我了解，当时有个客人以五百元人民币作为报酬，要你去攀爬包厢的窗户，有这事吗？"

"我……我……"曾有福支支吾吾，忽然有些地激动站起来，"我真的没有拿那个钱。我就想我是保安，客人要我做什么，我就得做，我……我真的没考虑太多。"

苗郁抬手安抚他："曾先生，我并不是指责你，我只是确认有没有这回事。客人后来给你报酬了吗？"

"没有，他没给我。"曾有福无力地坐下，"他就是随口说说，这些有钱人，我就不该听他的。"

苗郁沉默。沈冲的目的暂且不论，但五百元钱对于曾有福这样的打工者一定有不小的吸引力。人为财死，她没有任何理由责难曾有福。法律也不需要完美受害者，法律只会将事实放在天平上称量，用最准确的法条作砝码，算原告、被告的责任、义务、赔偿。不过，话说回来，这五百元钱在案子里能起的作用不大，但是酒店方一定会做文章，在最后的赔偿金额上打拉锯战。苗郁想了想，说："曾先生，请你放心，我会尽快整理证据，到仲裁委起诉工伤赔偿。"

这声音对曾有福而言就是天籁，他千恩万谢地离开律所后，苗郁心里泛不起半分涟漪，单手支颐，在发愣。唐博雅凑过来，八卦地问："小老师，你最近精神状态不太好啊。"

苗郁回过神，摸摸自己的脸，诧异："我觉得还好吧。"

"不是啊，你就是有心事。"唐博雅坐到她身边，把曾有福交来的证据按照目录的顺序一件件放进文件袋里，用铅笔写上编号。她整理资料的速度很快，嘴上也没忘了数落："你在学校里天天化妆，穿的虽说都是套装，但是丝巾、手镯、耳环啊都不一样，可漂亮了。发型也是隔三岔五地换。你看你现在，口红多久没涂了？丝巾、手镯到哪里去了？奶茶倒是不离手，有用吗？"

苗郁长叹一声，悄悄摸了摸小腹，一圈薄薄的脂肪有扩散的趋势。这段时间，她忙着离婚，忙着工作，哪有那么多精力打扮自己。见客户的时候化个淡妆就行了，上法庭代理是看谁厉害，不是看谁化妆更漂亮。更何况，她有必要化妆吗？

大概……还是……有点必要的吧。苗郁突然冒出这想法，不由自主地瞄了齐思贤的办公室一眼。办公室的门关着，今天齐思贤没有来律所，宋乾也是。苗郁微微松了一口气，忽然想到，自己化不化妆，与齐思贤有什么关系？

一念既生，顿时有种被全世界都窥到秘密的紧张感。看着时间差不多，苗郁就把写仲裁申请书的任务交给唐博雅，第二天去仲裁委申请，她则是赶去见客户。这是万佳介绍的案源，朋友的朋友。万佳只提供了有限的信息，客户是女性，家里很有钱，在一次聚会上认识了万佳，现在想要咨询一些法律上的事。

万佳在电话那头很委婉地说："如果你不想接这个，我就帮她另找个律师。"

"接，为什么不接？"苗郁说，"我正穷着呢，正需要万大金主多多介绍案子。"

"她的脾气有点不太好，你懂的，就是那种从小娇生惯养的大小姐脾气。"万佳解释。

苗郁知道万佳这是担心自己搞不定，越是如此，越是要一口应下，总不能让朋友失了面子。与客人约见的地点是一家格调不错的咖啡厅，人少消费高，正是保护隐私的绝佳选择。苗郁提前到了，坐在角落里。视线正面是昏暗情调的小资咖啡馆，她点一杯蓝山咖啡，就着淡淡的香味放空思绪。

咖啡店生意一般，客人有来有往，倒也不觉冷清。与别家不同，这家播放的背景音乐是笛箫，悠扬中有淡淡惆怅。苗郁从背包里摸出齐思贤借给她的书，就着透过落地玻璃的不太温暖的阳光，认真翻看起来。齐思贤做的笔记随处可见，有过去的，也有现在的。齐思贤的字很漂亮，方正中带着潇洒，思考也很深入。苗郁对罗马法本没兴趣，因为一个随口的谎言，她开始阅读这本书，这一段时间过去，她已经读了将近一半。她也不知道，是因为这本书真的重要，还是想透过这本书，了解它的主人。

等了将近一个小时，客户还没来。苗郁给客户打了两个电话，对方没接。她有些奇怪，通常公职人员不会爽约，就算迟到也会打电话说一声。她怀疑客户可能改变主意了。

这很常见。就算已经起诉的案子，当事人也能随时撤诉，在约见律师的中途反悔，这对律师而言都是家常便饭。苗郁决定再等半个小时，如果客户还不来，就回家休息。

到点了，苗郁合上书，先给素未谋面的客人发个短信，全了礼节。她正要埋单走人，目光不经意地往外扫去，顿时被玻璃窗外的景象吸引住了。

街对面有个小广场，广场中心是一座银色的立体银杏叶状的雕塑。叶片下，有一男一女正在谈话，都是苗郁认识的。女人是迪菲亚酒店的客服部黄经理，男的是，宋乾。

黄经理很紧张，隔着一条街也能让人察觉出她的惶恐。宋乾则显得很随意，就像见当事人一样自然。

刹那间，苗郁的身体缩在桌子一角，像警觉的猫发现了猎物。她睁大了眼睛，忘记了呼吸，怕错过了细节。没想到的是，他们两个人没说几句话，黄经理从背包里摸出一个小东西递给宋乾，宋乾问了两句，拿出手机点了几下，就离开了。黄经理也匆匆走向另一个方向，消失在往来的人群中。

两个人的相遇不过短短几分钟，像大海中落入一点细微的雨，但在苗郁心里已掀起惊涛骇浪。宋乾和黄经理见面有什么目的？黄经理给宋乾的是什么东西？这样的情景明显不是有法律咨询，更像是宋乾找黄经理要，或者是买这件东西。而且，这是违反规定，或者说违反法律的。

苗郁第一个想到的就是曾有福的案子，旋即又推翻了自己的想法。如果是有关曾有福案的新证据，无论宋乾是从哪个途径得知的，他应该告诉自己，让自己去取得，而不是这样偷偷摸摸地进行。非法取得的证据，法庭是不会采纳的。

那会是什么？苗郁回想黄经理拿出的东西，很小，可以放在掌心，随时交付——

苗郁突然想到了，是U盘。黄经理给宋乾的，一定是一个U盘。但是，U盘不重要，重要的是，里面存放了什么东西？

一个大胆的想法冒出头来。U盘里存放的难道是冯佳梦死的那天酒店的监控视频？

苗郁差点跳起来。这一刻，她很想给宋乾打电话，或者直接冲到他面前，质问他，你从黄经理那儿买走了什么东西？对，就是买。宋乾在手机上点的那几下，不是转账就是发红包。

她一股脑地把书塞进包里，抓起手机匆匆往咖啡店外走。刚刚关上玻璃门，忽然有电话打来了。见是个陌生号码，苗郁只得深呼吸两下，平复心情按下接听键。

"你好，我是苗郁，请问哪位？"

"苗律师你好，我是谢美云。"电话里的女声低沉，淡而平静。

是万佳介绍来的客人。苗郁忙说："谢女士你好，请问你到了约定的地方吗？"心头暗自庆幸没离开太早。

"不好意思，我决定不离婚了，所以没有过来。辛苦你大老远跑一趟。"谢美云说，"以后有机会，我会给你介绍案子。"

如果苗郁稍微疏忽的话，她可能说两句客套话就会挂上电话。而偏偏此刻，她的神经紧绷，耳朵无比敏锐，捕捉到手机听筒里传出的淡淡的音乐声。

竹笛与箫，悠扬而缠绵。

谢美云已经到了咖啡厅，她为什么要骗自己说没到？苗郁转身、推门、踏进咖啡厅，一气呵成。她举目四望，咖啡馆里，客人三两成群，只有离门最近的卡座上，孤零零地坐着一个戴墨镜、穿入时春装的年轻女子。黑色的大框墨镜遮住她大半张脸，她粉底打得很厚，几乎看不出她原本的肤色，香奈儿正红色的唇膏，如烈火一般。女人的手机贴在耳边，是最新上市的那款，握着手机的手白嫩如玉，保养得宜。苗郁手机里传出的声音，与她的口型对上了。

"喂，苗律师，你在听吗？"

苗郁走到卡座前，拉开椅子坐下，手机也没挂上，依旧放在耳边。她就像没发现女人的存在，平静地说："谢女士，你考虑好了吗？"

谢美云愣住了，听筒里传出她倒吸一口凉气的声音，慌张不安的眼光几乎要穿透黑色的镜片。苗郁看着她，眼光不闪不避，坦然地迎上谢美云的打量。

不知道隔了多久，谢美云迟疑地开口了："我……我想好了，不离婚。"说完，她挂断电话，抓起手包就想走。苗郁一直盯着谢美云的侧脸，突然，推开桌子追了上去。

"谢女士请等一下。"苗郁追出咖啡馆，挡住已经拦下了出租车的谢美云，"你被谁打了？"

谢美云慌忙偏开头，抬手遮住半张脸。苗郁不客气地说："你的眼部有瘀青，嘴角也有伤。很明显不是摔伤，是有人故意殴打你。你是被家暴了吗？"

谢美云惨白的脸色从浓妆下透了出来。她猛力摇头："这事跟你没关系，你别挡我的路。"她绕开苗郁，想要赶快离开咖啡馆。

苗郁哪里肯放弃，一路小跑着跟上谢美云："谢女士，你是在担心什么吗？家庭暴力是严重违法行为，你有权得到保护。作为律师，我可以为你提供法律服务……"

"够了！你不要说了！"谢美云停下步子，气愤地说，"他只是偶尔喝醉了，心情不好，不是家暴，他以后不会再打我了。你别来烦我，我不会离婚的。"

路人听着这话，向苗郁投来好奇八卦的目光，仿佛苗郁是逼迫正房离婚的小三。苗郁索性挡住她前进的路，严肃地说："谢女士，家暴只有零次和无数次。如果他下次再动手，你要怎么办？"

"那就下次再离婚。"

苗郁被堵得差点说不出话："暴力行为会持续升级。如果他下次出手更重，你觉得只是受点轻伤这么简单吗？"

"他发誓不会再打我了，我相信他！"谢美云恼羞成怒，"我不相信我的老公，难道相信你这外人？"

"谢女士……"苗郁还想再劝，谢美云已经转过身去："你别说了，他们也不会同意我离婚的。好了好了，你今天的咨询费我给你就是，别来烦我。"

她果真摸出两张百元大钞，硬要塞给苗郁，嘴里不停地催促："你快走，别来烦我。我自己的事自己知道！"

苗郁没有接，任凭两张红票子飘落在人行道花花绿绿的地砖上，与提早离开枝头的落叶为伴。谢美云走得极快，背影孤单而决然，苗郁想追上去，又止住了步子。律师就算劝说再多，她自己不下决心，也没人帮得了她。

这一单生意铁定丢了。苗郁先给谢美云发了短信，力所能及地劝了一下。没想到谢美云还真的回了短信：

"不准告诉任何人。"

还真是……硬邦邦的大小姐脾气。就算她不这样提，苗郁也不会把她们之间的对话泄露给第三人。她回了短信："把你的支付宝给我，我把钱还给你，或者以你的名义捐了。"

谢美云没有回复她，苗郁就当她默认了第二个选择，在标有慈善标记的箱子里投入两百元。一大箱的绿色紫色的小面额钞票里，鲜红的颜色格外吸引人的眼球。最大的面额，却落在孤独的一角，有种说不出的讽刺。

下午已经过半，回律所也做不了多少事。只是她一想到宋乾与黄经理见面，心里直泛堵。她看着手机思忖，要怎么开场才显得自然，让宋乾或者齐思贤不起疑心。

手机却在这时响了起来，来电人是齐思贤。

没有半点犹豫，苗郁直接接听了手机："齐老师。"

"苗律师。"

两人客套有礼的开场白，与职场上的对话没什么两样。苗郁一时不知道说什么，便选择了闭嘴。不知道齐思贤此刻在做什么，听筒里传出的是绵长均匀的呼吸声。

"苗律师你在忙吗？"齐思贤打破宁静。

苗郁笑了笑，仿佛他人就在眼前："我在外面见一个客人。"

"在哪里见？"

苗郁顿时警觉起来。他什么意思？是试探自己有没有发现什么吗？苗郁听见自己冷静地报出一个地名，离律所不远，与身处的此地距离也不近。

"那你能回律所一趟吗？我有个东西要交给你。"齐思贤声音平静，就像在说无关紧要的事。

"很重要吗？"苗郁问着，已经走到路边招手拦下一辆出租车。

齐思贤说："一个视频，你可能会感兴趣。"

第五章

律所里安安静静。

唐博雅最近养了猫，每天到点准时下班，要第一时间回家当猫奴。宋乾还没有单独代理过案子，留在律所加班的时候很少。只有齐思贤在电脑前忙碌，他没有开节能灯，办公室每个角落都散落着黑暗，只有办公桌上一盏明亮的台灯，驱散傍晚的寒意。

苗郁在他办公室门前站了好一会儿，见他皱着眉翻找资料，似乎遇到很大的麻烦。过了好一阵，她才幽幽地开口："我发现，你似乎经常忘记吃晚饭。"

齐思贤惊觉苗郁的出现，往窗外看去，果然天色已经蒙蒙暗了。他一拍头："不好意思，我忘了。"

这七个字说得坦然又无辜，配上他明亮的眼神，苗郁先前的提防心减去了大半。她拉开椅子坐到办公桌前，问："急着找我回来，是要给我看什么东西？"

苗郁大概不知道，此刻的她，声音不像往常那般冷静，有些慌，也有些散漫，在黑暗中别有诱惑。她外出一下午，头发略乱，额前散了少许发丝。台灯是昏黄的，她的脸沐浴在明亮的光里，身体隐没在幽暗中，映在齐思贤眼中，幻化成与众不同的美景。

见齐思贤愣怔，苗郁咳嗽一声，唤回他的神志。齐思贤慌张地偏开头，借着周围的黑暗掩藏快要浮上脸的小心思。他假装埋头在电脑的文件夹里翻找，断断续续地说："我听博雅说你在代理一个工伤案子，刚好有个……监控视频，我找朋友要到了……可能，可能对你有用。"

苗郁坐直了身子："什么视频？"

"你来看。"齐思贤把电脑屏幕转向她，"这是曾有福出事那天迪菲亚酒店的监控视频。"

难道宋乾是受齐思贤的委托，找到黄经理买的监控视频？这个念头一闪而过，苗郁决定先把这事放一边，看完监控再说。

监控摄像头安装在靠近走廊卫生间的天花板上，角度非常好，将事情的经过完整地记录了下来。大概刚过八点，一个男人从宴会厅急匆匆地跑到走廊上，依次推开包厢，确认里面无人后再查看下一个包厢。虽然画面有些模糊，但苗郁依旧能认出来，那是沈冲。

沈冲转到走廊上，没过多久，有保安跑了去，聚集在拐角处，现场开始慌乱，苗郁在人群里发现了曾有福。服务员匆忙取钥匙又折返，步子凌乱。拐角处聚集的人越来越多，万佳也出现了。沈冲忽然冲到卫生间这边，指着卫生间嚷着什么。保安经理模样的人一脸难色，伸出手安抚沈冲。苗郁猜测，沈冲大概在要求保安去爬包厢的窗子。

保安经理显然是不可能答应的，黄经理也来了，加入了劝说的队伍。沈冲忽然摸出几张钞票，冲着众保安挥舞。这时，一直混在人群里的曾有福走出来，接了这个任务。沈冲一直在催促他，曾有福犹豫了一下，忽地下定了决心，两三下脱了帽子和制服外衣，进了卫生间。好几个保安也跟着进去，似乎在叮嘱他要小心。

视频到这里就结束了。苗郁呼出一口气，这个视频很好，证明力很强，至少证明在事故发生前，保安经理并没有力劝，反而置身事外。她说："很好的证明，但可惜不能作为证据提交。"

齐思贤笑："你那么有经验，一定会想到最好的办法。"

这算是称赞？苗郁笑着接纳了："明天我就去仲裁委申请，不过……"她话锋一转，问起齐思贤，"王女士想要再审的案子，进行得怎么样了？"

齐思贤轻松的笑意换作苦笑，摇头说："她还是拒绝鉴定。"

"那她有什么新证据可以申请重审？"苗郁实在弄不懂王姗茸的脑回路，"没有新证据提什么重审？申请了法院也给驳回，何必浪费时间？"

齐思贤看了苗郁一眼，只是低头揉眉心，似乎在思考什么。突如其来的静默，让苗郁有些诧异，她抬头看他："怎么了？"

"呃，她说，她孩子打的那针流感疫苗是不合格的，所以孩子的问题都是疫苗造成的，医院应当赔偿。"齐思贤看着苗郁，慢慢地说。

苗郁有些好笑，反问："疫苗有问题？她哪里听说的？"

齐思贤没有说话，从一旁的文件盒里取出一张纸，递给苗郁。苗郁不明所以，接过一看，纸上打印了不知哪家公众号的文章，称本市某医药公司几年前生产的狂犬疫苗、流感疫苗有问题，呼吁大家查看一下是否注射过这家公司生产的疫苗。

疫苗这个词蓦地刺到了苗郁的神经。她确定，在最近几天，她一定看到过与"疫苗"有关的事。

记忆骤然复苏。闻鹏的竞业禁止案，他被他工作过的医药厂起诉，他的代理律师是齐伦，齐伦的助手是沈冲。在案件审理过程中，齐伦身亡。而三年后的此刻，齐思贤代理了两个案子，都与齐伦临死前代理的案子有莫大的关联。

"你觉得呢？"齐思贤的声音响在办公桌对面，小心翼翼的，"你怎么看？"

苗郁心头微颤。她不确定有没有捕捉到他言语中的试探，但这般郑重的语气，她确信不是齐思贤惯用的语气。苗郁借着这张薄薄的纸，遮住脸，遮住可能泄露内心隐秘的微表情。

齐思贤不再催促。办公室里的黑暗和静默，仿佛是一头吃人的兽，静悄悄地吞噬着一切声响，以及人心里的猜忌、惶恐和不安。

"疫苗的话……"半响，苗郁终于开口，却只说了一半。她把打印纸放回桌上，迎上了齐思贤的目光，没作声。齐思贤也是如此，眼神平静，不躲闪。

他们都在角力，看谁先松开手里紧绷的绳。在两人目光交触的一刹那，仿佛有四溅的火花飞出，苗郁确信，齐思贤在调查齐伦的死因。他执意接触闻婷婷父女，是想找闻鹏打听什么。他要接王姗茸的案子，也是因为同样的原因？

齐思贤问："疫苗？"眼中似乎燃起两小团火苗。

苗郁直视他的眼睛："疫苗是不能做医疗鉴定的。而且，疫苗是否有问题，也无法构成王女士所谓的新证据。如果提再审的话，法院就算受理了也会驳回。"

"你……就这么认为的？"齐思贤慢慢地问。

"难道，还有其他的方法？"苗郁反问。她伸出手，手指轻轻敲了敲那张纸，"就连这个文章，真实性有多少，你我都不知道。王姗茸当局者迷，作为代理律师，我们有必要提醒当事人必要的诉讼风险。"

齐思贤坐回靠背椅上，整个人陷入黑暗，苗郁只看见他的金边眼镜反射出细细的轮廓。他说："你真这么想？就没其他的？"

"有"字已经到了嘴边，苗郁有很多问题，却都忍了下去。她不确定自己的怀疑是否真实，也不确定齐思贤对自己的询问是有意还是无心。她摇头："没有。"

齐思贤眼中涌上浓浓的失望。他站起身，走到窗边，勉强笑了笑："好，我明白了。"

像是亲手关上了一扇门，苗郁心里有些不好受。她说："如果，齐主任你需要我的帮助，我想我会……"

"我不需要。"齐思贤忽然低吼出声，回声回荡在办公室里。苗郁惊了一下，立刻站了起来。

齐思贤也意识到自己的失态，愣怔地看着苗郁，神情难堪。

惊吓之后，苗郁反而镇定下来。对视片刻，她从包里摸出了U盘，递给齐思贤："谢谢你帮我找的监控视频，我可以带回去研究一下吗？"

"当然……当然可以……"齐思贤忙同意，借着忙于复制粘贴视频的机会，遮掩狼狈的神情。他拔下U盘，还给苗郁，苗郁看向他，琥珀色眼仁晶莹透亮。她的声音轻柔："太晚了，要不要一起吃个饭？"

齐思贤很想点头同意，想冲淡充斥在办公室每个角落的尴尬。但不知怎的，他鬼使神差地摇头："不了，谢谢，我手头有篇翻译要做，是……是一家杂志的约稿。"

"这样啊，"苗郁笑着拿起包，"那注意休息，再见。"

"再……再见……"

他眼睁睁地看苗郁走了，步伐轻快，背影决然。律所的门被打开又关上，白茫茫的宁静中，齐思贤有种被天地抛弃的孤独感。他不知道自己到底怎么了，怎么会对苗郁发火。他希望，她知道点什么，能告诉自己。他确信，她真的知道些什么，可她偏偏不告诉自己。

不知道过了多久，齐思贤仍然静不下心。他代理的案件不多，但其他杂事多。他想写完代理词，又想把要翻译的文章校对一遍，或者想看看最新的法学论文。他颓然地扔掉笔，靠在靠背椅上。承认吧，他的心很乱。

有人在敲门，砰砰砰，很粗野："齐先生在吗？"

齐思贤以为有人来访，急急拉开律所的门："你好，请问什么事？"

那人上下打量他，再看了下律所门口的铭牌："齐先生吗？这是你的外卖，请收好。"

齐思贤一怔："我没点外卖？"

"你的手机号是这个吗？衡明律所的齐先生？"送餐员塞给他一袋热乎乎的东西，"就是你点的。"说完，一溜烟地跑了。

齐思贤低头，愣怔地看包装得密不透风的东西。打开，一碗皮蛋瘦肉粥，一份蒸饺，一份炝炒土豆丝，热腾腾的混合香扑面而来，齐思贤只有一个想法——饿。他拿起塑料袋，看见打印的小票上，店家备注一栏写着五个字："请送快一点。"

粥很暖，冷清的律所也不再寒凉。他摸出手机，看着联系人那一栏里苗郁的名字，手指在屏幕上摩挲许久，慢慢地放回桌上。

谢谢，他说。

内心的隐秘不必说与他人，苗郁也没起过找齐思贤挑明的想法，毕竟是他的私事，只要他不越界，苗郁自认还是能分得清轻重缓急。事实上，工作已经慢慢上了正轨，容不得她分心。苗郁第一个要解决的问题，就是曾有福的工伤纠纷。

仲裁委的立案程序进行得很快，审查时限比法院审理时限要短。立好案，苗郁道谢，拿着资料正要离开，忽然见着在仲裁委办公区里，有两个人正从某间办公室里走出，还与仲裁委领导模样的人交谈。她还没到记性衰退的时候，所以，准确地认出了其中的一个人——在冯佳梦去世当晚，向她讯问的刘警官。

巧合吗？如果天底下都是巧合，那也不必努力做什么，等着天上掉馅饼便是。苗郁还记得仲裁委办公区的布置，算准时机等在电梯间。果然，电梯门打开，苗郁目不斜视地上了电梯，稍稍犹豫了下，按住了"开门"键。

没人进。

电梯开始催促，嘀嘀嘀地好不耐烦。苗郁只有歇了制造偶遇的心思，放开手。电梯门合拢，忽然一只手从外面拦下："等等，等等。"

苗郁心念微动，立刻按下了开门键，两个男人一前一后地走进，后面那个正是刘警官。

刘警官一进电梯，第一眼就看到了苗郁。正巧，苗郁也在瞄他，不同方向的视线斜斜地相撞在一起，两人同时从对方眼神里读出了相同的含义。

被认出来了。

趁着对方还在犹豫，苗郁抢先扬起笑："是刘警官吗？"语气轻快，如春风般自然，就好像真的很巧。

刘警官掩下尴尬，木讷地点点头："嗯，是好巧。苗律师来办事？"

"是啊，有个工伤纠纷，我来仲裁立案。"苗郁很自然地聊了起来，全然不似平日高冷的她。她本想拉近距离，没想到刘警官只是淡淡地"哦"了一声就别开了脸，显然并不想给她拉近距离的机会。

苗郁假装没意识到刘警官的冷漠，继续说："刘警官也来仲裁委办事？"

"是，是公事。"

刘警官的声音降到零度，电梯轿厢墙壁上泛出肉眼可见的霜花，名曰"尴尬"。苗郁猜测，刘警官对自己有提防，做出这种姿态无可厚非。她低下头，本想就此终止这场尴尬，反正她也没暴露太多的想法，忽然心念一动——他为什么要提防自己，没必要啊。

律师到仲裁委是工作，警察来仲裁委调查也是工作，碰到熟人并不是小概率事件，他为什么对自己如此提防？

难道他调查的事，与自己有关？

一想到这儿，苗郁全身的汗毛竖立，凉意从厢壁窜到后背，再蔓延到全身。刘警官在调查什么，需要对苗郁这样一个普通律师提防？

不，她不是普通律师，她还有一个身份，沈冲的前妻。

如果刘警官到仲裁委是来调查某件事，见到与这个案子中的人有关联的苗郁也出现在这里，是个人都会起疑心的。

苗郁忽然一个激灵。这说明什么？警方在暗中调查沈冲。

伴随着叮咚声，电梯门打开了，刘警官朝苗郁微微点头后，和搭档一起往停车场方向走去。苗郁忽然横下心，快步走到刘警官身后，说："我是为在迪菲亚酒店受伤的一位保安办理工伤纠纷的。"

刘警官停下步子，转过身来，眼神锐利地看她。苗郁站直了身子，继续说："这起事故，发生在今年的3月23日，刘警官对这个日子应该很熟悉吧。"

中年男人有一双略显肿泡的眼，但是眼中透出的精光如锋利的柳叶刀，瞬间切开苗郁的内心。他看着苗郁，说："苗律师想问什么，可以直说。"

我能直说，你会直说吗？苗郁不是初入社会的新鲜人，对他人的话早习惯了听三分，不过此刻，她已经得到了想要的东西。她回以简单的微笑："我知道警察的工作，在案件侦破前不允许对外透露。其实，我也没什么可问的，不过随便聊两句，刘警官你说是吧。"

刘警官这才发觉，他一时大意上了当。如果他对迪菲亚酒店、3月23日不敏感的话，他就不会做出反应。律师，果然是不好惹的。

"苗律师既然知道规定，那我也就放心了。"刘警官经验老到，不在这个问题上过多纠缠，他笑道，"不过，如果苗律师发现了什么新线索，还请及时告知警方。"

这话说得云淡风轻，苗郁却听出了几分警告意味。都不是蠢人，也不用卖关子，刘警官承认他还在追查冯佳梦一案，也承认了这个案子与苗郁有些关系。

苗郁脸上的笑容丝毫不减："是，配合警察工作是公民的责任，律师更不例外。"至于她要怎么配合，那就与旁人无关了。

刘警官显然也没把她的话当一回事，果断上车离开。苗郁耸耸肩，抱着文件往车站走。这段插曲算是意外收获，她有个直觉，刘警官是来调查那桩劳动争议案的，就是齐伦代理、沈冲为助手的劳动争议案件。

但是，他不是在调查冯佳梦之死吗？苗郁故意说出酒店名字、事发时间，就是试探他的反应。难道，冯佳梦的死，真与这案子有关？冯佳梦不可能认识闻鹏，他们最有可能的交汇点就是齐伦、沈冲。

苗郁停下步子，思绪转得飞快。齐伦已死，那么这次刘警官来，实际上是为调查沈冲？

沈冲，沈冲……苗郁轻轻念了几遍，有些颓然地坐到路边的长椅上，目光茫然地看往来的车辆、行人。长椅旁，一棵樱花树开得正繁茂，阳光透过花影温暖她的身体。她没事，一点事都没有，她只是发现，这个名字在她心中已经激不起任何涟漪了。

她拿出手机，盯着屏幕发呆。通话记录显示，她与沈冲的对话是在一个多月前。苗郁开始犹豫，到底要不要跟沈冲联系，要不要旁敲侧击地打听一下？凭她对沈冲的了解，如果电话接通了，他会说什么？苗郁几乎听见了沈冲的声音，冷淡不失平静——你好，是你啊，你最近好吗？找我有事吗？这事跟你没关系，你不用管。

苗郁下定决心，一定要跟沈冲联系，哪怕被他拒绝，她也要尝试一次。即将摁下绿色的拨打键的0.01秒前，手机忽然自顾自地唱起歌来。她吓了一跳，以为与沈冲还存在心有灵犀，仔细看，发现跳动的来电人的名字，是万佳。

"你在律所？"万佳开门见山地问。

苗郁顾不得心头飘过的失落，忙说："没，我在外面立案。怎么了？"

"有当事人投诉你们律所，说律师不尽责。"万佳声音又急又快，"领导很重视，过会儿就要去你们律所调查。"

怎么会有当事人投诉？苗郁不由自主地站起来："当事人叫什么名字？因为什么事由？"

万佳没回答，只说："我也要去，你赶紧回律所，怕你们海归主任应付不来。"说完咔嚓一声挂断电话。

赶回律所的路漫长得要命。不知为什么，齐思贤一直不接电话，宋乾和唐博雅的电话不是关机就是停机。着急时刻，诸事不顺。平时车来车往，此刻堵得一塌糊涂。两辆车亲密接触后，车主高声叫骂，苗郁心急，付了车钱赶着下车。她告诉自己，这不是担心齐思贤，她只是担心他处理不好，司法局会做出处罚。齐伦、王主任的一番心血，就付之东流了大半。

大厦电梯此时偏要与她作对，停在8楼，坚决不挪动一步。苗郁心一横，抱着一堆材料，往楼梯间里冲。

气喘吁吁地推开律所的门，里面空无一人，她只听着自己的喘息声一阵阵回荡。这样看来，律管科还没来人，苗郁刚想松口气，宋乾忽然从办公区的角落里冒出头，手里拿着一沓材料，满脸的惊讶："苗老师，你回来了。"

苗郁顾不得喘气，冲过去抓住宋乾，高跟鞋后跟与地板撞击出清脆的回声："齐老师在哪儿？打电话叫他回来，有麻烦了。"

"司法局律管科的领导来了，说王姗茸投诉齐老师。"宋乾很紧张，一指紧闭着门的小会议室，声音压得很低，生怕音量高了半个分贝惊扰了会议室里谈论家国大事的大人物，"他们都在里面。"

的确微小的说话声，从小会议室飘出来。凉意漫过苗郁心间，更多的是焦躁和烦躁。在路上，她想好了几个对策，可以说律所很重视正在研究的这个案子，也可以说申请重审条件很苛刻，不能轻易提交申请。实在不行，直接说王姗茸拒绝提供完整材料，致使诉讼没法进行。总之，并不是齐思贤不尽责，而是有其他糟心的原因，请领导明察秋毫高抬贵手。就算王姗茸一哭二闹三上吊，她也有把握赢得苟延残喘的机会。但是，晚了。

如果是普通的当事人就算了，偏偏是王姗茸，她那胡搅蛮缠的本事，在苗郁的执业生涯里排得进前五。宋乾不住地唠叨，仿佛加快嘴唇肌肉抖动能缓解内心的压力："王姗茸一直在哭，说齐老师承诺在签订合同三天内提出重申申请，还保证一定能打赢官司。她交了代理费，齐老师到现在什么也没做。她还说，她儿子在病床上躺着，急着等医药费，我们这是草菅人命！"

他的嘟囔声渐渐大了起来，愤愤不平。苗郁能理解他的心情，理性的法律人遇上纯感情用事的当事人，心烦是常态，崩溃是必然。宋乾刚结束实习期，他的阅历还是太少，不够圆滑。

比如当下，他的首要任务就不是在这里发牢骚。

"你手里是什么？"苗郁问。薄薄的两沓纸，攥在宋乾手中。

"哦。"宋乾说，"是王姗茸交过来的资料，齐老师让我复印一份，拿进去给律政处领导看。"

苗郁伸手接过，很快翻看起来："就是上次我看过的那些？有新的吗？"

"没有。"宋乾愤愤不平，"王姗茸什么都不给，就这点材料，别说重申，就是一个新案子也证据不足。"

苗郁沉吟，径直接过他手中另一份材料："这样，我帮你拿进去。"宋乾经验不足，她进去好歹有个照应。

　　门推开，王姗茸的哭泣声迎接苗郁的到来。还是熟悉的配方、熟悉的味道，哀怨中有委屈，痛苦中有压抑，情绪层层叠叠处理得恰到好处。苗郁在心里嘀咕，王姗茸有这份天赋，为什么要当个医闹，而不选择演员这份更有前途的职业。

　　这是八卦小能手唐博雅打听来的最新消息：她有个同学在承办王姗茸儿子医疗损害案件的法院当书记员，打听来了一些消息。为了这案子，王姗茸是法院的常年信访户。据说，因为儿子的手术事故，王姗茸算是恨上了这家医院。这场官司打了两年不说，王姗茸还鼓动亲戚朋友有事没事有病没病都往这家医院送。没治好，她带头闹！医药费太高，继续闹！治疗时间太长，更要闹！王姗茸曾经夸下海口，不把医药费闹个两倍回来，算她输。

　　"领导，求你给我做主，求齐律师把代理费退给我，其他的我都不要。"王姗茸哀怨地哭，也没抬头看进会议室的人是谁。苗郁把材料给了律管科负责人，再与万佳打个照面，两人都从对方眼里看出了无奈。

　　如果不能通过法律达到目的，下一步就是信访。依法治解决或者依人治解决，是两种截然不同的解决途径，而王姗茸的本事在于，她能在这两种模式中随意切换，都看她的心情和目的。

　　苗郁径直坐到了齐思贤旁边。两人目光微一交汇，齐思贤轻轻点头，没问为什么不是宋乾进来。一瞬间，新的默契如细韧的春草，从两人的心间生出。

　　王姗茸倾诉完毕，律管科带队领导的脸几乎没有任何表情，平板得像黑色的墨条。苗郁认得他，姓方，在律管科干了很多年，和苗郁属于朋友圈点赞之交。方科长转向齐思贤："齐律师，你有什么要说的？"

　　齐思贤刚发出一个"我"，苗郁就同时开口："方科长，这件事我可以说明一下。"

　　齐思贤诧异地看苗郁，方科长的目光也在两人之间打转。许是想着别扫苗郁的面子，他点头："苗律师你说。"

　　"这个案子呢，我们所接到后十分重视。"苗郁决定先发制人，把不该承担的责任全部撇干净，"您知道，重审案件法院都很慎重，我们也得郑重对待。齐老师亲自把合同交给了王女士后，我们所开会讨论案子都讨论了好几次。"

苗郁忽然顿了顿，"签合同"是那天她溜进齐思贤办公室时听到的，齐思贤新打印了一份合同交给王姗茸，那时距离现在也有个十来天。只是这一瞬间，她心头流过某种心虚的感觉，有些紧张。应该没事吧，她只是随口编造了下并不存在的数据，面上好听，律管科也好向王姗茸交代。

可惜，方科长并不像拿到了正确的剧本："是吗？有讨论记录吗？"

"有"字已经滚到了口中，苗郁及时反应过来，连忙否认："我们只是简单记录了，没有正式的会议记录。"

方科长摇头，速度缓慢得恰到好处："这可不行，得有正式的记录才行。"

万佳埋头苦记，会议室里只有电脑键盘清脆的敲击声。苗郁笑了笑，诚恳地说："方科长批评得是，律所一定改进。"

见司法局领导在点头，一副赞同的样子，王姗茸连忙开口："领导，他们这是糊弄你！我问了好多次，齐律师总是要我交材料，说材料给齐了才讨论，还要问我细节！什么细节不细节的，我都不懂，我就知道这案子是冤案，我儿子还等着医药费治病过日子。律师费我都提前交了，齐思贤这样，是骗我的救命钱。"

王姗茸秒切戏精模式，涕泪横流，手边卫生纸揉成团、聚成山："我儿子还躺在床上，身体耽误了，学习也落下了。他那么聪明，长大了要进外交部，要当发言人。他这是造了什么孽，先是遇到黑心医院，现在又遇到黑心律师。我这个当妈的对不起他，我不如死了算了。"

一哭二闹三上吊，亘古不变的泼妇三宝。见齐思贤想要说什么，苗郁抢先冷下脸："王女士，一二审的判决书您交给我们了吗？没有判决书，我们无法了解整个案情，也不知道一审法院是怎么认定的，更没办法判定您提交的证据是不是所谓的新证据。"

"我给的证据还不够吗？判决书有什么用？我找你们不就是要推翻上一次判决吗？你还看判决书做什么？"王姗茸猛地站起，声音蹿得比苗郁还高，一秒钟前还凄苦的脸翻作恶狠狠的模样，比川剧变脸还要熟练，她浑身发抖，伸手指着苗郁，"你们还没上法院就指责我不配合，我还怎么相信你们？"

能把歪理说得那么理直气壮，王姗茸真是战斗机级别的，别说苗郁，万佳都是一脸服气得不得了的模样。方科长震惊得睁大眼，身体往后斜了差不多20度，像是在躲避这颗随时会爆炸的炸弹。

挨一顿骂算什么，能把她的真实目的勾出来，最好不过。苗郁一脸冷静的神色，说："王女士，如果您对我们律所有什么意见，请尽管提。您的案子，齐律师会认真代理，前提是您得配合。"

"你们这样为难我，还要我配合什么呀？我不要你们代理了！我要退钱！我要让所有人知道你们都不是好东西。"王姗茸一顿乱嚷，唾沫星子四处横飞。

当事人可以提出解除代理合同，但不可能退诉讼费。律师是根据诉讼标的收取诉讼代理费，虽然诉讼标的在案件开始时就能确定，但在案件结束后才能确定当事人能得到多少赔偿，最终才能确定具体的代理金额。王姗茸经历了一审二审，怎么可能不知道这个规矩？

"王女士，如果您认为……"苗郁刚开口，齐思贤忽然打断她，站起身说："苗律师，这是我的案子，我来说。"

他的声音是前所未有的严肃，苗郁不禁愣了一瞬间。齐思贤这次没有与她目光交汇，而是直视王姗茸："王女士，我所为你提供了两次义务法律咨询，你是否认可？"

义务？会议室中所有人的目光都集中在王姗茸脸上，似乎要深挖出些端倪。王姗茸当然听出了弦外之音，脸上愤怒的红色褪了少许，旋即犟道："我不知道是不是咨询，我就认你说要代理我的案子，怎么还不去法院？"

"王女士，"齐思贤依旧温文尔雅，语调不徐不疾，"一直到现在，你还没将签好字的合同交给我，合同签订手续还没完成，你和我所之间并没有构成代理关系，我没办法去法院申请重审。所以王女士对我的投诉，没有法律上的依据。"

一语出，四座惊，王姗茸与衡明律所竟然没有签订代理合同！苗郁一颗心怦怦直跳，不可置信地看她。此刻，她才醒悟过来，方才她心头流过的那丝不安是怎么回事。更可怕的是，她根本不知道齐思贤的计划和安排就胡乱出头，这是职场大忌，对她来说，这无疑是活生生的车祸现场。她正在怔忡，忽觉齐思贤转头正在看她，苗郁心头的狼狈全数涌到脸上，化作难堪的脸红。苗郁别无选择，只得别开脸，避开他扫来的似有深意的目光。

王姗茸犹自哭闹叫嚷，就是不拿出一纸合同。齐思贤向方科长等人解释："王女士说要拿合同回家仔细看，再也没将签好的合同交给律所，也没有将案件相关的资料一并交过来。所以，方科长，并非我所不主动履责，而是法律所限。"

方科长意味深长地看了苗郁，才对齐思贤笑说："早说不就没那么多麻烦了吗！"

旁人云淡风轻的笑化作棘刺，又像一块大石，压得苗郁喘不过气。她能怪谁？怪齐思贤吗？责怪他不告诉自己实情？这是他的案子，他怎么应对是他的责任，自己巴巴地跑去强做出头鸟，末了怪他没与自己沟通。残存的理智拉住她，若真是这般是非不分、蛮横为之，她与正躺在地上撒泼的王姗茸有什么区别？

王姗茸躺在冰凉的地板上号哭，一口咬定是齐思贤收走了合同，没有交给她。万佳说："王女士，如果没有办法证明你与该律所有代理关系，司法局也很判定事情的真相。"

"哼！"王姗茸一骨碌爬了起来，十足的撒泼架势，"哼，你们都是勾结成一伙的！我要找记者曝光你们，你们给我小心点！"

她倒是走得飞快，苗郁看着她落荒而逃，恨不得下一刻也消失在律所里。方科长说了几句客套的官样话，勉励齐思贤好好干。苗郁闷着头不说话，就像会呼吸的石头。万佳则在办公桌后面，一边慢吞吞地收拾电脑，一边向苗郁投来担忧的目光。

齐思贤和宋乾送别方科长一行人，律所里只剩苗郁一人，她是回到自己的办公室，还是坐在大办公室里等待齐思贤的拷问？苗郁心头忐忑，选择前一种，回办公室埋头做事，假装无事发生，这种鸵鸟做派不是她的风格。坐以待毙，更不是苗郁会采用的解决办法。

手机忽然叫了起来，铃声在安静的律所里飘荡，一串数字在屏幕上跳动。等待三声铃响后，苗郁按下接听键话筒："你好，我是苗郁。"

"苗律师？"

是个男人的声音，有些悦耳。苗郁听着耳熟，一时想不起是谁，以为是谁介绍来的客户，便道："我就是，请问您是哪位？"

男人咪的一声轻笑，她的熟悉感越发强烈，名字即将脱口而出的时候，他说："我是钟远声，苗律师真是贵人多忘事。"

做新媒体的那位，惯吃人血馒头的仁兄。苗郁此刻心情正烦闷，听到是他，更想立刻挂上电话。不知身在何处的钟远声像是感知到她的心绪，抢在苗郁挂电话前，开口说："刚刚我们接到电话，说衡明律所欺骗当事人，存在律师不尽责的情况。我们想来了解一下，顺便……"

他滔滔不绝，苗郁心中却涌起不太好的回忆。在法院里被几个主播"围攻"，她靠在齐思贤肩头的样子被全数拍了下来，视频下的评论也不好看。苗郁冷冰冰地打断他："这事我不了解。"

"苗律师，苗律师，你不了解没关系，我们想找到那位网友的代理律师问问详情。放心，绝对不会坑你们，我们……"

苗郁选择挂断电话，她不想听钟远声的解释，只想安静地坐着，坐着，等待纷乱的思绪沉淀，再沉淀。不知过了多久，叮当一声，齐思贤已经推门进来了，神色轻松，步子轻快得仿佛踩着棉花糖。宋乾、唐博雅跟在他身后进了律所，两人俱是兴奋的模样。

苗郁站了起来，背脊挺得很直，迎上齐思贤，神情冷淡。

齐思贤原本在跟唐博雅低声说些什么，见苗郁这般模样，停下话头，看着她："苗律师，请你到我办公室来一趟。"他似乎意有所指，"有些事情，我们最好谈一谈。"

话里有话，正好苗郁已经考虑好了，也有话要说。她淡淡一笑："正好有件事要跟齐老师汇报，刚刚我接到电话，有媒体已经知道了王姗茸的事，想要进一步了解。我建议……"

她的话只说了一半，齐思贤第二次打断了她："这事你不用担心，我已经预料到了，安排了小唐去做。"他语调很轻快，"我已经安排好了，你不用担心。"

是，你已经安排得非常好，我奋不顾身地冲回来，想为你挡风遮雨，只沦为旁人的一场笑话。唐博雅和宋乾在一旁讨论着什么，声音细碎而热切，像是杂乱的背景音乐，时而问齐思贤一些细节。苗郁听得出，他们在商量如果媒体找上门来，怎么发微博，怎么在两三行字里把王姗茸的事交代清楚。那边三人热闹得像是在另一个平行宇宙，苗郁在冷清的地球上，遥遥相望。她想要说些什么，每个字都重逾千斤。最终，她什么也没说，只是浅浅地弯了弯唇："看来是我多虑了，齐主任大概应该不需要我。"

齐思贤再迟钝，也能捕捉到她话中的抵触。他皱眉，不解地问："苗律师，你是不是有话想告诉我？"眼神忽而变得深沉，目光锁定在苗郁脸上。

他比苗郁高，这般居高临下地看她的情形，不是没有过，苗郁从未害怕过。而此时，被这般探究又灼热的目光笼罩，苗郁的心虚蔓延至脸颊，燃起大火，又蔓延到身体每个细胞。她无处藏心，忽然生出夺路狂奔的冲动。

苗郁一把抓起手包，视线直直地往下落："我还有事，先走了。"

齐思贤拦住她的去路，轻声问："苗郁，你在逃避什么？"

"我没逃避。"苗郁脱口而出，愤愤然。她逼迫自己抬头看他时，才发现齐思贤的脸已经离她太近，近得她能在男人幽深漆黑的瞳仁里，看到自己狼狈的模样。苗郁心头大震，方才聚拢的勇气骤然碎成星星点点的小片，再也无力回应他的逼近。

"那天，你……"齐思贤没说完，苗郁却不知哪来的勇气，毫不理会，闷着头直接往律所外冲，齐思贤一怔，忙追上去，喊出她的名字，"苗郁。"

苗郁只顾着落荒而逃，没听见齐思贤喊的是什么，也没注意眼前的路，刚拉开门便撞上了一个人。她含糊匆忙地说"对不起"，绕开那人想进电梯。那人却拉住了她："苗郁，你怎么了？"

诧异的询问，熟悉的嗓音，苗郁扭头，看清那个熟悉的脸庞，才从上一个窘境挣脱出来的心，又落入另一个泥潭。

沈冲？他来衡明做什么？苗郁已经抬起的手停在半空，迟迟不动，心底的涟漪顿时泛起。果然是他，已经和她没有法律关系的前夫。几个小时前，她还想着联络他；几个小时后，他已经出现在眼前。在有些昏暗的白炽灯下，沈冲看上去清瘦了一些，衣着品位依旧如故，他看向自己的眼神，让苗郁分不清是久别重逢的感慨，还是再也无法亲密相对的遗憾。上一次这般两两相望，是在多久前？如今相逢在熟悉的地方，俱是默默无言。

"苗郁，你去哪儿？"恰此时，齐思贤和他的声音同时出现在电梯前，明明两个人的世界，突然闯入了新的人，苗郁积累了一天的尴尬骤然爆发。此刻，她只想闭嘴、闭眼，什么也不想说，什么也不想看，就当整个世界不存在。阳明先生说，你未看此花时，此花与汝同归于寂；你来看此花时，则此花颜色一时明白起来。愿闭眼，愿此情此景，我不见。

"沈律师？"就算眼不见，耳亦能听，这是齐思贤询问的声音。

"齐老师，你好。"这是沈冲客气回应的声音。

苗郁睁开眼，入眼第一幕便是两只握在一起的手。两个人都带着让人辨不出真伪的笑，一是久仰久仰，一是客气客气。苗郁在法庭上千锤百炼练就的一双眼，竟也看不出两人此刻亲密互动，打的是什么主意。

"沈律师有什么事吗？"

"刚在附近做完了一些调查，顺便来看看小郁。"

头顶的灯光突然间白得炫亮，白得刺眼，遮住了齐思贤的眼。苗郁只看见他在微笑，冷静而自持，比起方才追出来的急迫，此时优雅的他就像换了一个人，虽然看向苗郁，但浑身上下透着疏离，仿佛这段时间与苗郁合作的那个人，只是她脑海里残存的幻象。

沈冲也是精英律师范十足，应对有度，说的每一句话，完美得不能再完美了。苗郁越看越觉得眼前人无比陌生，他不是曾经的亲密爱人沈冲，他只是沈律师。

"你专程过来找苗律师，我就不打扰你们了。"齐思贤主动结束话题，按下电梯，顺势看了过去。苗郁就像无关紧要的旁人，冷眼看着他与沈冲的互动，热络而虚伪。两人的黑影投在墙上，层叠交织，让人看不清虚实，辨不明真伪。

沈冲笑了笑，招呼苗郁一同进电梯："小郁走吧，上次你说的那家店，我已经订好了位置。"

依苗郁平日的性子，现在估计已经开口质问，她什么时候说了什么店，须得沈律师你亲自出面？但此刻她只想远离齐思贤，从这个令她尴尬的地方逃开。沈冲就是带她解脱的人，哪怕只能解脱片刻，她也要攀住。

电梯门关上的一刹那，苗郁清楚地看到齐思贤的神色，他已经收回了客套的笑，目光深沉。他站在那里，不知道是在看自己，还是在看沈冲。站在自己身边的沈冲，身姿笔挺，仿佛并非身在狭窄的电梯里，耳畔也没有换气扇沉闷的嗡鸣声，而是仿佛即将迈入法庭，要打一场硬仗。

许久以后，苗郁才明白，他们的眼神表达了同一个意思——对方是猎物。

而她，在两个男人的角力中，又算是什么呢？

"你说什么？"坐在餐桌对面的沈冲问。这是一家法式餐厅，苗郁和沈冲曾经每个月都要来用餐一次。沈冲很喜欢这里的情调，空气中浮沉的音符与食物的香味恰到好处地融化在一起，配上刀叉与餐盘触碰的叮当声，色、香、味、声达成美妙的和解。苗郁对这里并不感冒，她总觉得，音乐、美食、光线在某只看不见的手里，化作一张张面具，贴在就餐者和侍者的脸上。虽然每个人的笑容完美，举止得体，连温度都妥帖得让人感受不到冷暖，但苗郁还是无比怀念真实的沈冲，那个随意笑、随意聊天、随意做着各种舒心事的男人。

　　苗郁回过神，见他眼中有熟悉的关切，心头莫名柔软。这是她曾经的依靠，奔波了一天，对峙了一天，费解了一天，甚至徒劳无获一天后，她回到家，回到有温暖灯光的地方，可以随意笑闹、生气、抱怨的地方，所有的疲惫都能消失，第二天又是精力充沛的精英女律师。而今，苗郁看着沈冲，很想问，你后悔吗？

　　"你怎么今天来衡明了？"苗郁沉默片刻，问，"你现在应该很忙吧。"

　　曾经的默契还在，沈冲当然听得出她的意思。放下刀叉，他说："还好，警察只找过我两次。"

　　"关于冯佳梦？"

　　沈冲深沉地看她，带着一丝尖锐的探究。许久，他点头："是，关于她的一些事。"

　　苗郁追问："这事还没结案吗？"

　　"结案了吧，她父母已经办了后事。"

　　"你，"苗郁深深呼气，终是忍不住问出来，"你去了吗？你以什么身份去的？"

　　"去了，毕竟她的死可能与我有关系。"沈冲平静地说。

　　苗郁一惊，刀与餐盘瞬间停止了碰撞，惹得一颗心狂跳不止。她听见自己在问："怎么回事？"

　　"她一直是我的助理。半年前，我代理了一个股权纠纷，在案子代理中我发现公司可能涉及违法活动。所以，我向公安机关报了案。那天的酒会上，我看到有个人，很像那个公司里和我打过交道的。我担心这人是冲我来的，所以特意去找，但没找到。回来的时候，正好遇上你。"

　　听上去挺悬疑的，但是细节上有问题。苗郁问："既然是找你，为什么是冯佳梦出事了？她不是因为过敏导致的急性哮喘吗？"她还有一句话没问出口，冯佳梦的临终遗言为什么是她，而不是沈冲？

"我不太清楚，这些都是警察应该查的事，我不知道。"沈冲说。

苗郁看着他平静的脸，原本胃口就不太好，这下干脆放弃。她放下刀叉，说："那你今天来找我，是做什么？"

沈冲回以深沉的目光，许久才道："小郁，我承认我对不起你，出轨是我的错。我现在很后悔，特别是今天在衡明附近办事，想起我们以前……所以忍不住到律所去看你，想知道你过得好不好。"

许久不见的温柔又回到他身上，苗郁看向他，听他在承诺，眼中是无可挑剔的深情："小郁，我们回到以前好不好？我发誓，我不会再做对不起你的事，请你、请你相信我！"

不知不觉地，苗郁把握紧的手藏在桌下，指甲掐在掌心，只有微微的一点痛传到心里。这番话十分真诚，苗郁很想再相信他一次，却不敢再轻易奉上真心。

她的沉默就是最直接的回答。

沈冲懂了，低声一叹："是我妄想了。"

三千红尘世界，谁都不能免俗，任谁都会生出点妄念。苗郁想起《楞严经》里的句子："一切众生，从无始来，生死相续，皆由不知常住真心，性净明体，用诸妄想。"苗郁低声说："沈冲，如果你我对换身份，我出轨了，然后在你面前道歉，请求挽回，你会同意吗？"

沈冲一怔，几乎是不假思索地点头："会。"

回答得那么快，快得没有经过思考。苗郁的心越发冰凉，她深深地看他："如果你思考一下，无论什么回答我都会相信。但是，你没有。"苗郁望着眼前人，心里喃喃地说了四个字——

你没用心。

这餐饭吃得食不知味。得到苗郁的答案后，沈冲也没有太大的变化，似乎平静地接受了她的决定。苗郁放下刀叉，轻喝一口红酒，沈冲还在劝她再吃点。

"你要照顾自己，别老像以前那样，工作太拼。"

苗郁淡淡笑了："现在所里的事情也不多，想拼也没机会。"

"那案子不多的话，齐思贤现在忙吗？"

这应该不算机密吧。苗郁随意地说："算是吧，他……"本想说他手头的案件不多，其他什么翻译什么学术交流挺多，想着沈冲是实务派，对理论派一向不感冒，便摇摇头，"事情还是挺多的。"

"是啊，管理一个律所比当单纯的律师要麻烦多了。"沈从随意地聊起话题，"不光要管事还要管人。上个星期，司法局到我们所里了解一个好几年前的案子，说是律师有教唆当事人做伪证的嫌疑，徐主任一头雾水，律师早就转所走了，他根本不知道案子情况。"

律所当然会有这样那样的麻烦，这挺考验所主任的能耐。这不光涉及业务能力，更涉及人际关系等。苗郁说："后来这案子怎么样了？"

"司法局直接去调查律师了，细节我就不太清楚了。"沈冲说，"我还是跟我们徐主任建议，每个案子都要保留好所有的证据和资料，就像法院的卷宗一样。衡明有专门的档案室，有什么需要查的直接找。"

苗郁点头。留档制度是齐伦建立的，虽然麻烦但是有用。在当律师前，他曾经是市法院的法官，从书记员做起，审判的经验很丰富。当律师后，他代理的案子什么类型都有，99%的当事人都很满意。他立下的规矩就是，每个案子都要留档，每个律师要写下该案的解决思路，这既是对律师的要求也是很好的总结。刚开始，苗郁还不太适应，做过两次后就知道了好处在哪里，还方便借鉴其他律师的经验。

沈冲问："其实今天我到衡明来，还有个目的，能不能看一个案子的资料？"

"什么案子？"苗郁说，"你要看什么得跟齐思贤说。"

"有个民间借贷纠纷案，是齐老师代理的。案子中有两个第三人，和我手头的案子有些关系，细节记不太清楚，我想再去看一眼。"

听到"齐老师"三个字，苗郁抬眼看沈冲。鲜美醇厚的浓汤升起一层薄薄的白烟，挡住了沈冲精心修饰的脸。他在侃侃而谈，苗郁轻轻地拧下眉头，他这是要做什么？

"你代理的案子，自己没留底吗？"

"那时我在计划转所，对案子有些不太上心，特别是当事人的信息记得不太准确。"沈冲解释，"我只想看一眼，所以不太想联系齐思贤。他可能对我有些误会。"

　　"误会？为什么？"苗郁问。

　　沈冲叹道："前两天，他打电话找我，问了一个案子的细节。我不知道他的目的，所以没说太详细。他的声音听上去不太高兴，所以……"他摊手，一副无奈的表情。

　　他没有把话说完，苗郁已听出话外之音。齐思贤会是这样将不高兴摆在明面上的人吗？她不太相信。

　　"所以，今天你约我吃饭只是顺便，目的是想让我把卷宗拿出来给你看，还是把你说的信息拍了给你看？"

　　沈冲慌忙摆手否认："不是，我是真的想见见你。顺便，我是说如果可以的话，想去亲自翻一下卷宗，可以吗？"

　　他的态度足够诚恳，语气足够真诚，如果此刻是在法庭上，他这样的辩护词能感动一大帮看客。苗郁静静地等着他，等他说对不起，他只是开玩笑，或者是今天的事是他冒昧，让她别放在心上。沈冲什么也没说，回以疑惑不解的目光，完美得无懈可击，仿佛他真的只有这一个普通的要求。忽然间，疲惫化作潮水，冲进苗郁的眼眶里。她的世界像被遮上一层雾，虚虚幻幻，假假真真。苗郁垂下眼皮，不想再看沈冲熟悉又陌生的脸。沈冲不解，伸出手想摸她的额头："怎么了？是不舒服吗？"

　　"不是。"苗郁偏开头，拒绝他的好意，她费力地启齿，"你的事，我看看吧。我先跟齐老师说一声，看他同不同意。"

　　沈冲忙说："其实不用这么麻烦，我跟你去律所一趟，看一眼就可以了。"听着是随口一提的建议，却有一丝急迫，像是棉花里藏着的针，不注意就把人蜇了一下，让人心口生疼。

　　你有张良计，我有过墙梯。苗郁说："可以啊，说不定齐思贤现在还在律所里，如果你有什么问题，还能问问他。如何？"

　　她是以相询的口吻问出的，只见迟疑之色自沈冲眼中一闪而过，他却没如苗郁所料那般拒绝。沈冲招手叫来侍者埋单，道："正好今天有时间，就再去一趟。麻烦你了。"

　　语气既客气又疏离，还带着隐隐的急迫，就算苗郁再迟钝，也能猜出沈冲的心思。他果然不是为了自己，而是为了看案子的卷宗才去衡明。在他眼里，她不过是个跳板，尚有利用价值罢了。

在餐厅门口，苗郁深深呼吸一口，吐出烦闷的废气。春夜的和风里，有淡淡的花粉香，熏得人睡意沉沉。她摸出手机，本想看看时间，却发现齐思贤发了一条语音微信给自己。

信息很短，只有八个字——苗郁，不要相信他。

苗郁放下手机，看见沈冲开车缓缓驶来，停在马路边。他打开副驾驶一侧的门，示意苗郁上车。苗郁握着手机，车头车尾的应急灯有节奏地跳动着，滴答滴答，像极了她此刻的脉搏。

"上车。"沈冲催促。

那不是她熟悉的眉眼。苗郁听见自己平静的音调："接到当事人的电话，必须马上赶过去。今天可能不行了。"

"这么巧？"沈冲反应很快，眸中的锐利一闪而过，"要不要送你过去？"

曾经的老夫老妻，曾熟悉彼此的呼吸、肌肤、神态，哪怕是眼神中的光芒起了无比细微的变化，也能在千万分之一秒内，触及对方心灵的深处。她在说谎，沈冲也没说实话，他们对彼此的熟悉，深入骨髓。只是看谁首先捅破这一层纸，谁最能沉住气。

"我先走了，当事人等不及。"苗郁不敢再看，她怕看到陌生的沈冲，否定了这几年的回忆。她转身低头，快步离开。苗郁听见自己的心跳，怦怦怦，催促全身血液飞快流动，把不安带到每一处细胞。如果沈冲追上来求她，她的步子说不定就停住，下一刻直接冲到律所里。

他会吗？

走到街角，苗郁忍不住回头看，夜色下的街道，路人不多，成双成对地闯进她的视野，又漫不经心地离开。此刻，行道树上挂着漫天灯光，假装是天上摘下的星，点点朦胧。偶有卖唱歌手沧桑的嗓音，伴着吉他声，和风轻荡。苗郁站在街角，许久后，抬头看浓得化不开的夜幕，深深叹气。

曾几何时，她与沈冲也是这样，亲密地逛街。街边有小姑娘在兜售手工做的耳环，材料再普通不过，在设计上有些精巧，她忍不住多看了两眼便抛之脑后。没想到过两天，沈冲送了她一款耳环，正是最新最热的那款。闪光的钻石，点亮她的心。她不缺钱，只为沈冲闪亮的心而动容。可惜在去年的律师年会上，掉了一只。沈冲说，没关系，等新款上市了，再送她一对。

新款早在一个月前上市，是商场橱窗里最绚烂夺目的星，她再也等不到沈冲送她新耳环了。

而今，天地间又只剩她一人，孤零零的。很好，这样非常好。

一个人没什么不好，至少她可以安静地坐在沙发上，思考近段时间发生的事。左邻飘来的烧焦的米饭味，右舍男女主人的争吵，这些家常味的声响气息，至少现在不会出现在屋檐下，苗郁捧着调好蜂蜜柠檬水的水杯，无神地盯着一方小小的水波。她从未怀疑自己的直觉，所以知道，就算直白地问沈冲，他也只会用各种理由搪塞。苗郁更不会追问齐思贤，为什么会发那样的信息提醒自己，一如他不会问自己合同、偷听等事。

这是一条鸿沟，也是一道看得见的玻璃墙。手机就摆在茶几上，不声不响的，犹如砖头。朋友圈倒是很热闹，唐博雅在晒猫。她给小家伙取个名字叫小乖，当初可怜兮兮的小猫现在已经会卖萌，冲着镜头喵喵叫，一双黑幽幽的大眼睛好奇地盯着摄像头，还伸出肉嘟嘟的爪子挠几下，看着特别可爱。苗郁沉闷的心忽然透进一丝风，烦恼随着一声声娇气的猫叫消散了不少。怪不得那么多人要当猫奴，任谁也抵挡不了这么可爱的生物。她叹口气，关上手机，在没想出最好的解释之前，这段时日还是躲着点齐思贤吧。

律师的工作要忙起来，根本没有多余的空隙想自己的事。仲裁委已经受理了曾有福的工伤仲裁申请，定了开庭的日子。这段时日，曾有福很紧张，每隔两天就要打个电话问问，需要准备什么，需不需要给法官送点礼。苗郁开始还耐着性子解释："不是法官，是仲裁员。""不能送，这是犯罪。""你不用准备什么，证据都提交了。"到后来，她已经非常不耐烦了，只重复一句，"好了，就这样吧，开庭那天必须准时到。"便挂上电话。

她知道这样不对，却忍不住想发脾气。若是曾有福什么都知道，何必让自己代理案子？她不过是迁怒，因为自己的无能为力，更因为漠不关心的齐思贤。

齐思贤似乎已经忘记了沈冲来访的事，更没有盘问苗郁的意思。苗郁干脆也装作什么都不知道的样子，见面点个头，维持表面的礼貌便是。只有她自己才知道，秘密憋在心里的感觉，重得几乎让她喘不过气。

劳动仲裁开庭那天，苗郁带上了唐博雅。仲裁程序比法院审理程序简单一点，但不能掉以轻心。作为合格的律师，唐博雅也应当了解所有的法律程序，这才是对她最好的负责。

仲裁程序有条不紊地进行，书记员查明申请人、被申请人以及双方代理人的身份。迪菲亚酒店委托的代理律师就坐在被诉人席位上，旁边出席仲裁的是酒店副总经理。苗郁已经驾轻就熟，顺着程序依次走下去就行。自然，作为劳动争议的被申请人，酒店是要辩解一下的，提出的理由都是苗郁调查过的，都在她的预料范围内。

程序进行得很快，仲裁员询问双方是否愿意调解。曾有福看着苗郁，见苗郁微微点头，干巴巴地说："愿意。"

被诉人迪菲亚酒店副总经理也表达了调解的意愿。苗郁微微松口气，曾有福急着用钱治疗腰椎，如果能尽快达成调解协议，酒店愿意承担相应的治疗费用，他就不用再等待更多的时间，案子也会很快完结。

她正这么想着，手机忽然振动起来。苗郁这才想起手机忘了开静音，慌忙翻出一看，是一串有些眼熟的电话号码在跳动。

苗郁一时想不起是谁，便先挂断了电话。哪知没听仲裁员说上两句，手机又开始了振动。在开庭的时候，不管是仲裁员还是律师，都不能接听电话。她果断地再次挂断，没想到那人不依不饶地打来第三次。

"小唐，"苗郁轻声招呼唐博雅，把手机递给她，"接一下。"

唐博雅会意，抓着手机直接往仲裁庭外溜。这时，仲裁员已经投来了不满的目光，示意苗郁不要打断调解。苗郁回以愧疚的眼神，暗暗诅咒打电话来的人别再来烦她。

酒店方坚持认为，坠楼事件是曾有福不顾酒店的劝阻造成的，酒店应负的责任比例最多五成。苗郁则说："曾先生是代表酒店履职，在事发时酒店并没有劝阻曾先生，更没有提供更安全的防护措施，所以酒店方应该负全部责任。"

就算是调解，也要为自己的当事人争取最大的利益。仲裁员一边劝说这个，一边劝说那个，提出折中方案："酒店的责任占80%，申请人占20%。"

"不行不行，"苗郁摆出坚决反对的模样，"我的当事人是没有任何责任的，相反他是为了满足顾客的要求而受伤的，不应该承担任何责任。"

局面有些僵持。曾有福看了酒店方负责人一眼，小心翼翼地凑过来："苗律师，我算了下，八成还是可以接受的，我的治疗费用差不多都够了吧。"

"你再等一下，听我的。"苗郁轻轻动唇，劝说他，"再坚持一下，他们会同意的。"

这是她长期执业生涯的经验。调解其实就是拉锯战，谁先松口，就更有可能节节溃败；谁能坚持到最后，谁的赢面就更大。

曾有福犹豫之色越发明显，苗郁提醒他："如果同意80%，他们又会在其他方面继续讨价还价。我们算过了，这个比例才基本够你目前的治疗费用，如果产生了后续检查费用，你准备怎么办？"

曾有福左右为难，酒店负责人愤怒地一拍桌子，站起来作势要走："不调解了，随便你们怎么判，我们上法院起诉。"

听到"起诉"二字，曾有福慌了神："苗律师，他这是要告我吗？我还没告他们，他怎么有理由告我了？"

"别怕，吓唬你的。"苗郁轻描淡写地说，"他们没别的话了，这是最后一招。"

仲裁员严正提醒酒店方："被申请人，如果你未经仲裁庭同意就中途退庭，仲裁庭是可以缺席裁决的。请你坐好。"

酒店负责人悻悻地坐下，他的代理人连忙打圆场："不是我方不进行调解，而是申请人提出的金额太高，我们认为不合理。"

"所有的费用都是目前已经产生的，而且都有票据，你们可以核实真实性。"

正在拉锯战，厚重的木门突然重重地冲撞在一起，巨大的声响把仲裁庭里的所有人都吓了一跳。唐博雅捏着苗郁的手机，慌慌张张地冲进来："苗老师苗老师……不好了……"

苗郁反应最快，喝住了唐博雅的莽撞："有什么事过会儿再说。"

"不是不是，"唐博雅的脸涨得通红，举着手机的手在发抖，"打电话的人好像出事了。"

苗郁微微睁大了眼。她以为只是普通的来电，但没想到唐博雅的反应如此大。仲裁员原本要整顿仲裁纪律，听唐博雅这么一说，也连声催促她赶紧说下去。

唐博雅喘口气："我打电话过去，对方是个女的，接起来就在喊苗律师救命，我问你是谁，在哪儿，发生了什么事，要不要报警，她还没回答手机就被挂断了。我再打过去，接通了但是没人说话，我只能听见那边有人在说话……还有，接电话的女人好像正在被一个男人……她叫得可惨了。我赶紧就录了下来……"

唐博雅按下外放键，手机里飘出可怕的声音。

"还敢顶嘴……"

"啊……求求你不要打了……"

"打的就是你！你这没用的东西……"

仲裁庭鸦雀无声，男人的咒骂、女人的惨叫和不知道什么东西击打的声音混合着，每响一下，仲裁庭里所有听者的心便狠狠地抽动。不管是谁，听了这段录音，身上相应的部位都仿佛真的被击打了。苗郁想起一部知名的老电视剧，剧中男主角狰狞的面孔仿佛就在她眼前晃动。

仲裁员立刻宣布休庭："现在休庭。苗律师，你赶紧先处理这件事。申请人和被申请人，你们可以趁这个时间，再商量一下。"

苗郁从没遇到过这样的事，几乎忘了仲裁过程中可以休庭。她感激地看了仲裁员一眼。酒店负责人和律师也没表示反对，听从了仲裁员的安排。场面在混乱中呈现莫名的有序，苗郁匆忙叮嘱唐博雅几句，协商的时候，唐博雅必须在一旁，金额不能低于事先商定的限度等。说完后，秒表已经跑完了一圈，苗郁心急如焚，不知道求救的谢美云情况怎么样了。

女人的惨叫虽然变了形，听上去凄惨又恐怖，但苗郁听出来了，就是前几天联系过自己，又在会面之前后悔的谢美云。当时她脸上有伤痕，苗郁怀疑她被家暴，力劝她离婚，再不济也要申请人身保护令，谢美云冷冷地拒绝了。

电话拨过去，不出所料，是关机状态。苗郁很烦躁，谢美云到这个时候了还想着隐瞒。联系不到她，苗郁只好又拨通了万佳的电话。

"什么？家暴？"万佳的声音高得能刺穿天花板。

"她现在电话关机，我不知道她在哪里，声音听着又那么惨，我真的怕出事。"苗郁真的是又急又气又慌又乱，"附近有个派出所，我马上去报警，你赶紧联系她，还有认识她的人，到处找找，万一出人命了，可就是大事。"

苗郁冲到派出所，上气不接下气地报案，再次播放录音。警察也很重视，登记情况、询问姓名都办理得很快。苗郁也很想帮助谢美云，但她能做的，也只到此处为止。

警察紧张地上报，查找谢美云的资料。苗郁提供了万佳的联系方式，警察盘问得更详细，但是万佳也说不出更多的信息。事情陷入胶着的境地，无论是谁，都联系不到谢美云，更不知道她的状况如何。更麻烦的是，仲裁委那边正在休庭，虽然是网开一面，唐博雅也在现场帮忙，但万一赔偿的事没谈好，曾有福的赔偿金就会受到影响。

苗郁忽然想到一个人，请他帮忙也许是个不错的主意，但是……他会搭理自己吗？苗郁纠结再三，一想着谢美云此刻境况不明，再拖延下去，怕是会酿出大事，断然按下绿色的拨通键。

长长的接通声响起，苗郁希望他接了电话，又怕他接起电话问起其他事，想要挂断，手指像是被胶水黏住，挪不动分毫。片刻后，对方接起了电话。

"苗郁？有事吗？"

齐思贤的声音依然温和，微微带着诧异。苗郁沉默了一下，说："齐主任，可不可以帮个忙？"

"你说。"

"我有个当事人，可能正在遭受不法侵害。"苗郁简单快速地讲了一遍事情经过，"现在没人找得到她，我担心她现在的情况。"

齐思贤一下子紧张起来："很严重？你需要我做什么？"

"我今天有个劳动争议的案子在仲裁委，因为被家暴的当事人给我打电话，所以仲裁员宣布休庭。我已经到派出所报案了，但是我还得配合做一些事，可能要花点时间。仲裁委那边，我们的当事人和被申请人正在调解协商，小唐一个人顶不住，齐老师有没有时间，能不能……帮忙盯一下？"说到最后，苗郁声音低了下去，带着犹疑和不确定。

他不同意怎么办？他借机盘问一些事怎么办？这些念头在她脑中一闪而过，她听见了齐思贤说："你把仲裁委地址给我，我马上赶过去。"

"谢……谢谢，"苗郁握紧了手机，低声说，"谢谢你，齐老师。"

他没有过河拆桥，也没有借机要挟，这般爽快大大出乎苗郁的意料。她还没想好再说些什么，听筒里已经传出急促的嘟嘟声，但她的心忽然安定下来。

这一刻，她只想亲口告诉齐思贤，那些隐瞒的事。

可是时间不允许。苗郁一直在派出所里回答警察的问题，录入她手机里的资料。她从不知道报案有这么麻烦，只有忍耐着。谢美云不是她的当事人，但如果她放任不管，律师的职业道德不允许。更严重的是，如果谢美云有了什么意外，她一辈子都不会原谅自己。

她坐在角落里，正在揪心地等待，派出所来来往往的人很多，争吵的、叫骂的，淹没了周围的动静。有人忽然出现在她面前，叫她的名字："苗郁！"

齐思贤？

苗郁诧异地站起身："齐主任你怎么来了？"曾有福的案子出意外了吗？唐博雅在哪里？

"工伤案件已经结束了，双方达成调解。"齐思贤说，"我让小唐回去把资料归档。"

苗郁很诧异："对方不是很抗拒我们提出的条件吗？怎么就达成调解了？"

"双方都让了一点，曾先生说不要给你添麻烦，酒店方的律师也劝了几句，我到的时候他们已经在拟定调解协议了。"

"结果怎么样？"苗郁追问，心里不太确定。曾有福也让了一点？莫非他放弃了底线，接受了酒店给的低价？

齐思贤从手提包里摸出一沓纸："你大概会吃惊……"

不等他卖关子，苗郁急匆匆地抢过纸，标题是斗大的四个字"调解协议"，第一条就双方关于赔偿达成了一致。六位数的金额不算少，苗郁一眼瞥去便估算出了比例，是曾有福提出的赔偿总数的85%，超出她划定的底线。

这个结果不算最圆满，但已超出苗郁的想象。她坐回到长椅上，拿着调解协议细看。除了赔偿金额，其余的约定写得非常清楚，赔偿款的履行方式、拖延履行的后果，都清晰明白地印在白纸上。苗郁反复看了许久，终于长长地舒了一口气，这个结果已经是最满意的了。

她不知道，吵闹的派出所里，她专注的样子落在齐思贤眼里，是最美的。

"谢谢齐主任，要不是你赶来……"苗郁抬头，对齐思贤感激地一笑，唤回齐思贤的注意力。他稳下心神，笑着摇头说："不不，你要感谢的不是我，是小唐。这个协议是她条条谈下来的，我只是帮忙把关。"

苗郁眼中浮现惊讶、惊喜："那她真是太出乎我的意料了。"她低头又看了一遍调解协议，唐博雅的表现非常出色，除了苗郁圈定的几条，她还加入了两三点新的约定，让整个协议对曾有福更加有利。

她果然适合做律师，聪明、大胆、有判断力。假以时日，唐博雅一定能成为业务能力极强的律师。

"这个，应该是齐主任你加入的吧？"苗郁指着协议上的一条，是有关违反调解协议后的责任问题，看着齐思贤问。

齐思贤笑："你怎么看出来的？"

其实是猜的，猜对的欣喜感化作她唇边浅浅的笑意。很简单，这种严密的补漏的思路，更符合齐思贤的风格。放下调解协议，她对他笑。

"不管怎样，还是要谢谢你。"苗郁低声说。她沉默良久，也没下定决心，如果齐思贤此刻要问她，她……要说什么？

他终于开口了："曾先生说他很感谢你。"

"吃了这碗饭就要为当事人争取最大的利益，小唐也做得很好。"苗郁把放在身边的包抱起，让出一个位置，抱歉地笑笑，"不好意思，请你那么急地赶来。"

警察现在还没查到谢美云的下落，苗郁想多等等。

齐思贤顺势坐在长椅上，与她并肩。这好像是第一次，两个人挨靠得如此近，苗郁有些不自在，假装忽略心里难以言说的不自在，假装关注正在派出所里争吵的两个中年女子。两人争执的并非大事，因为卫生间漏水的事便在楼道里大打出手，物管劝说无效只好打了110，两人都被警察带回派出所，各执一词，指责对方无理取闹。一人没说完，另一人就强行打断，交错着打断对方。苗郁叹口气："人类真是奇怪的动物，会团结，会协作，也会因为大事小事争执。"

"因为人是感性的动物，也是理性的机器，感性和理性本来就无法用标准衡量。"齐思贤转过头看她，"正因为这样，人才是丰富多彩的，这个世界才不至于单调乏味。"

苗郁赞同他的话。律师这行，就是人性鉴定器。世人纷扰，不过为了一个利。有的人在父母去世后为房产争夺不休，自己少分了一平方米，就多年与兄弟姐妹不相往来。有的人贪图兄弟留下的家产，怂恿年迈的母亲上法院起诉孤儿寡母，为了在母亲去世后多分个几万元。也有如眼前这两位大姐的人，为了谁应当出漏水修理费争执不休。苗郁从业多年，这些都是她司空见惯的寻常事，她不过当个云淡风轻的旁观者。

苗郁轻笑："那咱们律师，岂不就是推波助澜？"当事人要抢要夺，律师必须从当事人利益出发，帮助他们搜集材料，在法庭上据理力争。明明是昧着良心的活，律师却要做下去，也是折磨。

齐思贤没有说话，只是若有所思地看她，忽然问她一个问题："苗郁，如果在代理案件过程中，你发现当事人有违法行为，你会怎么做？"

当然是……苗郁眼神淡淡地看他："当然是法律怎么规定，我就怎么做。"

"法律不外乎人情，如果违法的是你身边的人，你会举报吗？"齐思贤盯着她问，目光难得地现出金属般的锐利光泽。

他问出这话的时候，已经做好心理准备。只是结果是被苗郁骂一顿，还是被甩个冷脸色？齐思贤心里实在没底。这个问题盘旋已久，他不想再拖，求个答案，心安理得。

苗郁望着他，眼里浮现出他看不懂的沉默。她转头，平视前方。那两位大姐情绪已经平静了不少，分别坐在接待大厅的角落里，两位警察正在分别劝说。在嘈杂的春日午后，她的声音清晰，声声入耳："法律怎么规定的，我就怎么做。无论他是谁，也无论他跟我是什么关系。"

齐思贤听见巨石落地的声音，在山谷间来回嗡鸣。苗郁又在看他，似乎在问：这个答案你满意吗？神色里有一点点的清高和傲气，还有隐约的试探。

现在是询问的最佳时机吗？齐思贤犹豫着开口，没想到开口便是："那个，沈冲他……"

不，不能马上问，他还没有足够的证据。

"嗯？"苗郁已经听到了他说的话，立刻疑惑地看他，"你问什么？"

她的心开始怦怦跳。齐思贤要问沈冲的事了吗？他如果问出来，自己要不要把了解的消息说出来？会吧？会吗？

齐思贤果断地摆手，眼神也闪烁起来："没什么，没什么，我想问沈冲上次到律所找你，是有事吗？"

他在回避他内心真实的想法，苗郁一眼看出来了。如果事情真如他说的这般简单，那他为什么要发那条短信，告诉她不要相信他。如果此刻她轻描淡写地略过去，不知道要什么时候才能坦陈这个问题。她深吸一口气，面对齐思贤坐直，说："他找我，是要让我帮一个忙，但是我没答应。"

齐思贤猛地看向苗郁，没有追问，那眼神却让人心惊。

苗郁直视他，说："他想进衡明的档案室，查一个他以前办的案子遗留下的资料，我拒绝了。"

"他要查什么？"齐思贤都没察觉到他声音里的急切，忍不住追问。

苗郁一字一顿地说："我不知道，他拒绝告诉我。"

是吗？

齐思贤怀疑地盯着苗郁，苗郁回敬的是平静且坚定的眼神，突然发问："你为什么要警告我，不要相信他？"

齐思贤，请你告诉我，告诉我你到底在查什么。

他没有回答，而是避开了她紧逼的眼神。两人陷入沉默，谁都坚持着不打破沉默。在派出所接待大厅里，在不情不愿达成调解的大姐的拌嘴声里，两个人为同一件事，相持不下。

这时，匆忙走来一位警察，打破了两人的僵持："苗小姐？"

骤然回到人世间，苗郁定定神，回头看向接待自己的警察："请问什么事？"

"你的报案信息已经提交上去了，现在我们警方正在寻找谢女士，就是你说的受害人。"警察说，"但是，目前谢女士还没下落。如果有消息的话，我们会第一时间通知你。"

也就是说，还没查出谢美云的下落吗？苗郁压下心底隐约的焦急，向警察道声谢，背上包，也没管齐思贤，闷着头步出派出所。今天，难得地出了太阳，阳光强烈而刺眼。苗郁有些茫然地四望，道路四通八达，她想不出要走哪条路。

"回律所吗？"齐思贤问她。

一阵烦闷冲上头顶，苗郁突然摇头，随便选了一条方格花纹的人行道。她也不知道这条路通向何方，只想快些离开。人生重要的不是走哪条路，而在于如何走。

第六章

苗郁走得很快，高跟鞋与青砖碰撞出清脆的声响，遮盖了谁的呼喊声。她正低着头看手机。她问万佳有没有谢美云的消息，万佳说没有，能联系的都联系了，但是找不到人。阳光强烈，屏幕上的字淡如水，苗郁眼前忽然一黑，齐思贤挡在她面前。

"苗郁，你，听我说。"齐思贤有些喘气，眼神莫名郑重，像是下定了什么决心。苗郁收好手机，疑惑地看他。

"是，我在调查沈冲，我怀疑他拿走了一份重要的证据。"

这句话在苗郁脑海中，如海潮有规律地拍打海岸一般，阵阵响起。她不是不知道，但当齐思贤亲口说出的一刹那，她恍惚觉着，她身在迷雾中，不知道方向，亦看不见前路。

"这事要从我爸去世说起。那天，他是被一个电话叫出去的。我妈说，当时他接了一个电话，就急匆匆地往外跑。那天下着暴雨，我妈还劝他等雨小点再出去。我爸很生气地说了一句'他怎么拿了证据也不跟我说一声'就走了。

再后来，我妈连我爸最后一面都没见上。她一直后悔，说如果那天拦住了我爸，我爸也不会出车祸，走得那么孤单。"

"后来，我去看了监控。那天下那么大的暴雨，车尾有被撞过的痕迹，街边的天网监控只能看见有辆车撞到爸爸开的车的车尾，车的细节和司机的情况，根本看不清楚。"齐思贤烦躁地抓了抓头发，"这么多年，一点线索也没有。"

苗郁是第一次听到关于齐伦死亡的细节，她只知道是交通事故，没想到如此严重。她忍不住猜想，那场暴雨掩藏了多少黑暗。她忍不住伸手按了按眉心，问："死亡原因是严重受伤？"

"肋骨骨折引发大出血。"齐思贤用平淡的语调说，"我在监控里看到，肇事司机匆忙下车查看我爸的情况，立刻就走了，没有打电话没有叫人帮助。哪怕他打个电话找医院，那附近就有一家医院，我爸绝对不会死。"

最后一句话，齐思贤的声音隐隐地有些激动。他强压心头的愤恨，伸手摘下眼镜，无神地望着遮阳伞的一角。苗郁默默地听，听出他的不甘。

齐思贤的声音淡淡的，甚至听不出多少起伏，激烈的情绪许是被时间冲淡了不少。路边的小咖啡馆里，阳光随意地倾洒，暖得让人昏昏欲睡。齐思贤的双肩皮包放在铁艺靠椅上，小圆桌上摆放了两杯咖啡，已经冷掉，原本精致洁白的拉花小树叶糊作一团，让人看不清咖啡和奶泡。苗郁不敢想象，他的母亲是如何度过难熬的日夜的。她问："齐老师去世，我很难过。但是你说的重要的证据，又是怎么回事？你为什么怀疑沈冲？"

"我查过爸爸生前办理的案子，那段时间他只代理了闻鹏的竞业禁止案件，沈冲是他的助手。以前代理的其他案子，可疑点太少。"齐思贤机敏的目光从镜片后透出来，"你不是也在怀疑吗？否则，你也不会去档案室找旧案的卷宗，更不会到我的办公室来。"

原来，他都知道，只是不说。苗郁面无表情地问："你既然怀疑沈冲，为什么不告诉警方？"

"没有证据。我不知道我爸冒着大雨出去的目的是什么，但是他提到了'证据'两个字。我不知道当时我爸去找谁，但是肯定与证据有关。那么，目前我只能把疑点集中在最有可能接触到证据的沈冲身上。"

"证据很重要吗？"

"你知道我爸办理的是什么案子吗？"齐思贤不答，而是反问苗郁。

苗郁从手机里调出一张图片，掉转手机，向齐思贤展示图片，平静地问："是这个案子吗？"

一行字映入齐思贤眼中——苍灵医药公司诉闻鹏竞业禁止一案。他看苗郁，平静的脸，平静地发问，眼神坚定，就像在法庭上与对手对峙一般，一往无前，无所畏惧。

"是，就是这个案子。"许久，齐思贤终于点头，"我到律所上班第一天，把案子的材料全部拿回家，反复看了很多遍。案件本身是没有问题的，所以我想是不是有什么线索我忽略了。后来，也是机缘巧合，闻婷婷到我们楼上自杀……"

"而你发现她的父亲是闻鹏，是齐老师生前办理的最后一个案子的当事人，所以你无论如何都要代理闻婷婷的案子。你想从闻鹏身上打听案子的具体情况，对吗？"苗郁冷静地问。

齐思贤点头赞同："是。因为竞业禁止的官司输了，闻鹏开始对我很有敌意，他不相信我。我劝了很久，希望他能把几年前的事情告诉我。后来他说，如果我帮婷婷打赢了官司，他就说。谢谢你，苗郁，如果你不出手相助，闻婷婷的案子赢面很小。"

"你不用感谢我。如果我是武源的代理人，我也会尽全力维护他的利益。"苗郁说，"你继续说，闻鹏告诉你什么事？跟案子有关吗？"她还藏着一句话没问，齐老师的死，与这个案子有关吗？

齐思贤想了想，从双肩背包里摸出叠好的一张纸："这就是闻鹏写给我的东西，可惜已经是简单的陈述，不能作为证据。"

苗郁疑惑地接过，这是一张闻鹏手写的情况说明，字迹略显潦草，她有些费劲地看完了。她字字读去，越看越心惊。闻鹏写的是，他在苍灵医药公司做医药代表的时候，发现苍灵医药公司偷偷地将过期疫苗打上新的日期标签，重新出厂，销售给各大医院。他利用工作便利，留存了一些证据，准备在离职时要挟公司多给补偿金。他被公司起诉后，齐伦主动找到他，说可以为他代理，但是闻鹏必须把相关证据交给齐伦。闻鹏左思右想，把证据交给了齐伦，后来齐伦出了车祸，闻鹏交出去的证据也不翼而飞。闻鹏只有另聘沈冲做他的代理人，自然也没有拿到他要求的补偿金。

苗郁头脑有些混乱，放下纸，问："苍灵医药偷卖过期的疫苗？这可是大公司。齐老师做事最讲究证据，没有确凿的证据他是不会随意调查怀疑的。"

"我想，可能是因为这个案子。"齐思贤从手机里调出一张图片，是齐伦代理的生命权、身体权、健康权纠纷案，小姑娘注射疫苗后产生不良反应导致终身残疾。一看当事人的名字，苗郁立即想起这案子的资料就在律所存放着，她还看过一眼。

"小姑娘注射的就是过期疫苗？我记得这个案子，因为鉴定的原因，被告并没有赔偿多少钱。难道齐老师一直在暗中调查这件事？"

"从逻辑上说，我猜我爸应该就是在暗中调查，所以他才主动找到闻鹏，想要掌握第一手情况。"

苗郁单手揉着额头："你让我缓会儿，消息太多，我消化一下。"她喝了一口冷掉的咖啡，苦味很重，压在舌尖上，她硬下心来，问道，"闻鹏说的那些证据，在哪里？"

齐思贤露出无奈的笑："闻鹏说，他把证据通过快递寄给了我爸，而且物流显示寄到了律所。但是，沈冲说，在律所没有找到他所说的证据。再加上我爸出了事，这事自然也就不了了之。"

苗郁下意识地抓住胸口，仿佛有什么东西一闪而过。齐思贤说："我在家里也找过了，没有什么证据，也没有莫名其妙的快递。"他深深地叹气，"以前，我觉得我爸代理的案子没有深度，都是些鸡毛蒜皮的事。他跟我聊法律问题的时候，我总不耐烦，老说他钻研不够，让他多读书。"他苦笑一声，突然狠狠地捶铁艺咖啡桌，"我怎么就那么自以为是，怎么不跟他多聊聊！"

苗郁连忙拉住他："就算你打得骨折，齐老师也活不过来了，倒不如省点力气，把齐老师的心愿完成，调查苍灵公司有没有将过期药品重新出售。"

齐思贤偏头看着她，盯了许久，才笑了一下："王主任叮嘱我，要多听你的建议。他说，你说话一定不太好听，但照着做了，绝对没错。"

她想起王主任请她帮助齐思贤时的情真意切，没想到却在背后说自己"坏话"，苗郁有些哭笑不得。她叹口气，微微平复心情，发出一连串的追问："所以，你怀疑沈冲拿走了证明苍灵公司违法犯罪的证据，想自己暗中调查？你还给他打过电话，是不是？但是你想，沈冲为什么要这么做？难道他……"

她停住了口，一阵凉意冲上头顶。齐伦死后，沈冲很快离开了衡明，去了另一家律师事务所。苗郁依稀有个印象，竞业禁止一案中，为苍灵医药公司代理的律师就是那家律所的主任。

有些事经不起细想，越想越心惊肉跳。三年前，下着暴雨的那个夜晚，她在哪里？沈冲又在哪里？

苗郁想起来了。那是个夏天的夜晚，她在外出差，去的是一座以热闻名的火炉城市。白天白晃晃的阳光刺得人眼睛生疼，晚餐又是当地同行请客吃的火锅，辣椒、花椒翻滚在牛油锅里，好吃归好吃，吃完就胃疼。酒店空调开到最大，她躺在床上给沈冲打电话。至今她还记得电话通了好久，沈冲才接起。她有气无力地问："你在哪儿啊，怎么这么久才接电话？"

"就在家，找个东西。"沈冲的声音有些喘。

她听见电话那头密集的雨声，忍不住抱怨起来："家里下雨了吗？这里好热，我下次再也不来这里出差了，太热了，皮都要掉一层。"

"事情做完就早点回来。"

苗郁有些不高兴，这么敷衍的调调不是沈冲的作风。她说："你是不是太累了，不想和我说话？那我不打扰你了。"

她不由分说挂上电话，手机扔在一边。她想，沈冲会如往常一样，很快就会打回来，哄她开心。只是，直到她入睡，手机也没再响起。她办完手头的案子，憋了一肚子的气回到家。沈冲到机场接她，玫瑰花、烛光晚餐一个也没少。他说那天很忙，今天补上赔罪，两夫妻怎么可能吵架一辈子。苗郁还记得烛光下沈冲的笑，温柔、体贴，完美得无懈可击。

齐思贤说："是，我怀疑沈冲拿走了证据，我还怀疑……"

就怕话说一半，苗郁心里一惊，立刻坐直身体："你什么意思？你还怀疑什么？"

"我……"齐思贤似乎想说什么，眼神有些犹豫，看了她一眼，便摇头道，"我不确定，没有证据的事不能乱说。"

她看齐思贤，不回避他探究的眼神，大脑转得很快，带着少许钝痛。齐思贤办公桌上那张A4纸，有代表四个人的四个字，箭头和问号构成怪异的线路图。这张纸就像一座迷宫，一直困扰着苗郁。直到此刻，仿佛有一道光划过，她突然意识到，齐思贤既然怀疑沈冲拿走了证据，那他也有可能怀疑沈冲开车撞死了齐伦。

"你还怀疑沈冲开车撞了齐老师，拿走了那些证据，对不对？"她很急迫地追问，想知道齐思贤是不是真有这样的想法。

齐思贤没有回答她，只是回以深沉的目光："我没有证据。"

是根本没有这样的事，还是齐思贤没有找到证据？这是完全不同的两件事。前者是沈冲没有做这样的事，后者是……沈冲是凶手！

乌云遮住和暖的春光，凉风从四面八方窜来，方才喝下的冷咖啡化作一股股苦味，充斥在口中。齐思贤似乎还在说着什么，苗郁全数听不见，只看见他的唇在动。沈冲会是凶手吗？是他撞了齐老师的车，放任齐老师孤单地死在暴雨天？

齐伦是学校的客座讲师，在大三下学期有固定的一门课。很多同学都喜欢上他的课，沈冲更是，每节课的笔记做得近乎完美地详细，还时常向齐伦请教。苗郁是他的女朋友，她当然知道，沈冲对齐伦很崇拜。大四实习，沈冲忐忑地联系齐伦，询问能不能到衡明律师事务所挂靠、实习，齐伦很爽快地答应了。对沈冲来说，齐伦真真正正是他的"恩师"。他不可能杀人！对，不可能的！是齐思贤的问题，绝对不是沈冲的问题！

"你……你跟我说这么多，是要我做什么？"苗郁突然地站起来，喘着气，盯着齐思贤，"你要我帮你找什么？是苍灵公司违法的证据，还是沈冲是杀人凶手的证据？我不相信沈冲会做出这样的事，齐老师是我们的老师，我们一直很尊敬他。沈冲不会杀人，更不会藏匿证据，你不要乱猜。"

说到最后，她竟然有些慌张，抓起包就往咖啡馆外跑，齐思贤似乎也没追上来。她要逃离这家温暖的咖啡馆，有一瞬间，她甚至想过再也不要见到齐思贤。见不到他，他告诉自己的那些事，就都是假的，都是她幻想出来的。苗郁想给沈冲打个电话，离婚之后，她从来没有如此急迫地想听到他的声音，想大声地问他，你到底有没有做这些事？

他有没有做过，你不知道吗？有个冰冷的声音在质问她。

沈冲是有底线的，他为什么要做犯法的事？苗郁恶狠狠地回答。

底线？那声音轻蔑地笑，出轨养小三算什么底线？他已经做出对不起你的事，齐思贤说的那些事不过小菜一碟。

道德归道德，法律归法律，他不是这样的人。

把守不了道德底线，还会做好人吗？你别自欺欺人了。

你……

苗郁猛地睁开眼，好半天眼前的景象才恢复清晰。她喘息得太过激烈，嗓子干得厉害。她大声地咳嗽，好一阵才止住。待胸口的干裂撕扯感渐渐消去，苗郁缓缓靠在床头，被子拉高，盖过肩膀。这是她这段时间在床上最爱做的动作，仿佛这样就能留住残存的、虚幻的温暖。视线缓缓落在窗帘边漏出的一条缝上，她望着仅有的一线蒙蒙天光，发怔。

才清晨六点，她已睡意全无，头脑依旧混沌。齐思贤那番骇人听闻的说辞，清晰得如同被刻刀刻在她记忆里，随时跳出来刷新它的存在，想忘也忘不掉。

阳台的角落上放着一个大纸箱子。分居的时候，沈冲已经带走了大部分随身物品，住到两年前购买的另外一套小房子里，离婚时房产分割完毕，没半点拖泥带水。做律师就是这点好，能把当事人的利益放在天平上权衡利弊，对待自己的感情也能锱铢必较。他走得匆忙，一些零碎的东西就留在房子的角落、缝隙，就像水流冲刷过的青石板，留下浅浅的印记，证明曾经有个人，在苗郁的生命中来过走过哭过闹过。

苗郁原本已经清理了一些，可沈冲从来没提要来拿的事。这几天，她重新清理了一遍，大的有T恤、衬衫，小的有袖扣、领带夹、领带、钢笔等，大多是她给他买的，价格不非。苗郁依稀记得，浅金色的领带夹是她在意大利出差时买的，星空蓝的领带是在英国旅游买的，同时购买的浅蓝色袖扣只剩一个，孤零零地躺在小盒子里，发着幽光。还有两个硬壳笔记本，苗郁翻开看了，沈冲的字迹一如既往地刚劲凌乱，像是某次研讨会上做的笔记，读完后仍是没发现与苍灵公司、闻鹏、疫苗有关的字样。

她抛下笔记本，扶着头叹气。她也想知道沈冲有没有做那些见不得人的事，更希望这是齐思贤的乱想。但是沈冲那么精明，事情过去那么久，即便有证据，他也应销毁得差不多了。

卧室里正在充电的手机响了。苗郁一瞄墙上的挂钟，好生疑惑，这才六点半，谁那么有闲心，大清早打电话？

"你好，哪……"

苗郁没有看来电人，直接接听了电话。唐博雅巨大的哭声混合着惊慌失措，化作潮水扑向她："小老师，救命。"

　　苗郁几乎是一路催促着出租车，冲到唐博雅租住的民房附近。幸亏她刚冲出小区就拦下下夜班的出租车，她答应给三倍的车钱，师傅才勉强答应。还没到早高峰，路上车少，从接到唐博雅的电话到赶到她家，苗郁只用了二十分钟。

　　这是一个老旧的小区，失火的是某栋单元楼的第二层。苗郁赶到的时候，只看到浓浓的黑烟自二楼的窗户、楼道通风孔飘出，并没有看到明火，想来是已经扑灭了。单元楼下已经拉起了黄色的警戒线，现场聚拢了不少看热闹的居民，他们议论纷纷，朝好不容易逃出来的居民指指点点。受害者们大多衣衫不整，或坐或站，有的在哭，有的急着打电话，有的正在哄受了惊吓的孩子。警察也赶到了现场，正在询问。苗郁四下里张望，始终没看到唐博雅，心里越发慌乱。

　　唐博雅会不会没逃出来？苗郁又急又怕，抓住从现场撤下的消防员问："同志，请问一下有没有看到一个年轻小姑娘？二十多岁，很漂亮的。"

　　"对不起，我没见到。你去那边问一下警察。"消防战士很有礼貌，却没给苗郁有用的线索。

　　她又抓住另外一位消防员："请问有没有人受伤？"

　　"我同事救了一个受伤的女孩子，大面积烧伤，已经送到医院去了。"消防员问，"你要不要去附近的医院问问？"

　　苗郁心里一阵阵发紧。烧伤面积有多大？有没有生命危险？有没有伤到脸？她心慌意乱地转身，拨开人群就往小区外走。她得去医院，马上去，抢救得用钱，还需要签字什么的。

　　恍恍惚惚地好像有人在叫她的名字，在人群中听不真切。苗郁一心想着去医院，脚下不停，忽然手腕一紧，有人拉住了她的手，大声地叫她的名字："苗郁！"

　　她转头，齐思贤正忧心地看着她。大清早，他只穿了一件浅灰衬衫，很是单薄。

　　"你怎么来了？你开车没有？"苗郁抓着他，不由自主地晃，"博雅被送去医院了，她受伤了，我们快点过去。"

齐思贤的手盖住她冰凉的手背，淡淡的春风吹在冰封的土地上："你别慌，你说什么医院？"

"博雅烧伤了，大面积烧伤，她在医院，我们赶紧过去！"苗郁不明白他在磨蹭什么，几乎是用喊的方式告诉他，"我们快去医院！"

齐思贤拉住不安的她，示意她看身后："博雅没事，她在那儿。"

苗郁一怔，顺着他手指的方向，转过身。唐博雅坐在花坛边沿，肩上披着一件男士西装，白色的长睡裙下露出纤细的腿，穿着拖鞋，没有袜子。脸、睡裙、腿上，随处可见黑色的灰。她紧紧抱着一个厚厚的文件袋，头发蓬乱，看向苗郁的眼神茫然，身子在微微发抖，就像晨风中一棵纤细的小草。

苗郁一颗心骤然落地，两条腿自己有了生命一般不由自主地奔了过去，她一把抱住唐博雅："博雅！你受伤没有？"

好半天，唐博雅没说话，苗郁紧张地看她，想问很多，又怕刺激了她，只得求助地看齐思贤。齐思贤冲苗郁轻轻摇头，让她别担心。

"小老师，我没事，我一点事都没有。"唐博雅声音弱得微微发颤。苗郁搂紧了她的肩膀，鼓励她说出来。

"可是，小乖不见了。"唐博雅哽咽，"要不是它一直在叫，我都不知道失火了，是它把我叫醒的。我不该只顾着自己跑，忘了带它走。"唐博雅哭着说，眼泪大滴大滴地滑落。

齐思贤选择沉默，苗郁拥着唐博雅，用手臂的温暖给她力量。突遭大灾，倾诉是本能，拉住一个人，把自己的惊慌、恐惧、害怕、悲伤、兴奋倾泻而出。这时候，无论是谁，只需要做一件事——奉上你的耳朵。

这是律师要做的工作，也是律师的职业本能。

唐博雅说得累了，渐渐停住了哭。苗郁柔声问："吃点东西？嗯？"唐博雅轻轻点头。

齐思贤及时送来牛奶和面包，应当是在刚开门的超市买的。苗郁看他一眼，想着这时他倒是开了窍，机敏不少，比刚开始接触业务时进步太多，低声道了一声谢。

唐博雅狼吞虎咽，是真的饿了。苗郁看了齐思贤一眼，他接到眼神，身体往后靠，向苗郁凑近脑袋，回了一个疑惑的眼神。苗郁亦是探着身子，看了看不远处正在做笔录的警察，问："齐主任，可不可以去问问那位警官，受害人能不能离开？博雅现在需要休息。"

"我已经问了。"齐思贤压低嗓门说，"现在还不行，得警察记录过了基本情况才能走。"

苗郁的声音比他更低："起火的原因怎么说？"

"只知道二楼左起第一间房的客厅是起火源，至于原因，还没查清楚。"

苗郁挑眉。她不过随口一问，齐思贤竟也打听出了其他的消息。虽说律师的战场是辩论，但眼观六路、耳听八方实乃基本技能，齐思贤领悟得的确快。

"失火还是放火？"苗郁蹙起眉，却没察觉她的身体越发靠近了齐思贤。

齐思贤沉吟："刑侦队的车已经到了，专家应该在现场，但是要出结论怕是要等上一段时间……"

这可就麻烦了。放火失火都是刑事案件，放火的主观意图是故意，失火则是过失。唐博雅在火灾中遭受了经济损失和精神损失，如果无法确定火灾的原因，那她就无法确定侵权人，更无法进行索赔。

他们正在低声商议，似乎已经忘了昨天不太愉快的对话。忽地，有什么东西飞快地晃过，两人同时扭头看向同一个方向，正看见唐博雅讪讪地看过来，神色有些尴尬慌张。

"小……老师，齐主任，你们……你们……我把位置让给你们。"唐博雅莫名脸红，溜到苗郁另一侧，空出一个人身体那么宽的位置。

苗郁、齐思贤四目相对。就觉着刚才有什么不对，原来她只顾着与齐思贤讨论，没想到是缩在唐博雅身后，像是借着小女生遮掩，难怪她会不好意思。

齐思贤显然也想到了同一处去，脸皮骤然显出一层薄薄的红色，反而不好挪过来，只好假装无事发生地挪开眼神，仿佛在思考警察到底什么时候才能询问唐博雅。

苗郁也学着齐思贤的动作，四处乱晃眼神。天色渐渐亮起来，上班的、上学的陆陆续续从其他单元楼走出来。现场还不能进去，尚有青烟从气孔、窗户飘出，泛灰的外墙上布着道道黑色的痕迹，像巨兽啃噬过的痕迹，触目惊心。她忽然眯了眯眼，这栋楼长得很熟悉。

这样老旧的单元楼，在这个城市的北边很常见，矮的有五层，高的只有七层，没有电梯，灰扑扑的外墙自诞生起便是如此。那种熟悉感只是一闪而过，苗郁根本无法辨清这是错觉，还是曾经到此一游。

她没有时间细想了，已经轮到唐博雅被询问。唐博雅是受害人，也是证人，按照规定必须单独询问。就算再心疼，苗郁和齐思贤也只能站到不远处，远远地看着。

"苗郁。"

她正全神贯注地回想，方才闪现的可疑的熟悉感到底从何而来，根本没听见齐思贤在叫她。当他的声音最终传入耳中时，苗郁吓了一跳。

"什么事？"她瞪着他，不客气地问。

"我……"齐思贤不解地看她，迟疑片刻，才问，"小唐这段时间要怎么住？"

原来是为这事。苗郁想了想，说："这段时间她可以先住我家里，反正我家有多的房间，她可以暂住一段时间。"

这样最好不过。齐思贤说："那就辛苦你了。"

"没事。"苗郁摇头，"她怎么也算是我的学生，照顾她是应该的。只是，她的东西不知道有没有被全部烧掉……"

唐博雅现在还是实习律师，这阶段不能独立代理案件，也就没有收入，律所也不会发工资，最多有一些补贴。苗郁忧心，不知道她这段时间怎么生活，或者自己可以想办法帮她一下。

"我问问警官，问能不能他们陪着，让小唐回去看看，收拾一些没烧毁的东西。"齐思贤是行动派，说话间已经走向不远处的警察。

苗郁忽然觉着有些不妥。虽然两人年龄相差无几，但毕竟齐思贤是律所主任，这种事应当她去做，而不是指派主任东跑西跑。苗郁赶了两步："齐主任，还是我去问吧。"不劳领导大驾了。

齐思贤停住脚步，微微低了眉眼看她，琥珀色的眸子里映出苗郁没有化妆的苍白的脸。苗郁退了半步，歪着头看他："有事？"

男人微微笑了，眼睛和嘴唇弯成温柔的弧度："苗郁，你什么时候能叫我的名字？"

哭声、争吵声像云一样飘过，苗郁的惊讶掩藏在淡漠的语调中："齐主任，这个问题似乎不太重要吧。"

"其实我觉得……"齐思贤停顿了一下，金色晨晖斜斜地落下，男人好看的嘴唇轻轻动了三下，说了三个字。

苗郁瞳仁骤然一缩。瞬间，她下了决心，就当作没听到。其实，这三个字很普通，并非"我爱你"那么让人羞于说出口，只是此时、此地，齐思贤云淡风轻的模样，让一阵慌乱感袭上她心头，冰凉如水，冷暖不知。

他是齐老师的儿子。苗郁与他，只有工作上的关系，过去是，现在是，将来更是。

唐博雅斜斜地靠在苗郁肩头，恹恹欲睡，她抱着她的文件袋，里面有她的各种证书。也亏得她有这样的好习惯，否则补办这个那个也是个费劲的事。两个女人坐在后排，齐思贤在开车，瞥见后视镜里，那双淡得近乎结冰的眼瞳。

车里很安静，只有发动机平稳的声音呜呜入耳。唐博雅吸了吸鼻子，忽然坐直了身体："小老师，我起诉房东，应该是可以的吧？"

苗郁翻起眼皮，奇怪地看她："诉权的问题，我好像教过你的。"

唐博雅颓然地低头，看手机里的视频，屏幕上小黄猫正努力地抓着什么，文件袋被她抱得发出惨叫声："我提醒过房东，不要把电瓶车推上二楼，放到客厅里充电。客厅都烧没了，一定是电瓶车起火了。"

女生清脆的笑声和小猫的喵喵叫声，混合在一起。透明的泪滴落在屏幕上，小猫不知道看到了什么，头向上抬起，努力地抓着，仿佛是要擦去不该有的那滴泪。

苗郁淡淡地叹："你想起诉就试试吧，这也是你作为律师的实践。"

"现在起诉房东不太合适吧。"齐思贤从前排投来不赞成的目光，"房东的儿子大面积烧伤，现在还在ICU里抢救。现在起诉他，对房东来说是非常不利的。"

唐博雅恶狠狠地说："告他就告他，还要选日子吗？"

"博雅！"苗郁生硬地打断了她，见唐博雅倔强的侧脸，她心一软，放柔了声音，"有什么事，过了今天再说。"

最怕陷入安静，也怕安静里生出不安静的风暴。好在一直到了家里，唐博雅也只是默默地低头，不再多说一句话。

苗郁先把唐博雅带到客房里坐着，铺好床被，让她再休息一会儿。大清早受了惊吓，唐博雅的脸色一直很难看，在车上都打了盹。她有些局促地想要帮忙，苗郁按住她："你睡一会儿。"

"谢谢小老师。"唐博雅的声音比蚊子还细，平时活泼的模样全然不见。

苗郁拍拍她的肩膀："别想太多。你先在床上躺一会儿，我找几件我的衣服，你暂时穿着。"

唐博雅默默点头，想要说什么，苗郁说："你先休息，有什么事情睡醒了再告诉我。"

苗郁从来不知道自己的声音也有催眠的魔力。唐博雅刚沾着枕头，便沉沉睡去，显然又惊又累好不容易才松懈下来。苗郁轻手轻脚地推门走出去，意外地看见，齐思贤站在阳台上，双手揣在兜里，看着整理出来的那堆前男主人的东西发愣。

"齐主任，喝水吗？"苗郁不轻不重地提醒他。

齐思贤突然回过神，道声谢，握起杯子却没喝，目光不时在那两个大纸箱上打转。苗郁不安，前夫的东西明目张胆地摆在阳台上，就这么被齐思贤看见，仿佛心里的秘密被戳穿在了光天化日之下。

她忽地觉得不太对劲，自己家怎么放东西，是她的自由，为什么要顾忌齐思贤怎么想？苗郁客套地笑了笑："我来照顾小唐就好。"言下之意，还请完成了送达使命的齐主任离开她家。

齐思贤抬手放在耳后，像要抓住什么看不见的东西，望着苗郁的目光有种说不出的纠结，似乎有很多话挤到嘴边，一个名叫理智的东西封堵住他的情绪。几缕清风飘飘荡荡，送进了麻雀叽叽喳喳的闲聊，客厅里的安静越发诡异。

苗郁浮现出模糊的念头，一瞬间福至心灵，如黑暗已久的房间突然通了电，她下意识地问："昨天……"

"昨天……"

比沉默更尴尬的是，发现原本不相干的人突然出现了莫名其妙的心有灵犀。若不是在自己家里，苗郁真想转身走人。不对，这里是自己的主场，怕什么？

她做个手势，让齐思贤先说。齐思贤拧着眉头，好半天才说："能不能不要再叫我齐主任？每次你这么叫我，我都很有压力。"

有吗？苗郁无意追究，既然主任这么要求，不答应似乎不太给面子。

不过，她好像也经常不给主任面子。苗郁淡笑："总不能叫你的名字吧，更不好。"

"名字不就是让人叫的？"齐思贤说，"昨天我想了很久，以后，你叫我Vincent吧。"

"Vincent？"苗郁重复了一遍，念着怎么不太顺口？

齐思贤点头，眼中有一点点笑意闪动："是，这是我的老师给我取的名字。思贤两个字对老师来说太难发音，Vincent这个名字不错，所以我也一直用这个名字。"

苗郁"嗯"了片刻，说："好吧，恭敬不如从命。"两秒后，她开口，"Vincent."

遮挡在镜片后的齐思贤的眼睛，蓦然亮了起来，空气开始松快地流动。他忽然有很多话想说，嗓子却不争气地干痒。他扬手喝干手边的那杯水，不仅及时解了燃眉之急，也借着杯子遮挡住三分不自然的脸色。

苗郁神色依旧淡淡的，等着齐思贤主动离开，她也想休息一会儿。方才莫名其妙的心有灵犀大概已经用光了，齐思贤非但没有离开的迹象，反而有生根发芽的趋势。

他不会赖着不走了吧？

齐思贤坐在真皮沙发上，一脸随意地夸赞客厅的装修很有特色，说他很喜欢极简主义的风格。这般努力没话找话的样子，与他平日的学者范截然不同。

苗郁有些难受，含蓄地问："齐……Vincent，今天所里只有小宋一个人，不太好吧。"

空气突然间凝固。

齐思贤怔了怔，低头扶眼镜，再抬头看苗郁的时候，双眸又恢复了那种深不可测。苗郁有些不解，难道自己又说错了什么？

齐思贤又开口了，与方才的轻松愉快不同，这次有些自嘲："苗郁，你看出来了吧，我就是个胆小鬼，想说什么，却不敢说出来。"

不，你不是。苗郁自认没有立场劝慰，选择了默不作声。

"其实我想说，昨天我跟你说的那些话，你、你就当没听过。那些都是我胡思乱想的，并没有证据。跟你说，也不过是想发泄而已。我爸爸的去世，就是一桩普通的交通事故，与沈冲没有关系。"

是吗？可你昨天并不是那么认为的。

"我……其实还想说……但是我现在并没有资格和立场说这些话。"齐思贤收起惆怅的神情，站起身，对苗郁有礼地点头，"不好意思，耽误你这么久，我先回所里去。"

见他已经拉开了房门，苗郁突然追了上去："齐……Vincent，我觉得你……"

原本她可以一鼓作气把话说完，但齐思贤突然转身，眼神里似乎有什么她不敢也不能触碰的东西，她突然退缩了。她低声说："这两天我先照顾博雅，等她心情平复了，我们再去上班。"说话时，她的目光落在前方偏下的位置，正是齐思贤胸口，她始终没有多余的力气将目光抬上去一分。

齐思贤深深地看她。许久，苗郁听见齐思贤允诺的声音，如一根羽毛落在耳侧，轻而柔软："好。"

这不是真的，这不是真的，这不是真的。苗郁在房间里来来回回地转圈，她这才发现，不知不觉间，她对待齐思贤的态度发生了变化。更没想到的是，齐思贤也是这样。他们好像两只刺猬，互相在试探对方的心意，既贪恋未知的温暖，又怕被刺得受伤。

她是离了婚的人，怎么会……

苗郁靠在沙发上，长长地叹了一口气。事情早就偏离了轨道，而她此刻才察觉出心中的萌动，不知什么时候种下的一粒种子，此时已随春风长成树苗，叶子碧绿，正冲她招摇。

苗郁伸手，想要毫不留情地掐断那抹嫩绿，手却顿在半空，不知道是不舍还是不懂。许久，她轻叹一声，慢慢摸出手机，拨打了万佳的电话。

"没有，还没有她的消息。"万佳愁叹，"谢美云的朋友也在互相打听。也找不到她老公，家里人都快急疯了。"

一天多没消息，怕是凶多吉少。苗郁担心地挂上电话，这时候，她也帮不上什么忙，只有等消息，以及祈祷谢美云只是受伤，躲在医院里治疗。

她在家里处理了几个有初步意向的咨询，有一个客户敲定了面谈时间。看看墙上的钟，已经快到中午十二点，苗郁正在冰箱翻看，看能做什么饭菜时，客房的门被拉开了。

"博雅，你不多睡会儿吗？"

苗郁从厨房探出头，扬声问。

"我、我不睡了，睡够了。"唐博雅无精打采地坐在饭桌旁，摆弄桌布上的穗子。苗郁擦净手，拿出给她准备好的几套衣服："先试试衣服，就算要出去买，总不能穿睡衣吧。"

唐博雅低声说谢谢，进屋换了衣服。简单的春装，穿在她身上，格外服帖。苗郁端出两碗面，细白的面条上铺着黄白相间的煎蛋、绿色的葱花，香味和色泽冲散唐博雅的低气压。她顾不得多说，埋头吃了起来。苗郁劝她："吃慢点，别噎着。"

"小老师，我想了，我还是要起诉房东。"唐博雅含糊不清地说，"我那么多损失，还有小乖，都是他在房间里乱接电线造成的。起诉侵权者是我的权利，这有错吗？"

苗郁面前的面热气腾腾，她没动筷子，只接连不断地发问："你有证据证明是他乱接电线吗？照片？因果关系？如果是刑事案件，民事方面的问题要等刑事案件宣判后才能审理，你愿意等吗？"

狼吞虎咽的姑娘停下筷子，愁眉不展："我刚刚上网查了下，房东的行为很可能构成失火罪。我就算要起诉，也是起诉……"她突然想起什么，双眼放光地看苗郁，"我当时是和房东的老婆签的合同。我不以侵权起诉，就直接打合同纠纷。她作为房东，就应该保证房客的安全。我不管哪个环节出的问题，谁跟我签合同，我就找谁去。"

说着，唐博雅就想跳起来草拟起诉书。苗郁拉住她："先吃饭，吃完了再说其他的。"

唐博雅吃面的速度明显加快了许多，吃相不甚文雅，连面汤都喝个干净。苗郁微微松了一口气。人只要有个念想，就不会做出太过激的事。唐博雅选择什么手段，都是她的自由，都是法律赋予的权利，她没有任何理由阻止。

不过，苗郁仍觉得有什么地方不对劲。收拾了厨房，她问唐博雅："博雅，你租住的那个小区，有没有发生过什么事？"

"什么事？"唐博雅坐在书桌后，埋头在稿纸上奋笔疾书。

苗郁也说不出来，看见小区老旧的楼房时的眼熟感，一直在心头挥之不去，如山雨欲来的阴云。她整理下语言："就是，小区里发生过什么有轰动性的事件吗？上过电视，或者在网络上炒作过？"

唐博雅咬着笔头，这是她写东西的习惯，茫然地说："没有呢，就是前段时间，小区最里面的那个单元有一家被偷过。那家主人快吓死了，第二天抱了一只狗回家，想着这狗能起点作用，没想到没两天小偷又光顾了那家。主人都惊醒了，狗还在睡觉。"

这种新闻最多在本地新闻榜飘一上午就没了踪影，不可能是这件事。苗郁还在思考，唐博雅突然想起了什么，抬起头望着苗郁，欲言又止。

"有什么就说吧，我听着。"苗郁把削好的苹果切成八块，细心地插上牙签，端到书桌上。唐博雅迟疑地说："我好像在小区里见过那个谁。"

苗郁回了"我不明白你在说什么"的表情。唐博雅咬咬牙："我在小区见过沈……沈律师。"

沈冲这个名字，最近出现得太频繁，频繁得苗郁已习惯，她内心一片平静，甚至还有些想笑。她尝了一口苹果，忽略掉淡淡的酸味，刻意装作不经意地掠了掠头发，问："他在做什么？"

"做什么我不知道，就是在侧门遇上他的，三个月前吧。"唐博雅竭力回忆，"我还吓了一跳，他走得很匆忙，又埋着头，根本没注意到我。"

"后来再见到他了吗？"牙签孤单地躺在玻璃盘上，比起仍旧插在苹果身上的兄弟，狼狈寒酸。

"没有，就那一次。"唐博雅又小声地说，"差不多就是小偷偷东西那几天，刚刚说到狗子睡觉，我才想起来。"

苗郁问："你说，那家人只是进了小偷，但并没有丢东西，是吗？"

"对啊，警察来了两次，街道负责人都去了，也没发现丢钱丢手机什么的，好奇怪，对不对？"唐博雅想了想，又在起诉书上添了几个字，把稿纸递向苗郁，"小老师，你帮我看看。"

苗郁没作声，单手撑着下巴，像是在思考什么。唐博雅小心翼翼地点了点苗郁的胳膊："小老师？"

"嗯？"苗郁回神，抽走那张稿纸，飞快地扫了一眼，"让我看起诉书？当然可以，律师可不能免费咨询，所以……"

唐博雅瞬间切换成了助理模式，立刻坐端正："我这段时间会好好做家务，不让小老师有后顾之忧，找到房子以后立刻搬出去……"

"不用许诺那么多，"苗郁笑，"我只需要你帮我一个忙，很简单。"

所谓帮忙，就是唐博雅带着苗郁返回小区，找到物管，要求调取两个月前某天夜里的监控视频。

保安当然一口拒绝："调取监控要通过警察，我们不能随便给人看的。"

唐博雅态度比他更恶劣："别乱说啊，警察是能拷走视频原件，但是我作为业主，是能看监控的。"

保安的头摇得像拨浪鼓："不行，看也不行。今天有好几拨业主要来看监控，还拿手机拍下来。如果视频被放到网上，我们是要被扣工资的。"

旁边的保安插嘴："东扣一下，西扣一下，一个月拿到手里本来就没多少，业主你行行好，别给我们找麻烦了。"

保安不知道惹了法学生的下场，还在极力劝阻。唐博雅愤怒冲上头，一力坚持："公司扣你们的钱，你们找公司去，我今天就是要行使我作为业主的权利。不行，我今天就是要看。"

两个保安满面为难的表情，挡住电脑的姿态像是保护堡垒的战士。苗郁开口了："师傅，你们看这样行不行，我保证，我们只看。"说着，她摸出手机，放在办公台上，向他们举着空空如也的双手，"绝不会拍摄。"

两个保安相互看了看，似乎还有些犹豫。唐博雅还想催促两句，苗郁按住了她，说："别急。"

"小老师，我怕他们反悔。"

"博雅，没事。"苗郁冷静地安抚她，"他们不给看，那就不看吧。"

话音刚落，保安也给出了答案："业主，真的不要为难我们，被经理发现了，工资又要被扣。"

另一位保安出主意："要不然你们报警吧。警察来了，随便你们怎么看都可以，别拉上我们就行。"

苗郁很客气地拒绝了："算了，不为难你们。"一边收好包，一边招呼唐博雅走。唐博雅不明所以地跟上，小声地追问："小老师，真就算了？你不是要找沈律师出轨的证据吗？"

苗郁知道她想说什么，摇摇头："不是你想的那样，我只是……"

只是什么？只是冯佳梦给自己送了一封信，暗示她有可能会死于非命，而嫌疑人就是沈冲。这么大的秘密，压在心口，她说也说不得，也无法与人分享。此刻，苗郁忽然明白昨天的齐思贤，为什么非要对着自己说出他的怀疑。她是一个很好的倾听者，理性，不多嘴，与人保持距离，除了沈冲前妻的身份，一切都很完美。

齐思贤说，忘了昨天他说的话。人又不是机器，按下按键便能洗去所有的记忆。苗郁望着单元楼陈旧的外墙，一群鸽子乌泱泱地飞过明朗的天空，停在天台边沿，咕咕叫着。每一处景色看上去，都与冯佳梦寄给她的那张照片分外相似。

早上，她到了这个小区后产生的熟悉感终于得到了解释。

苗郁怀疑，冯佳梦寄来的那照片便是暗示在这片小区有什么东西。如果她没猜错的话，照片上那个放着巨大的熊娃娃的阳台，就是冯佳梦需要她去的地方。小区虽然不怎么整洁，但是几乎全是密封的阳台，风格整齐划一，像是一家公司用同一个模子倒出来的结果，过时的晶蓝色，生锈的铝合金边框，几乎一模一样。苗郁示意唐博雅跟上："走，我们去小区里面看看。"

"小老师，你是在找什么东西吗？"

苗郁指着高处："是。你帮我看看，有没有放着一个很大的熊娃娃的阳台。"

"啊，这得多难找啊。"唐博雅用手掌遮住阳光，眯起眼，"大概什么样的熊娃娃？很大吗？还是说一个很小的小玩具？什么颜色？棕色、黑色、白色？是熊本熊吗？"

苗郁回忆照片上的画面："体积很大，大概占了阳台的四分之一。棕色的熊，不是熊本熊。"

唐博雅苦恼地抬头望了一圈："真难找。"她提议，"要不我们分开找找？我去那边五栋，你去这边。"

苗郁同意，这的确是加快进度的好办法。她仰着头，仔细观察每个阳台。没过多久，阳光越发刺眼，她的眼眶便浮起一阵酸痛。她干脆抬胳膊轻轻揉按眉眼处，目光寸寸滑过单元楼外墙。一栋，两栋，三栋，她看了很久，一无所获。

唐博雅倒是从微信上送来了好消息："小老师，我找到了，11栋，快来。"

苗郁欣喜，这真是大收获。她忙顺着唐博雅指的路线，一路找来。如果那家有人在家，要怎么开口？是询问屋主有没有见过冯佳梦，还是直接问冯佳梦有没有什么东西请他们保管？如果他们没见过冯佳梦，或者冯佳梦没有请他们保管东西，她又要重新考虑照片寄来的含义。

　　苗郁拿定主意，无论如何也要到那家去看一眼，说不定会发现什么新的线索。但是，如果一无所获，那么下一步，她就应该……

　　苗郁猛地停住了步子，惊异地发现，唐博雅正在与某个不该出现在这个地方的人说话，看样子，他们已经聊了一阵。

　　小说里常常会有"不祥的预感"。苗郁不喜欢这样含糊不清的词，何为不祥，何为预感？而此刻，原本没有感情生气的词突然变成一股凉气，从她脚底升起，缠绕全身。

　　苗郁第一个反应是躲起来，千万不能被那人发现自己的存在。前有矮树丛，身后有墙，她只需要迈一步，就能藏起来。

　　那人突然向苗郁望过来。虽然看不清他的神色，但是刹那间苗郁闪过一丝念头——

　　如果此刻她跑了，冯佳梦处心积虑想要告诉她的事情，很可能落到他的手里。曾经发生的事，或许就此掩埋。

　　已经往旁边挪去的脚坚定地掉转方向，每一步踏得稳稳当当，完美得无懈可击。唐博雅抬头见了她，忙招呼："小老师，沈律师也在这儿，好巧。"

　　苗郁朝沈冲微微点头，不卑不亢，一如见到了关系普通的同行："好巧。"

　　沈冲客气地笑了笑，露出轻松的神色："对。有一个法律援助的案子，我来社区调取一些资料。"

　　从他眼神里看不出半分异常，唇角的笑也是苗郁足够熟悉的，仿佛真有其事。那一瞬间苗郁有一丝怀疑，她是不是太紧张了，看谁都像是身上有嫌疑。

　　"那不打扰你了，我们还有事。"苗郁有礼貌地作别，示意唐博雅跟上。刚匆匆走进单元楼里，黑暗与阴凉猝不及防披满全身，她打了个冷战。沈冲突然上前一步，说："需要我陪你们一起上去吗？"

　　他的声音嗡嗡回荡，不似平日清朗的音色。苗郁想也不想一口婉拒："没关系，我们两个就够了。"

任何人都能听得出弦外之意，沈冲却充耳不闻，快步走到苗郁身边来："正好我的事办完了，举手之劳。今天早上这座小区还发生了火灾，小心点好。"

唐博雅插嘴："是的，火燃起来可大了……"

"博雅，再检查下资料带够了吗？"苗郁打断唐博雅的话，又回头看沈冲，露出在法庭上惯用的职业性笑容，"多谢沈律师。但是，在调查询问的时候，非代理律师不能在旁边的。"疏离之意越发明显。

沈冲不知什么时候学会的牛皮糖功夫，令苗郁甩都甩不掉："没事，我就送你们到当事人家门口，也是为你们安全着想。"

如果你一直退让，总有一天无路可退。苗郁踏上青石台阶，深吸一口气，回头，居高临下地看他："沈律师，谢谢你的关心，我真的不需要。"

如果她可以选择，不会这样决然。

砖墙上的花纹老旧过时，阴暗的天光落进来，他的脸明暗交织。苗郁看不清沈冲的眼神，只听出他言语中带着淡淡的叹息："我以为，你不会拒绝我。"

一时间，苗郁分不清他只是在单纯地叹息，还是试探。她唯一能做的是笑一笑，不说话，转身上楼。

被晾在一旁好久的唐博雅匆匆跟上去，一脸的忐忑。她听不懂刚才那番对话，只知道苗郁和沈冲有交锋，现在看来，小老师暂时领先。

"小老师，我……我是不是不该和他说话？"

唐博雅有些担心地开口。苗郁摇头，看似在安慰她，语气里带着她自己都未察觉的惆怅："你放心，跟你没关系，是我和他之间的事。"

沈冲以为，她会无条件相信他、帮他。经历了那么多，她伤透了心，他哪里来的信心，以为她会不分是非黑白就站在他这边？

"刚刚他问我，我们到这里做什么。我说你有事情来办，他还追问我什么事。我就说调证据，他问是什么案子，我随便说了一个高空坠物。"

苗郁说："以后遇到这种情况，你不想说，别人又追问，你就说案子还在办理，有些事情不太方便说出来，要保密。"

"哦。"唐博雅急忙暗记在心里。这种有用的职场经验，老师肯教，那真是天大的福分。她听见苗郁问她："那个阳台，在几楼？哪个方向？"

唐博雅想了想位置，指向靠西南边的那间，说："我数了，在五楼，大概是这个位置。"

"好，我去问问。"

"我们问什么呀？小老师你是在做什么调查吗？"唐博雅好奇地问。

苗郁忽然停住步子，思考片刻，说："博雅，等下如果我能进屋，你就在门口等着。今天这件事，你对谁都不要提。"

"任何人吗？齐主任也……"

"对，对他也不能说。"苗郁看着前面满身斑驳的防盗门，"有必要的话，我会亲自告诉他。"

唐博雅虽然天性八卦，但看苗郁的脸色那么严肃，不由得点头应下："我知道了。"看苗郁敲门，探头出来的男人顶着一头乱发，迷茫地看苗郁，再看看她的手机，又迷茫地摇头。

苗郁不死心："她真的没在这里住过？"

"美女，这是我家，谁住过，谁没住过，我当然知道。"男人的午觉被吵醒，一脸不耐烦。

"那你有没有在这附近见过她？"

"没有没有，我没事看不认识的女人做什么？"

苗郁只好道歉："不好意思，我找错了。"

男人满脸不高兴地甩上门，沉闷的声响回荡在狭小的走廊间。苗郁皱眉，再次向唐博雅确定："真的是这间吗？"

唐博雅肯定地说："我看清楚了的，就是这间，绝不会错。"

这就奇怪了。冯佳梦没有在这里住过，为什么要寄一张这家阳台的照片？苗郁不死心，忽然想到冯佳梦随信附上的钥匙，再看这家的房门上，安装的是十字形的锁。如果钥匙对不上，是不是说明她找错？苗郁正想再敲门，唐博雅突然贼兮兮地蹿到她身边，小声地说："小老师，楼下有人。"

"什么？"苗郁不明所以，顺着楼梯扶手的空隙往下看，果然发现一个淡淡的人影，一动不动的，不知在做什么。

苗郁胸口升起不太妙的感觉，小腿有些发软。她猜得出这人是谁，更猜得出他的目的，只是没想到，他竟然不达目的不罢休，跟了上来。

不能让他知道更多，苗郁叫上唐博雅："博雅，走吧，应该不是这里。"

"哦。"唐博雅机灵，故意应得很大声。苗郁走出单元楼，不经意地往后瞟去，似乎有个影子一直在跟随她。

苗郁脖颈发凉，拉着唐博雅快步走了。她几乎是闷着头往前冲，不知跑了多久，才停下步子，艰难地喘气。

同样在喘气的还有唐博雅："小老师，你别跑那么快，我都快没……没气了。"

"对不起。"

唐博雅只剩下摇头的力气，一个字也说不出。待喘匀了气，苗郁才想，今天这次打探算是无功而返。不，还是有收获的，至少她成功地引起了沈冲的敌意。

沈冲开始怀疑她是否知道点什么。凭沈冲精明的性格，他绝不会再来试探她，但是日后相见，必定不会有好脸色给她。沈冲这个人，一旦认定了谁是敌人，一定会想方设法将这人打倒。

他为什么要去小区？因为冯佳梦给自己的照片？苗郁左看右看，实在看不出布满灰尘的旧阳台有什么好的，一个毛茸茸的玩具熊，几个破烂的塑料凳，三盆枯萎的花。难道是数字？不像。或者是猜谜游戏？

冯佳梦一定疯了，苗郁想。好几天过去了，她又接了几个案子，还分了一个给齐思贤，依旧忙得不可开交。就算再忙，她也没办法停止思考。苗郁有些喘不过气，已经萌生出报警的念头。

齐思贤也察觉出她的不对劲，特意把她叫到办公室里，问："最近有没有什么我可以帮你的？"

"没有。"苗郁想了想，又补了一句，"暂时没有。"

齐思贤看她，眼神里有止不住的关切："要不要放个假，休息几天？"

苗郁冲他扬了扬手机，屏幕上显示有好几个未接来电："案子要紧，明天还要去法院立案。"唐博雅已经写好了起诉书，想明天就去法院立案。只是案子的受理法院是出了名的案子多，每天不到八点，立案大厅外已经排起一条长龙。唐博雅不太熟悉立案的流程，所以苗郁想陪她去一次。她有些自嘲地想，几个月前，她大概真没想到，还有和齐思贤平平静静聊天的一刻。

齐思贤的嘴唇动了一下，迟疑着没说出口。苗郁有些疲惫，半趴在办公桌上，全无形象："有事？"

他沉默良久，问："最近，沈冲找过你吗？"

苗郁想，提他做什么？她摇头："沈冲现在不会想见我，你放心。"

"我对你当然放心，我只是不放心他，怕他对你不利。"

苗郁努力地撑起脖子："为什么这么说？"

"从犯罪心理学上说，做了一次违法的事却没受到惩罚，再次作案的可能性会很大。"

这又是老生常谈了。苗郁暗自猜测，齐思贤是在试探自己，是不是认可他提出的假设，还是单纯的关心？也许都有，也许只是其中一个。苗郁笑了笑，说："放心，这点小事我能处理好。"

她还没想好要不要把冯佳梦的事告诉齐思贤。也许有一天，她会将整件事和盘托出，但不是现在。

说这话时，她正半低着头，额前的碎发不听话地乱拂，睫毛微翘。齐思贤的心跳忽然漏掉了两拍，脸也突然红了。他立刻转开脸，假装欣赏窗外飞过的两只麻雀，却也掩盖不住脸上突如其来的发热。

苗郁却没留意到这细节，她只是有些困意上头，含糊不清地说："我先回去整理下资料，明天立了案还要去开个庭。"

"我送你回去吧。"齐思贤也站了起来，摸出车钥匙随意地掂了掂，"我也顺道去个地方。"

他只是想轻松一下，怕气氛太沉闷，没想到手一抖，车钥匙偏离了他的掌心，直接落到苗郁脚边。苗郁条件反射似的退了半步，俯身去拾钥匙的时候，不经意感受到他的呼吸，格外灼热。

他们像是磁铁的同极相碰，瞬间弹开。无心之举，却徒生有心之尴尬。苗郁忙拿话支吾遮掩："谢谢了，还是不麻烦你了，我想我……"

天降援手，果真有电话打来，一看是万佳的电话。苗郁轻松之余又有些失落，也许这种混沌不安就是她此刻内心的写照。

齐思贤正在懊恼，应该单刀直入，别太迂回。他等着苗郁接完电话，准备再接再厉。苗郁一开始声音平和，很正常："万佳，有事吗？"

下一刻，画风突变。

"不可能吧……

"确定没弄错吗……

"警察还没联系我，啊，电话打进来了，我先接一下。

"你好，是的，我是苗郁……"

齐思贤看见苗郁陷入长久的沉默，明亮的脸庞渐渐失去血色，握着手机的手在微微发抖。虽然不知道发生了什么事，但齐思贤默默地站到苗郁身后，想要用掌心给她一点温暖和支持，手臂忽抬忽落，直到电话说完，他也没触到苗郁的肩。

"出……出了什么事？"

看苗郁苍白的脸，齐思贤觉得出了大事，忙追问。过了不知多久，苗郁轻轻开口："警方找到谢美云了。"

"那不是好事吗？"

"找到她的尸体了。"

苗郁觉得特别讽刺。严格说来，她并不是谢美云的代理律师，谢美云却在面临威胁时，选择拨打她的电话。如果当时，唐博雅没有录下来那段声音，或许谁也不知道谢美云遭受了什么样的痛苦。

在警察局，负责案件的警察给苗郁做笔录，齐思贤就等在讯问室外。警察态度很好，问了几个问题，都是报案时问过的问题。笔录做完，苗郁问："需要我辨认尸体吗？"

"这个就没必要了。家属已经辨认完毕，已经签字同意尸检。"警察正在收拾笔录纸，讯问室的门突然被打开，苗郁熟悉的声音传来："苗律师？"

"刘警官？"苗郁瞪大眼，看着来人，难道刘警官是这个案子的负责人？

一身警服的刘警官笑着摇头："哈哈我听说前两天家暴的案子有了结果，所以过来看看。在外面碰到了齐主任，进来一看，果然是你。"

"可惜太晚了。"苗郁很惆怅，"之前我和她见面的时候，就发现了她被家暴，我劝过她当断则断，她拒绝了。没想到，还是没能帮到她。"

刘警官难得地收起眼中的锐利，附和她说："是，不管旁人再怎么劝，她自己选择的路，我们也只能说遗憾。"

苗郁很理解他的意思。警察和律师一样，都是同人打交道的职业，律师见得多，警察见得也不少。何况，警察接触的案件多与性命有关，这更考验人性。

不过他这话，听上去似乎有些不一样的味道。苗郁索性打开天窗说亮话："刘警官，是需要我提供什么帮助吗？"

刘警官还是那副高深莫测的样子，平和地笑笑："苗律师你想多了，我就是来看看，没什么事我先走了。"

苗郁猜了个空，其实她也有很多话想与刘警官聊聊，只是见着齐思贤已经向她走来，便闭上嘴，含蓄地笑笑。

走廊尽头的房间门被打开，撕心裂肺的哭声骤然撞进耳里。一时间，天地万物失声，只有凄凉的号啕声。苗郁寻声看去，一位五十来岁的妇人在家人的搀扶下走了出来，口中不停地叫喊，衣裙的剪裁用料一看便是高档货，原本整齐有型的头发披散着，高贵的牡丹坍塌成了蓬乱的草。

"美云……你死得好惨啊……"妇人凄凄哀哀，身边人苦劝不止。

苗郁问："那是谢美云的母亲吗？"

刘警官点头："是的。尸体发现后，我们第一时间通知了家属。这应该是认了尸出来。"

这样的哭声，苗郁在职业生涯中经常听到。刚开始，她会落泪，背过身去偷偷抹去眼泪。时至今日，她已经见过太多的哭泣，自觉不会再被影响。就在此刻，她仿佛看到了谢美云苍白得让人看不出心情的脸，以及她说"不离婚"时颤抖的肩膀。

苗郁不由自主地走过去，向妇人轻轻一欠身："女士，请节哀。"

扶着妇人的男人劝也劝不住，正在焦头烂额，领带皱巴巴的，被揉作一团。见有人搭话，他忙挤出笑，打量着苗郁问："你好你好，请问你是……"

"是谢美云女士的亲属吗？"苗郁试探着问，妇人还在大哭，冲散了她的声音，以及走廊上匆忙凌乱的脚步声。

"我是美云的哥哥，谢朗云，请问你是哪位？"男人迟疑地问。

苗郁迟疑了一下，决定实话实说："我是报案人，谢女士生前最后一个电话是打给我的。"

"哦，是吗？"谢朗云似乎也不知道应该说什么话，只好对他母亲说，"妈，这位是报案人，美云就是打电话向她求助的。当时……"他又看向苗郁，眼神说不出地古怪，"你跟美云是什么关系？美云为什么要打给你？"

在这样质问的目光的注视下，苗郁深吸一口气："我和谢女士只有一面之交，她向我咨询一些法律上的事。我在接到电话的第一时间就报警，也通知了认识的朋友。发生这样的事情，我也很难过。"

"法律上的事？"谢朗云眼里的不善越来越浓，突然叫起来，"是你？是不是你让美云离婚的？"

苗郁怔住了。齐思贤说："谢先生，谢女士只是咨询一些法律问题，离婚与否与我们没关系。"

"怎么没关系？"谢朗云鼻孔大张，声音也提高了八度，"要不是她要美云离婚，美云就不会提离婚，更不会被王书均打死。都是你害死美云的！我要去法院告你！"

苗郁执业这么多年，自问遇到极品无数，这样不由分说将当事人的死归结到律师头上的还是第一次。没料到，齐思贤比她还激动，抨击了回去："凶手杀害谢女士，与律师没有关系。何况谢女士当时根本没有和苗律师签代理合同。你们要找的凶手是你的妹夫，而不是……"

齐思贤还没说完，脸上重重地挨了一掌，眼镜歪到了一旁。苗郁愣了一下，才慌忙扶住他，问："你……你没事吧？"

"没……没事……"齐思贤很是狼狈，扶正了眼镜，不敢看苗郁。

谢母还在乱嚷乱打，指甲擦过苗郁的下巴，点点的热辣一闪而过。刘警官立刻抓住谢母，呵斥道："有话就好好说，在公安局动手是想被拘留吗？"

"警官，她是凶手，你快把她抓起来！"谢朗云指着苗郁，"要不是她，我妹妹能死吗？"

谢母哭喊着要扑上来，大骂苗郁是凶手，闻讯赶来的警察连忙限制他们的行动。刘警官不耐烦地说："讲道理，打死你妹妹的是王书均，和苗律师有什么关系？"

"要不是她教唆我妹妹离婚，王书均怎么会打我妹妹？"谢朗云振振有词的样子，令苗郁心头一阵火起。她强迫自己冷静，忽略脸上的小伤，冷冷地说："第一，谢女士是主动联系我；第二，我并没有给谢女士提供任何法律咨询，只是当面聊了几句；第三，你们知不知道谢女士经常遭受家庭暴力？你们知不知道家庭暴力会造成生命危险？"

"夫妻间打打闹闹算什么家庭暴力？要不是你……"

"连最亲近的家人都认为是打闹，所以谢女士在遇到生命危险的时候，选择向我求救，而不是找你们，因为她知道，就算她死了，你们也不会当一回事。"苗郁冷冷地说，"谢先生，你觉得谢女士的死是我造成的，那我告诉你，你们每个人都往她身上捅过刀子！是你们把她逼上死路！"

谢朗云的脸扭曲得变了形，如一头被激怒的公牛。苗郁毫不畏惧地逼视回去，虽然没他高，但气势足压过他整整一头。现场的气氛冷得像冰窖，谢朗云说不出话，就连谢母也忘记了哭号，呆若木鸡。

齐思贤暗示苗郁："走吧。"

苗郁跟上，扭头看了一眼那母子俩，他们被警察簇拥着签字，看似热闹却是孤零零、麻木地待在人群中，很可怜，又非常可恨。不知道他们在认出谢美云的时候，是什么样的心境，悔恨还是气愤。

这一切，对已经冷冰冰的谢美云来说，都不重要了。

"在想什么？"齐思贤开着车，问。

苗郁撑着下巴，看马路两边高大的雪松扑面而来，走路的人，骑自行车、电瓶车的人在路旁穿梭。她突然问："你当初学法律，是齐老师要求的吗？"

"他倒不想让我学法律，说劝人学法，千刀万剐。是我自己选择的。"

"为什么？看了电视剧，还是看了什么书？"苗郁记得很多年前，电视上满是律政剧，律师与检察官唇枪舌剑、你来我往地过招。她的很多同学就这样被带入了坑。当自己真的当了法官、律师、检察官，才哭着说，电视里都是骗人的。

齐思贤笑了："没有，我从来都不喜欢看电视剧。我爸当法官的时候，经常把卷宗带回家写判决。我做完了作业就翻他的卷宗看。这个人这么说，那个人那么说，我觉得都有道理。我爸说，保持自己的清醒和立场，才能坚持你自己。"

凉风一阵阵地刮进，苗郁轻轻地叹息。坚持自己，多么沉重的四个字。她幽幽开口："如果谢美云能坚持她自己的想法，今天也不会是这样的结局。"

"别骗自己了。'如果'有用的话，要我们律师做什么？"齐思贤冷静地说。

苗郁怔住，真是一语惊醒梦中人。这段时间，她也无数次想过很多如果。如果她能警觉一些，就能早点发现沈冲出轨，如果沈冲没有骗她，可能很多事情就会不一样。

她飞快地偷瞟了齐思贤一眼，他专注开车的样子，说不出地好看。望着路边行道树上新发的嫩绿，苗郁仿佛听见自己心跳的声音，带着春的气息，欢快得像是不受控制。

她这是丧失理智了吗？

到家了，齐思贤表示要送她回去。苗郁客气地拒绝："谢了。博雅应该回来了，不太方便。"

"那送你到楼下？"

此时霞光正好，齐思贤的微笑也不多不少，恰到好处地暖心。苗郁忍不住问："你还疼吗？刚才在警察局，你替我挡了一巴掌，你……"

谢母年龄大了，这一巴掌也算不上太用力，只是打耳光对人来说，羞辱成分更大些，不知道齐思贤能不能受得住。苗郁更奇怪的是，他就这么轻描淡写地放过，一点也不像满身学究气的他。

齐思贤只是笑："我没那么脆弱，她这样算好的。"

苗郁看他。

齐思贤继续说："大三的时候在律所实习，我被当事人打过。那是真的打，乱拳乱脚。要不是我师父护着我，还有法院法警和执行法官保护，我的肋骨都要被打断几根。"

"那一定很疼吧？"

话刚问出口，苗郁才察觉这种关心似乎过了界，露出尴尬的笑。齐思贤摇头："也没什么。我爸说，我要当律师，就要做好挨打的准备，毕竟当事人不像我们懂法律，够理智。"

"开始我不太理解，打人就是犯法，为什么师父和我爸劝我不要追究？"齐思贤手揣在兜里，与苗郁并肩，迎着残霞走在小区里。步伐匆匆的白领，放学玩耍的孩童，笑看孙辈的老人，小区里人气充沛，凡尘里的热闹满是烟火气，他忽然笑笑，"我突然想明白了，法律工作者算是够理性了吧，但我们还是会有私心，还是有不理智冲动的时候，遑论普通人。所以，挨两下巴掌算什么？何况他们刚刚失去亲人，我感同身受。"

苗郁轻扬眉，惊诧掠过眼眸："我还以为你是……"想了想，又自嘲似的笑笑，没再继续说。

"以为我是机器人？"齐思贤接过话头，口吻轻松得像是谈论别人，他转脸看苗郁，"机器人也是有感情的。"

　　苗郁猝不及防，看他的脸骤然放大，镜片后的眼睛仿佛藏下了一个世界。一瞬间，苗郁看清自己惊诧的脸，慌乱、不安。他的气息倏地接近，似有若无地撩拨起枝头开得正好的海棠花。

第七章

他要做什么？苗郁惴惴，中学时看过的言情小说片段清晰而快速地闪现。鸟儿在叫，孩子的笑声如细碎的波浪，飘荡在空中。天边的红霞，照出一张张喜悦的脸。齐思贤，你要做什么？

齐思贤眼中浮现出名叫困惑的神色，忽然轻轻摸上苗郁的脸。他的指尖微凉，却又分外地暖。一簇小火苗跳在她心口，烧干了她的喉头，烧软了她的四肢关节。她全身上下，只有眼睛还尚存一丝活气。

"你……什么？"

"你的脸，被抓伤了？"齐思贤问，"刚刚在警察局被谢美云的妈妈抓的？"

呼吸刹那间凝固了。

苗郁听见自己的声音在回答，漫不经心的口吻："小伤，不碍事。"平静的湖面下，暗流深涌。

"我明天给你拿一盒药，朋友去日本给我带的，祛疤很有效。"齐思贤一脸认真。

一瞬间，苗郁选择了拒绝："谢谢，不用，我家里……"

她说不出话。

齐思贤的手指还没离开她的耳侧，那一点点的接触就好像是火星，即将成燎原之势。他眼中的碎碎金斑，照得苗郁睁不开眼。

苗郁以为这一瞬间便是天荒地老。没想到，能炸开她和他的，除了时间，还有中气十足的女声。

"小郁！小郁！"

这嗓门太过熟悉，没见到来人的模样，她也知道是谁。方才仿佛有一层玻璃罩隔开他们二人与旁人，这玻璃罩被这河东狮的声波砰地震碎。小区里的笑闹如潮水涌来，浇透了她全身。

齐思贤看向苗郁的身后，神色茫然，手却像是黏住了，迟迟不肯落下。苗郁方才的羞意忽而变作笑意，这人怎么可以那么可爱？

"小郁……"来人气喘吁吁地拉住苗郁，不客气地盯着齐思贤，"你、你……你是哪位？"

齐思贤如梦初醒，退了小半步，手落下时比平时慢了不少，空气中飘荡着恋恋不舍的意味。他被来人的气势压住，局促不安："您、您好，我……"

苗郁及时伸出援手："妈，这是我们律所主任，你别太凶。"不等母亲说话，她又追问，"你什么时候来的？怎么不跟我说一声？"

"我敢说吗？你爸已经拦我好几天了。"苗郁的母亲保养极好，明黄色的大衣让她成为小区最耀眼的花，眼角细细的皱纹和额角的汗珠不动声色地出卖了她的年龄，她又叉腰看着苗郁，"你离婚了怎么不告诉我们一声？害得我在家担惊受怕的，生怕你是出了什么事。你爸也是，说什么你能处理好，让我别来烦你。我哪里放得下心。到底怎么回事？沈冲为什么不要你了？他要是欺负你了，妈妈不要命也给你讨回公道。"

这哪儿跟哪儿啊，离个婚好像是吃了天大的亏。苗郁哭笑不得，又有些尴尬。她说："妈，你真要在这儿宣扬你女儿离婚的事？"

苗母原本堆了一肚子的气，见女儿精神还好，并没有太消沉，心放下了大半，说："好好，回家说回家说。"一手拉着行李箱，一手拉着苗郁正要走，忽然转头，上下打量齐思贤，"你、你是学校的主任？小郁的领导？"

学校？苗郁突然想起，家里人不仅不知道她离婚的事，连她辞了学校的工作也不知道。

旁边，不明所以的齐思贤客气地笑："阿姨好，我姓齐。我、我不是苗律师的领导，我只是……"

苗母后知后觉地笑了笑："主任就是领导，没什么，没什么。齐主任那么年轻就当领导，比我们小郁厉害多了。"

齐思贤被这莫名的夸奖弄得更加尴尬，求救似的看了苗郁一眼，苗郁会意，拉着母亲说："妈，回去吧，今天齐主任是顺道送我回来。"

"怎么能这样麻烦领导，你也太不懂事了。"苗母打量了齐思贤，拿不准应该以什么口吻招呼。叫小齐？似乎太随意。叫领导？他们之间的年龄差用这个叫法也不太合适。叫主任？这跟叫领导有什么区别？

齐思贤听见"领导"两个字就发怵，忙告辞："我就先回去了，不打扰阿姨。"他看向苗郁，"你……你好好休息。"

他匆匆离开，背影似乎有些落荒而逃的意味。也是，苗郁知道，母亲的威力无人可挡。她深吸一口气，帮妈妈拉过行李箱："妈，我不是挺好吗？你过来做什么？"

"离婚这么大的事都不告诉家里，电话打了这么多次，你也不说。"苗母开始埋怨女儿，"我和你爸多担心你，你知道吗？"

"就是知道你们担心才不说的，反正事情都这样了，我一个人还轻松点。"苗郁轻描淡写地说。

"好好的，为什么离婚？"苗母追问。

电梯间就母女二人，苗郁叹口气："沈冲出轨了。"

"什么？"苗母的声音陡然升高，震得苗郁耳膜嗡嗡直响。她后悔，早知道回家再说，免得耳朵遭罪。

"他找了什么人？他出轨？他提出的离婚？"苗母气得发颤，大有立刻冲去找沈冲算账的架势。

苗郁拿出钥匙开房门："这些问题不重要，都离婚了。现在房子是我的，这几年的积蓄他都给了我，我没什么吃亏的。"

房门自动打开，唐博雅露出笑脸："小老师你回来了，我做好饭了。"

苗郁很惊讶，她妈妈更惊讶："她……她是谁？"

苗郁忙介绍："这是我的学生唐博雅，现在和我在同一个律所。"

唐博雅立刻甜甜地叫了声"阿姨好"，帮忙拿进行李箱，倒水给苗母。苗母却是"啊"了一声："什么？你又回去当律师了？"

"是啊，我忘了告诉你和我爸了。"

"教书哪里不好了，轻松不累，还有假期。"

苗郁撇撇嘴："律师有什么不好，钱多，时间够支配，比在学校朝九晚五好多了。"

苗母一脸痛心的样子，坐在沙发上，想要说女儿两句。想着有外人在，总得给女儿面子，她只好咽下这口气，端着杯子喝水。好半天，她才想起问正忙着端菜端饭的唐博雅："小姑娘，你也是律师吗？"

"我是律所的助理，现在还没有执业。"唐博雅的声音从厨房里飘出来，"小老师很厉害的，现在好多人指明要她代理案子。"

苗郁暗笑，唐博雅机灵，人捧人才是上策。

苗母叹气："你们女孩子，求个安稳就好了，当律师太累。对了，小唐，你家住哪儿？"

苗郁叫母亲洗手吃饭："妈，她租的房子失火了，我让她暂时住在我这儿，找到地方她就搬出去。"

苗母吓了一跳："孩子没事吧？没受伤吧？"

唐博雅不自在地笑笑："没事，就是东西烧没了。多亏小老师收留我，要不然我这几天都要流落街头。"

苗母见桌上的三菜一汤，荤素搭配得当，红的、绿的、黄的、白的都有，忍不住叹口气："小郁就是个太会做家务，要不然也不会离婚。"

唐博雅一缩脖子，不敢接话。苗郁警告："妈，你要觉得离婚不是好事，就别挂在嘴边。"

"我说错了吗？都是我惯的你，从小不做事。不是我说，这家里要是有烟火气，男人才不会到处偷吃。"苗母见桌上的小菜色彩丰富，米饭不硬不软，忍不住夸，"小唐你真是手巧，有男朋友了吗？"

唐博雅摇头："没呢。等我成了业内大拿，男朋友会有的。"

苗母猜不出"大拿"的意思，摇摇头，语重心长地说："你们女孩子，一定要早点找男朋友，早点安定下来，早生孩子早享福。那么累做什么？"

要在外面遇着这种理论，唐博雅准绝不客气地回嘴，但说这话的是小老师的妈妈，她也只有装出洗耳恭听的样子，敷衍着点头。

"妈，吃饭。"苗郁说，对唐博雅说声谢谢。

苗母叹气："哪里吃得下。你结婚后，我和你爸还想着等你生了孩子帮你带，现在外孙没了，女婿也跑了。"她想起了什么，突然放下碗筷，很认真地问，"今天送你回来的，你们领导，多大了？"

唐博雅差点被米饭呛死，连声咳嗽。苗郁瞪大了眼："妈，你别乱想好不好，他只是顺道送我回来。"

"送你回来还聊那么久？我都看到了。"苗母说，"我觉得啊，他对你有意思。"

唐博雅头也不敢抬，埋在碗里只顾着吃。苗郁说："妈，你别乱说。他比我小一岁，没有的事。"

"年龄不是问题，只要人品好。"苗母又开始叹气，"男人人品好是最重要的，要知道疼老婆。我看他跟沈冲不是一路人。"说着，苗母眼睛突然亮起来，一拍手，"对啊，小伙子挺不错的啊，年纪轻轻就当了主任，多好，多配你。"

饭桌的这边，唐博雅丢下了一句"我吃好了，小老师、阿姨慢慢吃"，端着碗便往厨房跑。虽然她很舍不得蒸得嫩嫩的芙蓉鸡蛋，但是这些私密对话，小老师一定不想让她听太多。

苗郁松了一口气，暗暗感激唐博雅的体贴。见母亲还在唠叨，苗郁敲碗警告："妈，你别说了。他就是律所的主任，跟我没别的关系，你也别想太多。"

"哪有同事对你伸手摸脸的？"苗母摆明了不信，"我都看到了。"

苗郁一窒，使出胡搅蛮缠的劲抵死不认："你不是老花眼吗？看错了吧？"

苗母被女儿气到，连吃好几口菜。苗郁也没再多说，收拾了碗筷，又抱出新被子。她一边整理床铺一边说："妈，这几天你跟我睡，博雅睡客房。"

苗母打开电视，追正在看的宫斗剧，匆忙点头算通过。唐博雅趴在书桌上，正在整理明天立案要提交的证据，她将损毁证明、公安出具的证明依次打印，每一页的角上都用铅笔做好编码。苗郁走来，随意地看了看："起诉书改好了吗？"

"改好了，小老师你看。"

苗郁点点头："拿个文件袋，按顺序放好。明天早上七点起床，我们去法院。"她手头也有一个案子，要去同一个法院立案。

"法院少去，阴气重，对身体不好。"苗母听了一耳朵，连忙很认真地叮嘱。

执业律师苗郁以及未来的职业律师唐博雅默默揉了揉膝盖。

唐博雅要起诉房东，依照合同的规定，房东要赔偿违约金，受理法院就是出租屋所在地的法院。这所基层法院出了名地案子多，每天在立案庭门口立案的人排起长队，曲曲扭扭的，把人行道都占了大半。去得晚了，等到太阳落山也立不上案。有心想发火，看立案庭的工作人员一个个比狗还累，办事的人们也只好怪自己腿脚不够利索，第二天早点去。

苗郁和唐博雅年轻，起个大早，也没赶上第一个位置。好在唐博雅穿了球鞋，立案庭的门一开，她就如风一样冲到前面，抢到了第4号，帮苗郁抢到了第5号。

法院只有4个立案窗口，唐博雅先办立案手续，苗郁等了一会儿也轮到了。她手里是个保险合同纠纷，原告是一起交通事故的受害人，对保险公司的赔付不满，所以起诉到法院。造成交通事故的车辆和驾驶人又分属不同的公司，提交被告身份证明时，花了不少时间，不过好在总算立上案了。

感谢立案登记制，不用再跑第二趟。

苗郁办完事，回头一看，唐博雅还没办完，正与工作人员争论着什么。苗郁走去，问："案子立上了吗？"

唐博雅惊吓地转过头，见苗郁在询问，忙说："立了立了。我……还有些材料没有带来，我明天再来提交。"

苗郁有些不解："昨天不是整理得好好的吗？怎么遗漏了？"

"我放在所里了。"唐博雅慌乱地收好柜台上的一堆通知书，一股脑地塞进包里。苗郁提醒她："别慌，慢慢收，检查一下。"

唐博雅说："我检查好了，收拾好了。"

她的态度很奇怪，苗郁微皱眉。既然她这么说，苗郁点了点头："走吧。"

唐博雅追上苗郁："小老师，我要回律所，齐主任有两个案子我和宋乾在跟进。"

苗郁原本也想回去的，忽然想起昨天齐思贤的眼神，那不是单纯的关心，超越了同事的关系，她很明白。

"我就不去了，今天要去一个公司取证。"苗郁扯了个谎，尽管事实也是如此。她手头有个案子，原告方原本向法庭提供了一份财务往来证据，在庭审时却否认其真实性。苗郁便代表被告方，向法庭申请调查令，亲自前往财务审计公司调取证据。

取证颇有些波折。财务公司与原告方常年合作，面对苗郁的申请，负责人一开始一般是拒绝的态度，声称已经提供了一次，拒不提供第二次。苗郁懒得啰唆，直接问："法院的调查令在你这里是不是没作用？"

负责人依旧要拒绝。苗郁收起调查令就要走："行，那我就直接申请法院来调取。"

律师调取和法院调取，听着差不多，后果可能千差万别。财务公司的法务起身拦住苗郁："苗律师，有话好说。"一边对负责人狂打眼色，别惹来大麻烦。

一番劝说，公司负责人不情不愿地拿出原告方的财务往来证明，苗郁算是了结了一件事。她问了宋乾，齐思贤现在不在律所里，苗郁便想回律所，把材料放好，等待下次开庭。

没想到，宋乾提供了错误的情报。苗郁一进律所，正与齐思贤打个照面。

齐思贤见了她，一怔后，目光竟有些闪烁，旋即招呼她："苗律师，麻烦你来我办公室一下。"

嗬，男人，没人的时候摸她的脸，有人的时候就叫她苗律师。苗郁瞥见唐博雅正在电脑前奋力打字，宋乾也在整理资料，顺势关上了办公室的门。

"有事吗？"苗郁坐下，问。

齐思贤递过他的平板电脑，示意她看。苗郁迟疑地接过，惊讶浮现在眼中："简历？律所要进新律师吗？"

"最近律所业务很好，我想是时候多招几位律师了。苗郁，你怎么看？"

苗郁随手一划拉，招聘APP里，投来的简历数量还是挺多的。她没细看，直接把平板电脑还给齐思贤："我不方便提供意见，齐主任决定就好。"

这话听上去云淡风轻，只有苗郁知道有多少赌气的成分在里面。齐思贤没有接过平板电脑，目光锁定苗郁的脸："苗郁，你愿意成为律所的合伙人吗？"

"我？"苗郁这次真的惊诧了，"为什么说这个？"

齐思贤看着她，一字一顿地认真地说："我希望你能长久地留在律所里，与我一起。"

一开始，苗郁是蒙的。长久地跟他一起，做什么？一起为法治建设添砖加瓦吗？当她惊觉齐思贤此刻的眼神已是深沉得藏下大海，她突然听见花开的声音。

此时，办公室的窗帘在轻柔地飘荡，阳光照见书柜里满满的书，厚重的封皮上，烫金的字映射出细碎的金光。空气中，荡漾着似乎严肃，又似乎是暧昧的气息。他的脸，慢慢地，熟透了。

法律男的表白，总是那么让人猝不及防。

苗郁嘴唇微微地动了动。她也不知道说了什么，或者什么都没说。她只是没想到，齐思贤会向自己表白，选择此刻，此时。

窗外投进的阳光渐凉，苗郁忽然起身，椅子与地板摩擦出慌乱的声音："对不起，齐主任，这事我还没考虑过。"

比她更快的，是齐思贤阻拦的身影。苗郁的心怦怦直跳，不知道他会做什么，难不成他会学霸道总裁？若真要如此，她是叫"非礼"呢，还是直接报警说自己遭到了性骚扰，或者……就那么算了？

苗郁正犹疑不定，齐思贤已经开口了，带着急迫："苗郁，我……"

"你不用说了。"

齐思贤愣怔，眼中浮现出尴尬。

苗郁不喜欢被选择被把控的感觉，预料到他即将说出口的话，脱口而出打断了他。只是，他受伤的表情让苗郁心底莫名柔软。

窗外的风又悄悄地溜进来，微凉，却又温暖。一瞬间苗郁想到了很多，心情起落如潮。随即又清醒过来，他们之间并非坦途，还有好几道看不见的阻碍。

但是，她不想放弃。

"我知道你要说什么。"苗郁开口了，嗓音分外地软，眼神柔和得如一汪秋水，全然是另一个她，"我只是……感觉……太突然。"

静谧层层荡漾开，两人却不尴尬。齐思贤松了一口气，唇角与眼角柔柔地弯起来。至少不是直接拒绝，还有戏。

"你的建议，我会考虑的。"苗郁的口吻很轻松，像是开玩笑，也像是要郑重接纳，她退了半步，歪着头看齐思贤，眼中闪过一丝天真顽皮，"谢谢。"

齐思贤顿感肩头轻松，笑意重新回到他眼里。

"好，我等你。"

无论你的回答是什么，我都全心对待。

"没什么事我先出去了。"苗郁想离开，齐思贤突然叫住了她。

他露出思考的神色："那个……小唐起诉房东的事，立案了吗？"

苗郁点头，不太懂他为什么突然提起这个事。齐思贤低头，复而抬头，说："她向法院提交了证据吗？"

"立案的时候应该都给了，今天去的法院。"苗郁说。

齐思贤递给她手机。

苗郁困惑，刚刚给自己看平板电脑，现在看手机，下一个是什么？房产证吗？

别乱想。

齐思贤给她看的是一份拍下的租赁合同，格式正确，内容完善，甚至包括了租赁房出了意外事故后房东应该如何赔偿的条款。苗郁问："这份合同，怎么了？"

"我之前在打印机那儿看到的，你看。"齐思贤给她指了一处，"租赁房屋的地址，是小唐租住的地方。"

"是保存的图片证据吧，需要打印出来提交。"苗郁刚如是说，忽觉得不太对劲，今天上午，唐博雅明明白白地说，证据都提交了。合同是证明她与房东有租赁关系的重要证据，她不可能不提交。

齐思贤说："而且，我看得很清楚，是文档打印，不是图片打印。"

律师的职业本能，让苗郁立刻听出了其中的差别。图片打印是直接把图片打印出来，造假成本高、难度大，作为证据的证明力强。而文档打印的证据就不好说了，文档谁都可以修改，谁知道是真是假？而齐思贤手机里的图片，明显是一张打印的文档，而不是图片。

这份证据极有可能是伪造的！

"我找她去！"苗郁微怒。

齐思贤忙拦住她："等等。"

"这是伪造证据！"苗郁的怒气开始积蓄，"她现在还不是执业律师，就想用这种歪门邪道打赢官司。真有面临诱惑的那一天，她会怎么选？会怎么做？"

她突然住了声。齐思贤半举双手，眼神无辜极了。

"对不起，我太生气了。"

齐思贤拉她坐到沙发上，说："你要不要先仔细看看合同？如果真是假证据，再和小唐好好谈谈？我的话，她不一定听。"

拿起齐思贤的手机，苗郁把图片反复放大、细看，手指停在其中一个条款上，点了许久。

"这条有问题。"苗郁说，"一般来说，房东和租客不会约定租赁房出了意外后的赔偿，金额也不会固定在某个数额上。五万？不可能这么高，几千才有可能。至少我经手的房屋租赁纠纷中，不会出现这样的条款。"

这的确是律师的经验敏感。齐思贤问："你准备怎么办？"

"先谈。如果她还执迷不悟，我向法院举报。"苗郁当即下了决心。

齐思贤不太赞同："在法庭上，对方也能提出证据吧，对真实性和证明力提出反驳。"

"房东家也烧得差不多了，能不能找到合同都是个问题。"苗郁冷静地分析，"她拿出合同，房东怎么反驳？说这合同不是当时签订的？证据呢？"

"总得有签字吧……"齐思贤说。

的确，没有双方签字的合同就是废纸。齐思贤只拍了合同的第一张，后面的没看到，没办法下结论。苗郁沉思了一下："我跟她说说。"

这是目前最好的处理办法。齐思贤也赞同："好好说，别伤了她。毕竟她的小猫失踪了，从情感上说，她这样也能理解。"

苗郁望着他，笑了："刚开始你不是反对她起诉房东吗？现在怎么对她同情起来了？"

"前段时间有个朋友找我咨询，其实标的也不大，就是楼上漏水。双方闹过不愉快，所以各不相让。就是不到两千元的事，我朋友一定要让我代理这个案子，代理费都不止两千。"

"判决结果出了吗？"

齐思贤呼出口气："今天上午拿到了判决书，我朋友输了。"

"还上诉吗？"

"当然要。"齐思贤说，"他自己也知道，官司打成这样，付出的精力和成本远远超过原本应该有的，他只是不甘心。"

这便是打斗气官司。钱不重要，时间不重要，争个输赢最重要。苗郁呼出气，唐博雅只是想用起诉的方式，补偿失去小猫的伤痛。但是，其情可悯，其行有过，决不能姑息。

"好，我想想怎么跟她说。"苗郁看了看窗外，阳光已从灿金变作暗黄，她忽觉时光飞逝得太快。她对齐思贤笑了笑，想起之前的话题，站起了身。

齐思贤微笑，似有腼腆。

苗郁的手已经握在门把手上，等了片刻没听见挽留之声，她用劲拧开。咔嚓，身后仍是沉默。

嘀，男人。

手机不经意间嘀嘀响起，未解锁的屏幕上，一行字清晰入目："愿得一心人，白首不相离。"

苗郁一笑，收回手机，款款走到办公桌前。另一旁，唐博雅在等她，目光中似乎有探究。苗郁招呼道："走吧，我们回家。"

唐博雅松了一口气。一路上，看苗郁专注开车的侧影，她一直惴惴不安，但苗郁一直没问，只跟她聊八卦、天气，话题十分轻松。

大概，应该，可能没事了吧？

苗郁突然问："你和房东签的合同，提交给法庭了吗？"

"交了。"唐博雅脱口而出。

趁着等红灯的空当，苗郁偏转过头看她："你的大部分东西不是都烧毁了吗？"

"我……我当时放在家里了，火灾当天我就让我妈给我寄过来了，原件。"唐博雅刚强调了最后两个字，心开始突突地跳。

说错话了。

苗郁投向她的目光意味深长，唐博雅开始心惊肉跳，耳边莫名响起一阵嗡嗡声。她以为苗郁要说些什么，但她什么也没说，一路就这般沉默着。

回到家里，苗母已经做好了饭菜。一见两人，苗母忙招呼："快快，洗手吃饭。"

"哇，阿姨的手艺真好。以后我要是有这样的手艺，就不怕嫁不出去了。"唐博雅大夸苗母，苗母心情大好，笑着说："小唐这么会说话，哪里愁找不到男朋友。"

苗母话锋一转，望着苗郁直叹气："小郁就亏在不会说话，从小就是直性子，拗脾气，一句好话也不会说。好不容易结了婚，她又……唉。"

苗郁端着饭碗出来了，听这话，不满地说："妈，我又哪里惹你老人家生气了？"

"哪里都惹我生气。"苗母一边分发筷子，一边唠叨，"沈冲出轨是对不起你，但是你不会跟他好好说吗？"

"好好说能改变他出轨的事实吗？"苗郁给苗母夹菜，"吃饭吃饭，别说不高兴的事。"

唐博雅紧张了一天，实在抵抗不住可口的饭菜，埋头大吃。苗母说："出轨嘛，男人和小三都有责任，你也不能老是指责沈冲。"

"是啊，是冯佳梦拿刀逼着他上……出轨的。"苗郁本想再多说点，看在满桌子都是她喜欢的菜的分上，选择少说两句。

苗母不满地嘀咕："又不是什么大错，总得给人个机会改正一下嘛。"

苗郁停住了手，筷子在饭粒里缓缓地拨弄。唐博雅心里有事，飞快地偷看了苗郁一眼，美味的家常菜肴顿时味同嚼蜡。苗郁望着妈妈："妈，离婚后我仔细回忆了很久，沈冲出轨，是必然的结果。在他出轨前，已经有预兆，只是我没发觉。"

苗母听着女儿话里有话，忙说："吃饭，吃饭时别说这么多。"

"妈，你听我说。"苗郁索性放下筷子，说，"之前，他有个案子，证据上有些不足，他就做了一些事，通过在证人证言上做手脚，加重被告的责任，最终判决下来后，原告获得了比预料中更多的赔偿。我知道整个过程，但没有阻止他。的确，那个当事人很可怜，安装广告灯箱的时候从3楼摔下来，需要赔偿金治病，但是，再充足的理由，也不是他做错事的借口。"

唐博雅低着头，一声不吭地数着饭粒。冷不丁，苗郁叫她："博雅，你觉得呢？"

"我？我没什么想法。"唐博雅装出努力思考的样子，"律师是要维护当事人利益的，我觉得沈律师争取赔偿的方法……其实很多律师也在用，他们也没受到惩罚。"

苗郁反问："很多人用，所以就可以采用吗？"

唐博雅心一紧，呼吸顿时乱了节拍，讪讪地说不出话。她想抬头，但苗郁那似乎能洞察到她心底的目光，压得她难以喘气。

苗母不明所以，还以为苗郁在考察唐博雅，忙说："哎哎，算我多嘴，下了班就别想那么多。好好吃饭，说这些做什么呢？"

唐博雅抬起头，见苗郁的目光意味深长，不知哪里来的勇气，说："但是，小老师，你在课堂上也告诉过我们，审判不能解决所有的问题，正义也不会如约到来。有的事从程序上看是错误的、非法的，但是最后的结论是正义的。我希望正义如约而至，而不是需要的时候迟迟不到。"

"辛普森一案，我记得你分析得很好，培根的话也是引用了多次。"苗郁慢条斯理地说，"你忘了吗？"

唐博雅语塞，愤而闷头吃完饭，丢下一句"我吃好了"，便躲进了客房。苗母以为苗郁说了什么重话，不由得责怪女儿："小唐还是孩子，你凶什么？"

"还是孩子"，是巨婴无往不利的利器。好在唐博雅暂时不是那样的人。苗郁不想多作解释，解释了母亲也听不懂。她岔开话题："妈你什么时候回去？"

"嘿，翅膀硬了不是？赶我走？"

苗郁说："我还想让你多住几天，但你不怕这几天你不在家，爸就偷偷吃红烧肉、粉蒸肉、回锅肉？"

苗郁的父亲常年三高，苗母严格控制他的饮食，餐桌上的菜除了绿色的就是白色的，或者是黄色的，一点油星子都看不见。苗母说："他敢！我走之前规定了，冰箱里的菜必须吃完，连菜谱做法都给他写好了。要是菜没吃完，那是不准抽烟喝酒的。"

苗郁故意使坏地说："要是我爸把菜丢了，天天叫外卖怎么办？"

"嘿，你妈妈还没老。你爸的支付宝和微信都是我申请的，绑定的是我的银行卡，他要花一分钱，我都看得到。"苗母得意扬扬。

父母相互扶持了一辈子，有过拌嘴吵架，更多的是柴米油盐的平凡。苗郁洗着碗，突然想到齐思贤那句话："愿得一心人，白首不相离。"

他就那么笃定，自己会成为他的一心人？或者，他确信她的一心人会是他？

苗郁突然一阵心慌，兼有心烦。单身有什么不好，一定要找个伴吗？虽然对比之下，她的原生家庭已经算是很好了，可她还是会害怕、担忧、迷茫。

十点半，苗郁雷打不动的上床时间。苗母躺在床的另一侧，拿手机追剧，不知看到什么情节，笑得不亦乐乎。苗郁想了想，去敲了客房的门："博雅，睡了没？"

门里，唐博雅有些低落的声音传出来："小老师吗？我已经上床了。"

苗郁说："我想起来了，你的案子，法院有没有通知你调解的时间？"

半晌，唐博雅开了门，眼皮有些肿，头发也乱乱地披着。她看苗郁，又低下头，说："小老师，我找到新房子了，过两天就搬出去。"

苗郁一点都不惊讶于唐博雅的决定，这是一种本能。

"我尊重你的决定。"苗郁的声音让人听不出波动，像是在聊一件普通的事，"每个人都有做决定的自由。"

唐博雅局促不安，她穿的是苗郁的长T恤，长过膝盖，神色消沉。她说："小老师，我只是觉得不公平。房子烧了，我的小猫死了，我大学所有的照片、证书都没了，我奶奶的照片也烧了。我的精神损失谁来补偿，小猫的命谁来补偿？"

"但有些行为，不是对个人的不公，是对整个司法的不公。"苗郁说，"你从来聪明，这个道理不用我说得太透。"

唐博雅沉默，用沉默抵抗。

"那是沈冲第一次在诉讼中造假。其实，教当事人有技巧地隐瞒，是我跟他提议的。到底是有心还是无心，我也记不清。我记得很清楚的是，原告摔落后，高位截瘫，是一级伤残。但是被告方一直坚持，原告只是顺便来帮忙，他们之间没有雇佣关系或者承揽关系。原告家里很困难，孩子在上学，母亲常年生病，沈冲特别想帮原告。我就让他去找证人，表面上是问一些情况，其实是暗示被告曾经许诺给原告一定的费用。人的记忆是会有差错的，在他这样的暗示下，有好几个证人在出庭的时候，都说被告答应了要给原告几百元的费用。"

苗郁顿了顿，看向唐博雅，后辈脸上的倔强如当初的自己："你可以问，被告可以反驳，而且指出证人证言有错。但事实是，他提不出相应的证据，证明证人的话不是事实。所以法官采信了证人的证言。

"挺好，是不是？虽然手段不算正当，但原告得到了赔偿，岂不是挺好？"

唐博雅没作声，廊灯幽幽暗暗，苗郁的脸半明半暗，声音浮浮沉沉："离婚后，我反思，那个案子应该是他作假的开始。千里之堤毁于蚁穴，因为违法没受到惩罚，所以，他开始钻营，甚至有两次唆使当事人出具假的证明。"苗郁想起齐思贤的话，他认为沈冲被牵扯进了齐伦的案子，甚至与齐伦的死也脱不了干系。如果真是如此，那他到底牵扯有多深，苗郁不敢想象。

唐博雅依旧沉默。

"他做的事，有的我知道，有的是我猜出来的。我还是挺担心他，他说，哪个律师没做过这些事，小心点就行了。"苗郁舒口气，"你可以说我软弱，也可以说我咎由自取。我真的反思过，常常想，如果那次我没有出那个主意，沈冲会不会一直严守律师的底线？"

会吗？苗郁不确定，目光落在漆黑的走廊深处，久久没有作声。

许久后，唐博雅闷闷地说："小老师，我睡觉了。"关门前，她回头看了苗郁一眼，眼中藏着千言万语——小老师，我真的没做错，是你错了。

苗郁叹气，不知道她听进了多少，但愿她听得懂。她躺在床上，辗转难眠。今夜，她又想起了沈冲。自从上次在老旧小区见了一面，他也没联系她，她试着在微信上找他，发现自己已经被拖黑了。看着微信的贴心提示"您还不是他的好友"时，苗郁除了苦笑，只有如释重负地叹气。

苗母已经睡得熟了，苗郁正要关灯进入梦乡，手机忽然闪烁起来。

短信？这年头不是微信就是直接打电话，短信似乎是营销和骗子的专利。大半夜还发短信，骗子还真敬业。苗郁正要删除，却"咦"一声。

发信人的名字很熟悉。苗郁一下子记起来这个人物。

"苗律师你好，我是喵视频的钟远声。"

喵视频最近遇上了麻烦。公司有位游戏女主播近段时日颇受欢迎，粉丝量很大，有位死忠粉丝在短短一星期内打赏了九万多元。这对公司和主播都是好事，但没想到这位粉丝竟然是未成年人。现在，父母找上门了，要求喵视频退还所有的打赏并且赔偿各项损失，否则将起诉平台。

"三十万？"苗郁对着长桌对面的那对中年夫妻笑，"您二位认为，法院会支持这样的诉讼请求吗？"

两夫妻的孩子已经被抽了好几顿，今天夫妻联手到喵视频公司来讨要钱款。而苗郁，就代表喵视频与两人谈判。

"你们公司诱骗孩子刷礼物、打赏，这就是违法的。"女人有些激动，"八九万，不是小数目，你们必须还，还要赔偿我们的损失。"

苗郁不徐不疾地问："九万的确不是小数目，那孩子为什么能接触到？"

"孩子都玩手机，我们也是没办法，但这不是你们刻意诱导消费的理由。你们平台的打赏界面，没有提示，只有消费链接。我认为这是不合理的。"与妻子相反，男人一副沉稳的样子，说话也是条理分明。苗郁评估，丈夫比妻子更难拿下。

苗郁说："其实我们当事人也愿意支付补偿，只是二位提出的赔偿金额远超我当事人的心理价位。"

女人尖叫："你们这是要赖！钱是你们偷的，你们凭什么不还？你信不信我找电视台、报纸曝光你们。"

钟远声差点笑出声。在自媒体的地盘上，找传统媒体撑腰，碰撞出莫名喜感。苗郁瞥他一眼，继续她的工作："二位，能不能考虑一下，放弃一些要求？"咽下"不切实际"四个字，她从文件夹里拿出一沓文件，"这是近年来全国其他法院做出的判决，案情相似，无一例外的，都是未成年人打赏主播巨额钱款，父母起诉到法院，要求平台公司返还打赏的赏金。但是法院基本没有支持原告方的诉讼请求，极少一部分判决退还部分欠款。"

看着白纸黑字的判决书，两夫妻的脸色越来越难看。女人一拍桌子："你们这是不还了？"

苗郁认真地纠正她的说法："不是还，而是补偿。"

"算了，我们去法院告他们！"男人愤愤地看了钟远声一眼，拉起老婆，作势要走。钟远声有些不安，见苗郁稳坐钓鱼台的样子，也就没说话。

二人的脚步越来越迟滞，女人伸手拉门的动作几乎要停滞。苗郁及时开口："二位真的要考虑一下。虽然我和我的当事人对这件事的发生表示遗憾，公司也会及时改进刷礼物的规则，但是现在的确有规定，不能全数归还钱款。"

男人转过头，不抱太大希望地问："你们会退还多少？"

苗郁看钟远声，他忙说："全款的30%，也就是两万七千元。"

"不行，太少了。"女人一口拒绝，"五万，一分钱也不能少。"

钟远声很为难的样子："二位，真不是我们不愿意退，账已经进了总公司的账户，总公司要求一分钱也不赔。主播愿意把她能收到的钱全部交出来，我们工作室再补贴一点，算下来也只有三万左右。"

"打赏九万，主播只能得这么点？不可能吧。"男人不可思议地反问，被妻子恶狠狠地剜了一眼，立即换了另一副面孔，"那……那这样，三万太少了，起码得还我五万。"

妻子却说："必须全部还，92371元，一分不少。"

这边，钟远声思考了一阵，转头问苗郁："苗律师，我觉得现在给钱，可以少些麻烦事。"

苗郁亦是用同样低沉的声音说："我建议走诉讼程序，时间上虽然拖得久些，但是最后判决结果不一定对你们不利。"

"不一定？为什么不一定？"钟远声有些疑惑，"你那些案子，平台公司不都赢了吗？为什么我们打官司，法院就要支持他们？"

对面的夫妻也开始争执。丈夫只想要回五万，妻子一力坚持必须全部退还。苗郁站起来："二位，你们可以先商量一下。"使个眼色，让钟远声跟着出来。

"苗律师，你就别卖关子了，你就跟我说，这官司能不能打赢？不能打赢的话，得赔多少？我们会不会坐牢？"刚到走廊上，钟远声的问题连串地抛出来。

这是公司的办公区，一条走廊两旁全是小单间，键盘敲打声、说话声、音乐声隐隐约约传来。苗郁第一次见视频公司的内部，不免好奇地多看几眼。听钟远声这么问，她回答："我真的没办法跟你说赢面有多大。法院是要看双方证据的，支持诉讼请求的证据多、证明力强，赢面就大一点；相反，就有可能输掉官司。"

钟远声追问："不是有辩论吗？你能不能反驳他们的证据？"

又是拿着电视剧当圣旨的家伙。苗郁说："法庭辩论是必须有的，但是对方也会提证据，法官会考虑证据的客观性、关联性、合法性，所以输赢都是要上法庭之后才知道的。现在你明白了吧。"苗郁看了看会议室，妻子一个劲地骂丈夫，丈夫垂头丧气，偶尔反驳两句，她回头，"放心，这是民事纠纷，打输了赔钱、赔礼道歉都行，不会坐牢。"

"真的吗？"钟远声顿时轻松了不少，"我一直以为打输了就要坐牢，不是就太好了。"

不是太好，是太可怕。苗郁想，普法工作做了这么多年，普通人还是不知道民事和刑事的区别，这才是最可怕的地方。

"所以现在，你有两个选择，一是直接赔钱，不过看他们的样子，要求退赔的金额可能会比较高；二是选择诉讼，如果他们要起诉你们公司，你们就接传票应诉。"

"船票？"钟远声疑惑。

"传票，传送、传达的传。"苗郁在空中随意写了一个字，"如果他们要去起诉，法院立案后就会给你们公司发一张传票，让你们在规定时间到法庭来应诉。"

"什么叫应诉？"

"就是出庭，当被告。"

钟远声一脸不情愿："能不能不当被告？听着就像是罪犯。"他眼睛一亮，"可不可以不当被告又赢官司？"

又是这个问题，好多人对"被告"二字避之不及，好像是人生污点。很多当事人也对苗郁说过同样的话，这种作答对苗郁而言已经成了本能："法院开庭，就是给双方一个说理的机会。他要你赔钱，你总要跟法官说，为什么不赔。你想，如果你不去，法庭就是原告的天下，法官又听不到你的辩解，做出的判决是有利于原告还是有利于你？"

钟远声一副"受教"的表情，像个好奇的学生。他突然压低了嗓音，问："我们可不可以先找法官出来，给他看我们的证据？"

"然后录下来，声称法官收受贿赂？"苗郁反问，"是不是还想搞直播？"

　　本是苗郁随口一句调侃，钟远声竟然真露出思索的神情："这个可以策划一下……"

　　"打住，打住！"苗郁说，"这是犯法的！所有证据都要在法庭上，经过质证认证，才是合法的，才能被采信。"

　　钟远声走了两步，紧张地思考。在法律人看来，打官司是再简单不过的事，收集证据，出庭应诉，专业的事交给专业的人来做。律师只需要思考一两秒便能做出决定的事，外行人可能会思考很久，反复纠结。

　　会议室的门猛地被推开，夫妻二人走了出来。妻子为首，丈夫垂着头跟在妻子身后。苗郁低低告诉钟远声："九万。"

　　钟远声还没理解苗郁的意思，女人已经走到他面前，说："我们商量好了，你们必须退九万元，剩下的我不要了，就当是打赏给你的。"

　　2371元，还真是好大的一笔打赏。

　　谈不拢的生意，自然谈崩。女人气鼓鼓地按电梯，男人落在后面，往主播们的工作间一个劲地觑。女人在电梯里喊，他才匆匆跑去。

　　钟远声颇佩服："苗律师你怎么知道他们坚持全额退还？"

　　"律师其实是一个和人打交道的行业，见多了人，察言观色的本事当然也学了不少。"苗郁说，"早上你们公司已经和我签了合同，如果有法院送传票，或者电话通知领传票，千万要去领。或者到时候把我的电话给书记员，书记员会把传票寄到律所。"

　　"还是要到法院当被告啊。"钟远声愁眉苦脸，唉声叹气，"可不可以不去？"

　　苗郁说："我是你们公司的律师，我必须要出庭。你还可以指派一个员工，作为公司的代表和我一起出庭。"

　　钟远声突然想到什么，一拍手："我可不可以把法院开庭的过程拍下来？"

　　不愧是做自媒体的，这嗅觉太灵敏。苗郁笑着摇头："法庭审理过程是公开的，但是要录音录像必须经过主审法官或者合议庭同意。你可以申请一下试试。"她话锋一转，"不过，如果他们没起诉公司，你们就可以不用当被告。"

钟远声笑："现在我还挺希望他们来告公司的，这样我还能多听听苗律师的教诲。"

苗郁也回敬了一个微笑："就算不起诉，代理费也是要支付的。"在钟远声错愕的目光中，她指着合同中的一条，"这里。"

合同白纸黑字，写得清清楚楚，代理费用四位数，阿拉伯数字和汉字清清楚楚的。钟远声脱口而出："你们律师……真是躺着就把钱赚了。"

律师不爱听这话，但无数个客户用不同口音把同样的话说过无数遍，苗郁听也听习惯了。现在的她，会扬起职业化的笑："如果躺着就能领传票、提管辖权异议、写各种法律文书、搜集证据、出庭应诉、举证质证，甚至执行保全，这个工作未免也太轻松了。"人都是这样，别人的工作轻松、愉快、简单、挣钱多，自己的工作苦、累、差。天底下哪有那么多好事，外表光鲜内里甜？只看见律师赚钱，看不见准备司法考试挑灯夜战心理崩溃，看不见长期接不到案子生活困顿，看不见面对当事人提出各种奇葩极品要求时的无能为力，以及随之而来的责骂。

说多都是泪，不说也罢。

钟远声连忙举双手道歉："对不起，对不起，我不是这个意思。"

苗郁无所谓地笑笑："没事的话我先回所里了，有事打电话联系。记住，涉及诉讼的，千万不要擅自行动。"

见苗郁已经摁下下行的电梯，钟远声突然叫住了她："苗律师，前段时间我们平台发布了一段视频，我看到有你。你有没有兴趣看一下？"

苗郁一只脚已经跨进电梯，闻言转回了头："什么？"

原来，在唐博雅租住的房屋发生火灾时，有人拍下了当时小区混乱的场景，上传到了喵视频。这位拍客还拍了好几段，在最后一段视频里，苗郁看见自己急匆匆跑进小区的模样。镜头乱晃间，扫到了苗郁抱着唐博雅的画面。在苗郁身后，一双眼正看着她，人潮汹涌中，眼神中有说不出的缱绻。

苗郁内心深处有个地方，温柔起来。原来，在不经意间，有人一直在默默看着自己。

"谢谢。"苗郁道谢，非常礼貌，眉眼微笑的线条柔软了很多。钟远声叫了她几声，苗郁才回过神，唇边依旧留有笑意，如花香袅袅。

苗郁忽然想起一件事，摸出手机，说："钟先生，有个事想请教你一下。"

"什么？"

"你看这张照片。"苗郁从手机里调出照片，是她翻拍的冯佳梦寄来的照片。她把照片存在手机里，有空就看看，说不定会有新的想法。钟远声是局外人，日常工作又与图像影像有关，她问道："从这张照片里你能看出什么？"

"看出什么？"钟远声疑惑地接过手机，反复看了好些遍。苗郁说："你看出什么不对劲就都告诉我。"

"这地方在哪里？"

苗郁不想解释太多，便指向为她播放视频的电脑说："就在这个老小区里。不过这张照片也是别人给我的，让我猜谜。我想了很久也不知道她到底是个什么意思。"

"是想找这家在什么地方吗？"

苗郁解释："我找到了，但是户主没提供什么有价值的信息。"

手机在钟远声手里，图片放大再缩小，手机拿远又靠近，几番折腾后，他把手机原封不动地还给苗郁："不好意思，我看不出。"

苗郁无奈地笑，意料之中的结果。她再次道谢告辞，刚乘电梯到了楼下，钟远声忽然发来一条语音微信："苗律师，等一下。"

钟远声气喘吁吁，从电梯里快步走出，伸手："手机。"

苗郁从善如流，调出照片，手机放在他掌中。

钟远声这次看得很仔细，不仅在阳光下看，还走到阴影笼罩的角落里看。许久，他缓缓舒了一口气："我知道怎么回事了。"

苗郁坐在办公桌前，看钟远声将照片导入电脑安装的图片编辑程序里，在鼠标的操纵下，图片放大、翻转，某些地方被加重加粗，很快就呈现出不同的景象。

钟远声呼出一口气："刚开始看的时候，我没留意到重影和反光。你看，这里，这里，还有这几个地方，都有很浅的反光，边缘上有重叠的影子。所以我认为，这张照片是在室内拍摄的，有玻璃窗隔着。不知道这是不是你想要找的特殊的地方。"

室内！苗郁明白了。她一直以为这张照片是站在单元楼楼下从下往上拍的。现在，钟远声发现了照片上的重影，明明白白地表示，这张照片的拍摄地点就是室内。

如果是室内的话，就说明，就说明……

苗郁突然站起来，吓了钟远声一跳。她一把抢回手机："钟先生，谢谢你。"说话间人已经消失了。

钟远声半举的手，悻悻地放下，本来还想问问帮了这么大的忙，能不能免除代理费，律师小姐姐就跑得没影了，真是寂寞的人生。

苗郁开着车，二十分钟内就到了老小区。11栋对面是13栋，苗郁慢慢走到13栋外，抬头往上看，毛茸茸的大熊居高临下地看她。阳光虽暖，但苗郁浑身透凉。

她从包里摸出照片原件，慢慢举起，调整位置，直到照片完全遮挡住了硕大的阳台窗户，与周围的景色融为一体。苗郁放下照片，转身往身后的窗台看去，突然受到百万吨的惊吓。

房间没开灯，只有少许阳光倔强地穿进房间。模糊的玻璃窗上，浮现出一个人的轮廓。苗郁看不清此人的面容，但是能察觉出，他，或者她一直盯着自己。一阵阴风吹来，苗郁不寒而栗。

那人隐约抬手，似乎让苗郁进来，身形隐没进了房间里。苗郁犹豫了下，这人是谁？他或者她，为什么要让自己进去？

暂且放下这些疑问，苗郁走到13栋一楼102房间门前，仔细看了下，是传统的单锁，与冯佳梦交给自己的钥匙基本能配上。她犹豫下，轻敲房门，不多时，门开了，开门的是位中年妇人，面容苍老，衣袖乌黑油光。看身形，她就是在封闭的阳台上偷窥苗郁的人。

苗郁迟疑着问："请问……"

"进来吧。"妇人开口，让出了窄窄的空间。

房间脏乱，墙角堆着大堆的旧纸板、瓦楞纸板，空气中弥漫着酸腐的潮湿味，仿佛有苍蝇嗡嗡声回荡其间。苗郁强忍怪异的臭味，摆出微笑："您好，请问……"

妇人没理会苗郁，拉开一个破烂的小抽屉，摸出一个U盘。妇人的掌心满是掌纹，密密麻麻，找不到生命线。她说："小冯让我把这个东西交给你。"

小冯？冯佳梦吗？苗郁迟疑片刻，还是接了过来。U盘很普通，甚至还有些旧，压在苗郁的手心如山一样重。

"这是……"

"小冯说，如果你找到我，就把这个东西交给你。"妇人没有表情，一双眼木然无神，看得苗郁一阵心慌。

她问："你认识我？"

"她说一定要给你。"妇人的声音平平板板，眼睛就像鱼眼珠，没有半点光彩。

"你说的小冯，是冯佳梦吗？"

妇人点头。

苗郁又问："你跟她是什么关系？"

妇人不答，眼神空洞，直愣愣地看苗郁。苗郁又问了好些问题，妇人总是这副愣怔的模样，不是不回答，就是词不达意，或是含糊不清。苗郁猜测，她的精神可能有问题，但又不好问出口。

苗郁随意地在屋里看了一圈，生活用品很少，陶瓷杯、水壶都有缺口，电视很老，基本已经不能工作。电视机下压着一大块玻璃，极暗处透出极炫亮的光。似曾相识的生活习惯，苗郁靠近，微微瞄了一眼。

冯佳梦和妇人的合影，在玻璃的正中央。从构图上看，这是一张自拍照。妇人的神情有些拘谨，但笑意从心底透到了脸上。冯佳梦一只手绕过妇人的肩，比成V形，脸贴着脸，笑得开心。这与苗郁往日见到的冯佳梦的笑容全然不同。照片是在这间客厅拍的，阳光多得关不住，而不是现在这般黑暗。

苗郁试探着问她："你知道小冯去哪里了吗？"

妇人摇头。

苗郁指自己："我是谁？"

"东西交给你。"妇人满眼的认真。

苗郁再次看了看乱糟糟的屋子，摸出两张人民币，放在桌上："这些钱，你拿去用。"

妇人神色有些迷惑，道谢后缓慢地收起钱。苗郁说了"谢谢"，刚打开门，单元楼的铁门传来刺耳的吱呀声，随之而来的是一个陌生的声音。

"小冯是我们社区的志愿者，她帮扶的对象秦大姐就住这里了。"

另一个声音，她熟悉得不能再熟悉："谢谢，是在102吗？"

"对的对的，秦阿姨几年前遭遇了车祸，智力只相当于四五岁的孩子。对了，沈先生，小冯最近好久都没来看望秦阿姨了，她是生病了吗？"

"她，去世了。"

"啊？怎么会？"

"出了意外。我是她男朋友，所以想找她帮扶的人问问关于她的一些事。"

"那真是抱歉。我帮你敲门。秦阿姨，秦阿姨，有人来看你了。"铁门被拍得乒乓作响，细微的尘粒在金色阳光里缓慢舞蹈。

门缓慢地被打开，在社区工作人员热切的问候声里又关上，单元楼里空寂得像冰窖。二楼楼梯上，转出一个女人长长的影子，阳光在影子周围开出变了形的砖花，冰凉中有一种诡异的美。

回到律所的苗郁，气压很低，整个人像是冰雕成的。唐博雅和宋乾对视一眼，自觉地缩了缩身体，不敢打扰。片刻后，苗郁问两人："齐主任在哪儿？"

宋乾转过身说："出去见当事人了。"

唐博雅努力埋头，假装她这个人并不存在，苗郁却没有放过她的意思，问："小唐，你的案子什么时候开庭？"

"啊？我？"唐博雅手一抖，文档上的光标闪了几下，她站起，双手垂着，"还没排好时间，我打电话问问。"

"你别打电话了。"苗郁说，"撤诉吧。"

唐博雅睁大眼，震惊地盯着苗郁，头也不低了，手也不抖了。宋乾也站了起来，不知道该劝一把还是假装没看见。苗郁没理会，重复一遍："撤诉。"

"凭什么？我的正当权利，我凭什么要撤诉？"唐博雅不服气地大叫。

每一个字都是飞向苗郁的子弹，苗郁不为所动："你自己知道。"

"我……"唐博雅心虚，只说了一个字，就被苗郁的眼神逼得张不开口。她不甘心吃这个哑巴亏，突然伸手，桌上高高垒起的卷宗和资料，哗啦一声，像鹅毛大雪一般乱飞在空中，铺撒在地上。好几张打到苗郁的脸，她不为所动。

宋乾大叫："喂喂，我的资料！"淹没在纸张扑地的声音里。

随着激烈的动作，唐博雅的勇气像是回流了不少。她叫着："你凭什么要我撤诉？我没偷没抢，我哪里做错了？"

"你给法庭提交的合同，是哪一份？"

唐博雅说："我的事你管不着。"

"我当然管不着，但你自己也清楚，我会采取什么方法。"苗郁依旧是冷淡的口吻。

好半天，唐博雅声音发抖："我的事你管不着，你只要管好你自己就行了。你就是管不住你老公，所以他才找小三要跟你离婚的！"

宋乾再装傻也装不下去了，立刻拦住了唐博雅："你少说两句。"

苗郁的脸煞白，与唐博雅通红的脸对比强烈。她的胸口起起伏伏，想说什么，此时此刻都无济于事。年轻有力的声音在律所里回荡，像刀子一样插在苗郁心口上。唐博雅突然抓起书包，跑出了律所。宋乾瞥了苗郁一眼，见她依旧面无表情，立刻也追了出去。

齐思贤被撞了两次，一进门又被一片狼藉的办公区吓了一跳，再看苗郁的脸色，灰败异常，连忙走来："你怎么了？身体不舒服？小唐和小宋跑哪里去了？办公室怎么回事？"

律所的安静配上齐思贤茫然的脸，真是完美的搭配。苗郁缓缓坐上办公椅，全身的力气飞出身体，她只能摇头："没，没什么，和小唐争执一个问题。"

"是吗？"齐思贤显然不相信。

苗郁瞥他一眼，齐思贤不再是单纯的律所新鲜人，简单的遮掩已经哄不住他了。不过，她依旧不想让更多的人知道这事的前因后果，继续摇头："没关系，我没事。"

齐思贤已经蹲下，开始捡散落的资料，说："有争执可以，下次不要在律所里。"

"我会注意的，齐主任。"苗郁淡淡地道歉，不抬头。

这堆资料虽然多，好在都是一个案子的证据。宋乾有个习惯，在每页的页眉上都用铅笔写下页码，方便查找也方便整理。不多时，证据归位。偌大的办公场所只有他们两人，苗郁想起齐思贤仓促的表白，顿觉局促，便说："没什么事我先走了。"

"苗郁，我回来取个材料，有个案子我拿不定主意，顺便想听听你的意见。"

苗郁同意："我看看。"

齐思贤说的是一起离婚纠纷，但案子的核心是一处房产。一对小夫妻结婚前，共同购买了一套房产，首付是八十万，其中男方母亲借给小两口六十万，房子月供是夫妻两人共同承担的，房产证写的也是两口子的名字。两年过去了，小两口闹起了离婚，其他共同财产都好说，就是这套房子。从理论上说，如果男方把婚后妻子月供的钱给了她，就可以去房管局办理过户手续。但是银行不同意，要求提前还贷，否则不能更名。

妻子觉得不现实，她只要求把月供的钱拿回来。银行这样拖着，她干脆去法院起诉男方要求分割房产。虽然她的目的是促使法院拍卖房子，好分割份额，但惹怒了前婆婆。

来找律师的当事人就是这位婆婆。齐思贤与她见面，半个小时里有二十分钟是听她咒骂媳妇的不知好歹，剩下的十分钟才是问计，要怎么办才能阻止房子被卖？

"可以提前还贷吗？"

"他家才经历了投资失败，仅有的资产都是被套牢的股票基金，一时间拿不出那么多钱。"齐思贤说，"虽然母亲名下还有一套房产，但是卖了那套，保住这套，似乎也不太现实。"

苗郁又拿起齐思贤提供的资料细看。齐思贤说今天天气好，坐在办公室里会没灵感，提议出去找个咖啡馆，边晒太阳边聊工作。这人体贴起来，也是贴心到十二万分。

"这几年，好多夫妻离婚后都是扯着房子不放。"齐思贤一边喝咖啡一边感叹，"我的同学离婚时都来问我怎样才能分割到更多的房产。"

苗郁的心被刺了好几下，笑容勉强得快要挂不住。今天，"离婚"两个字就和她过不去了，在各种场合下提醒她，刺她的眼和心。

"她的目的是什么？"苗郁放下资料，问齐思贤，"我是说来找你的当事人。"

齐思贤苦笑着叹气："她没表述得太清楚，不过我推测，她应该是咽不下这口气，想让儿媳妇吃点苦头。"

这就简单了。

苗郁笑了笑："齐主任，合同签了吗？"

齐思贤回以得意的笑，向她挥了挥签好的代理合同，笑容像猫一样："她开始坚持是咨询，不签合同。不签就不签，我就说所里有事，如果想好了直接上律所找我也行。她考虑了下，还是决定签合同，还付了定金。"

身边人一个个都成长起来，只有苗郁自己好像没什么变化。苗郁甩开脑袋里不切实际的想法，在纸上写了一行字，递给齐思贤："用这个办法，应该能满足你的当事人的要求。"

齐思贤飞快地扫了一遍，满脸都是惊讶，继而又浮现出犹豫的神色："这办法好是好，但是对方可能会因此有了麻烦……"

"对方的麻烦肯定有，但是我们是律师，我们的义务、责任就是帮助我们的当事人解决问题。"苗郁说得云淡风轻，"而且这个办法，是在法律允许的框架内进行。"

她单手支着下巴，仿佛说一件与自己无关的事，眼神冷淡。苗郁早就过了对对方当事人有歉疚感的阶段，以前有，现在不会，以后也不会。

"这样，当事人的儿媳妇会不会指责我们滥用诉权？"齐思贤还是很犹豫。

他说得对，但他不适合做律师，不够果断。苗郁问他："你在英国的时候，当律师助理，办过类似的案件吗？"

"呃……办过……"

苗郁甩来无所谓的眼神，那不就得了。法律就是这样的，能不能用，如何用，就看律师对法律和事实的熟悉程度。在法律和职业道德约束的范围内，尽最大可能满足当事人的需要，这就是律师的职责。

"我在大学实习的时候，有当事人骂我是有钱人的走狗。"齐思贤诉苦似的抱怨。

"他强调的是有钱，而不是走狗。"苗郁见天色渐暗，叫来服务员，付了咖啡钱，"放心，他只是恨自己不是他口中的有钱人。"

齐思贤察言观色，觉察苗郁今日心绪不佳，问："有事吗？"

女人收拾笔记本的手顿了不到半秒，旋即摇头："我好得很。"

"急着回家？阿姨的事？"

今儿不把事说个明白，看来是走不掉的。苗郁点头："是，我妈妈今天要回去，买的晚上的火车票。"

苗母终于在视频里发现端倪，老伴竟然在家顿顿大鱼大肉大酒，她一怒之下买了时间最近的火车票，决定给他来个突然袭击。苗郁自然松了一口气，老妈天天在家逼自己相亲，把她的照片和资料群发到各个夕阳红旅游团、广场舞、太极拳等微信群里。她，年轻有为的女律师，在老妈眼中，就只有打折促销的命。

不枉她给老爸许以重金，让他把家里稍微伪装一下，这里露个酒瓶，那里出现骨头，果然勾得老妈火山爆发，今天就要赶回去。

苗母对齐思贤"亲自"送她一事，表现出极大的意外和惊喜。原本齐思贤要开车，苗母却命令："小郁开车去，我和小齐聊聊。"

女王大人的命令不能违抗，不过苗郁也更愿意单独坐在驾驶室里。听母亲一路巧妙地盘问齐思贤的年龄、身高、体重、爱好，渐渐成熟的青年律师齐思贤在广场舞大妈的围追堵截下，冷汗涔涔，笑容礼貌又尴尬。苗郁弯了弯秀气的唇角，清风欢快地挤进车里，又带走沉重烦闷的心情，拥堵的马路也不再是单调的风景。

在入站口，苗母一个劲地叮嘱苗郁要好好表现，还感谢齐主任"百忙之中"抽空送她。目送苗母拉着行李箱进站，苗郁和齐思贤竟同时松了口气。

"不好意思，我妈妈这段时间就是这样。"苗郁满是歉意地说，"总想把我推销出去。"

齐思贤笑："我觉得阿姨很好，早点习惯也是必需的。"

他的话里似乎藏着神秘与深意，苗郁假装没听懂，偏转过去的眼眸里，明亮的笑一转而逝。夕阳下的火车站人来人往，高大的建筑、道旁的绿树，乃至行色匆匆的每个人，似乎都被蒙上一层淡淡的橙红。

苗郁轻轻舒口气，颇有闲情地抬头望天。这天，似乎要下雨了。

回到家，不开灯，苗郁在黑暗里坐了好一阵，像沙滩上濒死的鱼。窗外透进的黑，隔绝了凡尘里的喧闹。谁家的孩子作业做得一塌糊涂，家长的嘶吼声穿透天花板："11加19等于几？11加19等于几？你说，等于几？20？你怎么学的？11加19等于几？"

另外一边，是邻居家的厨房，冷油烧热的噼啪声，下菜的吱啦声，高压锅的噗噗声，构成了美食交响曲。

家里又只剩她一个人了，唐博雅搬了出去，妈妈回老家，她可以放心地摘掉面具，品尝她独自隐瞒的秘密。

她送齐思贤回去，他在窗外微笑着看她，温柔如春花。那一刻，她很想说出秘密，只是忍住了。

"可不可以去你家做客？"说这话时，齐思贤的脸颊似乎有少许的红。

U盘又回到她的手心，极轻，又极沉。

追寻了很久的答案，可能就藏在U盘里，苗郁反而有些迟疑。年少时读《唐诗三百首》，翻到宋之问的《渡汉江》，"近乡情更怯，不敢问来人"，她觉得诗人矫情，既然担心了那么久，牵挂了那么久，遇到乡邻问便是，有什么害怕的？

千年前诗人的心境，于此刻，化作了她的。

摁下电脑开机键，嗡嗡声飘落到房间每个角落，显示器是书房里唯一的光源。苗郁很想闭上眼，不看熟悉的电脑界面，也不看U盘如何自动播放。她不知道，自己的脸色看起来怎样，是不是苍白如鬼，又或者灰败如土。她不想看镜中的自己。

苗郁长长地呼出一口气，听天由命吧。不管冯佳梦要交给自己的是艳照也好，是出轨的证据也罢，她都接受。

U盘已经贴心地自动打开，露出腹中的机密，俱是小小的图片方框，粗看去，白底上黑点密密麻麻。苗郁松了一口气，不是视频，那就不是沈冲最难堪的一面。图片数量并不多，二三十张，不是人物或者景物，倒像是……文件。

一丝极亮的光划过脑海。苗郁想去抓起鼠标，手心不知什么时候蓄满了汗，湿漉漉的。小小的三角光标在屏幕上乱晃了好几次，精确地描绘出她此刻纷乱的心绪。

不用看完，仅仅看几张，苗郁就耗尽了平生所有的力气。几个黑色加粗的仿宋字体，苍灵医药、疫苗、检测报告，仿佛染了血，触目惊心。大大小小的数据、百分比、箭头，以及分析过程，牵扯出一张罪恶的网。

静悄悄的夜，冰冰凉的心，察觉不到的呼吸。不知手还是脚，碰到电脑什么部位，屏幕骤然变黑，书房顿时陷入莫名的死寂中。苗郁惊慌，好半天才摸到手机。小小的光，就像茫茫大海上微弱的渔灯。

冯佳梦怎么会有这些？

苗郁丧失了思考能力，她在茫茫迷雾中穿行，不断地自问这个问题。直到阳台上吹来了凉凉的风，一头的冷汗渐渐唤回了她的思考能力。

事到如今，就算她想自欺欺人，也骗不过理智。冯佳梦一个才出校门的社会新人，还能从哪里得到？

不，不是沈冲。苗郁拒绝相信这个结论。

她强迫自己冷静下来，律师，你是专业律师，你不能被感情控制。不是沈冲会是谁？齐老师生前追查的案子，为什么会落在冯佳梦这里？把他们两个人联系在一起的，不是沈冲，还会是谁？

齐思贤办公桌上那张草图，清晰地浮现出来——齐老师、沈冲、冯佳梦。把他们联系起来的，就是U盘里的证据。

不可能，绝不可能，不是沈冲。

理智的苗郁警告感性的苗郁，不要意气用事，再看看，再看看证据，我是律师，要相信证据。她放缓了呼吸，一张张点开来看。

这一看，看出了更多细节。这些图片不是扫描的，而是用手机拍下后导入U盘中的。查看文件属性，拍摄时间是去年年底，春节前不久。

她心里生出不确定的猜想。这些资料，原本是在沈冲手里，但被冯佳梦发现了。她拍下照片，目的是什么？是敲诈金钱，还是有其他的要求？从时间上看，冯佳梦极有可能用这些资料要挟沈冲，再不久，便发生了冯佳梦意外死于酒精过敏。

她要怎么办？苗郁方寸大乱，甚至陷入了混乱。报警吗？不，沈冲怎么办？但是，沈冲似乎也在寻找什么，他去了冯佳梦的社区帮扶对象处，也在秘密打听齐老师办理的案子。他与这事到底有多深的牵扯？

苗郁一直处在神游的状态中，仿佛听见有人在叫她，声音很是温柔，亦有穿透力。她一抖，才发现手机显示接通状态，听筒里传出齐思贤带着温柔笑意的声音。

"苗郁，你怎么了？怎么不说话？"

她听见自己的声音，故作轻松，撞到四方墙壁又反弹回来，如涟似漪："没事，就是突然想起一件事。"

"什么事？要不要我马上赶过来？"

"没，没有，我不该给你打电话的。"苗郁微笑着说，任凭一滴泪滑落到唇边，咸苦。

齐思贤疑惑："苗郁，你怎么了？心情不好？"

"我……"她费力地咽下很多很多话，摇摇头，尽管齐思贤看不见。

齐思贤望着不远的地方，刚刚与他谈话的人向他投来问询的目光。他用目光示意自己很好，转过身，说："我很快就过来。"

电话里的声音微弱而坚定："不用了，谢谢。"

齐思贤还想再说，苗郁的声音突然焦躁起来："真的不用过来，我就是打错电话了。"猛然挂断了手机。

他苦笑，女人大概都是这样的吧。

坐回到木长椅上，旁边的男人投来探询的眼神。齐思贤说："刘警官，我上次提供的东西，有结果了吗？"

刘警官一身便装，目光随意地扫过广场上跳舞做操的人群，最后落在齐思贤脸上："齐律师，你懂法律，知道办案阶段的信息是不能外传的。"

"我知道。"齐思贤沉默片刻忽然说，"如果我有了新的证据……"

刘警官瞳孔一缩："什么证据？"

"不，不，我只是猜测……"齐思贤犹豫起来，"我好像知道了另一个袖扣的下落。"

刘警官目光如炬，盯着齐思贤："你知道了？你当时怎么不报警？"

广场舞的高音喇叭飘出嘹亮热情的歌声，一旁的健身操队伍不甘示弱也高扬了声音。反衬之下，齐思贤的声音几乎微不足道："我看到的时候并没在意。后来才意识到，和上次交给你的袖扣可能是一对。"

刘警官立刻追问："在哪里发现的？"

齐思贤眼中闪过一丝纠结，没有回答他的问题，只强调："我不能告诉你。我只想知道，如果我去取证，能作为证据吗？"

"取证过程中没有警察的参与，你觉得这样的证据能采信吗？你不怕真到了法院，沈冲的辩护律师说，这个证据的来源有问题，从而推翻所有的指控？"

齐思贤没说话。他是专门办理民事案件的律师，并不代表他不了解刑事诉讼的程序。刑事案件更讲究证据，稍微有一点瑕疵，都可能被当作非法证据被排除。

十多天前，他无意中在父亲出事时穿的西装里，发现了一粒方方正正的小东西，就在夹层里。看轮廓，依稀像一粒扣子。

他立刻检查西装，并没有扣子掉落或者遗失，他头皮发麻，不知道这东西是什么，怎么还会出现在西装的夹层里。齐思贤不敢再有举动，立刻给刘警官打了电话，请专业技术人员前来处理。

看着技术人员围着那件西装，小心翼翼地里外翻动，咔嚓咔嚓地拍照取证，齐思贤止不住地庆幸。当初母亲想要父亲穿着这件西装入殓，是他一力劝阻留下。他坚定地认为，这件西装上一定会有父亲遇害留下的证据，他回忆父亲时，会拿出来翻看，每次都是戴着手套，没想到是在这样的情形下发现线索的。

技术人员小心翼翼地剪开西装一角，一粒小小的方方正正的小物件落出来。技术人员立即用镊子夹起细看，是一枚袖扣，做工精美，方方正正的，泛着蓝色荧光。齐思贤当即表示，父亲并没有使用袖扣的习惯，这袖扣他不认识，更不知道因何到了父亲的西装里。依照法定程序，警察拿走袖扣。齐思贤一直迫切地想知道，袖扣上有没有其他证据，可否证明凶手是谁，所以，他今天约了刘警官，在街边小广场上碰面。

刘警官看他为难的模样，猜测道："在苗郁家里发现的？"

齐思贤并不意外他能猜到。毕竟，刘警官也一直在调查冯佳梦的死，冯佳梦周围的人和事，他更清楚。齐思贤呼出一口气，慢慢点头："对，我无意中发现的。她家阳台上有个纸箱，里面放的都是男士用品，我猜可能是沈冲用的东西，没拿走，我就是在箱子里看到袖扣的。我刚刚回想起，箱子里有个袖扣，和从我爸西装里发现的那个，非常相似。"

两个人陷入沉默。

"我们可以上门去搜查，如果你确定的话。"刘警官提议。

不出所料，齐思贤反对："不行。苗郁不会同意的，她不会接受这样的方式。"

"那你准备怎么做？"刘警官反问他，"我只能告诉你，你提交给我们的袖扣，已经是关键的证据。如果真如你所说，另一枚袖扣在苗郁家里。万一，我是说万一，袖扣遗失了，你怎么做？如果由此造成证据链缺失，你父亲死亡的真相就永远没办法查清，你会怎么想？你父亲和母亲会怎么想？"

广场舞、太极拳、健身操的音乐从四面八方涌进齐思贤耳朵里，乱糟糟的，织成一张网，捆住他。齐思贤突然站起来，大步往外走。刘警官追上来："你去哪儿？"

他头也不回："我去找苗郁，我去说服她……"

"你觉得可能吗？"刘警官拦住他，"你怎么说？我怀疑是你前夫造成了我父亲的死，希望你能配合警察的搜查？别人我不好说，苗郁只会有一个反应，把你赶出去，把东西全部丢到你根本找不到的地方。"

齐思贤试图说服刘警官："她是律师，她不会这么做的。"

刘警官眼中闪过讥诮："女人，你相信女人有理性？"他摇头，摸出手机，"我打电话叫支援，现在就去苗郁家。"

"不行，"齐思贤极力反对，"不能去！"

刘警官冷冷地扫去一眼："怎么，你怕得罪她，或者怕她对你有意见？"

齐思贤深呼吸："我是不确定，万一没有，或者我看错了，警察什么都没查到，你们该怎么做？"

"你耍我？"刘警官猛地扔掉手里的烟头，怒气冲冲地瞪他，"大晚上我不陪老婆孩子，跑这儿来听你胡扯？"

"我再去确认一下，就一次。我确定了一定联络你。"齐思贤丢下一句，匆匆走向街边。刘警官望着他，愤愤地随意乱踢了一脚，小石子在广场众人粗细不一的腿中，很快不见了踪影。

齐思贤在车里待了好一阵，脑袋里空落落的，全然拿不定主意。昏黄的车顶灯小小一盏，照不见前路。他的确想知道，那颗袖扣是不是沈冲的。今天老刘的态度已经说明，从父亲西装里找到的那颗袖扣上，一定有重大发现。如果，如果，能在苗郁家里找到另外一枚袖扣，沈冲的嫌疑会增加很多。

他不再犹豫，立刻发动汽车，不到半小时就到苗郁家楼下踩下了刹车。这时候，苗郁应该在家。迈进电梯时，齐思贤一直在考虑用什么理由敲门，思来想去，全然不知怎么去检查阳台上的箱子。

电梯门打开的声音很轻，而楼道里的情景却让齐思贤心里一紧。苗郁家房门敞开着，她站在门口，一夫当关，万夫莫开的架势，脸上的怒气遮也遮不住。有个男人，背对齐思贤，似乎想要进屋，但被苗郁拦下了。

苗郁的声音传来，冷冷的："我不明白你的意思，请回吧。"

"听我的，你手里的东西真的很危险。"沈冲的姿态很低，"我是担心你。"

"你大概误会了，我手里没有任何东西。"苗郁满脸的警觉和防备，忽然看见齐思贤快步从电梯里走出，她惊讶地道，"齐主任，你怎么来了？"

三个人的表情同时微妙地一变，连空气都瞬间变得凝重，楼道的声控灯开始闪烁。齐思贤冲过去，挡在苗郁面前："沈律师你来做什么？"

沈冲表现出专业律师的反应："这是我的家，我为什么不能来？"

许久不见，沈冲瘦了不少，脸上蒙着淡淡的一层灰，双眼下的青色从眼底渗出。齐思贤差点没认出来，但眼下也不顾上探究沈冲身上发生了什么事。他把声音放冷静，听不出温度："沈律师，这里不欢迎你，请离开。"

沈冲愕然之后是愤怒："齐主任，我想去哪里是我的自由，你凭什么命令我？"

"我没有命令你，只是在陈述事实，你并不受欢迎，沈律师。"齐思贤的口吻淡淡的，"请自重。"

这话彻底激怒了沈冲，他猛地抓住齐思贤的衣领，往前一推，话从牙缝里挤出来："你有什么资格？"

齐思贤抬手挡住他，反手便把沈冲往外推。两个雄性动物正要开始推搡，苗郁突然喝住了他们："都住手！"

楼道深处，开门声隐隐约约，好奇兼怀恶意的眼神在门缝里闪烁。苗郁看着两个男人都是一副好斗公牛的样子，全然无平日高端精英的模样，气不打一处来："再不松手，我报警了。"

两人谁也不肯先放手，就这么僵持着，瞪着对方。此刻，苗郁的声音打断他们。

"沈冲，你把你的私人东西拿走，以后我们各走各的路。"

齐思贤比沈冲先松开手，冲着苗郁问："什么东西？"

苗郁奇怪地看他一眼，继续对沈冲说："你用过的东西，我都清理出来了，放在阳台上的箱子里。你拿走吧。"

她的声音一如既往地低柔，此刻多了几分律师的铿锵。沈冲的手慢慢松开，只是沉默着，一动不动。他唤："苗郁……"

"不行！"齐思贤抢先表明态度，却没得到另外两人的半分目光。

沈冲的声音带着苦涩："苗郁，你真的不听我解释？"

"沈律师，我这里没有你需要的东西，我想我也不需要听什么解释。"苗郁平静地表明态度，让开了一条路，"箱子在阳台上，请便。"

齐思贤一眼就看到阳台上的大纸箱，黑色的轮廓影影绰绰。他着急："他不能……"

在苗郁警告的目光中，齐思贤吞下后半句话，转头看向沈冲。沈冲颇意外于苗郁替他圆场，先前的恼怒消失了不少，炫耀似的与齐思贤对视一眼，径直走向阳台。

齐思贤握紧了拳头。这里面极有可能存在重要的证据，但是他不能说，更不能通知刘警官拦截。收到沈冲抛来的挑衅的眼神，齐思贤忍着愤怒，转头问苗郁："需要我帮忙吗？"

"谢谢，我……"苗郁的话还没说完，沈冲就抱着箱子走来，刚要迈出大门时突然转身，看向苗郁。

一时间，谁也没开口。

第八章

　　沈冲这时候居然笑得出来。楼道灯本就昏暗，他整个人成了黑色的影子，只隐约能看到他唇边浮现说不清悲喜的笑。齐思贤以为他要说什么或者做什么时，他突然转身，抱着箱子走出了安全通道，连电梯都没按，顺着楼梯往下走。

　　世界又恢复了寂静，但已不再是平静的世界。

　　"他，他来做什么？"齐思贤打破僵局，收到苗郁算不上友善的眼神。

　　"你又来做什么？"她轻轻地问，看向齐思贤。普通的灯光在她眼里碎成了金沙，又似尖利的针，逼问齐思贤。

　　他来做什么？他是来确认证据的，但是证据已经被最有嫌疑的那个人拿走，他站在这里，就是个笑话。齐思贤耗尽全身力气，挤出最平常不过的笑，说："没事，就是……有些事想和你当面谈。"

　　我只是想坦承一件事，但是，上天不给机会。

　　苗郁又是疑惑，又是不解，见他神色古怪，叹口气："有什么事，进来说吧。"

齐思贤再次进苗郁的家，全然没有打量的心情。苗郁进厨房给他倒水，齐思贤站在客厅里，踩上针织地毯，触感绵软，昏黄温暖的灯光自头顶洒下，空气中有股温暖的香味。苗郁的询问伴着水声传出厨房："喝红茶吗？"

齐思贤直接转身出房门，进电梯，快步奔出，直到坐进车里，他突然恨恨地一拍方向盘。他已经进了房间，不如问个明白，为什么勇气突然就消融了？

缓过气，齐思贤先给刘警官打了电话，说了今晚的情况。果不其然，刘警官的怒气顺着无线信号传到他的手机上。他说，如果早点到苗郁家采集证据，说不定已经拿到关键证据，这下好了，嫌疑人拿走所有的东西，在离开的路上，随便扔进垃圾桶或者下水道，你爸爸的死一辈子都查不清。齐思贤原本按捺下的不爽快又发作，干脆关了机，再扔到一旁，身体躺平，假装听不见窗外事，见不到窗外人。

春夜的凉风挤进狭小的窗缝，花粉醇郁的香味飘到鼻端只余下一点儿尾巴尖。孩童的嬉笑声飞快划过，不知是母亲还是外婆的叮嘱声，如影随形。齐思贤瞬时升起几丝羡慕，孩子可以无忧无虑，哭笑随心，成年人得衡量利弊，要办成什么事，得见什么人，说什么话，无论你学了多少法律，代理了多少诉讼，人情世故总是最难的一关。

笃笃笃。

轻轻的敲击声自车窗传来。齐思贤没好气地睁眼，正要呵斥几句不长眼的保安，忽见深色的玻璃窗外，隐约透出的女人纤细小巧的身形。他忽地坐起，慌乱中头不知撞在什么地方，也不顾上疼，按下玻璃窗。

"吃点东西吧，就当消夜。"苗郁穿着普通的长袖衫，半弯下腰，向齐思贤举着手里的保温盒，眉眼笑得温柔如月色。

齐思贤发觉苗郁很喜欢粥品。上次她给自己点的外卖是粥，这次也是。打开保温盒，粥的香味与她房间里的一模一样。

风度是什么？用餐的礼节大概应该是慢条斯理，在餐厅里、在家里，总之是有遮挡的地方，而不是在小区的路边，随意地坐着。不过，美味当前，埋头苦吃才是对食物和厨师的尊重。

放下保温盒，齐思贤轻舒一口气。松尾芭蕉的俳句，正应此情此景——粥味滴滴佳，肠中春欲苏。

该说正事了。

"我来，是想和你说……"

苗郁平静的眼仿佛是刚从天上摘下的星，他说不下去。

"很麻烦吗？"

苗郁递来梯子，齐思贤顺着下："是，侵权纠纷。我今天被通知去司法局开会，是司法局给所里分过来的，我直接接了，没跟你商量。"

"没事，你决定就行。"苗郁问，淡淡的神色，"是什么案子？普通的，还是群体性的？"

"群体性的，本来司法局的意思是分我们五个案子，我争取了一下，全部代理了，这样方便些。"齐思贤字斟句酌。

苗郁奇道："这没什么，为什么要专程来跟我说？"

齐思贤犹豫良久，说："被告方是苍灵制药。"

苗郁心里一沉，还真是巧，该来的总归会来。一瞬间，她的眼神飞快地闪了一下，没逃过齐思贤的眼。

"哪方面的侵权？人身损害还是其他什么？"苗郁垂下眼问。

齐思贤有些失落。他本已经决定，如果她直接问案情，他一定和盘托出，把他想说的、想要知道的事，全部告诉她。可是苗郁却在回避核心。

"不是，是损害赔偿纠纷，跟宠物有关，与苍灵制药生产的疫苗有关。原告都饲养了宠物，猫啊狗啊什么的，很巧的是，他们的宠物都接种了苍灵制药生产的狂犬疫苗，但是在接种后，很多宠物死于狂犬病。有一位饲主养的两只猫都死了，所以她就偷偷买苍灵制药生产的狂犬疫苗去检验，发现疫苗里有不应该存在的核酸物质，也就是说，苍灵制药生产的动物用狂犬疫苗有效成分远低于国家标准。换句话说，小猫小狗就算打了针，也无法产生有效抗体。"

苗郁已经很冷静。齐思贤所说的，只是U盘里资料的冰山一角。她的知识和职业道德告诉她，这个U盘必须交给警方，立刻，马上。但她的手指在冰凉的手机屏幕上划过时，总是失去最后一分力气。

U盘里的照片是冯佳梦拍摄的，不知原件现在在什么地方，苗郁只肯定一点，冯佳梦千辛万苦地藏起这些资料，又用猜谜的方式暗示自己，她一定是在惧怕什么，或者防备什么。

沈冲？

从动机上说，沈冲具有足够的杀死她的动机，但是……

"苗郁？"

她恍然惊醒，看着齐思贤，才发现自己刚刚走神了。她带着歉意地笑笑："你刚刚说的是苍灵制药？是不是齐老师生前办理的那个案子……"

"是，就是那家企业。"齐思贤说，"我也很惊讶，可能冥冥中有注定吧。"

"你有……有想法吗？"苗郁试探着问。

她期待什么回答？无论他回答有或者没有，都不能改变已经发生的事。

齐思贤点头，很快摇头："想法是有，但是眼下尽到律师的本分，就是我唯一的想法。"

苗郁方在思忖，听齐思贤在问："沈冲怎么想着今天过来找你？他拿走的箱子里面，都放着他的东西？"

他问这个做什么？苗郁没多想，含糊着说："嗯，是，都是他的东西。他……随时都可以拿，我无所谓。"

"我上次偶然瞄了一下，好像并没太多的东西。"齐思贤的手垂在腿边，握着手机，手心湿漉漉的，"领带夹看着挺精致的。"

苗郁偏头看他："你挺有眼光的。领带夹是我们在意大利旅游的时候买的，还有一对袖扣，手工款。"

"是浅蓝色的方形款？"齐思贤仿佛听见心脏在胸口剧烈地跳动，怦，怦怦。再大声一点，苗郁就能听得一清二楚。

苗郁半仰着脸，像在寻找夜空中最亮的星，唇边挂着自嘲的笑，"是，我还记得当时买袖扣的情景。只是衣不如新，人也如此。"

"是他不珍惜。"

这句话在苗郁心头徘徊过多次，听得已近麻木。齐思贤的声音缓缓的，如夜风，如花香："世界上唯有两样东西能让我们的内心受到深深的震撼，一是我们头顶上灿烂的星空，一是我们内心崇高的道德法则。"

这是大哲学家康德所说的名言，老师说过，论文中引过。

昨夜刚下过雨，城市的雾霾还没来得及再次占领夜空，零零碎碎的星光穿越宇宙，落入苗郁柔和的眼眸中。

有些话不用多说，她亦明了。

浅浅的笑意回到女人脸上，瞬间融化齐思贤想要说出口的话。苗郁没有察觉，站起身："太晚了，明天……"想了想，她问，"明天就要去办理代理的事吗？"

齐思贤差点忘了刚刚说过的话，忙点头称对。苗郁忽然想起一件事，眼中的笑意淡了不少。她默默提上保温盒，叮嘱道："那你早点回家休息，明天所里见。"

看她转身的背影，齐思贤突然叫住她："苗郁。"

"嗯？"苗郁回头看他，眼眸明亮，在他乌黑一片的内心照出一道光柱。

齐思贤咬咬牙，上前一步："苗郁，谢谢你。"

苗郁的疑惑并没持续太久，夜风吹散了齐思贤的声音，送入她耳畔有些含糊不清："如果我做了什么事给你带来不快，请你原谅。"说完，他快步奔进车里，发动机的声音匆匆忙忙，像极了主人仓皇离开的步伐。

他能做什么事冒犯我？苗郁一头雾水，回到厨房洗了碗。想起今天的事，她有些踌躇。到底要不要把U盘交给有关部门，沈冲这么急，他到底牵扯进了多少？齐思贤的话，到底有几分可信？她心如乱麻，回到书房想静坐一会儿，忽然察觉到不对劲。

电脑主机机箱尚有余温。

苗郁全身的汗毛立了起来。在沈冲敲门后，她立刻关了电脑藏好U盘，之后便是一系列琐碎的事，时间过去将近一个小时之久，照理说主机应该冷下来了，现在怎么又有了几分热度？

惊慌袭遍她全身，旋即是愤怒。沈冲！他怎么可以这样？苗郁警觉地四下看了看，厨房、客厅、书房都亮着灯，只有卧室一片漆黑。从书房看去，黑洞洞的卧室，像怪兽的嘴大张着。她不敢多想，一把抄起桌上的木雕，握在手中，背对着卧室，一步步往后退，退到门边，猛地冲了出去。

防盗门猛力关上的声音在走道回响。苗郁径直冲到物业办公室，大声叫道："监控，我要看监控！"

监控里没有任何发现。从沈冲上门，与苗郁发生争执，再到齐思贤的到来，监控里清清楚楚。但是自苗郁提着保温盒离家后，再也没人靠近。

保安秉着负责的态度，陪苗郁回家，认认真真地搜查一番，一无所获。床下、门后、阳台，没有任何发现。

苗郁颇不好意思："对不起，给你们增加工作量了。"

"没关系，这是我的责任。"保安队长笑声洪亮，指着卧室的窗户提醒，"你家没有安装防盗窗，睡觉的时候记得把窗户关紧。"

卧室的窗户，她今天还没来得及打开，这条缝从哪里来的？

等保安离开家，苗郁开大窗户，水管就在窗户旁一米外的地方，触手可及。她举着手机，照亮水管上一处可疑的痕迹，盯了很久。

沈冲，不管是不是你，有些事，总会有了结的。

工作如山压倒的日子，很忙，忙得让人忘记自己的小悲欢。三十多个案子同时涌进，律所只有两个干事的律师和两个实习律师，忙得不可开交。齐思贤负责对外协调，苗郁带着宋乾和唐博雅，首先和有起诉意向的宠物主签合同，登记他们的基本信息，查看整理他们提交的证据，做证据目录，如果证据不够充分，会告诉他们要补充交什么东西。询问宠物主们是否有调解意愿，做好登记。如果他们提问，随问随答。

律所虽小，但该开的会必须开。之前，齐思贤交代了，这是社会关注极广的群体性纠纷，所以每个人都要打起精神，至少先把信息登记这一块做好。天阴有雨，凉风侵骨，宠物主们陆续到了律所，几乎都带着纸袋，放着许多资料。他们的要求很多，问什么的都有。有问具体的法律问题的——

"律师，能不能让他们赔偿精神损失？"

"可以提出诉讼请求，但是赔偿金额不可能太多。"

"为什么她可以提六万的赔偿，我只能两万？"

"赔偿金额是根据宠物的价值来定。"

"可不可以要求公司出丧葬费、宠物尸体处理费？"

"这个就要看构不构成因果关系。如果有证据证明你的宠物猫的死亡与疫苗有关，这一部分赔偿请求就很有可能得到支持。"

也有反复纠结结果的——

"你们能不能保证打赢官司？"

"在出判决之前，任何结果都有可能。"

"不能赢的官司我还有什么必要打？"

唐博雅猛地扔掉手里的笔："你可以不用打官司，不就是一只猫吗？劳神费力的，做什么？"

客户也火了，啪啪地拍着桌子："你什么态度啊，我就问两句，你这是什么态度？"

宋乾连忙赶过来，赔笑："不好意思，你的问题我来解决。"

客户一拍桌子："你们怎么回事啊？打个官司，律师还成大爷了？花钱总要花得明白，输了官司你们好意思吗？"

其他的宠物主人纷纷停下手里的事，望着这边，好奇与怀疑的眼神交织成网。唐博雅自觉说错了话，气呼呼地站在一旁，宋乾使眼色让她赶紧道歉，她却假装没看见，转过身去。

客户正要发怒，一个冷静的女声自近旁响起："官司输赢取决于证据的力度，如果大家在出庭前搜集了足够多的证据，诉讼请求得到支持的概率很大。"

凝固的空气悄然松动。苗郁接替了唐博雅的位置，看着一双双眼，诚恳地说："当然，在没有查阅到对方提交的证据前，我们也不知道对方会出什么招，提什么证据。所以，在开庭之前，我希望大家对我们抱有足够的耐心，去搜集对自己有利的证据、能证明你的诉讼请求的证据。只有这样，我们才会赢得官司，让被告方遭受惩罚，为各位心爱的宠物讨回一份公道。"

苗郁的声音轻而有力，饲主们有些动摇的信心又恢复了不少。登记工作到了尾声，宋乾赶紧把唐博雅拉了出去。在走廊尽头，他推窗透气，叫不出名字的鸟在叽叽喳喳乱嚷。唐博雅靠在墙边，默默不说话。

"你再有情绪，也别在工作上闹。"宋乾说。

唐博雅穿的是新买的浅灰条纹套装，靠在灰墙上，后背满是灰白的粉，满脸写着不高兴。半天，她才说："我只是不爽。"

看着别人为宠物奔波、搜集证据，她的小猫怎么办？能提交的证据太少，法院不一定支持她的诉讼请求。唐博雅承认，苗郁的话有道理，可她就是不服，不服气！

"你对苗老师有意见，可是她也没说错什么吧。"宋乾劝道，"我觉得她也是为你好。"

唐博雅不答。她只是觉得，苗郁的方法太死板，太坚持法律。但是，法学生都知道，法律是有缺陷的。既然有缺陷，那么就应该人为把漏洞补上。她做个假合同，房东吃了教训，看以后还要不要在家里给电瓶车充电！

对，她没做错！

她不耐烦地说："不会说话就少说两句，没人把你当哑巴。"说完，她赌气转身，要回办公室，迎头碰上向他们走来的齐思贤。

宋乾连忙跑去，与唐博雅并肩站一块："主任！"

齐思贤道声辛苦："今天登记得差不多了。刚刚司法局来电话，下午要组织集体调解。"

宋乾和唐博雅脑海中浮上问号——调解，能成吗？他们已经做好了登记，哪些宠物主愿意调解，哪些坚持要上法庭的，都记录在案。现在看来，愿意调解的少，要打官司的多。

齐思贤说："愿意调解的，先拿去谈。谈不成，明天立刻去法院立案，你们今天下午就把想要的材料准备好。"

如果调解不成，诉讼策略要怎么定？去司法局的路上，苗郁一直在思考这个问题。忽听齐思贤问她："昨天，真的没事了？"

"这个问题，你从早上问到现在，我的回答还是一个，"苗郁答，"没事。"

家里疑似进了贼的事，她昨天就告诉齐思贤了。发送消息的那一刻，心情很奇怪，希望他有所反应，也不希望他的反应太强烈。

没想到，他竟然又返了回来。苗郁当真受了惊吓，快三十岁的人，比年轻人还冲动。

"就是担心你。"齐思贤给出合理的解释。

苗郁微微笑了："昨天半夜，保安巡夜的时候，手电筒的光在窗户上扫了好几次，就算有小偷，也给他们吓跑了。"

"这两天，你要小心些。"齐思贤说，窥着她的脸色，"我怕沈冲乱来。"

"乱来？他会乱来什么？"苗郁坐直了身体。

齐思贤握着方向盘的手紧了不少，沉默片刻后，说："你知道苍灵的诉讼代理人是谁吗？"

"知道，苍灵制药和燕华律所有合作关系。"她努力让声音听着和没有风的湖面一样平静，"我知道，这几年苍灵对外的案子都是沈冲出庭。这次应该也不例外。"

红灯亮起，齐思贤猛地刹住车，转头问："你要不要考虑下不去了？我让小唐过来帮我？"

苗郁反问："你觉得我是这种因私忘公的人？"

汽车重新发动，缓缓行驶在前往司法局的马路上。齐思贤说："我知道你不是，我只是担心……昨天进你房间的人是沈冲。"

静默在车里蔓延开。苗郁没作声，直到到了目的地，下车后，她转身，看齐思贤："需要担心的不是我，而是他。"

微笑自信而飞扬，化作风里的一朵花，就像她脖子上系着的丝巾，生机勃发。齐思贤用力关上车门，追上去与苗郁并肩走在一处。

他们到得早了些，相关部门准备的大会议室充作调解室，还没布置好。苍灵制药的律师代表已经到了，正与出电梯的苗郁打个正面。

好巧，熟人。

那人也看到了苗郁，尴尬和迟疑在年轻人脸上交错。苗郁假装没看见，很自然地打个招呼："小孔，好久不见。"

"苗老师好，齐主任好。"小孔也曾是苗郁的学生，毕业后去了沈冲所在的律所，成了沈冲的助理。今天真巧，碰到了他。

虽然各为其主，但都是一个圈子的人，就算过会儿要针锋相对，表面上的情分还是要顾及一下。苗郁说："最近忙吗？"

"忙得快要疯掉了。"小孔立刻换了另一张面孔，"所里的事情太多了，我每天都加班到十一二点，律所还不给报销车费。真羡慕你们小所，事情没那么多。啊，对不起对不起，我不是故意的。"

说了这么多，都是为了给后面的话做铺垫。最后那句道歉，更是炫耀。不过，小孔失望了，苗郁和齐思贤都没露出被冒犯的神情，对他说的话没半分动摇的神色。

苗郁问他："今天代表苍灵医药谈判的律师是沈律师？"

"是，是啊，他和公司的代表一起来。公司其实很重视这事，还要处理网上那些谣言，我加班就是到处发律师函，哪来那么多听风就是雨的。"

谣言？是关于苍灵制药制造假疫苗的事？苗郁忽然问："冯佳梦的事，查得怎么样了？"

"冯……冯佳梦啊，我、我不清楚。"小孔没想到苗郁会突然问这事，得意的笑变得有些勉强，说话也结巴了不少。

苗郁决定诈一诈："听说警察查出一些线索，冯佳梦并不是自愿喝下酒的。"

"不会吧，谁敢让她喝酒啊。"小孔的笑容挂不住了，"她酒精过敏，大家都知道的。"

在一旁一直没说话的齐思贤突然开口："解剖结论是，她血液里有酒精，那她是怎么喝下去的？"

她本就是试探，没想到小孔的脸色顿时变了变，嗫嚅着说："我……我……不……"

到底也没说出个名堂，苗郁还想等等，身后的电梯门轰然打开。小孔看到了救星，招呼道："沈老师，我在这儿。"甚至来不及向苗郁和齐思贤说声抱歉，人已经急匆匆地迎向从电梯出来的浩浩荡荡一行人。

沈冲也看到了苗郁，他的目光甚至没有在她脸上停留一秒，率先进了调解室。这时，万佳代表司法局招呼前来参与调解的律师进入调解室，走过来低声问苗郁："沈冲对你的态度很冷漠啊。"

苗郁淡淡地说："我会对他加倍冷漠的，你放心。"

"不是这个意思啦。"万佳佯怒，轻轻拍了苗郁一巴掌，"你知道我说的是什么意思。"

汉语博大精深，苗郁当然明白她的言下之意，付之一笑。寻找到属于自己的座位，坐下前，她突然开口，声音很低，只有万佳能听见："其实我挺想和沈冲正面交手一次，今天终于有这个机会了。"

万佳在心里握紧拳头，姐妹，看好你！

调解室面积不大不小，正好容下双方。起诉方除了苗郁和齐思贤，原告代表来了两个，都是宠物主们推选出来的。苍灵制药派出了一个部门经理，姓邓，还有便是沈冲和小孔。司法局对这个事件很重视，调解科的李科长亲自担任调解员。

惯常的身份介绍之后，首先由宠物主一方提出赔偿要求。齐思贤已经整理出了所有当事人的请求，每位当事人提出的赔偿金额不一样，是宋乾和唐博雅——核实过的。

齐思贤一项项念着，神色出人意料地淡定，与他第一次登台首秀的表现相比，进步太多。他念完最后一句话，坐下，偏头瞄了苗郁一眼。苗郁低头翻看资料，压低了声音："不错。"

他回复一个微笑。

苍灵制药的邓经理站了起来："对齐律师的指控，我们不敢苟同。的确，所有宠物主都提出了证据，证明所属宠物是接种了我司生产的狂犬疫苗，但是没有直接证据证明，动物此后出现的问题，是由狂犬疫苗引发的。但是，本着人道主义，我司还是愿意坐下来与各位协商如何解决。经过董事会决议，我们愿意赔偿每位宠物主一万元，你们看怎么样？"

苗郁还没说话，宠物主代表"豆豆妈"抢先说："一万元，你打发叫花子呢？"

宠物主通过微信群联络在一起，彼此之间也是用昵称称呼。他们在决定起诉后推选了两个代表，豆豆妈就是其中之一。豆豆妈养的是一只吉娃娃，皮毛黑白如奶牛，接种了狗六联疫苗后，没几天就死了。豆豆妈气愤得很，在律所提交资料的时候，拉着苗郁说了半天豆豆是如何可爱贴心，边说边掉泪。苗郁和齐思贤也被拉进了群，整天看他们在群里发各自宠物的照片，哭诉失去宠物的悲伤，对话框飞速上升，能让人在几分钟之内散光飙升800度。

宠物主代表狸哥狠狠地一拍桌子："你们别狡辩，不是疫苗的问题难道还是猫粮？告诉你，今天不拿出点诚意来，你别想出这个门。"他和女朋友收养了一只流浪狸花猫，两人的感情本就因为猫增进了许多。没想到，狸花猫接种疫苗后，却得了猫瘟热，医了好，好了病，折腾一两个月，狸哥和女朋友轮流看护，猫咪仍旧死了，女朋友也气得和狸哥分了手。

见当事人情绪激动，苗郁首先劝慰："豆妈，狸哥，我们先好好谈，不要激动。"

豆妈是女生，比较听劝，狸哥丝毫不听劝："我的狸花吃的是顶级的猫粮，睡的是最贵的床，你们的疫苗让我的狸花死了，精神损失费你不该赔？"

邓经理说："龚先生，我们这不是在协商吗？我们公司的疫苗都是完全按照国家标准生产的，不可能会出现无效的情况。"

"那我的豆豆的死跟你们疫苗无关吗？你们的疫苗要是有效的话，豆豆怎么会死？你们就是生产假疫苗！"豆豆妈突然激动。

沈冲开口了："章女士，请注意你的言辞。我的当事人生产的疫苗都是经过检验的，绝无假冒伪劣产品。"他的声音低沉沙哑，透出精明强悍的优秀律师范。

苗郁毫不畏惧，说："证据，我们自然会在诉讼阶段提交。现在，双方坐在这里，是为了协商解决问题。但如果你方拿不出证据，只是图一时爽快，那本次协调还有必要吗？"

李科长忙打圆场："双方，双方，请安静一下。你们要针对问题来说，不要扯远了。"

邓经理喊冤："我司很有诚意的，但是对方个别要求也太过分，要求赔偿十多万，我司不认为宠物的死亡能造成这样大的损失。"

齐思贤说："所有的当事人都用了贵公司生产的疫苗，所有的宠物都出现不良症状，甚至死亡。邓经理，你准备用巧合来解释吗？"

"这个……"邓经理支吾。沈冲已经开口："两位，以及两位律师，请注意你们现在所说的一切都是猜测和推论，并没证据证明疫苗无效，更没有证据证明宠物的死亡与疫苗的效力有关。"

苗郁握紧了拳头，坐直身体，铿锵发问："沈先生，你确定吗？"

你确定吗，沈冲？

沈冲的眼神骤然变得犀利，目光里甚至有一丝狠辣。苗郁从没见过沈冲露出这样的眼神，一瞬间，她明白了什么，胸口止不住地痛了起来。

U盘里的资料都是事实。

再看沈冲，他恢复了平静冷淡的精英范儿，不露声色地说："我很确定，我的当事人并没有从事违法的事，我们也向在互联网上传播不实消息的主体发送了律师函，要求网站或者个体删除。"

豆豆妈出言讽刺："你的律师函只配当厕纸。"

狸哥拍桌子："还有什么调解的必要，你们连个道歉都没有，可能给我们满意的结果吗？"他指着邓经理，"你给我等着，我要你们公司好看！"

眼看事情往不可控的方向发展，齐思贤拦住他："龚先生，不要激动，激动不能解决问题。"

"是他们没诚意，不是我们。"狸哥愤怒，"我们的要求很简单，赔钱！要赔多少就必须赔多少，否则免谈！"

沈冲的态度比钢铁还硬，容不得半点改变："对不起，我方认为，贵方的要求太过离谱，无法实现。"

现场的火药味越来越浓，就算调解员泼来一桶水也无法熄灭双方的火气。调解员只好暂停调解，把双方律师叫到调解室外。

"沈律师，麻烦控制一下脾气，这是调解，不是在你的律所。"李科长首先不客气地批评。

沈冲冷冷地向苗郁投去一眼，没说话。

齐思贤态度极好："李科长，我方的要求已经整理好，并且提交给了司法局。如果对方对我方当事人的要求有意见，再协商一下。对方的态度能不能缓和一点？"

沈冲冷笑："打官司不是请客吃饭，要什么态度？"强势且傲慢，不似他平时冷静自持的模样。

李科长有些生气："沈律师，你这是在解决问题吗？"

"我们很有诚意来解决，但是对方的态度也很有问题吧。"小孔也在帮腔，"调解调解，不就是你让一步，我让一步？他们一点都不让，还怎么谈？"

在苗郁的记忆里，小孔是个偏沉默的学生，相比唐博雅的伶俐，他更显得木讷。在沈冲身边不到一年，他已经"出落"得咄咄逼人，颠倒黑白的技能点几近满级。

"对不起，诚意是双方的。"苗郁说，"我认为我的当事人说得很对，在解决问题前，表明一下同情的态度不是难事吧？"

沈冲冷冷道："我同情他们，谁同情我？"

这话没头没脑地说出来，在场的只有苗郁和齐思贤听到心底，旁人皆是一头雾水的样子。齐思贤的声音冷静："沈律师，法律会同情值得同情的人。"

"而我们要做的，是帮助值得同情的人搜集证据、维护权利，提供证据让法律惩处不值得同情的人。"苗郁接过齐思贤的话，补充道，"沈律师，你觉得呢？"

两人默契的言语，堪比赛场上的队友。沈冲的脸色不只是难看，更透出绝望。在更多的话冲出喉咙前，调解室忽然爆发出激烈的争吵声。

调解室里，邓经理被豆妈、狸哥两人围攻，眼镜歪到一旁，整个人狼狈极了。豆妈和狸哥你一言我一语争吵得厉害，双方律师赶来分开了双方。要是再晚半步，狸哥的拳头说不定已经击上了邓经理的脸。

"不要动手！动手就报警！"李科长喝道。

邓经理双手扶正眼镜，又气又怕，指着狸哥："你、你给我等着！"

"等就等！我还怕你吗？"狸哥火气比他更重，"信不信我们一起去堵你们公司大门！让你们偿命！"

豆妈也在一旁帮腔："我们人多，才不怕你们黑心公司。"

冲突开始加剧。齐思贤忙丢来一个眼神，苗郁领会，一同劝两人冷静一下。豆妈激动地说："苗律师，你不知道他说了什么！他说豆豆不就是一只狗，值得我们那么闹？他看豆豆是狗，我看他才是狗，给黑心公司卖命的狗。"

"你、你、你说话客气点。"

"畜生还会说人话！"狸哥反讽一句。

调解到了这阶段，基本宣告破裂。李科长只得宣布调解中止，如果双方依旧协商不成，可以去人民法院起诉。豆妈拉着苗郁："苗律师，我在群里说了，大家都说马上起诉，不调解。"

"可是……"苗郁本想再争取一下，齐思贤已经接过话头："可以。我们可以在最短的时间内到法院立案，也请你们少安毋躁，不要做出过激的事，这对诉讼很不利。"

狸哥似乎有话想说，却在豆妈警告的眼神中忍了下来。苗郁正在低头收拾资料，忽觉后背一凉，扭头看去，沈冲正在看她，眼神仿佛要将她囫囵吞掉。

苗郁回以冷淡的眼神。多年的情，在沈冲扭头之后，骤然断裂。

齐思贤来到她身边："走吧。"声音不高，像一棵树遮挡在她身后，给她足够的安全感。

苗郁对他微笑："好。"

调解不成，下一步就是准备诉讼。回去的路上，狸哥开车，豆妈要么沉默，要么翻看手机里的照片，或是在微信群里说两句，显得落落寡欢。

"他们为什么是这个态度？"豆妈自言自语地说，"我们珍视的宝贝，在他们眼里，不过是赚钱的工具，还嘲笑我们。我说要告他们，姓邓的说随便告，他们是大公司，比我们这些小宠物主能量大多了，我们是告不倒他们的。"

苗郁看着前方宽阔的路，雨后道路湿滑，洗净了空气。她双手放在膝盖上，说话的声音和小车一样平稳："法律不看大小，只看证据。你们有损失，损失是公司造成的，你们就有很大的概率得到赔偿。"

"我们去闹一场怎么样？"狸哥突然兴奋起来，"不是说闹得越大，对法院判决越有利吗？"

谁说的，拖出来打一顿，苗郁心想。齐思贤劝："你们千万别有这种想法。首先，要相信法官，我和苗律师经历了那么多案件，法官百分之百是秉公审理。第二，我认为，闹一场效果适得其反。"

"至少可以让他们重视。"

"你也得考虑闹的后果。寻衅滋事、聚众扰乱社会秩序，都是刑法里的罪名。维权是受法律保护的，但是如果超出了限度，你就是违法了。"齐思贤非常有耐心，认真解释。

狸哥满脸不快，按了几下手机，不再说话。送苗郁和齐思贤回到律所，豆豆妈有礼貌地道别，狸哥敷衍地点点头，开车远去。

"看来明天要去法院了。"苗郁看小车消失的方向说。再一想到今天沈冲的样子，她的心又沉了不少。

齐思贤察言观色，略猜出她的心绪。沈冲今天的表现太出乎意料，难道他知道了什么？

两人默默走着，谁也不知道该往哪个地方去。齐思贤忽然往身后一指："你看。"

正是雨后，空气里有七分凉三分甜。夕阳半落，西边几座大厦宽窄不一的缝间，漏出万丈的霞光。由深入浅的橙色是连接黑与白的桥梁，他们平生见过的和未见的橙染满天边，竟无法数出到底有多少种颜色。蓝天与黑夜，各自静默又安详。

苗郁突然想起，很久没有旅游了。这段时间，她用工作麻痹自己，竟然忘了出去走走，看看美景。

等这次的事情过了，一定要去向往已久的地方。

"人与美景的距离，只差一个转身。"齐思贤很深沉地说

一瞬间，空气的甜飙升到红线区。苗郁想问他，那么，人与爱情的距离，

是否就差一个回头？

夕阳下的人行道依旧空旷，能并肩走在一起，也是缘分。齐思贤正想着怎么开口，苗郁忽然问他："如果你没选择法律这条路，会从事什么职业？"

"数学。"

苗郁有些意外。她以为齐思贤会选文科类，没想到是数学。

"其实我很喜欢数学，我觉得数学和法律有共同之处，都是严谨的学科。"

说得很有道理。苗郁幽幽地问："如果，如果你有了某个人犯法的证据，但那个人与你关系很亲近，你会举报他吗？"

这个问题……她知道了什么？齐思贤镇定地说："我会报案，然后道歉，希望她能原谅我。"他反问，"你会怎么做？"

意料之中的答案。苗郁沉默："我会想，他犯法会不会是出于什么理由，再或者，有没有其他办法挽救。"

"也就是说，不到最后一刻，你不会举报？"

说对了，她就是这样的人。

"你会嘲笑我吗？"苗郁明白自己的软弱。律师不该这样，律师应该冷静，用理性的法律衡量行为，而不是在感性的驱使下犹豫不决。

"我能理解你，但是不赞同你。"齐思贤给出的答案，一如他撰写的答辩词，严谨合理，带着齐氏特有的冷冰冰，"我们并不是衡量的人，我们必须把所有的一切，交给应该衡量的人。"

苗郁呼出一口气，她为什么要在下班后讨论这种严肃的话题？

像是察觉到她的不解，齐思贤已经发出邀请："先吃饭，前面的餐馆看起来不错……"

急速的轿车呼啸声打断他的话，自远至近，不过眨眼的工夫。路人的惊呼来得特别迟，苗郁被扑倒，再被推到人行道旁的草坪上，比眨眼只快了0.01秒。

苗郁惊恐地看见，齐思贤没及时躲开车辆闯来的路线，半跌倒在人行道上。车轮如庞然大物，擦着他的后背碾去。一瞬间，她睁大了眼，仿佛眼睛就是摄像机，记录这一切。

只差一毫米，或者更短的距离，齐思贤就要成一团血肉，模糊不清。

直到发动机的声音滚滚远去，苗郁依旧浑身发冷，没力气撑住身体。路人纷纷赶来，扶人的扶人，谴责的谴责，报警的报警。纷乱的询问声中，苗郁忽地生出一股力，冲去，抱住齐思贤。

　　正在给路人道谢的齐思贤愣住了。

　　世界安静了。

　　你没事，太好了。

　　苗郁听到他绵长的呼吸，轻轻地拂起头顶的几丝细发。

　　他的嗓音柔软低沉："我没事。"

　　她不知道，橙光把他们的拥抱剪成黑影，永远地定格在某人的眼里。

　　这起意外并不单纯，路人异口同声，说那辆看不见牌照的车是直接冲向两人的。好在他们福大命大，躲过一劫。路人老太太拉着苗郁叮嘱："你们小两口赶紧去庙里拜拜，有菩萨保佑，以后就平安顺利，百事不惊。"

　　苗郁想说"我们不是夫妻"，但解释起来定是要费一番口舌的，便笑着道谢："谢谢大妈，我知道的。"

　　不怪旁人开脑洞，疑似夫妻或者恋人的一对男女走在路上，突然出现的车要置他们于死地，搁哪儿都是狗血言情剧的套路。但是在两位律师的计划里，下一步就是报警。

　　警察来得很快。虽然没人受伤，但目击者众多，两位冷静的当事人叙述得十分完整，给警察省了不少事。

　　"有没有什么嫌疑人？这种蓄意撞击的方式，更像是寻仇。"

　　犹豫只冒出了一个头，苗郁直接否认："没有。"

　　齐思贤说的是："可能工作上有竞争，但是想不到什么人会用这样的方式进行报复。"

　　两人的眼神交汇时的火花，被低头做笔录的警察忽略了。

　　警察记下了他们的联系方式："有进展了我们会联系二位。"

　　再是惊魂未定，苗郁也不肯对外露出脆弱的一面。齐思贤致谢："辛苦了。"手握着苗郁的手，许久也不曾放开。

　　热闹已毕，看客们各自散去，点点残霞留恋天边，徘徊不去。乍然的情感宣泄此刻已冷静下来，苗郁迟疑："我们……"

　　"先送你回家，这里危险。"齐思贤不容分说，招停出租车。

回家，至少可以挡风遮雨。

苗郁微微偏头，看齐思贤优雅的侧脸。缘分真是奇妙，如果没有方才的紧急情况，情愫就会像岩浆，一直被压抑在薄薄的地壳下，假装未曾察觉。那辆车撞向他们，也撞开了她心底的缺口，喷涌而出的热情，吞没了她。

但是……

"你觉得会是谁？"苗郁低声问。

齐思贤闭上眼，转脸看她的时候，眼瞳里有万千华彩："不管是不是我们想到的那个人，你现在很安全。"

"可是，我心里很难受。"苗郁低声呢喃。

开车的人不是沈冲，他也没那么好的车技。他听懂了在调解会上的、她未说出口的意思。如果此前苗郁眼前还有迷雾的话，今天已经明朗了。

不能让沈冲再陷下去了。他会为了U盘，干出更多的疯狂的事，苗郁暗想。她正想问齐思贤，能不能陪她去趟公安局，却见齐思贤正在接听电话，嗓音压得极低极低，身体几乎缩在角落里，手捂着口鼻，听不清他在说什么。

这个电话似乎分外地长，齐思贤竭力压抑情绪，言语细碎，不知在争执些什么。情感的潮水退去，露出黑黢黢、光秃秃的礁石，横在视野里，让人无法忽视。

好不容易等他挂上电话，苗郁问："案子的事？"

"不，不是。"齐思贤偏头，想否认什么，一瞬间，苗郁看见气愤、不安、担忧，甚至还有愧疚，接连在他眼里闪过。苗郁的疑惑越来越重，急着想问，出租车到家了。

走回家的路上，齐思贤怪异地沉默着，满腹心事。在家门口，苗郁终于忍不住开口："谁的电话？案子上的事？"

齐思贤开口了，出人意料地语无伦次。

"苗郁，我……"齐思贤想说的话太多，字词全不成句，零散着奔涌着冲出口，"我……不是我的本意……我一直在阻拦他……我没想到今天的事会让他做出决定……"

苗郁开始的表情是不解，继而疑惑。齐思贤说的每一个字她都懂，拼凑起来就是她听不懂的"三体语"。

"你……"苗郁看齐思贤，只说了一个字，电梯门张开了大口，几个人走进他们的视野，为首那位，是想忘也忘不掉的脸。

刘警官站定在苗郁面前，有礼貌地招呼："苗律师。"

没等苗郁回应，他又看齐思贤，露出仿佛很惊讶的样子："齐律师也在？"神情假得像用胶水硬粘上脸皮。

苗郁看向齐思贤。他也在看她，目光坦然，但是蓄满歉意。

笑容渐渐碎成了渣，不知哪来的微风一拂，苗郁恢复了冷静，冷淡地问："刘警官，有何贵干？"

"今天，有人开车要撞你们。"刘警官也没拐弯抹角，"我们认为嫌疑人的目的是把你灭口，这样藏在你家里的秘密，就不会被发现。"

"是吗？"苗郁又看了齐思贤一眼，冷静地问，"我倒是不知道我家有什么东西是至关紧要的秘密。"

刘警官也没有要在口舌上纠缠的意思，直接亮出了搜查令："方便搜查房间吗？"

你们要做什么？你们要在我的家里找什么？她在心里大喊，脸上却不动声色，轻缓地交出钥匙。

警察进了她的家，每个人都自备鞋套，踏在地板上，似乎烙下了浅浅的印记。而这一切，与齐思贤脱不开关系。

"苗郁，我可以解释。"

苗郁恍若未闻，径直进了屋，站在门边，抱着双臂。心理学上说，这是防御姿态，就算不能阻止他们进家搜查，她也能守住内心的阵地。

警察集中在书房和卧室，搜查得很仔细，地毯上的尘埃也要掰成三四瓣放在显微镜下研究。苗郁就冷冷地看着闯入家里的陌生人。

齐思贤放弃了解释，站在苗郁身后。她就像一株海芋，沉默在被惊扰的世界里。而惊扰的源头，就是他自己。

刘警官从书房探出头："苗律师，有几个问题，可以过来解释一下吗？"

书房从未这般明亮过，电脑已经开机，屏幕上"开始"键已经被按下，"历史文档"显示曾经在电脑上打开的图片，一连串无规律的字母排列其上。刘警官问："请问这几张图片怎么没在电脑里？"

"这是我的工作资料，存放在U盘里了。"苗郁说。

"U盘可以看看吗？"

"在律所放着，没带回来。"

刘警官的目光在苗郁脸上晃了一圈，落在她怀里的皮包上。皮包尺码偏大，棕黄色的外皮，非常实用，目测能容纳女性随时需要的各种物品。苗郁自进了家门后，一直都没放下皮包。

"可以看一下苗律师的包吗？"刘警官做出"请"的手势。

苗郁一言不发，直接把皮包递给他。刘警官先把稍大的物品拿出来，手机、钥匙、化妆包、笔记本、签字笔、化妆镜等一一放在书桌上。他越拿，包里的东西越多，似乎是个无底洞。终于，刘警官失了耐心，拉开包口往下抖，哗啦，更多的东西散落了出来。

女人，不管是什么职业，包里的东西都是永远数不尽的。

刘警官看了很久，物品并无可疑之处，再仔细翻看单肩包，牛皮每一处仔细捏过，毫无发现。他拿包还给苗郁，毫无诚意地道歉："不好意思，弄乱了你的包。"

苗郁一脸冷漠，也没伸手去接。刘警官随意放下，招呼其他人："有没有发现？"

没有发现。

刘警官嘴里说着遗憾，脸上没露出半点遗憾的表情："不好意思，打扰了，如果有什么新的情况，我们可能会继续来搜查的。"

苗郁冷笑："证件手续齐全就行，否则后果自负。"

齐思贤遍体难受，被刘警官摆了一道不说，又被苗郁冷落。苗郁已经下了逐客令："没事的话，我可以休息了吗？"

"苗……"齐思贤的话被刘警官打断。

"苗律师，我们认为要置你于死地的人是沈冲。就算不是他亲自开的车，也与他脱不了干系。"

苗郁偏转脸，似听非听，也不知道是否真的放在心上。她说："就算沈冲有嫌疑，找他去，搜查我的房间，是什么逻辑？"

"因为一桩旧案，"刘警官有意无意地看了齐思贤一眼，"所以我们怀疑，沈冲要对你们不利。顺便说一句，我们调查沈冲很久了，冯佳梦的死，与他也有关系。我想，苗律师也是有些怀疑的，要不然也不会围绕冯佳梦的死暗中调查。"

苗郁冷漠回应："我做的事，都是在法律允许的范围内。"

刘警官下令收队，临出门前，突然转身："如果沈冲威胁你，或者要求你为他提供非法帮助，请及时联系我。"

苗郁眼带嘲讽："你在我身边都安插了眼线，还需要我给你实时汇报吗？"

齐思贤一度难堪。跟刘警官一起离开，或者留下解释，都是需要极大的勇气。走在最后的刘警官有意无意地带上门，留他在客厅里。

"我可以解释……"

苗郁走到门边，拉开门，站在一侧。目光落到鞋柜上方的十字绣，拒绝与齐思贤的视线交汇。

重重的叹息声回荡在客厅里，房门与锁引发了不大不小的振动。苗郁像个没事人，慢悠悠地走进客厅，手包扔在沙发上，整个人坐在地板上，圆溜溜的扫地机器人安静地躺在脚边。

窗外传来争吵声，苗郁根本没心思去听。待中庭回归平静，月色朦胧时，她才伸手，在扫地机器人中心，轻轻摁下，露出方方正正的小口。

被小封口袋包裹得严严实实的U盘，正安静地睡觉。

苗郁顺手盖上盒盖，吧嗒一声，随后便是长长的叹息。从天而降的汽车，刘警官突然造访，齐思贤的古怪激动，组成一条清晰的逻辑线。有人要杀自己，因为自己手里有这个U盘。齐思贤向刘警官提供了线索，所以警察们才黄夜出动。苗郁犯了倔劲，他们这样上门搜查，她偏还不给！

不，不是的。U盘的事，只有沈冲可能猜出端倪，但是他绝不会知道得非常详细。

苗郁睁开眼，思绪开始活跃、奔腾。不是为了U盘，那是为了什么？沈冲？齐思贤？刑事案件？齐思贤说过的话，开始回放——齐伦、车祸、下雨、笔记本……

袖扣！

苗郁下意识地望向阳台，曾经被大纸箱占据了的地方，如今空空如也。前几天，沈冲突然出现，盘问她是不是拿了不该拿的东西。齐思贤随后出现，然后……为了平息两个男人即将爆发的冲突，她谎称让沈冲拿走私人物品。纸箱里有笔记本、领带夹、袖扣……

沈冲的袖扣在箱子里，只余了一个，孤零零地在衣柜角落躺了很久。沈冲是什么时候不再用袖扣的？

两年前的夏天。

那个时候，发生了什么事？

齐伦出了意外，死亡。齐思贤说，他在查苍灵制药的黑幕。

黑幕……黑幕……

没有黑幕，药企干净得像白纸。齐伦去世后，沈冲转了律所，去了与苍灵制药长期合作的燕华律所……

齐思贤问过，袖扣是不是沈冲的？

难道袖扣就是证据，指向杀死齐伦的真凶是沈冲？

她豁然开朗，所有的事情，在电光火石间串成了一条线。苗郁挣扎着站起来，跌跌撞撞冲进卫生间，干呕起来。迷雾散开，事件的真面目如此丑恶，

镜子里的女人，原本温暖的灯光，将她的脸色照得如此灰败。偏分的刘海，随着她重重的喘息，无力地垂落，贴到额前。

这一夜，她睡得非常不安稳，像是在大海中飘零的孤舟。她也不知道到底有没有进入梦乡。第二天起床，眼圈下透出了青黑，世界上最好的化妆师也画不出这样完美无缺的烟熏妆。

睡眠不足的结果就是，苗郁多花了二十分钟在脸上。此刻，她只后悔没多囤几款粉底，手头上仅有的几款，调了许久也捏不出最完美的肤色，只能勉强哄路人。在距离稍微近一些的人眼里，苗郁心底的疑虑、烦躁、犹豫便一览无余。

尤其是面对他。

已经竭力不去想，但看见齐思贤走进律所的一刹那，苗郁的心跳依旧不争气地加快，血液流动的速度比平时快了不少。她转着手里的笔，平静地冲他点点头，就像关系不远不近的同事，很快转头对宋乾和唐博雅说："告诉所有当事人，如果要更改诉讼请求，截止到今天上午十一点。你们必须确保通知到每一位当事人。

"下午，我们去立案。有管辖权的法院每周只有今天才立集团案，我们下午就要去立案，哪怕先提交材料，也好过下周才能立案。"

宋乾悄声嘀咕："就是，时间一久，他们怕是又要闹幺蛾子……"

唐博雅不满地瞪了他一眼。

苗郁用手中的笔敲了敲桌面："好，去联络当事人，给半个小时的时间打电话。"

两人一哄而散，坐回位置上开始疯狂按号码。

"您好，我是衡明律师事务所实习律师小唐……"

"彭先生您好，我是小宋啊，衡明律所的律师助理……"

齐思贤听了一阵，敲开了苗郁办公室的门，见她正低头翻看资料。他迟疑着开口："苗郁，你……"

"齐主任，有事吗？"苗郁口吻冷淡平静，翻动资料的速度不紧不慢。今天又是辛苦工作的一天。

六个字，六颗子弹，齐思贤一脸中了冷枪的表情。苗郁没有搭理他，铅笔在资料上涂涂画画，二十万分地沉浸在工作中，对得起她的代理费。

咔嗒，门关上了，放任宁静在小办公室里流散开。

苗郁抬头，透过模糊的玻璃窗，齐思贤的影子模糊不清。他是想跟她解释的吧？而她，选择了拒绝。

打印的字体变得模糊不清，甩头后，黑体字又变成了蚂蚁，失眠的后遗症开始显现。苗郁放下纸，望向窗外。昨日下了一场小雨，今天气温降了不少，阴风阵阵，好几拨风路过时不客气地敲窗户，见主人不理会才不甘心地走了。

苗郁往后仰靠在办公皮椅上，闭目养神，权作两耳不闻窗外事。呼啸声忽高忽低，时尖时沉，是听恐怖故事的极好背景音。在出奇的宁静中，开门声、手机振动声、说话声仿佛远在天边。突然之间，昨晚离家出走的睡眠，回来了。

苗郁睁开眼时，似乎嗅到了奶茶香味。眨了很多次眼，天花板角落上被水渍浸黄的斑点才恢复成怪兽的模样。视线挪回，落在桌上突兀出现的杯子上。

桌上一杯奶茶，正冒着新鲜的香气。她用指尖轻轻碰了碰杯身，余温从指尖传到皮肤，好不容易从窗缝挤进的凉风霎时间掉转头，远离了办公桌。

叹息像是风的，而不是自己的。苗郁怔了一阵，目光才挪回指示灯闪烁不停的手机上。

齐思贤的消息最早来，也是字最多的。绿色的对话框界面，大段大段的文字，讲述了一个故事。

"对不起，昨天的事是我的错，我不会否认，也没想过你会原谅。"

很俗套的开头。

"你知道，我一直怀疑爸爸的死与沈冲有关，但是没有证据。不久前，我在爸爸出事时穿的外套夹层里找到一枚袖扣。其实很巧，西装口袋里有个被磨破的小洞，袖扣就是这样落进夹层里的。我把袖扣交给警方，老刘告诉我，袖扣上有重要的线索。"

苗郁缓缓坐直。

"我只猜出来袖扣是凶手的，或者是相关人的，但不知道是谁，直到我在你家阳台上的纸箱里看到另外一枚，才意识到袖扣是沈冲的。我把这事告诉了老刘，但是极力劝他们不要到你家里来搜查。我说服他，看能不能让我自己到你家拿到袖扣。出乎意料的是，什么也不知道的你，把所有的东西让沈冲拿走了，包括袖扣。"

苗郁握着手机，字字如血，刺痛眼睛。

"老刘骂了我，说我优柔寡断。我只是不想让你知道，我父亲的死与沈冲有关。昨天，我们差点被车撞死，出警的警察回去了在系统里输入消息，老刘很快就知道了这件事。他怀疑是沈冲干的，因为你家里还有更多的证据对沈冲不利。为了保护你，也是为了找出沈冲犯罪的证据，他才会赶去你家。"

虽然她已经猜得八九不离十，但当最接近真相的一面露出狰狞的牙齿时，天旋地转的感觉异常真实。她手里的U盘，以及盘里的资料，说明什么？那是雨夜凶案里缺失的最重要的碎片。

"我一度怀疑冯佳梦的死与沈冲有关，还暗中调查，老刘让我不要影响警方的调查。"

说到冯佳梦了，苗郁紧张地握紧手机。

"老刘也找过沈冲好几次，但是沈冲很狡猾，警方几乎找不到他的把柄。"

苗郁忽然想到一件事，忙把藏着秘密的U盘从包里拿出来，插上电脑，点开看。从倒数第六张开始，最后几张图片上，红色的印记越来越大，呈现有规律的晕染，像一朵妖艳盛开的牡丹花。

她一开始就猜出这是什么，这也是日夜折磨她的源头。齐老师用生命保护的东西，在她眼前久久不散。

苗郁要找的东西很小，是一个指纹。因为比较模糊，所以第一次看的时候，苗郁没太在意。此刻，她花了好几分钟才找到，并且辨认出，这是一个指纹。从位置和方向来看，应该是一个人强行取走资料的时候留下的。

"苗郁，你教过我，法律和感情是不能混为一谈的。当事情发生在别人身上的时候，我们大可以以情之名，以法之名，表达自己廉价的同情。当事件发生在自己身上，我犹豫、彷徨，既怕真相掩盖，又怕你与我有了隔阂。我现在才明白，这样摇摆不定，才是伤害你的根源。

"苗郁，谢谢你。"

这种不太吉利的口吻，让苗郁心里一紧。手机闪烁灯提醒她，还有消息没有阅读，她吓了一跳，连忙查看，发现不是齐思贤发的消息。

"苗老师，疫苗案子出事了。宠物主全部在围堵苍灵制药，我们正往那里赶。"

苍灵制药公司大门外，已经围堵了大群的人，男女老少都有，占据了半条街。红色的大标语"以命抵命"高悬在上空，让人以为这里发生过人命事故。男人们冲在最前面，使出全身的力气摇晃公司的活动门，女人在后面，尖叫的、大闹的都有，吸引了无数路人。苍灵制药的保安如临大敌，前后几排守着大门。

苗郁赶到的时候，看到的就是这样混乱的场景。她认出了好几位宠物主，都是律所的客户，但在人群中没见到齐思贤他们三个。

终于在人群的角落里看到她要寻找的人，豆豆妈缩在角落，眼神惶恐得像兔子。在人群的最前面，抓着铁门拼命摇晃的领头人，是兴奋得红了眼的狸哥。

"你们怎么回事？你们为什么要来公司闹？"

见苗郁突然出现，豆豆妈一脸吃惊，继而是慌张。她一把拉住苗郁，连声说："苗律师，你快报警！"

"你们什么时候来的？你看到齐律帅了吗？"苗郁没理会，一个劲地追问。

豆豆妈慌忙摇头："我没看到他。我们昨天就在策划来公司示威，让他们给我们一个交代。"

"我不是告诉你们要冷静吗？"

"上次和那个经理谈，他态度太差了，狸哥很生气，说要给苍灵一个教训，所以回去之后，他把这事说了，还提议我们来公司门口闹一场，这样公司就会有压力，给我们的赔偿就会更多。"

荒唐！苗郁真想把狸哥大骂一顿，但她强迫自己冷静，把眼前的事解决了才是最重要的。

哗啦啦，活动门被晃动得更厉害，跟着狸哥一起进行破坏的几个男人，人高马大，这样下去，活动门若有损坏，群情激奋之下怕是要出大事。苗郁决然冲上前，拉住狸哥的手："你们都住手！"

狸哥看了苗郁一眼，恶狠狠甩开她："你来做什么？我不要你代理案子，滚。"

"你们的行为是犯法的！"苗郁被推得踉跄几步，扶着活动门稳住身子，大声说，"用暴力破坏他人财物，占据街道，破坏公共秩序，你们想过后果没有？"

狸哥啐她："他们的疫苗是假的，假疫苗！他们杀死了我的狸狸，我难道不能找这个黑心公司报仇？"

他的话得到阵阵应和，好些宠物主手里还举着他们的宝贝，可爱的猫、顽皮的狗，在照片上活生生的。

苗郁冷静地劝说："他们有过错，大家可以通过正当手段解决问题。各位的案件，我们已经交到了法院，很快就会立案。相信我们的法官一定会做出公正的判决。"

狸哥满脸不信："我不信！那个邓经理不是口口声声说他们在法院有关系，我们告不赢吗？"

"不会，绝对不会。"苗郁暗骂邓经理成事不足，败事有余。在调解的过程中，他们故意编造谎言，什么"有关系""我们是大企业谁都要给几分面子"等，企图给狸哥他们造成心理压力，迫使他们接受苍灵公司的"赔偿"。殊不知，这恰恰激怒了以狸哥为代表的宠物主。

她不能直接戳破邓经理的谎言，对快要丧失理智的宠物主来说，直接说什么都没用。苗郁瞬间决定采取曲线救国的方案："大家请听我说。苍灵制药近年来出现的案件数量不少，并不是每一件案子苍灵制药都是胜利的一方。大家试想一下，如果苍灵制药与法院真有不可告人的关系，为什么不是全赢？"

听到她的反问，狸哥一时说不出话，望向旁边的宠物主。有人阴阳怪气地起哄："你说这么多，还不是想让我们打官司，收代理费？"

苗郁没理会这人，缓缓看着众人："大家的心情我能理解。我只是希望，大家正当维权，不要触犯法律。破坏公私财务、扰乱公共秩序，都是犯法的。"

"我们犯法也是被这个黑心公司逼的。"有人大喊，"他们能生产假疫苗，我们就不能打他了？"他迎来宠物主人们强烈的附和。

当然不能，绝对不能。但现在不是说这个的时候。

苗郁说："大家的心情我能理解，我也希望大家能冷静下来，暴力不能解决所有问题。"她放缓了声音，"我想，你们家的宝贝，也不希望你们受到伤害吧？"

现场很安静，街上车来车往的发动机声清晰可闻。最激动的狸哥和其他几个人，听了苗郁这番话，也沉默着没出声。忽然，尖厉的女声刺破人群："我的贝贝就白死了吗？"

说话的女人五十多岁，走路气喘吁吁的，手里还举着一只白色京巴的照片。她挤开人群，高声质问苗郁："你觉得我们做无用功，我们是为宝贝报仇！只有我们才会为它们报仇。"

狸哥突然狠狠地拉开苗郁："让开！今天我一定要进去，把这个公司砸烂。"

"你不能……"苗郁想要阻拦，却根本拼不过大男人，被狸哥推倒在地上。苗郁想要撑起，其他人已经汹涌地撞了上来，苗郁只得狼狈闪躲。豆豆妈本想拉她一把，不知是谁在她身后一推，豆豆妈整个人猛地扑在苗郁身上。

苗郁重重地再次跌倒，想要快速站起来已经不可能。激动的宠物主们已经冲上前，踢的、踩的，不计其数。两个女子在人群的推搡中，如风雨中飘摇的叶子，根本无法与庞大的力量搏斗。在苗郁的帮助下，豆豆妈刚稳住身子，激荡的人潮又涌了过来，豆豆妈骤然被扑倒，她身旁是好几双腿，离她最近的那人马上就要踩到她的身体。

苗郁脑中一片空白，豆豆妈惊惶的脸被无限放大。苗郁没有任何念想，猛地扑去，用身体挡住豆豆妈。

第一脚踩在脚踝上，第二脚斜着踩到腰上，第三脚踩到了手掌。痛感瞬间爬遍她全身，苗郁想找东西遮蔽，却又硬撑着，不让全身的重量传给豆豆妈。

人群还在推搡拥挤，豆豆妈惨白的脸在苗郁眼前晃动。她察觉到人群更剧烈的波动，听到自己的名字由远至近，隔着人群传来。她目力所及，只能看长长短短粗粗细细的腿，如森林一般。没想到，下一刻，身边的树林被人奋力砍倒，手臂抱住了她。

"苗郁！你痛不痛？"

让人窒息的阴云消散，新鲜空气涌进。第一次听见齐思贤的声音陷于慌乱无措，苗郁的心仿佛也被狠狠踩踏过，疼了起来。

上一秒，她以为死定了，没想到，意中人真的就在下一秒从天而降。

所有的伤痛，奇迹般地自愈了。苗郁看他，齐思贤也在看她。一瞬间，她听到了花开的声音。

呼喊声、阻止声，从四面八方响起，穿着警服的人在附近晃动，强行空出一段距离。还有人拿着话筒，高声宣讲法律，警告前来维权的人不要轻举妄动。突然间，一切都那么井然有序，仿佛方才的骚乱只是苗郁的幻觉，只有身边的人，才是温暖的、坚实可靠的。

齐思贤小心地扶起她，像捧着薄如蝉翼的瓷器。苗郁一直低着头，仿佛在掩盖失去节奏的心跳。

"走，去车里休息一下。"齐思贤没问她怎么到了苍灵，只想让她好好休息。

苗郁停下了步子，迎上齐思贤疑惑的目光，摇了摇头。痛楚从脚踝、腰部一阵阵地溢出皮肤，她迫切地需要休息，但是此刻，她还有更重要的事，必须完成。

无论如何，她没有靠在齐思贤身上，而是与他并肩，一瘸一拐地站到了人群的最前面。

最恐慌的时刻已经过去。看苗郁狼狈的样子，维权的人们似乎才意识到，方才的拥挤推搡，可能带来的后果是什么。举着扩音筒的警察严厉指责："你们想过没有，发生了踩踏事故出了事，法律后果是什么？"

有人嘀咕："还不是没出事……"

警察指着他："你说什么呢！是不是真要出事了你才高兴？"

那人不服气地想要骂回去，苗郁开口了："各位，我没事。"顿了顿，向人群边上看了一眼，唐博雅正低声安慰坐着发抖的豆豆妈，看样子她吓得不轻。铁门后，苍灵公司的人也出来了不少，参加调解的邓经理也在人群里，闪躲着身形。同时，一张熟悉的脸孔一闪而过。

苗郁没理会，回头看着人们脸上的惊诧、慌张、羞愧、不以为意，开口了："首先感谢各位脚下留情，没把我们当场踩死。"

有人想笑，见左右人的神情都很严肃，忙低下头。铁门前，女律师依旧是不徐不疾的调调："我还是那句话，解决问题的办法有很多，冲击公司是最蠢的一种。"

"我们都会遇到麻烦，甚至是很大的委屈，这时候，法律就是你的工具，是你保护自己的最好的工具。"她指着活动铁门，苍灵制药的办公楼像一头巨兽，居高临下地看她，"你们冲进去，除了暂时出了气，会有什么后果，不用我说，你们都知道。"

"就算他们犯了法，也不是各位犯法的理由。他们的行为触犯法律，有我们的公安、检察院、法院审判。同时，他们是坏人，不是你们也变成坏人的理由。"苗郁说，"我相信，热爱小动物的人，一定是善良而且遵守法律的人。"

齐思贤一直关注苗郁，不放过她脸上任何一丝细微的表情。无论在做什么，她的眼睛里总是闪耀着迷人的光彩，即便是此刻，她忍受着痛楚，说出的每一个字都带着来自心底的力量。

众人气势已灭，军心溃散，警察又反复劝说，齐思贤和宋乾也混在人群里，动之以情，晓之以理。终于，苍灵公司再次派出代表，向宠物主们表示歉意后，参与围闹的人们动摇军心，有人想要离去，有人执意吵闹，比起方才的阵势，已经好了许多。狸哥远远地看了苗郁好几眼，眼神躲闪，却又徘徊不去。齐思贤示意苗郁看那个方向："他是不是想跟你道歉？"

"那是他的事，与我无关。"苗郁的笑很有些勉强，她现在最渴望的是坐下休息一会儿，只是现下，律师的形象还得端着。齐思贤问："我送你回去，这里交给小宋、小唐，他们没问题。"

"你什么时候接到消息的？怎么不叫我一起？"

齐思贤迟疑了下，说："我怕你……"

他的话没说完，苗郁打断了他："好吧，上次的事，是我冲动了，我郑重向你道歉。"

她抬头看天，今天天空蓝得几乎透明，阳光如金箔，刚刚的骚乱像是被雨水冲刷过，了无痕迹。如果过往的痕迹都能如眼前的天空一样，不留下一点印记，那时的世界会呈现什么模样？苗郁缓缓说："最开始我的确很难受，甚至生气。为什么瞒着我，为什么不告诉我，难道我就是这样护短的人？"她对齐思贤微微一笑，"我还真就是这样的人。"

这样直白，齐思贤露出无奈的笑。她认真地看齐思贤："如果你提前告诉了我，你的想法和举动，说不定我还真的会……会做出让你失望的事，因为我不确定自己会不会做出非理性的举动。"

"我们是律师，职业要求我们理性，但是你我皆凡人，事不关己自然理性至上，事若关己……"苗郁声音低了下去，她叹口气，转而问齐思贤，"你们怎么比我还晚？"

齐思贤解释："我们到的时候，当事人已经围住了大门。我们决定先去附近的派出所报案，再一起来劝说，没想到这一会儿的工夫你就来了，还差点出事。"

为什么她没想到这么好的办法，先报警，再劝说。苗郁正暗自懊恼，原先躲在一旁的狸哥忽然溜来了，满脸羞愧，小声对苗郁说："苗律师，对不起，我真不是故意的。"

"没关系。"

"你看到豆妈没有？我一直没见到她，她的手机也打不通。"狸哥问苗郁。

苗郁说："没看见。"倒是奇怪，唐博雅也不见了。

"小唐去哪里了？"齐思贤问宋乾。

宋乾回以茫然："刚刚看到她跟谁在说话，怎么这会儿不见了？"

"打电话找找。"齐思贤催促。

唐博雅会是送豆豆妈回去了吗？苗郁猜测，继而又否定。唐博雅不是刚出社会的大学生，就算要去什么地方，起码会提前打声招呼。

宋乾忙着打电话，齐思贤与出警的警察沟通，苗郁的手机响了。

是唐博雅。

"小唐？"

"苗……苗老师。"唐博雅的声音听上去有些奇怪，带着哭腔。

苗郁问："小唐，你在哪里？"

她只听见唐博雅含糊地说了几个字，听筒里传出了熟悉的男声。

"苗律师，你好。"沈冲的声音听上去云淡风轻，很衬此刻的天色，他的声音源源不断地传入苗郁耳里，"你的助理在我这里休息，你要不要一起来喝杯奶茶？"

宋乾还在给唐博雅打电话，满脸的疑惑，喃喃说"怎么不接电话"。齐思贤和警察一起，正忙着回答两个宠物主的问题，无暇顾及。闹闹嚷嚷的，无人留心这边。

苗郁低声问："你在哪儿？"

"对面的烂尾楼看到没有？"

苗郁转身，街对面矗立的烂尾楼，外墙青灰，长方形窗口空洞，像连接位置的黑洞。在二楼的一个"黑洞"里，她看见一个穿西装的人，正面对自己，手放在耳朵边，似乎在听电话。她强迫自己冷静，问："你在哪儿？"

"从东边的入口进来，带上东西。"

"我没有你要的东西。还有，小唐在哪儿？你对她做了什么？"

沈冲没有回答她，自顾自地说："苗律师，如果你真的不知道我说的是什么，你会反问我，而不是直接否认。我们认识那么多年，你熟悉我，我也熟悉你。"

苗郁心知不好，沈冲这是针对她设下了圈套，她一时不察上了当。沉默片刻，她说："好，我来。"

"一个人，只带东西，别带人。否则，我走投无路，带你徒弟一起死，也不亏。"

听筒里传来急促的嘟嘟声。苗郁再次看去，烂尾楼二层那人依旧站着，与她遥遥相对。她深吸一口气，眼角余光瞥见齐思贤还在忙，她往沈冲指定的方向走去。

烂尾楼里弥漫着一股诡异的凉意，灰尘在明暗交错间飞舞，拂过鼻端的是肮脏的臭。高跟鞋踩过瓦砾碎砖，回声幽幽飘荡在空中。拾级而上，二楼空间很大，大概是规划建超市。远远地，她看见沈冲在大房间正中央，不见唐博雅的踪影。

苗郁尽量稳着身形，一步步向他走去。离着还有三五米的距离，沈冲叫停："站那儿别动。"

她依言停下，一言不发地打量曾经的枕边人。沈冲依旧西装革履，右裤兜微微鼓起，不确定是不是凶器。

沈冲向她伸出手："东西拿来。"

"小唐在哪儿？"

沈冲让开，唐博雅躺在柱子旁，眼睛紧闭，双腿蜷曲，双手背在身后，胸口正微微起伏。沈冲顺着她的视线看去，说："放心，只是乙醚，让她睡一会儿。"

"你从哪儿弄的乙醚？不可能今天临时起意，跑到医院偷乙醚，把小唐迷昏了，让我独自赴约吧？"苗郁很紧张，呼吸牵动心跳，口干舌燥。第一次在大学里辩论的情景又复原了，彼时她是正方，他是反方。此刻，在废墟里，他邀战，她迎战。

"当然不是给她准备的，是给你。"沈冲摸出烟点上，打火机金属盖清脆地撕裂了寂静的空气，"我本来想趁你睡觉的时候，进家里来找一下，万一你醒了就用乙醚对付你。没想到你居然发现了，保安又在楼下巡逻了大半夜，这东西实在没机会用。"

"你要什么东西？"

沈冲喷出一口烟，语气明显地不耐烦："别装傻。冯佳梦给你的东西，拿来。"

"冯佳梦？我跟她没有说过话，她能给我什么？"苗郁把手放在身后，手里握着手机，屏幕上波纹起伏，显示正在录音。

沈冲烦躁地扔掉烟："她给你寄过东西，邮单我看到了，收件地址是衡明。她一定给了你什么东西！"

"你说快递？"苗郁很冷静，"我们做律师的，每天收很多快递，我也不记得收到过冯佳梦寄的快递，你大概是弄错了。"

沈冲一怔，突然冷笑："那你是怎么找到冯佳梦援助的智障家里去的？"

他竟然问到这个事。苗郁顷刻之间找不出逻辑完备的话回应沈冲的话，深吸一口气，单手摸包："好，我承认，她是给了我一个U盘。"

沈冲脸色剧变："里面的东西，你……"

苗郁本想否认，就在这时，她突然看见沈冲身后的唐博雅的头忽然动了动，脚也在轻轻舒展，似乎要苏醒。她忙提了声音："对，我全都看了，一张不漏。"已经图穷匕见，再否认也无济于事，不如给唐博雅争取一点时间。苗郁手心向上摊开，黑色的U盘静静躺着，轻若羽毛，重若泰山。

"扔过来。"沈冲喝道。

苗郁没理他，反手攥紧了U盘："你一定很清楚，这里面有什么。"苗郁一反方才句句思量的模样，开始咄咄逼人，"苍灵公司做假疫苗、卖劣质疫苗的证据，一个不少。我猜是闻鹏偷偷拿出来交给齐老师，你从齐老师手里抢走的吧？最后几张有血印，是齐老师车祸后被撞伤留下的。你从他手里抢资料的时候，指纹也印了上去。虽然只有半枚，但是足够指认你，在车祸发生时，你就在现场。你，见死不救。"

沈冲眼睛充血，隔着好几米的距离，苗郁几乎能看清他眼睛里的血丝如蜘蛛网一般。这几天，他一定没睡好吧。不，是这一段时间以来。

"苗郁，你最好不要说太多。"沈冲低沉的音调在残破的墙壁之间回荡，"你别以为我没下手是对你余情未了。"

苗郁冷笑："在你抢资料、害死齐老师的时候，就应该想到有今天。只是，你大概没料到，冯佳梦会拿走这些资料。所以，是你杀了她！"

沈冲回以冷笑，突然冲上来，扭住苗郁的手腕。苗郁吃痛，U盘落在缝隙里。沈冲狠狠把她一推，蹲下身匆忙翻找U盘。苗郁仰面倒在碎砖碎瓦上，痛楚顿时缠遍全身，比被脚踩过的地方还要难以忍受。手机也滚落在一旁，苗郁顾不得找，撑着身体想要跑。沈冲一步赶上，把她按倒在地。

沈冲抓着U盘，如获至宝，回头看苗郁，那眼神，如嗜血的野兽。苗郁强撑着坐起："沈冲，自首吧。你逃得掉吗？"

"我没杀冯佳梦，是小孔把酒精放进她的果汁里的。"

"她为什么会死在小包厢里？"苗郁反问，"刘警官提到过，警方在窗沿上找到了指纹。"

"我用了窗帘……"

一句激烈的反驳，换来苗郁轻轻一眨眼，随之而来的便是如死亡一般的寂静。苗郁的手撑着，掌心被碎石划出了伤痕，疼也咬牙忍着。她抬头看沈冲，那居高临下的眼神，让她心头顿时一凉。

沈冲蹲下，手抚上苗郁的脖子："你为什么不听话？你为什么要跟我作对？把东西给我就好了，你管冯佳梦做什么？她逼我跟你离婚，你不恨她？"

他的声音出奇地轻柔，手也并没用力，但是苗郁全身已经起了鸡皮疙瘩。她忍着恐惧，说："自首吧，你还有救。"

"我已经没有出路了。资料被冯佳梦偷走以后，我每天做梦都是坐牢坐牢坐牢！"沈冲居然认真地解释，"她凭什么威胁我？她的一切都是我给的，她反倒来威胁我？过敏？要不是她得意忘形，律所的人都讨厌她，也不会在她杯子里放酒精。我不过是把药拿在手里，让她拿资料来换，很公平。她自己不肯放手，跟我有什么关系？"

眼前这人，满口法律公平，内心已是魔鬼。苗郁突然打开他的手，转身便想逃走。沈冲早就料到她的举动，一伸手就将她牢牢地按在地上。

"苗郁，你为什么不听话？"

沈冲已经按住她的脖子，目眦尽裂，她熟悉的脸变成了魔鬼的模样。被抓住的一瞬间，苗郁瞥见柱子旁的空地已是空空如也，而沈冲全然不觉，注意力都在她身上。

"救命！"苗郁突然放声大叫，拼命挣扎，碎瓦砾哗啦啦地响动，仿佛死亡吟唱曲的前奏。

沈冲双手更加用力，苗郁挣脱不得，空气被越来越紧勒住的脖子挤压出身体。她感觉到脚尖离开地面，没有力气挣扎，没有力气呼吸，甚至没有办法控制身体。就算她努力打起精神，也只能看见沈冲狰狞的脸……

伴随重重的打击声，苗郁脖子上的重压忽然一松，身体第三次重重落下。这次她感觉不到疼，也察觉不出劫后余生的庆幸。大口呼吸是一种本能，看不见，听不见，只看见沈冲倒在地上，痛苦地抱着头。

一双手拼命地抱住他："小老师，走啊！"

博雅……

唐博雅抓住她，就像苗郁在天台旁拼命抓住她一样。苗郁被唐博雅拉着，跌跌撞撞地往回跑，一路上高低不平。没跑几步，一股大力突然抓住苗郁的领子，她趔趄着扑倒，连带着唐博雅也摔倒在地。

"你们，还真是麻烦。"沈冲扬手给了唐博雅一耳光，清脆响亮的声音在空旷的房间里回荡。

苗郁奋力挡在唐博雅身前："她什么都不知道，让她走。"

沈冲一手按住苗郁，另一只手高举半块砖，在砸向苗郁的一瞬间，她的生命即将走到终点。

这一瞬间，世界结满了冰，凝固了所有运动中的人和物。她听到自己的呼吸，绵长又清晰。她看见沈冲眼中的狠厉、果断、拼劲，熟悉又陌生。她甚至听见唐博雅的尖叫，像一道闪电劈开空气。她甚至在砖头砸向额头前的零点零几秒，开始思考，如果沈冲下手轻了，她会不会在体验了极致的痛苦后才死去，在等死的这段时间里，她要怎么面对生命流逝的困境……

额头上剧痛，自火苗起，轰然成巨大的火焰，将苗郁的头紧紧包裹住。死亡，近在咫尺。

几个人影扑了上来，沈冲被按倒在地上，乱七八糟的声音充斥在天上地下。苗郁浑身一震，或尖或钝的痛感再次袭来，全然忘记了躲避。她躺在地上，所有景象全数掉转90度，细碎的石子沙砾碾过脸庞，一丁点细微的痛，和从额头蔓延开的巨大的痛比起来，简直微不足道。混乱视野中，她见沈冲拼命挣扎，正奋力制伏他的人是警察。

"苗郁！"

是齐思贤的声音，慌乱更甚，今天是第二次听见。仿佛有什么东西模糊了苗郁的眼，连带齐思贤的眉目也被染成红色。她想动唇，也想伸手擦掉恼人的红，看清楚这个世界。

齐思贤问她的问题，答案已经在心里。她努力地睁眼，想告诉他。

没有了，再也没有机会。

书记员已经在宣布庭审纪律了，唐博雅忍不住又翻了一遍准备的证据，目录清楚，没有遗漏的证据材料。房东的妻子坐在被告席上，愤愤不平，嘴唇不停翻动，应该是在骂她。

这是她第一次正式坐在原告席上。以前也来过，但不过是完成工作，而这次，她是为了自己。

法槌敲响，审理正式开始。

旁听席上空无一人，唐博雅找宋乾确认过了，确定今天不会有人来旁听。

她偷偷看了一眼，法庭两扇门紧闭，没人会突然推门进入。小老师大概在医院，她应该赶不过来。

"原告，你的诉讼请求是什么？"

唐博雅低头，一字一句念出："请求判令被告赔偿各项损失，共计……"

"十二万"，白底黑字映在眼里，绕在舌尖。她深深吐了一口气，盯着对面的被告："共计三万五千元。"

法官翻看她开庭前提交的起诉书，问："起诉书上不是要求赔偿十二万吗？"

"我现在要求变更诉讼请求。"

法官投来疑惑的目光。见惯了在审理中层层加码的当事人，主动减少赔偿金额，而且减少这么多的情形，还真少见。

"那你接受调解吗？"

"不接受。"

法庭的门好像晃动了一下。唐博雅急忙转头，等了很久，没人进来。

是风。

唐博雅低低叹气，打起精神，庭审开始了。

她记得苗郁拼命保护自己的那一幕，她与沈冲的对话清晰入心。小老师，你说得对，是我错了。律师，就必须先律自己的心。无论法律是否完善，律师追求的初心，都必须坚守。

周五下午的法院最安静，法庭外的走廊上，几乎见不到一个人影。平日里羞涩的狸猫探出头来，溜达几步，跳上长椅，惬意地伸长了身子。黑色大理石的石柱间，明亮的落地窗外的阳光斜斜地倾洒在它身上，此刻胖胖的狸猫就是世界的王，惬意极了。

胖狸猫一边舔着爪子，毛茸茸的尾巴随意乱扫，扫过坐在长椅一端的女人的手背。它抬头，打量了女人好几眼。和它平时在法院见过的律师没什么两样，哦，有差别的，她的额头上有一块纱布，好像受过伤。

胖狸猫趴下，一会儿便打起了呼噜。齐思贤走来，给苗郁递去一杯奶茶："给，少糖，加珍珠。"

"医生让我少吃点垃圾食品，你这样是嫌我长得不够胖？"苗郁微笑着喝下一大口奶茶，顺滑微温，正是最妥帖的味道。

齐思贤回以微笑，意味深长："长什么样都可以。"又回头看紧闭的法庭大门，"不进去吗？"

"我相信她，她知道对律师这个职业而言，什么才是最重要的。"

"为什么还要来？"

苗郁冲他晃了晃手里的文件夹："交证据，拿判决，顺便过来看情况。"

女人，口是心非的动物。

不过齐思贤是成年人，看破不说破。他坐到苗郁身边："你的伤没事吧？伤疤记得抹药，我朋友在卖冻干粉，愈合伤口效果不错……"

苗郁静静地听，静静地看，不搭话，琥珀色的眼瞳深如秋水。齐思贤忽然笑了笑，低下头："原来你都知道。"

沈冲的案子，今天在中院开庭前会议，公诉方和沈冲的律师交换证据。沈冲始终不承认杀害齐伦和冯佳梦，只承认他开车过快，撞到齐伦的车，导致齐伦受重伤而死。关于冯佳梦的死，他说他只是想威胁冯佳梦把盗走的资料还回来，并不想杀死她。至于对苗郁下手，他说，只想把苗郁打晕逃跑。三个案子，到底是故意杀人，还是故意伤害致人死亡，就看公诉方提交的证据，以及法庭采不采信他的说法。

齐思贤很平静："我接受所有合法的结果。"

苗郁点头，笑了。

"下周一的表彰大会，你还是去吧。"齐思贤劝她。

冯佳梦交给苗郁的资料，证明了苍灵公司制造、销售假疫苗的事实。公安机关立案调查，苍灵公司股市一泻千里，曾经的庞然大物，轰然倒塌。正巧赶上了市司法局评选"十佳律师"，苗郁作为候选人，很是热门了一把。网络上轰轰烈烈地讨论一阵，过两天就散了。

经历了生死，苗郁看得很开。身外事都是浮云，最要紧的还是当下和身边人。

"应该你去。这些资料都是齐老师用生命保护的，我不过是转交。"苗郁依旧拒绝，"十佳不十佳，不重要。重要的是，这是齐老师应得的荣誉。"

"不，我认为……"

苗郁认真地看他，目光澄澈，齐思贤忽而明白了。

有些话都不用多说，目光交汇自然能懂。心有灵犀的沉默在两人间流动，尘埃在阳光下飞舞，猫咪舔完了爪子，大摇大摆地离开。一切回归宁静，人却不平静。

许久，齐思贤抬起头，望向天花板。

"好，最后一个问题。"他缓缓地转过头，看苗郁，"你愿意吗？"

苗郁没有回答，忽然绽开了笑容。

初夏已至，齐思贤听见了花开的声音。

【正文完】

番外

　　"苗律师，这条是什么意思？什么叫由于保护善意第三人利益原因，出借方应按另一方承担和履行连带义务的双倍向另一方支付补偿金？还有这条，什么叫夫妻婚内财产分别制？难道说结了婚后，我们的花销都必须各用各的？"

　　女人皱着眉，疑惑地看着桌上的婚前财产协议，不停地发问。她的妆容经过精心的修饰，细微的毛孔都被隔离霜、遮瑕膏、粉底照料得严严实实，仿佛这副好皮囊是天生的一般。衣着也是完美，奢侈品牌在不经意间晃花眼睛，俱是低调中的奢华。与精美外貌不相符的，是她十分焦躁的眼神，以及强行压低的不耐烦的嗓门。

　　窗外阴云密布，暴雨正在酝酿。周日的咖啡馆，出奇地没多少顾客，侍应生趁这机会在角落里玩着手机，没人留意到另一个角落里窃窃私语的两个女子。

　　女人提出一连串问题，甚至不给苗郁回答的机会，一直用怀疑的目光打量苗郁，就差把"你到底有没有能力帮我"这句话写在脸上了。

等女人发完了脾气，苗郁这才开口："凌女士，这份婚前财产协议，是我根据你的现实情况、收入情况拟定的，能从法律上给予你和你的财产最大的保护。"

"你能不能写得隐晦一点，让他看不懂？"

苗郁耐下心解释："协议一定要准确，才能避免被对方钻空子的可能。我是你的律师，我出具的协议，一定要对你负责。"

"可是你这些也太明显了，他要是不签协议怎么办？万一他就是为了我的名气才跟我结婚的呢？"凌女士很焦躁地问，"这协议有效吗？他故意闹出些什么事，要跟我离婚，再分财产怎么办？"

苗郁劝说："只要他签了字，就要受到协议的约束。就算与你离婚，只要不是你的错，他是分不走你的个人财产的。"

凌女士半晌不答，突然摇头："他不会签的，他知道我离不开他……"她忽然自嘲地一笑，"你大概不相信，我在网上鼓吹女性独立，自己挣钱自己花，不结婚不生娃，却被一个渣男迷得晕头转向，明明他又出轨又满口谎言，我生怕他生气了和我分手了，连一句重话都不敢说，更别说……"她低眸看了一眼协议，没说话。

如果不是亲眼所见，苗郁怎么也不相信，这位拥有百万粉丝的情感大V，自己也面临感情困惑。话说回来，对感情婚姻，每个人都有自己的考量。对律师来说，客户付了钱，工作就要完成的。苗郁说："凌女士，这份婚前财产协议请收好。从律师的角度，我希望你能慎重考虑一下。"

至于要考虑的是签协议，还是这段感情，那是客户的事。

苗郁离开时，窗边落寞的身影一动不动。天空似乎放晴了不少，苗郁心头却积满了阴云。

有时候，她也会想，生活会不会太过顺遂了？事业已经上了正轨，律所崭露头角，就连感情……万佳时常跟她开玩笑："你的小男朋友还真是二十四孝。"

最近齐思贤有些忙，有时候一整天在律所都见不到他人，只有在微信上聊一下今天我如何你怎样。唐博雅说，有好几个互联网公司联系齐思贤，希望衡明能为他们提供长期的法律服务。能为固定客户提供法律服务，是每个律所追求的目标，齐思贤必定会忙。

还没结婚，就提前过上了婚姻生活……不，不对，是重复了婚姻生活。

苗郁一阵恶寒。齐思贤还没这想法，她着急个什么劲？两个人长时间拴在一起，出庭、讨论案情、吃饭。唐博雅就问过："小老师，你们成天腻在律所，不会审美疲劳吗？"

她还真认真思考过这个问题，说："还好吧。"

说这话的时候，她的眉眼带着笑。

齐思贤每天都有新的花样，烛光晚餐什么的不必说，一起旅行是家常便饭。有一次苗郁还收到了他亲手写的情书，只是他用的是花体字母，信纸上只能看见漂亮的圆弧。苗郁惭愧于自己才疏学浅，躲在办公室里，对照手机看了半天，才读懂了整篇情书。

古典式的浪漫，与信纸上透出的淡香一起，似有若无地缭绕在她周围。随意忆起，随时有阳光。

若止步于此，这样的日子真是舒心。苗郁忍不住想。

阴云还在头顶，凉风吹走沉闷。手机里传来万佳的催促："苗大律师，到哪里了？你的忠犬小男友早就到了。"

苗郁坐上出租车，会心一笑，回复："十分钟后，正门见。"

前两天万佳突然约她与齐思贤周末去城郊某个农家乐玩，说有个什么青年联谊会，有拓展活动，鼓动苗郁和齐思贤参加。苗郁开始婉拒："我一把老骨头，你不怕骨头架子给拓散了？"

"就是少几个人，这才想到你了。"万佳振振有词，"要不你让你们律所的小唐、小宋也来，就算支持我的工作了。哦，还有你们齐大主任，一定要来。"

齐思贤……最近忙得不见人，不知道有没有时间。苗郁的心跳忽然有些失衡，似曾相识的感觉不太好。

"好吧，我问问他们的意思。"

苗郁先是问了唐博雅和宋乾的意思。宋乾说考虑带女朋友去，小唐听说有帅气小哥哥，跳起三丈高，引以为傲的精英女律师形象早就忘到九霄云外。新来所的年轻律师有说去的，也有说不去的，很快就凑了五六个人。

齐思贤依旧温柔地笑："那天我要是忙完客户的事就去。你先去等我好吗？"

苗郁有些失落，脸上没表露："最近事情怎么那么多？忙得过来吗？"

"没事，我没事。"齐思贤反过来问她，"手头的案子多不多？难不难？要不要把大家召集起来，讨论下最近代理的案子？"

苗郁心里稍微暖了些，笑说："还好，不过我听小林、小唐提过，她们代理的两个离婚案、一个分家析产案可能有些麻烦。"

"行，让大家把手头的案子交流一下也好，就……就下周一吧。"

昨天周六，没见着他，想不到他今天倒是早早地到了。苗郁忽然有些期待，车窗外，阴云微微散了去，明亮的光条间或隔开云层，应该不会下雨了吧。

目的地在城市边上，农家乐很多，听说也有好些农家乐别具特色。苗郁在万佳指示的地点下了车，很惊讶地发现，除了绵延的小道和道旁整洁的草坪，竟然见不到一个人。

不会是搞错了吧？苗郁正想打电话问齐思贤，忽然发现，不远处有一堆土包，上面插着一块指示牌，上面似乎还写了几个字。

苗郁好奇地走近，清新的油漆味儿飘来，指示牌上的字正是她熟悉的笔迹，写的是"你要见的人在前面"，红色的箭头指着草地前方。

这次又玩什么花样？苗郁思忖，微信上给万佳、唐博雅发了消息："你们在哪里？我下车了。"

唐博雅很快回复了五个字："顺着牌子走。"

看来不是拐骗无知妇女的陷阱。苗郁小心翼翼地踏上草地，湿软的触感从脚底传到心底，草叶湿漉漉的，窸窸窣窣拂过脚背。苗郁忍不住想，草里面不会有蛇吧……不会有蜗牛吧……不会有什么奇奇怪怪的东西吧。

走了没几步，苗郁已经开始打退堂鼓了，若不是看见前面又个牌子，与方才那块木牌同样的风格，她真的想扭头就走。

第二块木牌上，写的是"你要的生活在前面"。鲜红的箭头上，还贴了一张照片。苗郁伸手取下，照片上是齐思贤和她在罗浮宫前的合影。两人的笑容，灿烂到了心里。

这张照片为什么会在这儿？苗郁不解，又好奇，寻找目的地的耐心又多了几分。

再往前走，出现了一条红毯铺成的路，蜿蜒进了一道矮墙里。入口处立了一座鲜花拱门，苗郁走近细看，上面果然缀满了鲜花，仿佛才从花圃里摘下。斑驳的墙面上也长出红的玫瑰、绿的蔓藤，她瞬间只想到一个问题，谁这么有钱玩这些花里胡哨的东西？小院落有树有花有水，一眼望不尽的布局，就是不见人。一阵凉风，苗郁后背发毛，给齐思贤打电话，无人接听。更奇怪的是，在树下的小木桌上，传来她熟悉的铃声。

齐思贤的手机怎么在这里？苗郁拿起手机，发现手机壁纸上只有一个字——你。

你？什么意思？

忽然有个东西落在苗郁头上，吓得她轻叫一声，跳开了去。与此同时，不知哪里涌出来一群人，冲着她欢呼。一张张熟悉的脸上全是笑意，不知从哪里来的彩带彩纸冲上天又纷纷落下，反将她的错愕惊讶放大到无以复加。

唐博雅冲苗郁热情地招手，兴奋地说着什么。苗郁只听见一片笑闹，每个人都在努力地向她传递什么信息，但她一个字都接收不到。

有人靠近了她，就在她身后。苗郁像被踩了尾巴的猫，突然跳着转身，看着来人大声问："你在求婚？"

齐思贤手里捧的戒指，是苗郁很喜欢的一款。齐思贤看她的眼神中，满是温柔的笑，微风沾染上了温度。他没说话，淡淡笑意就在唇边，这就是他能给的最真心的承诺。

苗郁听到他认真地问，要将他的未来交到她的掌心，也听到自己心里的答案，更听到众人的欢呼声、催促声。却没有一个字融进她心底，她只看见所有人在催促。

"快答应他啊。"

不知道谁说了一句。

苗郁的声音好像从天外飞来的雷神，隔着厚厚的阴云，近在咫尺又远在万里之外。

"谢谢，我……我还不想结婚。"

她也不知道为什么会冒出这一句话。突然安静的小院落，突然尴尬的人群，齐思贤眼中浮现浅浅的惊讶，与还没来得及退却的笑容，让他看上去像换了一个人。

"谢谢，我有点不舒服，想回家……"苗郁找个借口想逃离越来越浓厚的尴尬，老天爷非常不客气地下了警告——一声惊雷，豆大的雨点劈头盖脸地打落下来。

一场精心准备的求婚仪式，精心准备的朋友围观，在老天的不作美下，草草完结。

唐博雅打着哈欠，抱着复印的文档，慢慢挪进会议室。她吩咐新来的助理给参会的律师发一份，一屁股坐下，开始了唉声叹气。

宋乾推她："昨天又开黑到十二点？"

"哪有，就是失眠。"唐博雅灌一大口咖啡，"昨天小老师和齐主任没事吧？我生怕他们吵起来，齐主任肯定不是小老师的对手。"

宋乾还要再问，小助理忽然做个嘘声的手势，两人立刻正襟危坐，其他本在闲聊的律师也纷纷埋头，假装正在翻阅刚刚拿到的案例。会议室的门被打开，齐思贤和苗郁一前一后走了进来。

他们的关系在律所不是秘密，周日发生那件事时，好几个律师都在现场。唐博雅觉得此刻的安静，更像是求婚未遂的悠长余韵。

齐思贤坐下，没多余的废话，开门见山地说："今天召集大家来，就是讨论一下最近手头的家事类案件，觉得棘手或者很麻烦的案情，大家都来说说。小唐，你先来。"

被点着名的唐博雅下意识地看了苗郁一眼，忙说："我的案子都发给大家看了。我的代理人离婚后，孩子判给了前妻，但是前妻一直拒绝我的代理人去探望孩子。我开始想不出办法，这种探望权怎么起诉，今天我又看了下裁判文书网，找到了一个类似的案例，跟我现在的案情差不多。"她拿出一份裁定书，"那个案子的当事人申请了强制执行。法院以女方拒不履行生效判决为由，将女方列入了失信被执行人名单。"

"这不对吧，失信被执行人一般都是欠钱不还，不让前夫看孩子算什么债？人情债吗？这法院凭哪条法律做的决定？"同事小陈说。

"孩子父亲有探望权，探望时间、次数都写在判决书里，女方阻拦还不算不履行生效裁判文书吗？"唐博雅说，"我觉得这个办法不错，等下就去联系当事人，试试用这个办法。"

宋乾问："列入失信名单后，你又怎么做？好，这次女方迫于压力，让男方探视了孩子，就算履行了探望权吗？"

"对啊。"

"履行了就要把当事人的名字从失信被执行人名单里划掉。那以后又怎么办？不让男方探视孩子了，男方又申请执行吗？"

新来的律师小杨提出反对意见："本来离婚夫妻的矛盾就很深，如果把女方列入失信被执行人名单，双方矛盾可能会更深。如果她以后故技重施，继续不让男方看望孩子，又来一次强制执行申请？这不浪费司法资源吗？"

唐博雅有些生气："那目前能有什么办法？孩子奶奶生病，很想看孙女，女方说见孩子可以，给钱，看一次给五千元，换你你给吗？"

会议室沉默了片刻，不知谁嘀咕了一声："这钱真好赚……"

苗郁和齐思贤只是听着，不说话。这种在法律上没有太大意义的讨论，他们大多是听，偶尔做点评。讨论的目的，也是希望年轻律师们能够尽快成长。不过，今天苗郁似乎有些心不在焉，齐思贤的目光也不是时刻落在她身上。两个人很平静，平静得像是两块不会说话的石头。

"最近婚姻方面的案子可真奇葩。我有个当事人，出轨多次，给老婆写保证书，说再也不出轨，如果出轨就把名下的股份的百分之几给老婆。这次女方提出离婚，要求他履行保证书，还提了他的出轨证据。我当事人肯定不干啊，说保证书不是自愿写的，是女方威胁他才写的。"

苗郁在笔记本上重重地写下"出轨"两个字。

"问题是你得拿证据，我才好交给法院。证据没有，就挽袖子给我看手臂上的一点擦伤，说是他老婆打的。"小陈说得兴起，"我心想，您老人家一身肌肉，被你老婆家暴，别说法官不信，守门大爷也不信哪。"

齐思贤咳嗽一声："小陈，说案子。"

"哦哦，案子案子。"小陈连忙扯回话题，"我觉得家事类案件，并不是难在法律关系上，而是如何解决一对夫妻在感情破裂后产生的撕扯。感情虽然没了，但是车子、房子、票子能争一点是一点，总不能亏了自己吧。"

小王说："是啊，我也觉得是。很多人并不是为争什么钱，而是争一口气。你没让我好过，我就让你难过，谁怕谁。"

"我手头的案子更离奇，原告是妻子，被告是男方出轨的小三。原告说，在丈夫出轨期间，赠予了小三一套房产。原告认为购买这套房产的钱是夫妻共同财产，现在起诉小三要求归还房产。"

唐博雅睁大了眼："哇，这个厉害。原告是要归还钱，还是归还房产？"

"肯定是要房产哪！现在房子多值钱。我看了银行流水，当年原告丈夫是全款买的，现在房价涨了三倍多。"

众人夸张地惊呼："三倍！"

"可是房产证上应该写了小三的名字吧？"宋乾问。

"师兄说到点子上了。房产证现在还没办下来，所以这个权属是谁的，就很值得争议了。"小郑说，"幸好啊，我刚接了案子，立刻申请了保全，所以这个官司有的打。"

"被告方怎么说？"

"不承认呗，一口咬定是借款，但是没有借条佐证。"小郑说。

唐博雅说："原告的老公怎么说？他脑袋里是豆腐渣吗，不怕老婆知道？"

"我也觉得挺奇怪的，原告看着并不是特别泼辣，说话畏畏缩缩的，倒是她老公，都是他在做主，很强势。"

小李好奇地猜测："会不会起诉就是男人的主意？几年前送了小三一套房，现在房价升值又后悔了，让老婆打着保护夫妻共同财产的名义起诉小三？"

"有可能哦！"唐博雅拼了命地捶桌子，"真渣，男人啊，太渣了。"

苗郁的笔迹本上，多了两个字——渣男。

"这算什么，我的当事人才叫真正的渣。"宋乾也加入了八卦的队伍，兴致勃勃地拿出他准备的案子，"我的当事人是和他前妻一起被告的。他还没离婚的时候，就和他现在的老婆搅和在一起，出轨同居，还有了孩子。前妻就说，离婚可以，你拿钱给我买套房子，出首付也行，总之不能让你轻松快活，我的当事人为了离婚就同意了。现在，你们猜怎么着，我的当事人的岳父，就是现在这个岳父，拿了一张借条，把新女婿和女婿前妻告上法院，说你看咱们虽然是翁婿，但这欠债还钱天经地义，你借钱的时候还没和我女儿结婚，这钱就该你和你前妻还。"

众人的惊呼声又达到新的高度。

"我的当事人找我来，就是走个过场。在法庭上，他前妻一边说一边哭，还真可怜。我一边给我当事人辩护，一边在心里骂他渣，渣穿地心。前妻的律师安慰她，他们就是想要你的房子，但你这情形完全符合新婚姻法司法解释关于夫妻共同债务的规定，所以不用担心。上周末，法院已经下判决了，这笔债务是我的当事人的个人债务，不是夫妻共同财产。"宋乾笑嘻嘻的，"虽然这个官司我输了，但是我觉得很爽！"

众人的心脏纷纷落回原位。小杨说："幸好这对不是人的翁婿不懂法，要是借贷手续做得像样点，借条、转账手续什么的再周详点，女方可真要吃大亏了。"

小陈说："这哪里是婚姻，简直是要命的游戏。我觉得啊，干吗结婚呢？要钱就算了，你看那些家暴的，还要命啊。"

齐思贤手中的笔忽然落向桌面，发出清脆的撞击声。他突然站起来，聊得热火朝天的律师们根本没留意，齐主任的脸已经黑成了锅底。

"今天的讨论就到此为止。"

兴奋劲戛然而止，小年轻律师们这才发现，齐主任脸色不好，苗律师脸色更不好。经历了周日事件的几个人暗自惊心，连忙收拾好资料，灰溜溜地跑了。会议室很快就剩下两个人，空荡荡的。

"那我也回去了。"苗郁合上笔记本，眼角余光故作无意地飘过齐思贤的方向。

齐思贤挡住她："苗郁，我们谈谈？"

苗郁叹气，终究还是躲不过，缓缓坐回："好吧，你说，我听着。"

"你不想结婚吗？"

这个问题，苗郁昨天已经盘问了自己一宿。她迟早会面对，齐思贤迟早会问。

苗郁准备了好几个回答，但说出任何一个，她都能猜到齐思贤的回应。她正视齐思贤的眼，说："我只是觉得现状很好，为什么不保持？"

齐思贤长吐一口气，围着长桌走了两步。很少见他这样焦躁，苗郁选择冷静。

"我是慎重考虑过的，在决定追求你的时候，我想的就是结婚。"齐思贤说，"我相信你也能感受到。但是，为什么，我还是想知道。"

为什么不答应求婚呢？苗郁说："刚刚大家讨论的案子，对我们来说，真是太常见了。他们以后会遇到更多、更离奇的案例。听了那么多，你难道不担心吗？"

"我为什么要担心你？"齐思贤奇怪地看她。

这就是齐思贤，就算接触了再多的案子，了解了再多的法律，他依旧相信人性的善。苗郁深深吸气："未来那么长，谁说得清？"吃过一次亏，还想吃第二次吗？

"你的意思，是不相信我了？"

齐思贤脸色沉得难看，情绪也上头了，开始动手扯领带。苗郁继续说："跟你真没关系，是我的问题。我认为我现在的状态并不适合婚姻。"

"哪怕结婚对象是我，你也觉得不适合？"

齐思贤话语里的火气明显在升腾，咄咄逼人。苗郁合上笔记本，准备离开："这个问题，我不想再继续下去，以后再说吧。"

"苗郁，你……"齐思贤叫住她，"你不能老是逃避。不要让过去的事影响你，他不值得。"

苗郁忽然挺直了背，倏地转头："你觉得我是因为沈冲，才不接受你？"

齐思贤没想到苗郁会直白地说出来，短短一怔后，立刻否认："我没这个意思。"

就算他否认了，苗郁心里也说不出地难受，种种情绪一拥而上。那些在工作中因为当事人的种种刁难而练就的冷脸功夫，也在这一瞬间破功。

"不管你主观上有没有这想法，我已经知道了你的恶意。"苗郁冷冷地说，"算了，我不想说这个……"说完就要离开会议室。

齐思贤拉住苗郁，想要再解释一二，他的手机突然响了。齐思贤尴尬地看了手机一眼，脸色忽然变了。

苗郁只想着摆脱了他，也没听清齐思贤说了什么，抱着资料正想走，齐思贤突然把手机递给她："阿姨的电话，快接。"

"什么？"苗郁反应了一秒，看着来电人是"阿姨"，才反应过来打电话的人是母亲，连忙接过，"妈，怎么了？"

"小郁你怎么不接电话？"听筒里传出苗母的声音，带着哭腔，"你爸爸昏过去了。"

苗郁赶到医院的时候，已经是下午时分。感谢高铁，把回家的时间又缩短了一个小时。看到父亲躺在病床上，精神尚好，正拿着遥控器寻找心仪的节目，电视机里快速切换着笑闹声、音乐声。见到突然出现在医院的女儿和女儿男朋友，他明显愣了下。看见父亲的情况不算太危险，苗郁一颗心落下，腿一软，差点没趴到地上。

"爸……"

"叔叔……"

苗郁和齐思贤同时喊人。

"哎哎，怎么气喘吁吁地跑回来？哎呀，我没事，你妈妈就是大惊小怪。"苗父先是惊讶，继而冲齐思贤笑，"小齐，带烟没？给我来一根。"

苗郁回头看齐思贤："你什么时候开始抽烟了？"

"我没有啊，我没抽烟，叔叔要抽，我还……"

"你还给他带？"苗郁反问，竟然还有这种事？她怎么不知道？

苗父忙说："小郁小郁，你别动不动就责怪小齐。小齐从来不给我带烟，我这不是顺口问问吗！"

"这次怎么回事？血压血脂升那么高？"苗郁不好意思地替齐思贤认错，连忙转移话题。

苗父只呵呵地笑："哎哎，乖女儿你就别问那么多了，别像你妈那样唠叨。"

这时，苗母的声音从病房外传进来："我唠叨？我唠叨还不是为你好？血压血脂升得高，还不是你的好女儿出的主意，怎么藏酒、藏肉，还反侦察。家里能藏的地方全给藏满了酒。我刚在家里，把他交代的地方全部清扫了一遍！"

苗母一边气哼哼地说，一边从病房外走进，苗郁忙叫："妈。"

苗母放卜手里的保温盒，唠叨个不停："不让你吃，不让你喝，那是为你好。今天你突然晕过去，吓死个人。你看，小郁、小齐平时那么忙，赶回来看你，多耽误事。"

"我这不是没事吗，医生也说就是血脂高了点，也没大问题，大惊小怪。"苗父不耐烦地安慰妻子。

苗母气道："我大惊小怪？你血脂是12.3，还高了点？整层楼病人的血脂加起来都没你高。我可告诉你，你再这样，下次我就不管你了。"

"不管就不管，我还有女儿！你不管我，女儿会管我。"苗父冲苗郁说，"小郁，你这就给我办出院，我去你那儿住。你放心，爸爸绝不会给你添麻烦。"

苗郁一阵脸红，父母真是不省心，当着齐思贤的面就吵架。她打断父母的争执："爸，你好生养病，别想出院。妈，你跟我出来。"她强行把母亲拉出病房。

苗母满脸的不豫："你就是惯着你爸，还给他出主意，看吧，这下住院了高兴了。"

病房里传出苗父诉苦的声音："……不准我喝酒就算了，还不准吃肉。桌上只有菜，青菜、白菜、红菜、黄菜，看着颜色多，可都不是肉啊。那个汤，一点油花都没有，每天都不用照镜子，看看汤里的自己就行了。"

妈妈还在生气，苗郁劝她："妈，爸这是给逼急了，你消消气。"

"我当然气，气得快要死了。"苗母委屈得不行，"我这不是为他好吗？血脂、血糖、血压都高，再不忌口，就有脑出血的危险。他怎么就不珍惜自己！"

苗郁宽慰："妈，爸爸这次也尝到教训了，你也别太担心。医生怎么说？"

"能怎么说，忌口！不抽烟，不喝酒，少吃肉。"

"对啊，医生说的是少吃肉，不是不吃肉。"苗郁给母亲出主意，"他不是想吃肉吗？现在可以做仿肉，用豆腐、冬瓜、面筋做的，口感和肉差不多。爸也吃不出来，我给你买点试试？"

苗母忙说："还有这种好东西？在哪里有卖的，给我看看。"

苗郁在购物网站找了几家，递给妈妈看。妈妈一边看一边说："对，就要这种，吃点豆腐、面筋也行。这个店主说得对，植物油多用点，反正你爸也吃不出是植物油还是动物油。"

老佛爷心情舒畅，苗郁也笑了："妈，你不是说不管我爸了？"

"说说而已，哪里当得了真。"苗母说，"这一辈子都磕磕绊绊过来了，吵个架算什么。"

苗郁往病房看了一眼，齐思贤和爸爸正聊得起劲，聊的无外乎热点时事。苗郁忽然想起，以前沈冲到家里来，真的就是做客，一句话不多说，一步不多走。

"你和小齐有什么打算？"苗母忽然抛出重磅问题，"我看你们俩感情挺好，什么时候结婚？"

苗郁语塞，怔了一下才说："妈，我现在不想结婚。"

直接说出来，老佛爷一定会暴怒，要是吵起来……这就尴尬了。

哪知妈妈只是看着她，久久不言，忽然叹息："小郁，你是不是害怕了？"

母亲突然这样温柔，苗郁很不习惯，故作轻松地笑："妈，我能害怕什么。我就是工作太忙，没时间想这事。"

"瞎说。你和小齐才出去旅游了回来，哪有工作忙？"苗母不客气地拆穿女儿的谎话，"你就是在逃避。"

苗郁不敢看妈妈的眼神，转头看向病房内。爸爸正在看电视，齐思贤给他盖被子。见苗郁和妈妈在病房外聊天，他冲苗郁笑笑。苗郁读懂了他的意思，回了一个淡淡的微笑。

"妈，我记得你经常跟爸吵架，好几次闹去了民政局，为什么到现在还没离婚？"

苗郁问妈妈。

妈妈白了女儿一眼："还不是为了你。"

"可是我记得，我上大学的时候，你们还在闹。那时候总不会是为了我吧？"

苗母反问："有吗？我怎么记不得了？"

好吧，你永远叫不醒装睡的人，更何况是装傻的老佛爷。苗郁看病房里的齐思贤，他已经打开电脑，开始写出庭需要的材料。她说："好吧，就说现在，你不是常说我爸死了算了，怎么还为他调理身体，管着他喝酒吃肉？"

"你这孩子怎么说话的！"苗母佯怒，"我不管你爸，谁管？"

"既然你要管他，为什么又要吵吵闹闹的？"苗郁追问，"如果过日子就是成天吵来吵去，结婚有什么意思？"

苗母被女儿问得愣住了："结婚和吵架有什么关系？"

"当然有关系。吵架说明感情不好，既然感情不好，那还结什么婚？"苗郁像是在问妈妈，又像在自问自答，"就算结了婚，还有可能出轨、转移财产、离婚，我干吗结婚？"

苗母忙不轻不重地掐了苗郁一把："小声点！小齐听到了这话要怎么想？"

"我管他怎么想……这就是我的想法……"苗郁嘟囔。

苗母回头看了看正在给她老伴喂水的齐思贤，低声问女儿："你们吵架了？"

"没……"苗郁当然否认。如果按照父母吵架的标准，她和齐思贤最多不过是"争执"。

苗母想了想，摸出一串钥匙："你和小齐回家，把你爸的体检表拿来。"

"住院要什么体检表？"苗郁莫名其妙，"我去就行了。"

苗母没理会女儿的疑问，回头叫道："小齐，你帮个忙好吗？"

"阿姨你说。"齐思贤忙把笔记本电脑合上，走了过来。

苗母吩咐："你们两个回家一趟，把老苗的体检报告拿来。报告放在书柜里，就是相册旁边。"

苗郁挣扎无果，只好听了母亲的指示。从接到电话，齐思贤就执意要陪她回家，一路上她只顾着担心，倒是齐思贤问了好几个医生朋友，一直让她放宽心。

两三个月没回家，在打开门的一刹那，苗郁忽然嗅到熟悉的味道，清爽温馨，与记忆中别无二致。竹编沙发上靠着母亲做的拼布靠垫，墙上是十字绣"家和万事兴"，茶几上的老花镜、电视遥控器、报纸杂志摆放有序，窗明几净，和煦的风柔柔拂过，时间仿佛停止在童年。

她忽而感慨："每次回家，我总觉得妈妈在厨房做饭，爸爸在看电视，我只是放学回家，第二天还要继续上学。"

"真好，你还有家。"齐思贤说。

苗郁心里一沉，担心齐思贤想起了去世的父母，偷偷看他，他也在看自己，她倒先尴尬起来，忙说："我们去书柜那儿看看，我妈说了报告都放在相册旁边。"

听到"相册"两个字，齐思贤来了兴趣，"相册在哪儿，我可以看看吗？"

苗郁已经打开了书柜，指着大本的相册说："都在这儿，有什么好看的？"话虽这样说，她仍是抱出相册，故意压到齐思贤手掌上，"不准笑。"

相册被翻开，照片的色彩从泛黄到鲜丽，画面从略模糊到清晰，记录了家庭的成长。胖嘟嘟的小婴儿，到可爱的小姑娘，再是亭亭玉立的少女，每一张都记录了很多很多。一家三口的合影也在其中，见证苗郁的成长，也见证父母的老去。

"刚在医院，我听你说叔叔阿姨经常吵架，看不出来啊。"齐思贤说，"你看，每年你们一家三口都要出去旅游，国内知名的景点都走个遍，不觉得叔叔阿姨感情不和。"

苗郁正在按照年份把体检报告整理好，职业病没得治。听齐思贤这么说，她停下手，皱眉回忆："是啊，每年寒暑假都要出去旅游，可这并不能说明什么。"

"钱钟书不是说旅行是最劳顿，最麻烦，叫人本相毕现的时候，经过长期旅行而彼此不讨厌的人，才可以结交做朋友吗？如果真是过不下去了，绝不会一起旅行，更不会年年都旅行。"齐思贤笃定，"所以，叔叔阿姨吵架不过是表面上的，也许他们夫妻相处就是这样。"

苗郁笑："你是说，我爸妈其实感情很好？"

齐思贤也笑："不，我只是认为，叔叔阿姨是一对平凡夫妻，看着磕磕绊绊，其实幸福地过了一辈子。"

闻弦歌知雅意，苗郁当然明白他的意思，可她不想让齐思贤顺心，故意说："可是别的夫妻吵着闹着，还不是散了？谁说得清？"

"对，谁说得清。"齐思贤很认真地说，双眸漆黑，眼中只有苗郁，"你说不清，我也说不清。"

说不清楚的事，为什么一定要现在说？

在他温和的目光下，苗郁一阵不自在，呼吸竟然有些急促。她抱着体检报告站起来："咱们快回去吧，去晚了我妈又要唠叨了。"

齐思贤心头闪过一丝失落，睫毛垂下。她还在逃避，难道她就要永远逃避下去？如果爱情只有逃避，还能剩下什么？

等齐思贤脚步沉沉地踏出家门，苗郁叫他："帮我拿一下报告吧。"

"哦，好。"齐思贤伸手去接。

七八本报告不算太重，齐思贤本想单手抱着就行，苗郁却不满："两只手抱着，别掉了砸到脚。"硬是让他把报告捧在胸前。

齐思贤照做，看着苗郁锁好门。钥匙与锁孔接触，清脆的撞击声，与他处别无二致。就是他低头的一瞬间，苗郁忽然转身，抱住了他。

轻轻的力推动，他往后退了小半步。

低头，是苗郁修长的脖子，发丝微乱。楼下有人关门，电梯到来的叮咚声，孩子嬉笑，年轻父母似乎在商量晚上去哪里吃饭，一切平静又美好。

齐思贤没有说话，浅浅的呼吸缠绕耳畔，分不清是他的，还是她的。

苗郁从他怀里抬起头，面庞光洁，眼睛仿佛是两泓秋水，泛着粼粼波光。她只是微笑，微笑，微笑。

这一瞬间，他读懂了。明天的事说不清，那就到了再说。未来不远，他和她要走的路很长，但只要是她在身边，他就有信心，一直走下去。

【全文完】

图书在版编目（CIP）数据

危险恋爱关系 / 钱薇珈著 . —— 南京 : 江苏凤凰文
艺出版社 , 2020.4
ISBN 978-7-5594-4520-9

Ⅰ . ①危… Ⅱ . ①钱… Ⅲ . ①长篇小说 – 中国 – 当代
Ⅳ . ① I247.5

中国版本图书馆 CIP 数据核字 (2020) 第 012768 号

危险恋爱关系

钱薇珈 著

选题策划	北京记忆坊文化
特约策划	绪 花
特约编辑	绪 花
责任编辑	白 涵 刘洲原
营销编辑	杨 迎
封面绘图	三 乖
封面设计	80 零·小贾
版式设计	段文婷
出版发行	江苏凤凰文艺出版社
	南京市中央路 165 号，邮编：210009
网 址	http://www.jswenyi.com
印 刷	三河市国新印装有限公司
开 本	670mm×970mm 1/16
印 张	17
字 数	290 千字
版 次	2020 年 4 月第 1 版 2020 年 4 月第 1 次印刷
书 号	ISBN 978 - 7 - 5594 - 4520 - 9
定 价	42.00 元

江苏凤凰文艺版图书凡印刷、装订错误可随时向承印厂调换